白妮
White Girl

刘素娥 著

目录 Contents

第一章 矢家白妮初长成 …………………………………… 001
  1. 我的儿，跟这小黄鼬长得像 / 001
  2. 该死的洋血，怎么又逆了回来 / 004
  3. 除去爹和爷，她跟谁都不一样 / 008
  4. 考试第一名基本都是矢秀白的 / 011
  5. 鹤立鸡群 / 013
  6. 为那事，一定为那事 / 016

第二章 非我族类其心必异？ …………………………… 020
  1. 有洋人找过你奶奶吗？ / 020
  2. 白妮子也想进步呢 / 023
  3. 妹妹肯定不会偷棉花 / 027
  4. 她开始明白事情不会太简单 / 030
  5. 监守自盗还栽赃陷害 / 033
  6. 打坏了谁给你找工作 / 037

第三章 进京 …………………………………………… 042
  1. 千万得待住 / 042
  2. 这个矢秀白素质绝对没问题 / 044
  3. 她家可能有外籍血统 / 047
  4. 让我承担下来吧 / 051
  5. 她觉得婚姻应该有其他东西 / 053
  6. 爹这半天是在哪儿来着 / 056
  7. 最后一环才是紧要的一环 / 059

第四章 返乡 …………………………………………… 062
  1. 你爹掉进自流泉了 / 062

2. 你在阳间待够了？　/064

3. 不就是让我当牲口吗？　/067

4. 她是在梦里见过他　/070

5. 孟正律你不想活了你　/074

6. 让他提前做了新郎倌　/076

7. 她没有报上可怎么办呢？　/079

第五章　经商…………………………………………………084

1. 咱们这回非赚个万元户　/084

2. 这年头全国都开放了　/086

3. 罚款二十！　/089

4. 觉得他俩离得越来越远了　/091

5. 她们手里的钱基本要光了　/093

6. 大活人非让尿憋死　/096

7. 原来你俩这是套我呢　/101

第六章　掣肘…………………………………………………104

1. 咱得先稳定住关系　/104

2. 走得越远距离越大　/107

3. 不是你说的自个加工吗？　/110

4. 没有家鬼引不来野鬼　/112

5. 要我说，别要她了　/116

6. 你不是也想建个实体吗？　/119

第七章　建厂…………………………………………………123

1. 你就单等着数钱吧　/123

2. 也要留住一份自尊呢　/125

3. 政协委员还沾着海外关系　/128

4. 夫妇，他们是夫妇　/131

5. 你想把天下的风头都出尽　/135

6. 跟我好还是跟他好？　/138

7. 鱼与熊掌不可兼得　/141

第八章　先做仆，再做主……………………………………144

1. 请问是大同煤矿吗？　/144

2. 我能不能跟您去牵马坠镫？　/147

3. 扶不起来的阿斗？ /149
4. 谁是婆婆谁是媳妇？ /152
5. 市场经济变数大着呢 /154
6. 流失的客户再次回来了 /157

第 九 章　台商给投资…………………………………………… 160
1. 希望生一个像她自己的孩子 /160
2. 他的确想在大陆投点资 /161
3. 投资500万 /164
4. 乡镇企业不能小觑 /166
5. 不该把她拉到政治的浑水中 /168
6. 这个人就是有水平 /170
7. 只有解放厂留了排污渠道 /173

第 十 章　各行其是…………………………………………… 176
1. 有些事，不能太死心眼 /176
2. 他感到那不是一般的对视 /178
3. 一下子变了身份似的 /180
4. 那叫榨取剩余价值，懂吗？ /182
5. 王小池变得更不是人了 /185
6. 一边理疗一边做功课 /187
7. 我怎么也不能在你身上学艺 /189

第十一章　靠山…………………………………………… 192
1. 咱不是有的是法儿吗？ /192
2. 说不定500年前是一家呢 /195
3. 连白的都有可能生不出来了 /197
4. 哪个当官的不找个体户做靠山？ /199
5. 三个人的关系完全微妙起来 /202
6. 张狂什么？野蛮什么？ /205

第十二章　暴发户…………………………………………… 208
1. 要敢闯敢冒敢为天下先 /208
2. 喊！商品流动规律？ /210
3. 想起一出就是一出 /213
4. 拿她当诱饵钓国家的钱呐 /215

    5. 好像我就是慈善机关呢 / 217

    6. 我们就要这一溜儿 / 220

第十三章　我不是交换··223

    1. 拖延一天加罚 10 万 / 223

    2. 我不是交换 / 225

    3. 还不如让我死了呢 / 228

    4. 她死了是遭到报应了 / 230

    5. 我俩也离了吧 / 234

    6. 建议引进澳毛生产加工 / 237

第十四章　做政治··239

    1. 人家说的外商不是指她 / 239

    2. 你肯定是因为一个人 / 241

    3. 没有办法也得有办法 / 243

    4. 夫人的关系不容你不同意 / 245

    5. 咱们不能不把自己当人看 / 246

    6. 走上了政治舞台就得做政治 / 248

    7. 矢家闺女白让你玩？ / 250

第十五章　失盗··252

    1. 双方都看到对方长处了 / 252

    2. 安宁天空一盏灯 / 254

    3. 存折已经送到纪委了 / 256

    4. 打狗要看主人 / 260

    5. 你和你夫人说的不一样 / 263

    6. 巨额资金来历不明 / 266

第十六章　水落石出··269

    1. 无论如何得想法扭转 / 269

    2. 完全属于政治派系斗争 / 271

    3. 你推我？ / 273

    4. 我只想建学校和敬老院 / 275

    5. 原来秀青她是吸上白粉了 / 277

    6. 人微言轻啊 / 280

    7. 男人的风头让他占尽了 / 282

第十七章　血裔……………………………………………………… 286
    1. 有问题的不靠边站谁靠边站？　/ 286
    2. 你俩也是天生的一对　/ 288
    3. 自己把自己灌醉了　/ 292
    4. 她身上炎黄的血脉在沸腾　/ 294
    5. 我爷爷明天100岁寿辰　/ 295
    6. 百年时光隧道那头的事　/ 297
    7. 矢秀白是陈家后代　/ 299

第一章　矢家白妮初长成

1. 我的儿，跟这小黄鼬长得像

女人宁氏扯着两岁多男孩儿进堤外村时，是公元一九〇四年的秋天。那天，下着蒙蒙细雨，村街的树木和房子、村头的鸡鸭和孩子、屋檐下的柴垛和糠囤，到处都潮乎乎、凉飕飕的。

女人走到村口，一见那棵老槐树打个激灵就站住了。这老槐树跟家乡那棵老槐树一模一样，有三四百年了。大小枝头都弯弯曲曲地朝着街心，有不少枝叶已经残疏，但也依旧有新桠朝外冒着。女人一枝一叶地看着老树，女人眼窝就湿了，泪水一滴连着一滴地流。男孩儿怯怯地看着女人。女人忙擦擦自个眼睛，又擦擦男孩儿头上脸上的水汽，女人就背起行囊拽着孩子朝土门走去。

伯，帮帮忙吧。

老人眼睛仍闭着，一只细瘦的黄狗看着女人，薄窄窄的舌头一下一下地朝外伸着。

女人一手拽紧男孩儿，一手抻紧自个的衣襟：伯，帮帮忙吧。

老人睁开眼，扫一下女人，女人挺灵秀；又扫一眼男孩儿，男孩儿紧抓着女人衣襟，身子往后闪着。老人欠欠身子，到底发现了一张白脸，黄眼，高鼻子，黄头发。老人打个寒噤，又闭上眼睛。女人干咽一口，又说：伯，穷不怕，丑也不怕……伯……女人憋住了，嗓子里活像塞了团棉花。

老人终于又睁开眼，擦一下眼上的眵目糊，磕去烟灰，把烟袋插进褡包，朝老树下的土屋走去。

矢家父子俩，爹六十多岁，儿子四十岁，父子俩从河南逃荒来的当天，就在老槐树下挖个坑，搭上树枝，压上油布，住了下来。父子俩心灵手巧，还勤快，白天给村人种地，夜里给村人编筐，也不要钱，只求口吃喝。人们看他们本分实在，就容他们住了下来。后来，他们就把地下的房子搬到地上，便成了堤外村人。

但凡不嫌孩子，就跟着。宁氏顺着眼睛，拽着孩子说。

父子俩颤颤地看着孩子，说：不嫌，不嫌，一辈子不能嫌！

女人呼一口长气，当天就成了四十岁男人矢柱的女人，白孩子就成了矢柱的儿子。矢老头给白孩子起名矢群。自是指望后代发达、人丁成群。

……001

这里人有成群结队看媳妇的习惯。人们既发现了矢家娶了个好看的小媳妇，也发现了小媳妇带着个怪孩子。而且明眼人一看就知道这孩子是怎么一回事。但是明眼人没有一个当面说的。可一群一伙的孩子们不管那些：你是谁？你怎么长得这模样？你亲爹是谁？干吗不跟着亲爹，要当带犊子找后爹？

矢群也不说话，自是把黄蜡蜡的眼睛垂在脚面上，尖巴巴的鼻尖上登时就渗出了一层细汗。矢群虽然才两岁，可他天生记事早，他还记着原来那爹的模样呢，爹长着泥黄脸，扁鼻子、黑眼睛、黑头发，而他拿着娘的铜镜，偷偷端详过他长的白脸、高鼻子、黄眼睛、黄头发。一个孩子不像爹娘，人家就叫野种。野种不单是骂他，更是骂娘呢。娘就是因了原来那爹和爷嫌他，才带着他一路讨饭，央求人收留。他和娘走烂了鞋子，磨破了衣裳，可是没一家肯收留。人家不是嫌娘，娘长得好看，脾气又好，还做一手好针线。只有堤外村这个爹和爷不嫌他，他就把这个爹和爷看成亲爹亲爷，可他又不能说，这个爹和爷分明不是亲的。他发愁了，他的小脑袋一撑一撑的，撑得他眼睛发酸，他的泪花就扑扑地落了一脸一脖子。

吃得河水呀？管得那宽？大人们过来呲嗒孩子们。

矢老头上去扯了矢群就走，矢柱瓮声瓮气地对孩子们说：他亲爹是我，我是他亲爹，他是我在老家的儿子！矢柱说着，头上青筋鼓鼓的，嘴唇抖得像风中的树叶。

矢家人刚进家，街长就来了，街长说几位老族长在观音庙前议了事，说让他问问宁氏娘俩打哪来的。

宁氏放下针线，把脸垂在胸前，嘴唇抿得紧紧的。矢老头和矢柱慌忙端出烟笸箩，一个忙装烟袋，一个忙从灶膛里引来火头，把烟点上，又把烟嘴儿捋几下双手递上。

街长吧嗒吧嗒抽了两袋烟，就往外走，走两步，又回头说：让那孩子少上村街吧，这几天，区校董要来。

宁氏把矢群腰间拴个小绳儿，一家人轮换着抓住小绳儿。

矢老头和矢柱赶了三天三宿编了两摞红荆条筐，给街长和族长们送了去。

无论如何，白孩子母子成了堤外村人。村人们也发现小媳妇倒也贤德能干，整日缝补浆洗，养猪喂鸡，屋里屋外收拾得干干净净，大人孩子也收拾得齐头齐脸，一点不像不守规矩的女人。再说白孩子也挺老实听话，从来不到村街上，一般都跟着爹和爷爷下地去。

可是几年过去了，矢家人丁不但没有发达兴旺，还依然只有矢群一个。不过，矢家父子日子过得还挺有劲，天天起早贪黑，没日没夜地忙活。

只是这矢群，越来越让人没面子，才六七岁，个头却快赶上他爹了，一头密实的头发，如同田里的谷秸子，黄蜡蜡的眼珠，一眨一眨地泛着蓝晕，脸上还浮着层鹅黄色的小汗毛。

到了这年春上，堤外村连唱一集大戏。在大幕拉起来，锣鼓响起来时，矢群就怯怯地看着爹和爷。他爹说：儿啊，爹不去，娘不去，爷也不去，戏台底下夜深风高，去了闹病，得风顶食。咱听爷讲古，爷的古，比戏文好听得多呢。

可是在他爷搜肠刮肚地讲古时，他还是仰着头，翻着眼，耳朵朝街上支棱着，脚趾头在鞋子里一下下地紧抓挠。

矢柱把手里柳条一扔：儿啊，走，点上火把，咱上沙疆逮黄鼬去！

父子俩举着火把子，一窜一窜地在沙疆折腾了半宿，果然逮住了个小黄鼬，矢群把小黄鼬抱在怀里，一声一声地叫唤：爹，小黄鼬！我喜欢小黄鼬！

儿子高兴，矢柱更高兴：儿啊，你喜欢小黄鼬，以后爹还给你逮啊！

可是矢柱看着火把下的儿子，一下子就像被铁爪子抓了心肺，天呐！怎么？我的儿，跟这小黄鼬长得像……

矢群紧紧地攥着小黄鼬的绳儿睡了，宁氏也收拾针线躺下了，矢柱就轻着手脚、提着心肺进了厨房。他点亮一豆昏黄的油灯，挖出块猪油，调上一撮锅底黑，细薄薄地涂在矢群脸和头发上。

矢柱高兴得心尖子直打战，这矢群看上去，横竖跟街上孩子差别不多大了。矢柱决计往后每天都要给儿子这么涂了出去。

可是到了天亮，在矢柱扯着矢群走到戏台底下时，人们依然还是像看小牲口一样地看着矢群，本村的看，外村的也看。矢柱的心一下就像掉进了冰窖里。可不是么，矢群脸色和头发色是深了，可那眼珠子仍是黄中泛着蓝呢，鼻子也仍像刀背儿样挺着，还有那身子，比同龄孩子快高一倍了。这矢群还是个异类，还是个异类啊。

到了矢群十岁的那个腊月二十六，邻村财主家小少爷买了一麻袋鞭炮，一边走一边放，后边跟着一群孩子。走到矢家门口老槐树底下时，小少爷就拿出了一个跟萝卜差不多大小的炮仗，可是点了两次没点着，在小少爷凑到跟前要点第三次时，炮仗突然炸了，小少爷的眼睛当下就化成了一股水。财主家立时快马加鞭送到省城医院。矢群和孩子们都吓了个半死。但两个月后，又见那小少爷时，那只眼睛还有，跟另一只眼睛差不多呢。原来人家是弄了一只狗眼换上了，说那狗眼还活着呢。矢群那心一下就炸了欢儿，矢群飞快地跑回家让爹娘和爷爷也给他去换一双狗眼。他娘一听脸就变成了一张白纸，他爹他爷忙哄他，说他不难看，一点都不难看。可他知道他爹他爷那是糊弄他呢，他就大哭着跺脚，还把自个脸和眼睛抓得稀烂。

再说，宁氏来了这些时日，既孝顺老人，又对矢柱百依百顺，可矢柱在她跟前还是拘束得不行。这宁氏进家后，每日虽穿的粗衣粗裤，也从不施脂粉，可是看上去依然身段苗条，细皮细肉，矢柱觉得宁氏像戏文里大户人家的夫人，而他自个像个粗使的用人。到了炕上，宁氏也给他做女人，做得也仔细服帖，可他就是展不开手脚。在她面前，不要说没用的，就是有用的话，他也不曾跟她自自然然地说过几句。他倒不是不想说，他在心里盘算了好些日子，才说了一回：你，你好歹，也说说这孩子，是，怎么一回事呢？

宁氏就垂着眼睛，嘴唇抿着，一副听从发落的样子。这时，矢柱不过等了做几个针脚儿的工夫，便忙躲了。后来再不曾问了。问什么？还没等着问什么，人家那样子，早把他拘出了浑身的白毛汗了。

那天，也是个下着细雨的天气，老伯还是靠在土门下，闭着眼、揣着手，把腰抵在老墙上，那条瘦狗，还在旁边蹲着。

矢柱从荷包里挖满一锅油黄的烟丝，掏出火镰火绒火石，咔嚓咔嚓打几下，一捻儿绵软的火绒就着了，再把火绒按在烟锅上，吧嗒吧嗒抽两口，烟丝洇红了，他才双手端了递上。大伯咝咝地抽几口，吭吭地咳出一口浓痰，啪地吐出老远。然后再抽，再咳，一直咳得涕泪横流，烟雾一片，痰也一片，才说：好烟。

矢柱这时才把脸凑上去：伯，我那屋里，还不见根毛儿动静。

老伯又猛抽几口，说：老天，眷顾你，让那孩子，给你当儿，给你养老送终。见矢柱仍不谙世事地看着他，又说：有铜镜么？家里？

矢柱这才风也似的到家，拿起铜镜一照，才发现，里头一张平光的脸，再往下一看下巴，不要说像街上的男人生着一层钢丝样的胡须，就连细软的绒毛，也没得几根。矢柱身子一晃，打了个通身的大寒战，就蹲在地上掐住了脑袋。

可没几天，他又带着一丝念想儿，去了老娘婆家。红眼肿腮的老娘婆坐在一只老蒲团上，正一下一下搓脚泥儿呢。大嬷，我那屋里，咋不见根毛儿动静呢？

老娘婆把额前几缕秋草样的乱发掖到耳后，看他脸一眼，又看一眼那抿腰黑粗布裤裆，把一只筋骨横露的老手伸过去，风扫残叶般在那儿划拉几下，愣一下，又握一握，之后，往上，捏捏那平平的脖嗓，再往上，刮两下那光亮的下巴，干干地说：没的想了，回去，好好待承屋里女人和小子吧。

2. 该死的洋血，怎么又逆了回来

让堤外村人叫绝的是，在熬到矢群十七岁那年春上，矢柱就背着一褡裢钱进了西山。几天后，空了褡裢回来，身后跟了个十六岁的银盘大脸的吕姓闺女。

也是在当日，吕姓闺女就和矢群进了洞房。

婆婆宁氏是在第二天一早把一串铜钥匙掖在吕氏腰上的。从此，公婆听吕氏的，矢群听吕氏的，连那公公也敬吕氏几分。

原本，矢家想花半褡裢钱，可是经了半年前的那个事故，当家的就毅然把半褡裢，改成了一褡裢。堤外村东头一家来了亲戚，两挂套马车一进村，正好遇见挑着水往家走的矢群，只见车篷里呼一下跳出一个中年女人，女人抄起路边的砖头就砸在矢群太阳穴上，矢群当场昏了。可女人仍不依不饶。后来人们才知道，原来那中年女人年轻时在城里被一个洋毛子糟蹋过，之后，女人就得了疯病。

矢家就是从这时开启了一道艰难的清淤工程的。矢家这垄血脉里眼下是一半洋血一半汉血，矢家要从这一茬人开始冲刷那该死的洋血，先把它由二之有一，变成四之有一，再由下一茬人，把它由四之有一变成八之有一。到那该死的洋血只占八之有一时，矢家人的面相就该和村人差不了多少了。这艰难的工程要由矢家几代女人完成，所以矢家女人不能不成为矢家的恩人。

那个黄昏，吕氏哆嗦着身子看见那白脸、黄眼、隆鼻子、黄头发的矢群，才明白公公为什么把一褡裢钱毫不心疼地点给了她爹。她的心一下一下地狠撞着嗓子眼儿，这个人的眉眼儿虽然长得不丑，可那大个子和那一身黄黄的毛发，怎么看都让人想起骆驼。夜里，她简直要吓得背过气去，怕那骆驼扑她、压她、咬她。她吓得躲到炕西头儿，又紧了紧腰里的几层布条子。可是一直到夜深人静，那骆驼不但没扑她，也没压她咬她，还一直羞臊地躲到炕东头儿，把脸朝了墙，把脖子缩到腔子里。这一来，她虽说不多怕了，但她还是一宿没敢合眼。娘说男人就是干那事的虫儿，女人到了人家，愿意得应着，不愿意也得应着。她没想到，她那虫儿，竟是个骆驼虫儿。她不能应！硬要她应，她就去死。

第一宿，没事；第二宿，又没事；到第三宿，那矢群，还像个偷了嘴被逮住的牲口一样，羞臊地朝着墙。到了第四宿，她才把腰里的几层布条子松了松。

一个多月后，她才怯怯地对着炕东头儿，说：你把衣裳，换换，我给你洗洗。那矢群，接了衣裳去墙角换了，但依然勾着头。

到了秋后，吕氏把矢群被子从炕东头搬到炕西头，还是因了一场雷雨。

矢家那块棉花地离家五里，在她摘了满满一大包时，西北角上的黑云忽地就把整个天遮住了大半。紧接着，黑风白雨就涌了过来。吕氏背起棉花包往家赶，开始还能走动，后来风更大，雨也更大，还加着尖厉的雷电，她拼命地搂着棉包蹲在老树墩下。矢群就是这时来的，矢群把棉花包接了，矢群还想搀她，可刚要伸手又缩回来闷声说：你拽着包袱角吧。吕氏心就潮了，忙拽住包袱角一滑一滑地跟着走，走到一棵大柳树跟前时，天上先打了一串小霹雳，接着，又咔嚓下来一个大霹雳，眼见的，一条蓝幽幽的巨龙就颤抖着伸过头来。她心想完了，哪辈子遭了罪老天爷索命来了，就在她合上眼等死时，矢群把她猛力一推，随着又扑到她身上。霹雳一下子劈在大柳树上，树身眨眼间就被掏空了，矢群的一只鞋子和一只裤角也被燎糊了。之后，吕氏就软在了矢群怀里。在那一刻，吕氏定神看了看，那矢群乍一看像个骆驼，细一看那黄的眼睛，那高高的鼻子，也挺好看呢。就是当天夜里吕氏把矢群被子抱到了炕西头。

其实，吕氏那时对矢群是哪样人，心里也早有数。这矢群每日都抢着干重活，抢着吃剩饭，手还极巧，编的筐和篮子，比他爹和他爷编得还快还好呢。这些感觉像一堆干柴，一经那个霹雳点着，便持久地烧了一辈子。

到了这一年秋后，吕氏就给矢家生下一个孙子，矢老头给孩子取名矢根，这条根，有着四分之三汉人血，跟他爹矢群果然不一样了——头发和眼睛黑了些，脸色也深了些，鼻子和眉骨低了些，个子也小了些。矢柱一边抹眼泪，一边掐指计算，再过十七年，矢根就能娶妻生子，到了再下一茬人，就该和村人差不多了。一边的宁氏，眼泪哗哗直流，好像眼里窝着一世界的水呢。

矢老头去世前，嘱咐矢柱和宁氏多积攒银两，好早些给矢根娶妻生子。

不过，到了矢根十七岁时，矢家却没费劲，就娶进了小模小样的邻村姑娘张秋花。

事情说起来，也简单。张秋花她娘受了她爹一辈子气，她爹暴死后，她娘办的头一件事，就是把闺女嫁到矢家。她娘一辈子不光吃不上喝不上，还挨男人打，受男人气。她娘把村前村后的人家理来理去，觉得哪家待承女人都不及矢家。

矢家为报答张家，也给了张家半褡裢洋钱。

张秋花接受男人自然不像婆婆那样艰难，她娘家在堤外村以北三里地，矢家家境她早知道，矢家对儿媳妇的敬重她也知道，只这么几步路，她也早就见过矢根耕耩锄耪，也见过矢根编的带花样的筐子和篮子。

可是，张秋花进门后却老不生育。宁氏和吕氏自是急得了不得，不但到处寻医问药，还不分昼夜地去村东大庙烧香磕头。可张秋花的身子还是一年年瘪着，在吕氏决计要把她休了时，那肚子才争起气来，这已是她进门的第十个年头。

随着时日增加，宁氏和吕氏手里那把汗就越捏越紧了，她们成百上千次地计算着矢家这茬人出来的日子，也成百上千次地端详着张秋花的肚子。

终于熬到了这天后半夜，吕氏发现张秋花屋里亮了灯，张秋花笨重的身影不停地在窗户上晃动，吕氏慌慌地披上衣裳赶过来时，宁氏也颤颤地捻着小脚过来了。

吕氏先把儿子矢根支出去烧水，又忙为张秋花掐肩捏腰，宁氏为张秋花滚了一碗姜糖水。张秋花浑身上下冒着汗，吕氏和宁氏浑身上下也冒着汗。

看着张秋花不停地趴下起来，起来趴下地折腾了好些回，脸和脖子像水洗的，头发也像水洗的，领口里也朝外冒出黏黏的热气，吕氏才拍拍枕头说：躺下吧。

那个让矢家盼了十年的孩子一出来，吕氏抢上去就看清了，像她娘，像她娘，完全像她娘啊——团团的小脸，细长的眼睛，扁平的鼻子！黑黑的头发！吕氏第二眼才看的性别，在她看清是个女孩儿时，那高兴劲儿一点都没减。

宁氏捧着那张小脸，转过来转过去地端详片刻，就把孩子裹上被子掂掂地抱出来喊叫矢家父子。等在外头的爷俩一听宁氏声音就知道孩子一准是长好了。在他们捧着孩子刚看清模样时，宁氏就磕磕绊绊地去给祖宗磕头了，那爷俩也忙抱着孩子跪在祖宗跟前。

老祖宗，老祖宗啊，老祖宗保佑矢家啊！

宁氏被矢群矢根架起来时，额上已经淌下了鲜红的血印子。

宁氏为曾孙女取名矢秀红。

宁氏和吕氏把瓦缸里所有白面都打扫出来，蒸了一笸箩馒头，还把馒头拿硫黄薰得雪白，再点上红红的胭脂，给村里每家每户都送去一个。

宁氏还让吕氏送给在街心里赊小鸭子的中年人一个，那是一个慈眉善目的中年人，骑个大水管自行车，车上驮着两只竹筐，筐里带着几十只小鸭子。这人每年都来，他把小鸭子赊给村里人，第二年再来，小鸭子成活了就收钱，不成活，就不收钱。这中年人接了馒头，也替他们高兴，还高兴得直擦泪水呢。

到了一九五三年，张秋花又生了第二个闺女，这闺女长得比大闺女更加好看，鼓鼻子鼓眼睛，黑头发，黑眉毛，更是一个典型的汉家女子！前两年"镇反"运动中，堤外村受花源头乡指示，对矢家查了几次，怀疑有海外关系。最后虽查无实据，可矢家在村里一下就更加地不体面不光彩了。张秋花这次能生出个好看的孩子，矢家人战战兢兢的心才放松了些。宁氏为孩子取名矢秀青。

宁氏和吕氏又蒸了一笸箩馒头，还是薰得雪白，还是点上胭脂，还是给村里每家每户送一个，还是连街上做小买卖的都送了，赶巧还有那个赊小鸭子的中年人也在，赊小鸭子的中年人接了馒头捧在手里细细地打量，人们便笑那中年人，说看呐，这人也真是，得个馒头，像得了只金元宝呢。

这年腊月，矢柱得了心疼病，吃了几服药总也顶不过去。矢柱就让把矢秀红和矢秀青抱到床前。吕氏就让矢秀红叫太爷爷，秀红亲亲地叫了太爷爷，矢柱眼圈就红了，攥住矢秀红的小手，就又看着矢秀青。张秋花把矢秀青的小手也放到矢柱手里，矢柱一手攥着一个曾孙女的小手，嘴角咧着，眼里一跳一跳地闪着光芒，宁氏给矢柱擦一下清泪说：下来就等曾孙子了。矢柱脖子一歪，眼睛就闭上了。

到了一九五四年秋后，张秋花刚把一天的活计收拾清楚，肚子就生疼起来，吕氏扶着她刚把身子躺顺，肚子里那孩子就急着要露头。吕氏急着去拿新做的小被子，一个蓝花的小被子，小子家的小被子得雅致些，不能红花绿草的——张秋花早说了，说怀下这个孩子，跟怀前头两个不一样。不一样？还不是个大孙子么！

吕氏拿了小被子刚走到炕沿上，那个孩子就着急忙慌地出来了，吕氏抱起来一看，"啊"的一声，脸就变得焦黄，吕氏忙看婆婆，婆婆也早没了人样了。张秋花一低头，才发现孩子脸色嫩白、眼睛深陷、眼珠棕黄、鼻子又高又挺！天爷呀天爷！都几辈子了，那该死的洋血，怎么又逆了回来？！

奶奶、奶奶……娘，娘啊……

更让一家人没想到的是第二天一大早，老大矢秀红突然肚子疼得直打滚，只几下子就没了呼吸。

吕氏戳着三孙女嫩嫩的额头说：死丫头，是你，妨死了老大！早知道，还不如不要你！

三孙女额头立时红了一片，薄薄的额头骨呼呼地悠几下，险些要被戳透，可是孩子却没哭，一双栗色的大眼眨呀眨的，翻卷的睫毛一扇一扇的，似乎在问干吗戳我？怎么你了？吕氏心头的火噌地撞了头皮，"啪"的一下，一记老巴掌就落在了嫩白的脸蛋上。可这孩子还是没哭，只把笔挺的鼻子耸两下，把眉头抽出个死死的结儿。在吕氏又要打第二下时，矢根惊慌地跑进来闷雷样地喊叫：娘！快去看看我奶奶吧！

吕氏惶惶地赶到婆婆屋里时，婆婆已经躺在一洼血水里，胸口上生生地插着一把剪刀。

3. 除去爹和爷，她跟谁都不一样

张秋花看着怀里的三闺女，说你……就叫矢秀白吧。你，你是怎么托生来的？你？

生了老大，张秋花在炕上躺了十天；生了老二，张秋花在炕上躺了一集；眼下，把矢秀白包上，她就下了炕。张秋花又洗菜，又做饭，又洗衣，又垫圈，可是乳房里的奶不但不少，还常常滋滋地往外冒。

吕氏从看了三孙女那一眼后，整个月子，再没过来。吕氏也是那一天就把矢秀青领到她屋里的，矢秀青从这天起，更成了奶奶的心头肉。

懂点事后，矢秀白就明白无误地知道奶奶不喜欢她了。不过，她也极想让奶奶喜欢，在奶奶要下炕时，慌忙把枣木拐棍递上去，可奶奶抬手就把拐棍夺了。她也曾在奶奶把三寸金莲伸到炕沿下找鞋时，慌忙把一双小鞋子捧到奶奶脚下，可奶奶拿脚尖勾起小鞋子刷地甩出老远，小鞋子飞出的那条弧线，像一柄月牙刀把她小心房刺得生疼。她蹲在炕沿下，一只小拳头使劲儿抵住嘴，另一只小拳头把流出的眼泪擦干净，把没流出的眼泪硬硬地咽回肚子里。

她终于明白，奶奶嫌的是她的面相。她偷偷地对着镜子琢磨，这眼睛鼻子脸蛋，跟太阳花儿一样水灵精神，可奶奶为什么那么讨厌呢？她又偷偷地看奶奶、看娘、看爹、看姐姐和过往的村人。她终于发现，除去爹和爷，她跟谁都不一样。也因了她的难看，一有来人，奶奶就要把她往小磨坊里推。矢家小西屋里安着一台小石磨，可她不愿去，她拼命地朝后曳着小身子，可奶奶两只老手太有劲，三下两下把她塞进磨坊又"啪哒"一声挂上一把大锁。

奶奶串亲戚从来不带她。那次，奶奶领着秀青又去串一门高亲。秀青说那亲戚家的房子比矢家房要高好几倍，也大好几倍，人家影背墙上画着两只仙鹤，跟真的一模一样，老想从墙上飞下来。人家吃的大米饭跟雪一样白，猪肉片子跟镰刀一样大，粉条子跟手指头一样宽。秀白实在想跟着去一次，这天奶奶和秀青都穿着平展展的新衣裳，奶奶扤个红包袱，里头包着一方红柳条笸箩，笸箩里装着各式各样的花饽饽，那是奶奶和娘头天夜里蒸的，第二天清早又拿硫黄薰得雪白。

她悄悄地跟着，脚步跟小狸猫一样轻巧。但还是让秀青发现了，秀青扯住奶奶衣襟往后一指，奶奶就咬牙切齿地骂开了：你个白妮子，快回去！再跟着，看我打折你腿！在她赶了好几段，奶奶往回撵了她好几段时，爹才把她拦住了，爹把她揽在怀里，给她擦泪，给她掸泥土，又带她摘野花逮蚂蚱。她戴着野花，拿着一串蚂蚱回到家，她娘果真就拿个长柄黑勺子，把蚂蚱煎得焦黄香嫩给她吃了。

之后，她既习惯了奶奶的嫌弃，也习惯了爹和娘的呵护。

再后来，不用奶奶管，她也很少去街上了。尤其是街上开社员大会或者有婚丧嫁娶的，就更不敢去了。那些人，给点面子的，只看看她还不说什么，不给面子的，少不得把她拉住，捋她头发、摸她眉毛、按她鼻梁子。问她怎么跟别人长得不一样？问她知道太奶是怎么来的么？她从来不回答，也不知道怎么回答，她就忙着跑回家，忙着忍着劲地不上街。

可有时也忍不住，她就跑去要跟孩子们一块儿玩，可人家摇着手说：够人了，够人啦！找别人玩吧。她一找别人，别人也说够人啦。她就想办法让人家高兴。人家拿瓦片踢房子，她帮人家捡瓦片；人家跳绳儿，她帮人家悠绳儿；人家踢毽子，她就抢着说她的毽子好使，她娘拿新布缝的，里头装的谷草子。

她不小心踩了一个女孩脚，女孩张嘴就骂她小白鬼子！她问谁是白鬼子？女孩说你是小白鬼子，你爷你爹是老白鬼子！她把脸憋得发紫，可她一句话都说不上来，

白妮

说什么？她和她爹她爷的确长得白，的确长得像电影上的白鬼子。

她问娘：奶奶是多少钱买来的？

娘忙捂住她嘴，把她下半句话憋在嗓子里。

她扯开娘手又说：奶奶干吗那么凶？是老妖婆么？

娘把她扯一边说：闺女，不能这么说奶奶，不能！

奶奶那个青粗布门帘一荡一荡的，她顺着门帘缝儿，看见奶奶从大襟上解下那个红亮亮的铜钥匙，奶奶鬼鬼祟祟地打开那个黑红的小橱子，橱扇上的铜片子叮叮响着。姐姐两手扒住小橱，眼睛一眨不眨地随着转。奶奶低着头，一只老手不断地掖着耳边一绺白发。一股甜香顺着小橱扇涌出来，又顺着门帘缝涌进她鼻子，钻进她肚子，使劲搅着她肠胃。

姐姐庄重着小脸儿往外走时，奶奶的一只老手理着那绺白发，另一只老手一下下地戳着姐姐后背。奶奶在嘱咐姐姐，可是姐姐常常不听，在奶奶一转身时，就把攥着的吃食往她手里塞。她有志气，使劲闭着嘴摇头。

不过，她也记得奶奶曾经对她满意过一次。

那一年，奶奶把小葱捆成一捆儿一捆儿的，让她姐俩背出去换鸡蛋。太阳平西时，她们就出来了，秀青背一个柳条筐头，她扠一个柳条篮子。她们走进堤内村时，各家正好冒出炊烟，村街上也飘出了棒子面或高粱面饼的香味。

有鸡蛋的换小葱啊——

趴着锅台烙饼的妇女们听见喊声，忙打发孩子握个鸡蛋跑出来，一个鸡蛋换一捆小葱。有的鸡蛋是刚从鸡窝里掏出来的，还带着热乎气儿呢。

傍晚了，她们几乎把所有小葱都换完了。在她们准备往家走时，有个小女孩拿着半块高粱面饼跟出来，愣愣地看着她们，秀白问你要换小葱么？小女孩说想换，可我家鸡还在窝儿里卧着呢。秀白一看，那鸡窝里的母鸡果然正安静地闭着眼睛使劲呢。她们就坐在一个小土坡上等。眼看太阳要落，她们也急得直转圈圈，可那鸡一点不急。秀青看看天，说让小女孩明天再换吧。可小女孩让她们再等等，说那鸡蛋这就出来。秀青说回家晚了奶奶要骂。秀白便问小女孩家里有小米么？小女孩说她娘刚从碾棚里碾回来了。秀青说不行不行，奶奶没说让拿小米换。秀白说行，肯定行。秀青就说奶奶要打，可打你。秀白就说奶奶这回不打。

到了家，在奶奶惊异地盯着小手绢上黄澄澄的小米时，秀青那细眯的眼睛惶惶地看着奶奶，把秀白一下推个趔趄说：是她，不是我。可奶奶不但没打她，还把没牙的嘴一咧，赏给了她这一辈子第一个笑容。奶奶一边笑，一边趿着小脚熬了一锅米汤。奶奶哧溜哧溜地喝米汤的声响，在她耳朵里响了好些天，奶奶豁着牙床子的笑容，让她记了一辈子。

4. 考试第一名基本都是矢秀白的

她就这么一天天长着。虽然屡屡经历着饥年荒月，尤其在大跃进的低指标、瓜菜代时，人人都饿，人人都一脸干菜色，她也常常饿得前心贴后心，可她还是一寸一寸地长了起来。到了五年级，她超了秀青一头多，身子也抽出了条儿，脸上模糊的红白变成了透明的粉白，栗色的头发油亮柔软，栗色的眼睛闪着一层潮湿的晕泽。在人们惊讶她怪异的时候，常有人暗暗惊讶她实际很漂亮呢。

这时的她已经在想事情了，她那相貌来自父亲，父亲那相貌来自爷爷，爷爷相貌打哪来？

我奶奶是山里来的？她问娘。

张秋花透过花镜下框看着她，说：是，是你太爷一褡裢钱换来的。张秋花看一眼吕氏低垂的门帘，又说：打从山里出来，再没回去过，也可怜见的。秀白也盯着奶奶的门帘，让娘再往下说。张秋花就把针搁在大襟上，继续说：从你太奶那会儿，就敬着她。这些年，一直这么过来的。秀白又把身子往娘跟前凑凑：娘，你说说太奶。你太奶，挺好个人，心善，一手好针线。这堤外村，家家都穿过她做的活套。听说太奶到死，还带着天津音儿。张秋花没说话，只把针往头发上划了几下。娘，那，你说，我太奶是不是天津的？张秋花把脸一沉说：你这孩子！我还有事呢。说着起身忙往外走。这白妮子一会儿不定又问什么呢。

那时学生的年龄差别很大，有的孩子上学很早，有的孩子上学很晚，秀白是上早的，而秀青又是上晚的。前赶后错，秀白和秀青上到了一个班里。

也像许多生不逢时的人一样，秀白很勤奋，功课比秀青和全班学生都好。到了五六年级时就到了"文革"中，学校在批"反动派""反革命""帝国主义""修正主义"和"洋奴买办"时，同学们也少不得往她身上想。到了"文革"高潮，村里揪斗"地、富、反、坏、右、牛鬼蛇神"便激烈了，也有人想把他们归进去。怎么了？堤外村没有牛鬼蛇神么？有！人不人鬼不鬼的东西就是！这些年一直没人敢说明的话，出来了。可是，到底没有真凭实据，矢家为"牛鬼蛇神"的说法便不成立。

到了一九七二年，正好赶上所谓"修教路线回潮"，县里一改几年来一直由贫下中农推荐升学的模式，要组织高中升学考试了。校长老师一夜之间振奋了，忙着组织早晚自习，还买了一台手推油印机，印试卷、刻片子，三天两头考试。教室里外天天飘着油墨的清香。考试第一名基本都是矢秀白的，老师校长自然把矢秀白当成了升学拿名次的指望。

那些日子矢秀白可真是风光了，老师表扬，校长表扬，同学们更是高看一眼。可是到了考试那天，奶奶吕氏放矢秀青走后，把大门一锁，攥根枣木棍子就横在大门前：你，不比秀青，不能出村念书去。

她跺着脚说：我就得去，老师校长还让我拿花源头公社第一名呢！

奶奶蹾着枣木拐棍：矢家许你在当村念书，就着实不赖了，去花源头公社念？门儿都没有！

你不让我去，那，你得给我老师说去！

奶奶立时像个漏气的风箱，呼呼地喘起了粗气：你说什么？你老师？就是那个他爷爷在日本炮楼上做过饭的小子么？喊！矢家再不济，也没给日本人做过饭吧？矢家人去找他说话？

老师爷爷给日本人做饭的事矢秀白也听说过，她便忙又软了口气：奶奶，你就让我去吧，我考上学，上出来，我一准孝敬您呢。

我呸！我呸呸！孝敬我？你要孝敬我，你就别给我出门，更别出村上学，那里十里八村的人都有，我不能让十里八村的人笑话矢家，笑话老矢家活了几十年还有你这一号人呢！

一边编筐的矢群对吕氏定的事从不表态，一边搓麻绳的矢根便拿眼直看张秋花，张秋花忙说：娘，要不，就让白妮子试试去吧。

亏得这么大岁数，说话也不知道前思思后想想！吕氏把唾沫星子喷了张秋花一脸。你们丢得起人，我可丢不起那人！不能去，就是不能去！

张秋花像吃了毒药的母鸡，胸脯挺几下，嘴张几下，一句话没上来，就红着眼圈"咕咚"一下跪下了。

吕氏睒睁一下，把袖子一挽，就扇起自个嘴巴子。张秋花忙上去抱住婆婆，婆婆把她一推，坐在地上，就哭起了亲爹亲娘。

吕氏哭声刚刚拉开腔调，一股黑烟就从屋里冒了出来，张秋花和矢根跑进去一看，矢秀白已经把自个的书本烧得成了灰烬。

这一年夏天吕氏过世了，吕氏在最后拿出一金一银两对镯子，金的放到矢秀青手上，银的放到矢秀白手边。矢秀青攥住金镯子抱住奶奶大哭，矢秀白眼睛也湿了，只是泪珠一直没能下来。

吕氏下葬十几天，矢群也走了。头一天，矢群又瘦又高的身量就有些摇晃，焦黄的眼珠罩着一层白气，原本红亮亮的脸也罩着一层白气。

爹，你哪里不好受？

矢群这辈子好像没说过几句成形的话呢，这会儿，他看着比他个子矬一些，比他颜色深一些的儿子,说:跟爹,看看你娘去吧。矢根就扶着爹往矢家坟上走。

到坟上,矢群先拽着矢根到矢柱和宁氏坟上磕了个头,然后又趔趔趄趄地拽着矢根走到吕氏坟前说:没你娘,就没你,就没这个家。

爹,我知道。

没有你家里的,就没有秀青秀白。

是,爹我知道。

秀青秀白都是矢家骨肉。爹说着,抬起大手捂一下胸口,脸色就一点点泛起青来。矢根忙扶住爹,让爹靠住他,爷俩慢慢坐在地上,爹高大精瘦的身子蜷缩在他怀里,有点像个孩子。他索性抚摸着爹骆驼毛样的头发。爹似乎让他抚摸舒服了,头一仰,把脸贴住他下巴。他把下巴往爹脸上靠靠。爹的泪就出来了,他的泪也出来了。两代混血儿的泪水汇在爹的老脸上,他伸出大手,给爹擦一把:爹,歇一下,咱回家吧。

爹说:我想睡一觉。

他说:回家睡吧。

爹没说话,他又说爹咱们回家睡吧。爹不说话,他低头一看,爹的眼皮已经死死地合在了一起。这一合上,再也没睁开。

5. 鹤立鸡群

眨眼间,一望无际的青纱帐就起来了。玉米粒儿一天天肿涨起来,谷子和高粱也都抽出了穗子。

花源头公社来了个叫夏光的军人,是来训练女民兵方队进城报喜的。那年月,谷子亩产超千斤,麦子亩产过了吨,丰产田地平如镜,利民渠胜利竣工,哪个不是喜呢?

夏光说今年粮食取得了史无前例的大丰收,县委要进行大检阅。检阅方式是组织各公社女民兵带着丰收果实进城报喜。选送方队分三步,第一步组织各村方队;第二步组成公社方队;第三步全县 18 个公社方队接受县委大检阅。

各村一下子开了锅,各家各户忙着变卖鸡蛋、菜子、葫芦瓢、棒子核儿什么的,人们得忙着给闺女做衣做裤买鞋子。当时最最时兴的服装当然是军装,最最时兴的鞋子也当然是军鞋。但谁都买不到正式的,唯一办法,就是自制。

张秋花说:也让白妮子试试去吧?

秀青的薄眼皮儿向上一翻:去呗,只要人家要。

兴许呢。张秋花一边说,心里一边打鼓。这白妮子的长相高低是惊人眼目,让人一看就能想起矢家那点事。张秋花娘家有个兄弟是个学问人，这兄弟说矢群肯定是西人后代，虽说谁都弄不清宁氏到底是哪里人，但听口音，应该是天津一带，那一带一直没少了西人，比方军人，比方传教士，比方买卖人。矢群的由来，是情肠，还是欺骗，或者是强房，除去宁氏，谁都没法知道。张秋花觉得兄弟说的有道理，可是无论如何，一个人出身没法选，走什么道是有法选的。喇叭里不是早说了么。

民兵连长王小池，是矢家东邻。平日里，对矢家连正眼都不看一眼，但这次，他却先想到了矢家闺女。矢秀青像她娘，又白又清秀，因为有她爹的缘由，身材又比一般姑娘高。还有矢秀白呢，别看这白妮子不招待见，其实仔细端详，那相貌和身材，绝不是一般姑娘能比的。

怀子说：你小子得注意点，别忘了阶级立场。王小池说：我怎么忘了阶级立场？老矢家有什么问题？你能拿出把柄？见怀子不说话，王小池又说：这次让她们去，不过是用她们争个面子罢了。说着凑到怀子耳根下：我敢打赌，这俩，都能挑上。

姑娘们都在心里慌慌地使着暗劲儿，她们把手臂甩得跟第二个扣子一般高，把脚尖踢到膝盖，嘴里有节奏地高呼着口号——"下定决心，不怕牺牲，排除万难，去争取胜利！""提高警惕，保卫祖国！"胳膊腿甩肿了，脚也出了水泡，但夏光说了，坚决不能停！一直走下去，走得胳膊腿消了肿，脚上起了老趼，胜利果实就来了！

一个多月后，她们那胳膊腿果然消了肿，脚上也果然起了老趼，走的步子也果然像有根绳子统一拽着似的。

这个秋后的下午，18个村的女民兵方队集合了。养兵千日用兵一时啊。军人夏光站在队前，他要从各村方队挑优秀队员组成公社方队。

姑娘们都穿着自制的军装，每人腰间打个绿色武装带，这一身行头，虽说大小、深浅、样式和质地都不相一致，但看上去也很整齐。

能够选到公社方队，就能够到县里去报喜。县城可是个好地方，有古城墙，有百货公司，有万人大会场，更重要的是有县革委，也就是燕平县的中南海啊，那儿的领导相当于北京城的毛主席和周总理啊！姑娘们不停地抻衣裳、调位置、清喉咙，心里一遍遍地默念着训练要领。

姑娘们眼睛都粘在夏光眼睛上，夏光眼睛对着哪里，哪里姑娘的脸就红润，胸脯就起伏，鼻息就呼呼地吹额前的刘海儿。

夏光甩动着双臂，迈着介乎平步和正步的步子，他得先选出一个标杆来。

夏光眼睛最后就落在了矢秀白身上，她这身材至少有一米七〇，宽肩、细腰、长腿。下身长于上身，小腿长于大腿。一副极好的身材比例。她也穿着一身自做的军装，但绿色比别人的绿色浅淡一点、亮泽一点。别人那布是平布，她那是斜纹布，她那纹理比普通斜纹布纹理要深一些、粗一些，衣服剪裁也极得体。这便使她整体看上去十分地显眼。夏光脑子里蹦出一个词——鹤立鸡群！

请出列。夏光一只大手朝她一伸。

在她一走出来，夏光才又惊愕地看到了一副美丽天成——略带卷曲的栗色头发，跟头发一色的眉毛和睫毛掩映着一双栗色的大眼睛，仔细看，栗色中还泛着一股蓝晕。夏光抑住惊异，转到她身后，上下左右注视一下，便伸出指尖先轻轻地抵一下后背，又轻轻地抵一下右肩膀。她那身子先挺了一下，又顺了一下。整个身子便更加地挺拔起来顺溜起来规范起来。

姑娘们随着夏光的眼睛，也发现了从未见过的美丽。

有的姑娘从她身上拔下眼神，便自怜自叹地打量自己，之后，目光一散，身子便松垮下来。真难看，难看死了。

可是人家矢秀青却没有，人家依然挺着，眼睛平视着，双手下垂着。人家脚上那鞋底至少比别人的鞋底厚一至二厘米，那是人家转了整个燕平县选的最厚的一双鞋底。蹬在这鞋底上，再踮着点脚尖，虽比不上矢秀白高，但比一般姑娘也要高出不少。她知道秀白会吸引住夏光的眼神，也猜着夏光眼里秀白比谁都好看，但她还是毫不犹豫地排在了矢秀白身边。矢秀白长得好，矢秀青长得也不赖——薄薄的眼皮儿，精巧的鼻子，匀称的身材。矢秀青身上还穿着一件自制的小胸兜儿呢。这小东西把她好看的胸脯兜得更好看，这种小东西在周围村里没人穿过。姑娘们无一例外地穿着那种把胸勒扁勒平的水桶样的小褂儿。她没把这个发明告诉任何人，包括矢秀白。她那眼睛一直看着夏光，她还不时地用下牙咬咬上唇，又用上牙咬咬下唇，她得让嘴唇时时鲜艳娇嫩。

夏光掏出盒尺量了矢秀白身高，一米七二。夏光便从一米六四选起，但选的太少，只好往下降，一直降到一米六〇，还不够，又降到了一米五八才勉强够了。

夏光果然注意了矢秀青，矢秀青也果然被选上了。

报喜那天，姑娘们都扛着不同的实物，实物就是拿胶水粘成的大棒子、大谷穗和大高粱穗子。花源头公社方队扛的是一尺多长的大棒子。大棒子长度一致，姑娘们胳膊甩的高度一致，姑娘腿脚踢的高度也一致，打眼一看，花源头方队就跟一块绿色木板一样整齐。

县委领导授予花源头公社一面锦旗，说花源头公社方队好，花源头公社革命和生产形势也好，而且不是小好，是大好！

所有人都没想到，这次检阅又添了新内容——县委要好中选优，要在女民兵方队里挑选十名最最精干的姑娘做县农展馆讲解员。农业展览馆可是个好地方，那是宣传农业学大寨，宣传"以粮为纲全面发展"的最最核心的地方。

县委留用了十个姑娘，第一个选出的就是矢秀白！这事，不但轰动了花源头公社，还轰动了整个燕平县。

人们恨不得一嘴把矢家姑娘所有事情都说出来。说她好看，说她跟花一样，有的说比花还好看，也有的说不好看，说她像洋马，像骆驼。又说她家庭，自然先说她太奶，再说她爷她爹，人们把听来的和想到的都说了出来，说得不厌其烦，津津乐道。

说到顶点时，矢秀白回了一趟村子。她走时穿的是自制的那身绿衣服，这次回来穿着县里配发的绿衣服。县里配发衣服是为去市里参加比赛，是统一到被服厂定做的，衣料是上好的卡基布，那式样、质地和针线没得能比，每条布边还用密密实实的白线锁着呢。

她从村西头走到村东头。她走了一路，人们看了她一路。这小村子的人们还是头一次见这样的衣服，也是头一次见衣服和人搭配得这么合体的。

正烧火做饭的矢秀青直了眼看着她。按说，妹妹有了地位对她该是好事，不但妹妹不受罪了，以后家里有个大事小情的也能有个照应。道理是明摆着的，可她眼下就是不好受。妹妹进门时倒是叫了一声姐，可没等她答应，人家就兔子一样朝里蹿去。那双崭新的军用胶鞋把灶前的柴禾踩得噼啪乱响，还把柴草踢得乱飞，有根柴禾明明落到她头上了，可人家连理都不理，就那么噌噌地蹿了进去，哎呀，人家眼里，哪里还有当姐的？人家心里只有县委，只有农展馆了。

6. 为那事，一定为那事

她把饭盆伸到那个小窗口里，穿白罩衣的师傅拿个长柄黑勺扤起一勺菜，咣当一下扣到她饭盆里，再把一个馒头一个窝头噗嗷一下压在菜上。每顿饭都是这么一咣当，再一噗嗷。两个声音常让她感到生活仿佛不真实。她居然能这么悠闲自在。不用种粮，不用拾柴，不用挑水，不用择菜，也不用推磨挑水烧火，饭就吃到嘴里了。

这城里人就是会吃，她看见过大师傅做豆腐，先把豆腐放到滚烫的油锅里煎得焦黄，然后放葱丝姜丝蒜片，倒上酱油，紧翻几下，"哗"地泼一层醋，再紧着翻几下就出锅了。这种豆腐吃到嘴里，可真是一个享受。堤外村人从来不把豆腐单做，总要把豆腐放到白菜里炖，把豆腐炖得老黄僵硬，把白菜炖得也蔫头蔫脑地没了筋骨。这里的大师傅就是做白菜炒豆腐，那白菜也是新鲜脆生，那豆腐也是白嫩清香的。等哪天回家一定也这么做一次，给爹娘尝尝。

一晃，已经三个多月了，每月还挣二十块钱呢。她得先给爹娘和姐姐买件衣料，做件新衣。爹那件褂子都有十几年了，娘那两件褂子破旧不说，还都是大襟的，得给娘做一件对襟褂子。姐姐也爱美，哪天给她挑件好看的的确良褂子布带回去，让她好好美美。

杨馆长兴高采烈地通知她被长期留用了，一起来的十个人，留用了六个，还让她当了这六个人的组长。杨馆长兴高采烈地说小矢你一定要负起责任。最近市里要选拔去省里演讲的人才，按你的情况，去省里拿名次，一点问题都没有！

她浑身一热，心就要炸出来，当初王小池让她报了名，娘就高兴地给了大兰子一双条绒鞋布，后来她选到公社方队，娘又给了大兰子十个鸡蛋，到她被选到县里后，娘又让爹给王小池家编了两个结结实实的红荆条筐头。这要长期留下了，娘还不知道给人家什么礼物呢。也多亏杨馆长，为克服她语调、节奏和重音上的毛病，杨馆长像医生给病人开药方一样，一项一项地帮她纠正。可在她感激杨馆长时，杨馆长还摇着手说：这可不是我帮的，是你的素质好，我在馆里待了都二十年了，还是头一次遇见你这样的。下来，你还得帮帮另外几个。

就在说这话的第三天，馆长又把她叫了去。馆长说：小矢，县委指示裁减人员。她看着馆长，有点不知天高地厚地以为馆长是在征求她意见，她脑子急着考虑组里六个人的情况。她说：馆长，这几个人也都进步了，真的，要不了多久，都会赶上来……

馆长脸就红了，馆长把手一扬：不是，小矢，不是！

她这才毛了：馆长，你是说？

馆长磕巴了好几下，才说：小矢……上级通知，让你……先回家……

馆长，不是已经决定留用我，不是您还推荐我参加市代表队吗……

馆长把脸转向一边，脖子上的青筋鼓得老高：你先回去，等信儿吧。

她一下子明白了，为那事，一定是为那件事！

从县城到白龙河边，平时走一个多小时，这次她足足用了四个小时。

县委怎么知道矢家的事呢？是谁使了坏？

堤外村人最看不上矢家的就是王小池两口子，她一记事就记着王小池叫她"黄毛丫头""小洋鬼子""小洋马"。每叫一次，她就骂他一次。可是王小池还叫，有时还叫她"黄毛野丫头"。她最忌讳的就是"野"字。在她上三年级时，王小池叫她"小野丫头子""小野鬼子"。她说：你再叫我一次，我饶不了你！可王小池当下就连叫了好几个。第二天，王小池家的母鸡就被黄鼬叼走了三只。王小池一看，他家鸡窝原来被人掏了天窗。王小池的爹把王小池和他娘揍了个半死。可是在几天后的一个大雨天，矢家的茅房和猪圈轰隆一声就倒了，矢根披着蓑衣出去一看，茅房和猪圈后头有条二尺深的沟。张秋花登时就白了脸：有人在背地里扎刀子呢！倒了茅房猪圈是小事，要是给咱房根儿下挖了沟，倒了房事可就大了呀！秀青一听，跳着脚指着秀白就说：是她，是她白妮子惹是生非呢！

这次参加方队，之所以让她去，王小池是想让她给民兵连长贴金，被留用后，娘虽然给大兰子送了一条混纺围巾和一双尼龙袜子，可是，王小池心里也不会舒坦呢。还有治安员怀子，怀子那眼神入木三分，要把矢家祖宗八代看透呢。怀子是有名的活马列，一本小红书装在兜里，号称年年读月月读天天读，一贯爱拿马列主义手电照别人，从来不照自个。堤外村村支书本来是李满堂，可李满堂这两年得了肝炎，人们知道传染，都不爱到他跟前去，他也有意躲着人们，工作上的事就让怀子代劳。村里的权力基本把持在怀子手里。她走前拿着表找他盖章时，他把"有无政历问题"一栏盯了半天，到最后，既没写"有"也没写"无"。落款的地方，只写了个时间。好在那时主要接收她的是杨馆长。

白龙河一过，堤外村就到了。人们肯定要问她话。

怎么回来了？

不是留下做长期工了么？

你娘不是早给你做了活里儿活面儿的棉裤棉袄了？那棉裤棉袄的面子可是能摘下来洗的，你娘说城里人都穿那样的。

身后过来的两个人，说话都是堤外村口音。她忙把车子放下，把脸埋下假装系鞋带。

后背唑啦唑啦如同虫爬一样，她知道，那是四个眼珠子在她后背上划拉呢。

两人过去，四下里静了，静得只能听见呼呼的风声和秋虫声。

她刚站起来，就又有人过来了。她又急着扭过身子，却无意间看见车铃铛上的一张脸，车铃虽锈渍斑斑，但依然能把她的白脸深眼隆鼻照得清清楚楚。她狠狠地把车把朝旁边一扭，那张脸才跟着跑了，车子也随着啪地倒在地上。这是一辆白山牌自行车，是她到县里后，爹赶集花四十七块钱给她买的。爹平时把每一分钱都恨不得攥出汗来。可爹就生生地花四十七块钱给她买了辆车子。

车把上挂的网兜里装着脸盆、饭盆和茶缸，行李卷上还插着一块小凉席和一双运动鞋，人们一看，就知道这是没了工作回来了。身后又传来说话声，她忙转过车把朝沙滩走去。看来这路上一时半会儿安静不下来。这里离堤外村才半里多地，矢家路口有辆架子车出来了，应该是王小池和大兰子。大兰子知道的事，不出半天，全村就能都知道。娘这时肯定在拉风箱做饭，爹肯定又在编筐呢，她想不出爹娘知道她被下放会多么难受。

泛着黄白的茅草在瑟瑟颤抖着，茅草又软又细，摸在手上很熨帖。这一地的茅草、芦草、节节草和猪耳朵棵都让西下的太阳染了一层金黄，她那栗色的头发也变成了紫红，胳膊上的小汗毛一根根支棱着更加地显眼。她忿忿地薅下几根，扬进风里。地上的细沙围着她脚尖打着转儿，她低着头，眯着眼，一任沙子围着脸和脖子飞旋。这会儿街上正人多，收工的，放学的，吃饭的。她这会儿还不能往回走呢。

离岸边十几米有一股蓝幽幽的水，最中间还哗哗地打着旋儿。前年这里淹死个老太太，去年淹死个小伙子，今年又淹死了个中年女人。人们说水鬼要找了替身才能托生。旋涡里的水声，像哭，又像笑。哭着笑着还有一个湿漉漉的声音飘了上来——好哇，真好哇——下来，快下来呗——俩姐姐都长得像娘，到了自个这儿就像了爹，要是没了自个，家里就没这七七八八的事了。

真好啊——快下来呗——下来呗——

她朝前走去，凉风飕飕地向后兜着她的头发和衣裳，她燥热的身子清爽起来，脑子和心肺也都清爽起来。

她朝前走得很快，像有根小绳子在拉着她向前溜，她眯起眼睛，往里，再往里，越往里，越清爽呢。

眼看就到了更清爽更轻松的旋涡时，她手忽地被扯了一下，紧接着，又几下。她伸手一摸，是一缕水草带着茅草缠住了手腕。忙着往下拽，可越拽越紧，越理越乱。拽着拽着，她忽地发现，那泛着白光的细软软的茅草，其实是娘和爹的头发呢，娘爹呀……

第二章　非我族类其心必异？

1. 有洋人找过你奶奶吗？

　　社员们每天要先在队部集合派工，然后再四下里干活去。
　　平日里，男人们靠在墙根，抽着烟，打着盹，女人们哧哧地忙着针线活。可今天不了，人们眼睛都盯着矢秀白，盯她眼睛、眉毛、鼻子和头发，还盯着她爹矢根，好像刚刚发现他们的与众不同。
　　队长王前进站到四方方的粪堆上了。王前进清清嗓子，派小蕊她爹高大根念《毛主席语录》。高大根是学《毛主席语录》辅导员，三代贫农，没任何政历问题，高小毕业，在队里当会计。
　　高大根郑重了脸，清几下嗓子，挺着身子，把《毛主席语录》托在两个大巴掌上。"革命不是请客吃饭，不是做文章，不是绘画绣花，不能那样雅致，那样从容不迫，文质彬彬，那样温良恭俭让。革命是暴动，是一个阶级推翻另一个阶级的暴烈的行动。"
　　王前进说毛主席的话大伙都得记住，"革命是暴动，是一个阶级推翻另一个阶级的暴烈的行动"。队部里很安静，安静得掉下个羽毛都能听见。就在这种安静中，忽地一个四五岁的男孩儿一惊一乍地说：娘啊娘，快看啊，老矢根那眼，跟灰驴一样，也么么大，也那么大的重眼儿呢！
　　大伙一下都愣了，还是孩子他娘反应快，虽说矢家有那点事，但也不能说人家和灰驴一样啊。念语录呢，谁让你瞎嚷嚷？！"啪"的一下，一个硬巴掌打在孩子头上，孩子哇地哭了。
　　童言无欺，童言无欺啊！所有眼睛一下子都落到矢根眼上和身上。
　　老矢根靠在土墙根儿下，顺着眼睛，佝偻着身子，下巴挨住膝盖，那眼睛，还有头发，的确和那灰驴有些像呢。
　　人们又把眼睛转到矢秀白身上，这矢秀白的眼睛也有些像驴眼睛呢，又大又重眼儿又那么长的睫毛。
　　矢秀白这一回来，就算对矢家原有的疑问做了定论。怀子是负责村专案组的，怀子牵头给矢家立了专案。县里都把矢家闺女下放回来了，这案，还能不立么？怀子心里一阵冷笑。当时县里来调查时，他说有问题没问题，村里也不敢定，只知道矢根铁定是个洋人串儿，不信，自己看看去。两个人跟着怀子只看了一眼，就把眼睛睁得天大。

村校的一间办公室做了专案室。

知道你奶奶在娘家的事么？不知道。她回过娘家么？不知道。你记得有洋人找过你奶奶么？不记得。你记得你奶奶发过电报么？不记得。你？问了这半天了，都是不知道不记得。那么，你爹呢？你爹活着时发过电报么？没有。没有？都是没有？哼哼！你也别嫌难听，有人揭发你奶奶是国际大特务，要不，你爹和你，还有你家小闺女，怎么长成这模样？

矢根干瘦的身子哆嗦着，身子抵着的老旧木桌子也窸窸窣窣地在哆嗦……

一直到了家，矢根的身子还在打哆嗦。爹，怀子到底说了什么？秀青问。矢根不说话，矢根坐在小木墩上编筐去了，一双皱裂的大手哗哗地捋着柳条子。秀青又问。矢根还是不说话，一蓬柳条子自是哗哗地扑棱着。秀青跺着脚说：窝囊死，窝囊死啊！矢根嘴唇动了一下，可是连个蚊虫样的小声都没发出来。张秋花双手拍着膝盖说：姑奶奶，少说一句吧！姑奶奶！秀青咬牙攥拳地摔门走了。

张秋花看着秀青背影，心里一顿，像有把小刀子猛地一剜，她知道，秀青又自个张罗婆家去了。

秀白从屋里走出来，狠狠地说：狗都不嫌家贫呢！狗都不如。

小祖宗们，住嘴行喽么？你娘求你们了！张秋花说。

队长王前进派矢秀白去张家洼开红薯地，同去的还有所有男劳力和一般的媳妇和姑娘们，有几个出头露面的姑娘和小伙子还没派呢。

矢秀白想知道剩下的几个人去干什么，可王前进不派，只把眼睛一睃一睃地看着她。打从县里回来，王前进还没拿正眼看过她呢。秀白明白，这是等着派那几个人好差事呢，忙转身走了。

在她从张家洼带着一身汗碱回村时，才看见那几个姑娘小伙子正蹬着高凳写黑板报呢。狗眼看人低呀，去县里之前，每次写黑板报都少不了她。她虽是初中生，但字比高中生写得还好，设计的花边和报头报尾谁都比不了。她在农展馆时有次回家，王前进还让她辅导他家小姑娘朗读课文，还说让她有机会把他姑娘介绍去当讲解员呢。

到了家，她娘已经冲好了一壶竹芽草水。这是她和娘今年端午节采的。

她一气儿就喝了一茶缸，一溜甘甜清香让她心里立时开了个天窗。每年端午节，天一蒙蒙亮，娘就叫着她去村南自流泉边采竹芽草。她问娘咱家喝竹芽草水是谁兴的？娘说是奶奶，你奶奶说自流泉的水好，泉边的竹芽草格外好，又解渴，又败火。

她爹也回来了，爹把院子扫了一遍，早又就着老槐树斑驳的树荫磨镰呢。下午队里要割谷子。爹从来不让她和秀青用不好使的家什儿。

她给爹也端去了一茶缸竹芽草水，爹喝一口又继续磨。爹不停地在磨刀石上洒水，又不停地把水磨干，直到石面上淤出一层层黏稠，刀刃也又亮又飞薄时，爹眯着眼睛拿粗糙的拇指试一下刃性，才算了了。

秀白一边和娘做着饭，一边看着爹和门口的老槐树。

这老树一直好好歹歹地活着，爷爷和爹每年都要给它浇水施肥，老树也算见证了矢家几代人，几代人都不爱进村，每天都在老树下忙活。矢家男人无论耕耧锄耪，还是扬场看墒情育种子，都是好手。一代代传承着编筐子篮子的手艺，别人编筐编篮只把条子编上，能盛东西就行了。他们还要把条子编出花样来，或是编个双条沿口，或是在中间加根彩条，让筐子篮子又好看又耐磨。

到第二天上工时，矢家人才知道王前进已经调整了牲口把式了，王前进让矢根把使了几年的枣红骡子和灰驴换给了郑三，把郑三使的那头该颐养天年的花皮老牛换给了矢根。矢根这几年把枣红骡子和灰驴调理得膘肥体壮、皮毛光亮，干起活来又温和又有劲道，而那头花皮老牛无论如何是快走到生命的尽头了。

矢根把牲口交给郑三时，郑三挺不好意思，说：要不，你使着吧。矢根说：不了，不了。郑三又说：你使着吧。矢根又连连说：我不，我不。矢根小心翼翼地套上花皮老牛走了，郑三才套着枣红骡子和灰驴去县里拉化肥去了。

张秋花心惊肉跳了一整天，一次次想起《青松岭》里的钱广，那电影在堤外村已经演了好几遍了，电影里那个阶级敌人钱广就是利用当车把式搞破坏的，钱广是把牲口训练得别人使不得，别人只要一使那牲口就要闹事。张秋花知道矢根不会，可是郑三出门万一有闪失呢。一直到郑三安全地回来了，张秋花才算放了心。

这天，天气还不错，闷热了几天，终于憋出了一场雨，雨后一凉快人们心情都很好，连矢家人也算适应了秀白回家的事了。张秋花说什么事都得过去，不过去，就没法活人了。

可是这天这件事，张秋花还真有点过不去了。前一阵，公社妇会魏主任来了，王前进把魏主任派到了矢家吃饭。那时矢秀白刚刚被县里留用，王前进还把矢秀白被留用的事告诉了魏主任。当时，张秋花使劲咬住嘴唇，生怕显得过分欢喜让人笑话，让矢家管工作组吃饭，说明王前进已经把矢家和一般贫下中农一样看待了。她不但给魏主任炒了鸡蛋，做了腊肉，烙了白饼，还做了棉仁疙瘩，就是把棉花子撕去棉绒在碾子上碾碎，再掺上面粉和各种作料做成小丸子，然后煮在棒子面粥里。一个劳力一年才分几两豆油，而每个棉仁里可是兜着一兜油呢。魏主任说：大娘你做的棉仁疙瘩和别人做的不一样，又劲道又光滑又香泛，我都吃了三碗了！张秋花心想敢情好吃，那点棉仁她和矢根撕到了鸡叫二遍，把每粒棉仁都撕得像个小豆粒儿样光溜，在石碾上碾碎，又放了好几味作料呢。那好，那好，主任，你以后再到堤外村，你都来我家吃饭，我一准还给你做这样的棉仁疙瘩。张秋花笑出了一嘴的牙花子。魏主任哈哈大笑着说好啊，好啊！

这天早晨，魏主任和公社副主任还有一个农业技术员来了。张秋花估计王前进不会再派魏主任跟她吃饭了，可又觉得万一呢，王前进也知道魏主任爱吃她做的饭呢。

张秋花很早就站在了王前进跟前。张秋花罗圈着腿，凄惶着脸，半张着嘴看着王前进，可是王前进那眼睛，连扫都不扫她一下。

王前进先把公社副主任派到了一家，去谁家她没听清。王前进又给农业技术员派了一家，去谁家，她也没听清。生怕队长的眼还不扫她，她又往跟前靠了靠，把身子往前倾着，鼻翼一扇一扇地喘着粗气，可她，到底还是没有听见队长叫她名字。

魏主任被王小池媳妇大兰子领走了，大兰子一边走一边还说：主任啊，我做的饭，好吃不好吃的，你可得将就点，不过，我可是三代贫农，我的阶级立场可是没的说啊。

小蕊她娘说：嫂子，快走吧，人家都走了。

张秋花才挪动了脚步，小蕊她娘发现，张秋花的裤腿已经湿了大半。

张秋花湿着裤脚又赶着下地了，张秋花五十多岁的人了，还天天跟着生产队下地劳动，要命的是那双踩着两个趾头的半大脚，在暄地里走一天，硌得钻心疼。队里像她这样的，一般都不下地了，可她得下啊，她下地不止为那两毛多的工分，更多的是表现。她得通过表现，让人们放矢家一马。

2. 白妮子也想进步呢

矢家小闺女多能干呐，不要说大闺女小媳妇，就连小伙子们也常常不如她能干呐。可眼瞅着小闺女就再没有出头之日了。队里的年轻人有的保送上学，有的推荐了工作，剩下的也入了团，有的还入了党，连秀青也入了团。秀青入团前都要给家里脱离关系呢。这一下，遇到开党团员大会时，队里就只剩下秀白和一个缺心眼的闺女了。

张秋花去了怀子家。

白，白妮子……也想进步呢。

好哇，进步好哇。

白妮

白妮子，也想，入团。

团组织大门是敞开的。

其实，白，白也没什么……

谁说她有什么？

是啊，谁也没说你什么。村里有成分高的，有坏分子的，有真正海外关系的。那些子弟都可以说老子反动，可以和老子划清界限。可矢家问题折腾半天也没个名目，到后来，还是公社邱主任说了话：我看就别纠缠了吧？就算是八国联军，那也是强暴，基本没有通奸的可能。听说宁氏这些年不要说妇道守得好，就是其他方面也没毛病。怀子说：那，还有传教士和外国商人呢，听说传教士和外国商人可恶着呢，说还有好些情种呢。邱主任两手一摊说：我说你这家伙想象力也是忒丰富，说了半天，都是无招无对无屁眼子的勾当。要定性，怎么也得有个证据吧？怀子眼睛翻竦了几下不说话了，可怀子对矢家的嫌恶有增无减。矢秀白想入团？门儿都没有！矢秀青入团，要不是魏主任硬保，也没门儿。魏主任说就算是有问题，子女还得给条出路呢。况且，矢秀青已写过三次保证书了。谁家里没有大男小女？矢家老太连骨头都快沤烂了，还老倒腾个什么劲？不嫌寒碜呐？

张秋花从怀子家出来腿一直软着，可是张秋花没有死心，她又挣扎着一双半大脚四处走动去了，她要为小闺女寻个婆家，找个好人家，到了婆家，兴许有些出路呢。过筛子过箩地想遍了全村的小伙子，到最后想了两个不好不赖的，都是贫农，第一家小伙子长得还行，就是有点窝囊，窝囊就窝囊吧，不窝囊，人家能找咱？第二家也是贫农，小伙子能干，就是小时候长眼疮落了疤，疤就疤吧，不疤人家也不可能会找咱。

可是媒人赵大女两天后就回了话。说她去的第一家说不行，有介绍的了。第二家，人家不光不同意，还让传话来了。张秋花不想听，可赵大女嘴碎，到底还是把话扔了过来——阴天下雨不知道，自个什么成色还不知道？不行，撒泡尿照照！

矢秀青急急忙忙地把自己嫁了出去，婆家是离堤外村一里多地的堤内村。

秀青走了，家里安生了许多。一安生，张秋花就想起来去邻村看看她姐姐去，还住了一宿。

晚上，父女俩吃完晚饭，矢根就又去东小屋编筐去了。这一阵公社正在割资本主义尾巴，这几个筐不是编了卖的，都是张秋花揽来的活儿。

秀白纳了一会儿鞋底子有些泛困，就躺下睡了。

半夜里，上厕所时，听见里头呼呼喘气声，以为是谁家的猪狗，可是进去一看，是个人蹲着呢。

谁？

别喊！别喊！是我，是我！

你是谁？

我是嫂子，嫂子！东邻大兰子站起来朝四外里看看，拽起秀白就往矢家屋里跑。这时她才发现大兰子身后还背着个棉花包呢。大兰子呼哧带喘地说：妹子，帮帮嫂子！见她愣着不说话，大兰子又说：妹子，救救嫂子！说着咕咚跪下了。

她忙说：你这是干什么？快起来！有事你快说吧！

原来大兰子偷了队里棉花，保卫组的正追她呢。我怎么救你？妹子，要有人来了，就说是你。大兰子一边说，一边拍着棉花包。

见秀白不答应，大兰子又说：要说是我，你小池哥不好说话，他那民兵连长也得撸了。要说是你，你小池哥就替你把事压了。等风声一过，我让他给你找份工作。大兰子喷着唾沫星子一边说，一边拿又粗又大的手指戳她肩膀：嫂子说话算数，铁定算数！

在她还在发着愣时，大兰子就翻墙跑了。矢秀白看着大兰子的身影，瞪着眼看着松松垮垮的棉花包，心想，这大兰子可真行，男人前头当着民兵连长，她在后头偷棉花。这不叫监守自盗么？王小池号称红色革命接班人。他妹妹去年刚去了兵工厂，不久前他表妹又上了县师范。找份工作，对他来说，的确不难。

在她心里还没掰扯清楚时，几把探照灯一样的长筒手电就照亮了矢家每一个角落。领头的怀子上来就摁住了棉花包，然后看看棉包，看看她，又看看棉包，又看看她，故意把脑袋夸张地摆来摆去。然后才说带走。她靠在墙上不走，但也不说什么，只把一双栗色的大眼睛盯着门口。怀子再说时，她还不走，还有些不明事理地让把棉花包带走。

怀子厌恶地看着她说：把棉花拿走？

带走吧。

怀子哼哼冷笑两声，朝民兵王大成和刘铁锤一挥手，两人就捉住了矢秀白胳膊。矢秀白使劲扭着身子说：我不去，我没有，我不去！怀子像看一摊大粪一样看着她说：当了小偷，就由不得你了！她猛然抖了一下，"小偷"两个字像两个红火球猛地砸在她脸上。她正不知如何是好，门帘哗地掀开，她爹矢根呼地进来了。

矢根脸上肌肉抽动着，栗色泛蓝的眼睛硬生生地盯着怀子，这老矢根一辈子都没有过这种眼神呢：我家白，一直在家里！

怀子不屑地看他一眼，伸手要推开他。他不动，两只眼睛揪住怀子：不是她偷的，不是！

不是她？是你？事实面前，还敢狡辩？怀子噗噗地拍打着棉花包。

秀白想说什么，爹一下子把她掩在身后。爹那身子一挺直，比在场的几个人都高出一两尺，极像一棵大树呢。

矢根那脸又猛抽两下：你们摸摸她被子，她被子还热着呢。矢根那声音跟打霹雷一样，两只大手呼一下把被子翻了过来。王大成和刘铁锤刚想去摸，见怀子盯着他们，又缩了回来，只有民兵副连长保卫组长蔡小忠上去摸了一下，摸后，一张脸立时定住了。

矢根原本又红又亮的脸更红更亮了：蔡小忠，热不？你说热不？

蔡小忠嗓子里像卡了东西，连着咕噜两下，脸上肌肉也愣愣地抻了几下，明眼人一看就明白，那被子，是热的。

秀白没想到爹有这么精明，嗓子一痉挛，脖子就发了粗，可她心里还惦着大兰子那话呢，想着，就跟着往外走。

矢根把她一把拉住：你们摸，你们可摸摸呐！声音大得把老屋顶的尘土都震落了下来。

王大成和刘铁锤你看我，我看你，最后都看怀子。怀子瞪着秀白说：这棉花，不会是自个飞进来的吧？

蔡小忠也看着矢秀白说：你倒是说啊，棉花包哪来的？说啊！你？

秀白的脸由白变红，又由红变白。但她还是不说。

她爹又轰隆轰隆地大喊：白妮子！秀白！你说！

她哆嗦一下，脸僵着，身子也僵着，眼睛瞪着门外。

门外响起个嚓嚓的声音，像脚步声，屋里霎时出奇地安静起来。

是王小池来了！矢秀白想。

声音越来越近，但到门口，又听不见了，人们相互看看。矢秀白紧咬着牙，大兰子红口白牙说话不能不算数。

怀子大声说：带走！

矢根的脸已经青紫得像块生铁：白！白妮子！别走！

矢秀白却镇定地朝外走去。

矢根的脸狰狞起来，一只大手抓住秀白，另一只大手惊天动地地划拉一下：那就让我去吧，我去！是我偷的！是我！

所有人都惊异地看着他。秀白说：爹，你不知道……

革命不是请客吃饭，不是做文章，不是绘画绣花，革命是暴动，是一个阶级推翻另一个阶级的暴烈的行动……怀子严肃地开了腔。语录背完后，怀子又对矢根一字一顿地说：我以堤外村支部委员和治安员的身份警告你，你要认清形势，态度要放老实，思想要放端正。实话给你讲，偷棉花的，是个女的！

3. 妹妹肯定不会偷棉花

　　张秋花被矢根扶着深一脚浅一脚地回村时，鞋子和裤腿都被露水打得精湿。老两口看看天色开始泛青了，就直接奔怀子家来了。

　　怀子家大门还紧关着呢，张秋花让矢根先回家，矢根不，张秋花就摸了两把柴火，自己一把，矢根一把，可两人刚要坐下，忽地听着有人家在开门，张秋花忙说别都在这儿。矢根看看远处，忙把胳膊上的旧暖袖摘下来递给张秋花，然后才弓着身子走了。张秋花戴上暖袖，暖袖里的热气一挨住胳膊，眼眶一酸泪就要出来，她忙硬硬地咽了两口。她心里明镜似的，小闺女是个穷死饿死也不会偷摸的脾性，可是生产队已两年没分棉花了，矢家根本没棉花，那棉包从哪来的？

　　有做两顿饭的工夫，怀子媳妇才趿拉着鞋端着尿盆出来了。张秋花忙赶上去说：她嫂子，起来了？怀子女人看她一眼，甩一下蓬乱的头发，朝粪堆走去。

　　张秋花跟了两步，又尴尬地停住，一手扶住墙角，一手悬在空中。怀子女人哗地把尿泼到粪堆上，几只麻雀哄一下飞了，粪堆上立时泛起一层白沫子，空气中也腾出一股尿骚。女人也不答理她，揉几下惺忪的眼睛，挖几下黄烂烂的眵目糊，又抱着柴火往屋里走，碎柴火一根根羊拉屎似的往下掉着。

　　张秋花一边帮女人捡柴火，一边又说：她嫂子，怀子起来了没？女人剜她一眼，像张秋花该她三百吊钱：快忙死他了，昨个黑间，一宿没睡！

　　张秋花一身一脸的歉疚：那，那就让他多歇会儿吧，我等等，等等。

　　张秋花正刚要靠到边上去，又弯着腰朝前走两步，扬起两手：她嫂子，要不，我给你拉风箱，你收拾锅？

　　怀子媳妇耷拉着脸"呱嗒呱嗒"使劲拉着风箱，说：我这锅，用不着收拾。

　　张秋花讪讪地坐了一下，便又拿眼在院里踅摸，发现墙角放着一堆没剥的棒子，忙颠颠地过去剥起来。女人看一眼，虽没说什么，脸倒好看了些。

　　在张秋花把那堆棒子快剥完时，怀子才打着哈欠出来了。张秋花手里也不停，只把身子朝怀子够了够，说：起来了？——论辈分，怀子给她叫婶子，一般这种关系的可以直呼晚辈名字，可张秋花从来不。

　　怀子当然也不叫张秋花婶子，他说：来啦？

　　张秋花紧着说：嗯，嗯，来了，来了。

　　怀子不说话了，张秋花也一时找不到话口。怀子吧嗒吧嗒抽起烟来，只两口，就把烟抽下去半截子：公社叫送。

　　张秋花知道"送"就是押送，她一下子就不管不顾了：怀子啊，说什么也不能送啊，婶子求你了。我家白妮子，怎么会偷……偷东西啊？

怀子把眼一瞪：这，你得问你闺女！

……

白，我家白妮子，她在哪儿呢？

不知他们送了没。

怀子，怀子啊，婶子求你，婶子求你了啊！张秋花一边说，一边哆嗦着走过去抓怀子手腕，身子一矮，就形成了一个似蹲非蹲似跪非跪的样子。

女人噌一下蹿过来把张秋花一提溜，尖声厉气地说：你起来！你给我起来！你跪在我家怀子跟前，你这不是要折人阳寿么……

矢根知道人家不光不会给他一点面子，人家还会因了他的出现把事弄得更复杂。他得赶紧去叫秀青回来。眼下的矢家，只有秀青能给街面上搭个边。他走得很快，两个沉重的泥水裤脚朝后一甩一甩的。

他一边走，一边发现了好些人家房前屋后都放着他编的筐呢。还有怀子家，光这一阵子，他就给怀子家编过好几个，都是红荆条的。可这时，那些红荆条筐们连一句话的事都不顶呢。

秀青开开门，看看爹的脸，又看看爹那大泥坨鞋和泥湿的裤腿，心猛一抽，就知道家里出事了。她一边听爹说着，一边想给爹找件衣裳换上，可爹这大身量穿谁的都不行。她忙拿出块旧褥单想让爹披上，可是爹把褥单一扔说：快，快走吧！

她又忙推出一辆老旧的大水管自行车，摁摁车带还有气，就说：爹你上来，我驮着你。她爹把大手一摆：你先走吧，快点！秀青一想也是，爹那大身量，她还真有些驮不动。

秀青上去就把车子蹬飞了，眼泪也哗哗地下来了。按说家里就这么姐俩，该挺亲的，可有时她就是由不得自个，她实在受不了秀白出风头时那个劲儿。这种受不了像妖怪附体，说来就来。秀白去县农展馆，走时还没事呢，可秀白春风得意地一回来，那股劲儿就像发起来的面团一样，摁下去起来，再摁下去再起来。那天娘说天冷了，你给秀白送衣裳去吧，省得回来耽误工夫。她去了正赶上那个杨馆长给秀白说话呢：小矢啊，一组六个人都交给你了，你得负起责任啊。她听了这话有些发蒙，一问旁边的讲解员，才知道敢情人家当官了。难怪人家见她来了，都不肯放下手里的事呢。那个讲解员问她是矢秀白什么人呀，她说是姐姐。哎呀！怎么一点不像呀？是不像。哦，有的姐俩是不像，你长得像爹，她长得像娘吧？她？她才不像我娘呢。那她就像爹，你就像娘？这时她忽地就变成了一张皮，妖怪在皮里头就替她说了话：她？她谁都不像，她像洋毛子！——真没想到，几天后就有人去村里调查，紧接着，秀白就被下放了。

她把车子越骑越快。妹妹肯定不会偷棉花，可那棉花又是哪来的？

还没进怀子家门，就听见怀子女人喊叫呢，她跑上去把娘架起来时，娘的腿还软着呢，她给娘擦着泪、掸着土，她的眼泪也就下来了，她说：怀子哥，事儿既然出了，也就只得给你添麻烦了。

怀子看看秀青，面色好了些。

秀青又说：怀子哥，我这妹子自小就拧。下来我们得管管她，这大忙的工夫，你们还得给她操这心，实在让人过意不去。怀子哥，我想见见我妹，问问她怎么回事。

怀子说：这一阵棉花丢得忒多，上头让下力逮。唉，谁都不愿碰见这事。昨晚刚转到丰产田，就见有个女的正摘棉花，一见有人，背起包袱就跑，我们跟着就追，眼瞅着跑到你家去了。再说，那棉花包也是打你家炕头上摁住的。谁都知道队里早有两年不分棉花了，你家炕上的棉花又是今年的新花，指定是从地里刚摘下来的。

秀青说：怀子哥，我不是护着我妹，听我爹说，我妹昨晚真的在家来着，说当时我妹的被窝真是热着的。

怀子脸儿又下来了，其实当时蔡小忠也告诉他被子还热，他也明白被子肯定热着，可他就是不接蔡小忠话茬儿。这小子平时总爱出风头，老想去了头上那个"副"字，从棉花地追过来时，怀子是在看清大兰子之后才故意拖延时间的，怀子在工作上和王小池最一致，他也死活看不上矢家，也知道矢家不会偷，不过他怎么也得进屋走个过场，可没想到屋里还真的有个棉花包，他想了几想才明白是怎么回事，所以他不能摸被子。他才不为矢家得罪王小池呢，由他们倒腾去吧。

秀青看怀子没诚意，忙找个台阶领着娘出来了。

秀青让娘自个回家，她又去了高大根家，高大根的闺女小蕊和秀白好，这会儿一家人都在呢。听她说了，小蕊张嘴就说我看秀白不会！可是高大根不让小蕊多话，高大根说：秀青，事到如今你只有让秀白开口。小蕊也说秀白应该快说出来！

秀青一拐进大门，就见那个棉花包正臊眉臊眼地示众呢，她心里咯噔就明白了——矢家是被拧了麻花了。她拐弯就又去了蔡小忠家。

蔡小忠家正吃早饭，她说：小忠哥，你是个实在人，你给矢家说句话吧，要不，矢家就冤枉死了。秀青说着，抽抽搭搭地哭起来。

蔡小忠一手端着玉米面粥，一手把炕沿上的旧褥子往里一搡，让秀青坐下，说：那，干那事的是谁？见秀青犹豫，他又紧着呼噜呼噜喝了两口，把碗一推，说：秀青，你刚才说我实在，那我就说实在话吧，你们要说不出是谁，那就只能是她。

秀青自然听出了门道，看看窗外，往前凑凑说：小忠哥，你知道，矢家一直忍气吞声，万事不惹人。可事到如今，我妹妹都被押了起来，老矢家也就不能当哑巴了。

见蔡小忠凝神听着，秀青就有意拐了个弯：小忠哥，我心里早就有个事想给你说呢，可我不见我妹，我又有点犯嘀咕，你还是先让我见了我妹，再说吧。

蔡小忠更严肃起来，说：你看这样行不，我心里也存着个事，兴许是一码，你先说说看。

我前几天回娘家，晚上看见个怪事。

什么事？

鸡叫头遍时，我忽地听见外头有动静，扒窗棂一看，见有人背个棉花包过来了……

是谁？

秀青面露难色。

没事，说吧……要怕说人名不好，你就说是你家哪个方向的。

秀青脸涨得通红，嚅几下牙花子，把手向东一指。

蔡小忠机警地朝外看着：我叫你见你妹，你告诉她，一定说实话，我会瞅机会帮你们。

秀青又说：小忠哥，你说这棉花包怎么到了矢家炕头上了？再说了，秀白就是说了实话那不得罪苦了王小池家了，人家当着民兵连长呢。

蔡小忠说：当着民兵连长还干这事，干这事还当什么民兵连长？

4. 她开始明白事情不会太简单

这是一间小布袋屋，是解放前大地主家的一个仓房，厚墙山，砖墁地，两道锁，门扇又厚又大。

她一进来，一股浓浓的霉味就扑得她打了几个喷嚏，紧接着又差点被绊倒，在她还没站稳时，王大成和陈臭子就把门哗啦锁上了。

她不想往里走，可门口没站脚的地方，她把绊她的东西往里一踢，就着一溜月光一看，是个废弃的高音喇叭，旁边还有一摞纸糊的小彩旗儿。去县里前，村里开会都让她参加，也让她拿过这样的小彩旗儿。回来后，还没让她参加过会，更没让她拿过这样的小旗儿呢。

她挨着一堆破报纸蹲下，久封的霉味直冲她鼻子里钻。她拿手扇几下，味好像更大，又顺手抓起个小旗儿哗啦哗啦晃几下，霉味少了点，但又腾起一片大大的尘土，哗地把小旗儿扔出老远。哼！把事弄清了，有了工作。一个小破旗，还不拿了呢！

  这些年，村里逮住小偷小摸都先放在这里，经审问，轻的放了，重的送公社。她看看门外，心里一挠一挠的，王小池在哪呢？该是去找怀子了。

  只有沉住气，才能把事办好，才能离开这破村子。离开了这是非之地，谁能知道？再说，王小池把事压下了，也不会有几个人知道。王小池找个工作容易，他妹妹那工作，他去县里只跑了两三趟就成了，他表妹的事也没跑几趟。这次，他跑上三趟五趟成了也好啊。

  这王小池还不来？她两脚已经麻了两回，她把厚厚的门扇推开个缝，就着月光又看看外头。除去树就是一晃一晃的树影。这事，也该是个大事，王小池和怀子商量了，没准还得找支书。找支书也没事，支书心善。今天这事要是娘在家兴许出不了，可要没这事，矢秀白就永远不得翻身。不能后悔，这回豁出去了，舍不得孩子就逮不住狼。

  在她扒着门缝看了不知有多少回后，她就终于睁不开眼睛了。

  王前进又派她去刨红薯，可这次爹却没把大镐收拾利落，刚刚扬起来，镐头就甩出老远，忙着捡回来安上，可是一扬，又甩了出去。一连安了几次，又一连甩出去几次。她急了，爹，爹！你快帮我修啊！我开不完这一埂，人家队长不依我呐！她一把抓住爹的衣襟，可是爹的衣襟哗啦一下就让她抓烂了。再一抓，更烂了，她就急了，紧着一看，才知道是做梦呢，手里抓的是身边的旧报纸。

  离这里不远是队里的牲口棚，一头驴先叫了，引得另一头驴也叫了，全村的驴都叫了起来。紧接着鸡叫了，鸭也叫了，开门声、铲锅声、挑水声、女人叫孩子声、孩子叫爹娘声。可是唯独没有王小池的一点声。大兰子这是怎么了？平时大兰子怕王小池，这次，她可别不敢给他说啊。王小池要不来，那下边的事可怎么办呢？天就要大亮了。

  天光一道一道地从门缝里钻进来了，王小池还是没有半点动静。

  她开始明白事情不会太简单。

  又过了一顿饭的工夫，才终于有了杂沓的脚步声，门锁哗啦啦地响了，门板吱扭吱扭地扭动几下，咝哈咝哈的说话声就传了进来。有男声有女声，该是王小池和大兰子，可他们怎么还不把门打开呢？

  又停了一下，她那心猛地一抽，才发现，这外头不止两个人，一群呢。天呐！人们是来看小偷的！

  门外的人还在增加，有男有女有老有少，有大声叫喊也有小声嘀咕。她向门缝看了一眼，发现门缝争争抢抢地挤着一溜眼珠子，这溜眼珠子像一把把小铁铲在一下下地刮她脸呢。

白妮

她彻底体会了什么叫臊。她脸上脖子上全身上每一寸皮肉都臊,老天爷啊,你快把地上裂开一条缝,让我钻进去吧!老天爷呀!

门口人越来越多,一拨来一拨走的,来了多少拨,已经没数了。

小窗口射进来的那柱阳光,一点点转着方向,阳光里的尘土,一粒一粒地上下沉浮着。在光柱朝东一偏时,她就把身子靠在了一只破木箱上。——原来,人害臊也分阶段,受不了,到受得了,再到麻痹。

门开了,进来的是矢秀青。

也像电影里住监狱的人乍见阳光时一样,她拿手搭个凉棚,把眼睛眯成一条线。门又锁上了,秀青先把一包干粮递给她说:你吃着,我给你说话。声音又急又果断,像电影里的接暗号。

秀白却没接干粮,看看外头说:姐,你和谁来的?

秀青把嘴挨住她耳朵刺啦刺啦地说:先别问我和谁来的,先说那人是谁?

秀白眼睛还看着门缝:外头有谁?

我问你那人是谁?

你先说外头有谁?

白妮子!什么时候了,还这么任性?你快说那人到底是谁吧!说了,才能完事!

说什么说?你又不知道这事怎么着呢?我给你说什么说?

我是你姐!你快说呀,说了,我才好把你弄出去!你老在这里待着,爹娘都快急死了,再说也丢死人呀!

秀白像没听见:姐,外头有王小池么?

秀青使劲按一下秀白额头:王小池怎么了?你快说!

秀白最烦别人按她额头,秀青按她额头是当年跟奶奶学的,她把头使劲一甩:你快让他进来!

小姑奶奶,外头不是王小池,是别人!你知道么?你这是替人家顶屎盆子呢!再这么顶下去,矢家人,更几辈子翻不了身啦!

姐,你去找他们两口子,就说我叫你去的。

你是说王小池和大兰子?那你得先给我把话说明白。

门哗一下开了,蔡小忠和村支委刘新房进来了。蔡小忠对着秀青指指门外,秀青就出去了。蔡小忠关严门说:一人为公,二人为私。当着我和支委的面,你说说昨个黑间的事吧。秀白看着他们不说话。蔡小忠又说:你先说说,你是从哪个地头进的棉花地?秀白还不说话,还盯着门外。你说说,你是从哪边进的棉花地?

秀白这才想起来,大兰子扔下包就跑,也没说是哪块地,只记得她把手向南指了一下。村南棉花地只有李家洼。这时外头又有走路声，应该是王小池，她得让他听见她还在给他们承担着事呢，忙说：南头。说的声音还挺大。蔡小忠又问：哪块地？李家洼。蔡小忠和刘新房对视一下，走了。

蔡小忠出来就和刘新房到了支书李满堂家，支书本来就有肝病，这几天又感冒了，正蒙着被子发汗呢，见他们来了，才把头从被子里伸了出来。

蔡小忠说：送大兰子吧。

李满堂瓮声瓮气地说：蔡小忠，你小子要弄错了，吃不了，可得兜着走。

蔡小忠拽拽身上的绿军装裤腰：放心吧，我兜得住。然后就掰着指头说：第一当时矢秀白被子是热的，说明矢秀白一直在家；第二矢秀白说的棉花地和被偷的地不符；第三偷棉花的跑出地边时，我看清了是大兰子；第四有人前几天半夜看见过大兰子背着棉花往家走；第五那包棉花的包袱皮有人认出是大兰子家的。

5. 监守自盗还栽赃陷害

大兰子长得大个子，脸黑，五官粗糙，小时候长花儿落了几个麻子。她这岁数长麻子已不多见，所以整个人看上去实在是难看。王小池长得小个子，五官也周正，尤其长着一口雪白整齐的牙齿，跟大兰子一嘴错落无致的大牙形成对比。而王小池是个很挑剔女人相貌的男人，当年娶大兰子时，王家条件太差，他娘是个指靠一副小凳子走路的瘫子。王小池说王家男人命苦，他爹不寻他娘就连个瘫女人都寻不上，他王小池不寻个大兰子，就连个麻女人都寻不上了。王小池也会给自己找台阶，结婚那天说：哼！俺爹娶了个瘫子，俺娶了个麻子，俺怎么不比俺爹强啊？

每天夜里王小池都要把灯灭了才和大兰子睡觉。有天，大兰子不让吹灯，王小池说不吹灯就得弄块布把脸蒙了。大兰子这才知道王小池对她那么不待见，就不依不饶地打架，打急了王小池说你嫌蒙脸，那你就滚蛋！大兰子一听，就要拼命，说你王小池敢情这么狼心狗肺啊，不是上赶着寻俺的时候了，你是觉着你那瘫娘死了，你也人模狗样地混了个差事儿了，你就让俺滚蛋呐？俺给你小子明说吧，我这麻脸的姑奶奶不走，你那白脸的小婆子就进不来！这些年两口子就这么打打闹闹地凑合着。

不过，大兰子虽说也自私也逗脸，但为人比王小池要强。那天天一亮，就催王小池快去，说我是给人家那么说的，说你能替她把这事瞒下。你要再不去，那白妮子顶不住就麻烦了。王小池不动窝。大兰子急了，说你不快去，她要露了馅儿可怎么办呐？王小池又一连裹了好几根旱烟抽了，才披上衣裳往外走，可不一会儿就又回来了。

白妮

说了吗？

说你娘大腿！不说，人们还怀疑是你呢。

那？那可怎么办呐？

王小池不说话。

你就别有屁憋着不放了，到底该怎么办呐？

王小池咬着一口白牙说你他妈这混账娘们儿，就是爱惹事，早就说不叫你去了，你就他妈的不听！

大兰子也急了，脸上麻子泛着红光说你个王小池呀，放你娘的狗臭屁去吧，这会子出事了，你他娘说这话？！你他娘的不是穿厚棉袄、盖厚棉被、背着棉花换酒喝的时候啦！

王小池扑上去捂住她嘴说你他妈找死啊你？！叫人听见了，一家子全完！

大兰子平时泼辣，可到王小池真火了，也就怕了。王小池说刚才让人打听了，说那白妮子还担着呢。大兰子忙说哎呀，这丫头看来还真算义气，以后还得真给人家找个事干呢。王小池不说话，眨巴着眼睛愣愣地听着外头。

这年月，一般人家都没院墙。王小池先听见门口枣树上的麻雀喳喳地叫了几下，紧接着房门就敲响了。谁？房门自是咣咣地响，没人搭话。谁呀？还是咣咣地响。王小池以为谁给他闹着玩呢，就说：别装蛋了，我给你开门去。王小池披上衣裳，趿拉着鞋一开门。进来的是蔡小忠和刘新房，后边还跟着王大成和刘铁锤他们。

支书叫你和嫂子去一下。

干什么？

说有点事商量。

给我商量事，叫你嫂子干什么？

被窝里半躺着的大兰子的麻脸一下子就黄了。

支书那儿的事可能跟嫂子有点关系吧。

王小池那不大的身量咕咚就从炕上跳了下来：蔡小忠，你小子撅什么尾巴拉什么屎，老子都知道！要这么着，咱以后骑驴看唱本——走着瞧！

大兰子一看架势不好，忙慌乱地在一团乱被子里找衣裳穿。

蔡小忠见王小池一蹦一蹦的，把大腿一拍也蹦着说：你要说这操蛋话，咱就别捂着盖着了。嫂子，昨个黑间干什么来着？

跟我睡觉了！王小池把炕沿啪地一拍说。

蔡小忠抽抽嘴角：要睡，也是睡后半宿。

王小池的脸一下就涨成了紫茄子，说：你他妈吃的河水呀？我两口子什么时候睡觉，你也管得着？！

蔡小忠也涨紫了脸说：你要这么交代，那就省事了。来！蔡小忠朝门外一喊，呼地又进几个人。公社民政助理和公社一个临时工带着头，后头跟着两个村保卫组的民兵。

只噼里啪啦几下子，就从糠囤里搜出了三大包棉花。王小池一下子像抽了筋骨的鸡一样扑瘫了，大兰子一张大嘴也咧得跟瓢儿似的。

走到半路，大兰子就死活不承认搜出来的棉花是她偷的，又哭又闹，把蔡小忠的脸抓了两道血印子。好不容易到了大队部，又合上眼说心慌。民政助理盼咐把她关进屋里，刘新房找了个老头先看着，就叫着民政助理吃早饭去了。

在他们吃完饭回来时，大兰子跑了。

蔡小忠急了，追，快追！说着把人分了几路。刘新房也急了，说出不了村呢，她跑不了这么快。把住村口，快搜！快！

可是一连搜了二十多家，把大兰子有可能藏的地方都搜了，连个人影儿都没有。再想不起到谁家搜了。民政助理让赶紧叫王小池来。昨晚蔡小忠到公社邀人时，公社王书记去县里开会，还有几个人去别的村下乡了，邱主任听了蔡小忠说的情况，认为公社也的确该派员支持，可实在没别人了，就让他来了，邱主任嘱咐他一定把事办牢靠，他是拍着胸脯让主任放心的，可眼下真的出事了，这可怎么交代呢？

王小池，你媳妇哪儿去了？民政助理严肃地问。

王小池说：我要知道她上哪儿去了，我就不叫你们费事了，我那孩子们还一劲儿啼哭着给我要娘呢。

民政助理说：你得赶紧帮着把人找着了，咱们才能解决问题。

王小池把两手一摊：我要知道她跑哪去了，我早就给你们说了，我是真不知道哇，就这，我还不知道怎么给我那孩子们交代呢。

实际，清早大兰子被弄走后，王小池瘫了一会儿，一个鲤鱼打挺就蹦了起来：你小子也别高兴得忒早喽！

他先到了大队部东邻的玉仙家。进屋，把手伸进玉仙的领口下摸了几下，摸得玉仙扭着身子吱吱怪叫，然后又把玉仙耳朵拽过来交代了一番。

玉仙的男人牛庆柱在城里工作，一年探一次亲。玉仙本来就细皮嫩肉柳眉杏眼，又是个男人上身就能化成一汪水的女人。在她被生产队那两挂套儿的篷车一娶进堤外村时，王小池就看上了。人家庆柱怎么修来的福啊，人家怎么就能娶上这么鲜嫩的女人？后来他又听了玉仙和牛庆柱的房根子，便下了决心，王小池这辈子一定得跟这女人睡一回，要不，就是死了，埋进坟里，我也得蹦出来！

玉仙本来就长得俊，又有牛庆柱的钱和王小池的权滋润着，自然比别的女人光鲜多了。她既能穿上从城里买来的好看衣服，又能吃上一般农户吃不上的精细粮食，比如芝麻、绿豆什么的。更重要的是，年轻力壮的她，每天干的活都是队里最轻省的活，而他俩的事，那粗胳膊大腿的大兰子还一点都不摸门儿呢。

从玉仙那儿出来，王小池就闪到关大兰子的房后头，把袖子里的小钢锯条从窗棂里递了进去。那房子的窗棂已经朽了，大兰子只几下子就把窗棂锯断钻了出来。看她的老头眼睛和耳朵虽不好使，可她往外跑时，老头到底是听见动静了，可老头没动，老头以为是好事的人们扒着窗棂看热闹呢。

大兰子刚跑到玉仙门口，就被玉仙伸手拽了进去，一直把她拽到红薯窖跟前说：快下去！大兰子出溜到底下一看，底下铺着个半截褥子，还有仨馒头俩窝头一碟咸菜，一边还墩着半塑料壶水。大兰子早饿了，上来就呼囔呼囔把东西吃了个精光。

王小池和玉仙的事，蔡小忠早知道，他以为大兰子也知道，觉得大兰子说什么也不会跑到玉仙家去，就没搜玉仙家。

玉仙是在半夜里把大兰子送到自个娘家的，她娘家是离着四里地的道口村。

玉仙进门就说娘啊，这是我一个好姐们儿，她有点事在咱家待几天，平时庆柱不在家，要不是这姐儿帮我，我都没法过呢，娘你一准把她照顾好。她娘自然一口答应。玉仙又给大兰子说：嫂子，外头安生了我再来接你，我不来，你可别出来。大兰子那麻脸感激得直发亮：行喽，大妹子，到死我也忘不了你，你还得给俺看着点俺那俩孩子啊，他爹是个懒人，不爱操心。玉仙说你就放心吧。

王小池倒好了，晚上给孩子们说去给他们找娘，孩子们就不哭了，巴巴地在家等着。实际上他却放心大胆地去玉仙那汪水儿里凫水去了，到清晨，再带着玉仙烙的白饼卷鸡蛋回家哄孩子。

到第三天早晨，王小池就去找公社武装部长孙红进了。两人是老交情，孙红进喜欢舞枪弄刀，前几年武斗，王小池从邻县弄了个独一撅枪送给他，他喜得都快叫王小池亲爹了。这一阵子让私枪上缴，他不肯拿出来，这在王小池手里便有了短儿。王小池给他一说棉花的事，他自然要掏真劲儿帮忙。

中午，孙红进领着几个人来了，他说：堤外村村子不大，还挺乱。这是阶级斗争新动向。为了让大伙心里有个准谱儿，咱们一家一家地走一趟吧。

这种事在当时也不出奇，村里人给这种检查叫"查户口"。孙红进背着手在前头，几个村干部跟在后头。

一连搜了几户人家，就到了蔡小忠家门口。

小忠同志，这是你家吧？是我家。你的家，咱查？还是不查了？蔡小忠一拍胸脯：干吗不查？查查，心里明白。我看，就别查啦？蔡小忠是个痛快人，二话不说，就带头往里走，其他人也就跟了进去。

蔡家收拾得可真利落，整个院子里从大房到小房、从柴草到农具、从猪羊圈到厕所都干净整齐。

孙红进扫视一圈儿，说：小忠啊，你家可真干净，就连猪圈厕所都是干净的啊。

蔡小忠说：庄稼主儿，干净不到哪里。

孙红进摇头晃脑地一边往里走一边说：这哪是一般庄稼主儿啊，这简直是卫生标兵了。说着，就往猪圈厕所那边走去。既像是检查呢，也像是有泡屎尿要去方便呢，但刚走到猪圈跟前，眼睛就直了。他这一直，身后的人们便随着他眼睛看去，人们便看见猪圈和厕所中间的柴垛里露着一个白布角，孙红进一愣，就上去那么不经意地一扒拉，一大包棉花就露了出来。

蔡小忠一下子就傻了，活像一条从河里钓上来的虾米，跟着的人们，自然是炸了。

不过半个小时，全村也炸了。

王小池立时状告蔡小忠不光监守自盗，还栽赃陷害好人。说他家那棉花根本不是大兰子偷的，是蔡小忠为栽赃陷害他，偷偷给他放进家里去的。

6. 打坏了谁给你找工作

矢秀白是在出来的当天晚上去了王小池家的。

这时，外头发生的事，她还没完全弄清呢。她娘只告诉她王小池家不是人呐！以后躲他们远点！她心想，多不是人，红口白牙地说过的事，就黑不提白不提了？

王小池头天夜里整整在玉仙那儿逍遥了一宿，出来，又跟蔡小忠斗争了一天。傍黑一到家，倒头就睡。

听见喊叫声，他的眼是睁开了，可还没有完全醒呢，他摸索着点着一颗烟，可刚抽两口，矢秀白就咳嗽了起来。王小池忙睁开眼睛，一见是矢秀白，才又想起了矢秀白的事。他一边盘算着怎样对付这白丫头，一边有点慌乱地拍着炕沿说：坐下，坐下。

矢秀白没坐，她想问大兰子呢？可她嗓子里总想咳嗽。她越是想咳嗽，王小池的烟味越浓，她就一声声地咳嗽个不停。

王小池忙把半截烟在炕沿上捻灭，可矢秀白咳嗽还停不住，倒让王小池的慌乱消停了，他让两脚和屁股着地儿，一点点从炕席上蹭到炕沿，趁矢秀白还咳嗽着，忙拿眼一扫，哎呀，这浮着层细汗的脸和脖子真是太白太鲜嫩了。实话说，自打见了玉仙的皮肤，就见不得大兰子皮肤了，觉得她的皮肤是天下最白亮的皮肤，可一见这白妮子就不行了，打个比方，大兰子皮肤是大粗布，玉仙的皮肤就是白洋布，

白妮

而矢秀白的皮肤简直就是白玉缎啊！他把手往前一伸，就伸到了那泛着粉白的脖子上，在他指尖刚挨住那抹细腻的粉白时，听见啪的一声，脸一疼，他才知道矢秀白打来了一个大嘴巴。

这时他醒是醒了，但还没醒彻底呢，再说他和蔡小忠斗争的胜利，和玉仙的放纵，让他内心不断地膨胀，他就那么膨胀着把手又摸了去，矢秀白铆足劲儿，啪地又扇了个更大的嘴巴，他这才彻底醒了。他忙抓住她手，咬牙涎脸地说：别打我，打坏了，谁还给你找工作呀？说着，又使劲往怀里拉。矢秀白猛地一闪，又朝他脸扇去，他终于恼羞成怒：嘿！你个黄毛野丫头，还真打呀？一拳就把她打倒在地。在他要扑上来时，门口响起张秋花的喊叫声。

张秋花刚迈进门槛时，秀白就急着出来了，王小池也跟着往外走。这时的矢秀白，衣裳上粘着土，一绺头发也耷拉得遮着眼。王小池趿拉着鞋，一边往外走，还一边系衣扣。

张秋花一看，一张老脸就僵僵死死地紧起来，一双老眼钳子般叮住秀白问怎么了？秀白只说没事没事，张秋花不信，王小池便又眨眼又吐舌头地说婶子，秀白她，给我闹小脾气儿呢。张秋花的脸一下就变了，甩开秀白就朝外走，秀白想扶住娘，她娘不让，她娘说：白妮子啊，你拿把刀，杀了我吧！

矢秀白一时不知说什么，只一劲儿地想扶住娘，但她娘使劲甩她，她还使劲地去抓，她娘就疯了——老矢家人筋筒子里虽说流着野人的血，可老矢家人历来没做过不要脸的事呐！这个白妮子相貌像她爹，怎么脾性就不像她爹呀？前脚替人做贼，后脚又送上门呐！别说是去县里工作，就是去省城，去京城，也不值啊！

啊——啊——张秋花啪啪地扇着自个的老脸。矢秀白拼命抱住娘。张秋花转过来拉起秀白就朝村外跑。一气儿跑到陈年老井台上，张秋花上气不接下气地拨开蒿草，指着阴冷的井口说：我让你从这儿跳下去，我也不让你给我丢这人现这眼啊！

矢秀白一边把脑袋磕在阴潮的青石板上，一边发了毒誓：老天爷，矢秀白要跟那土匪有邪事，你就打雷劈死我吧！

冤枉，冤枉！

蔡小忠已经在公社里喊叫了一天多了，嗓子都哑了。

公社王书记去参加三级干部培训还没回来，他的事一直邸主任管着。蔡小忠举着拳头站在毛主席像前说：我向毛主席他老人家保证，我没偷一朵棉花，我的家人也没偷一朵棉花！王小池才真正是监守自盗栽赃陷害。为弄清我的问题，我要求叫两个人来，一个是我家南邻陈臭子，一个是保卫组的王大成。我家那柴火垛是出事前一天垛的，我家南邻陈臭子帮我垛垛来着，垛完垛，我就和王大成一直在一块儿，黑间，我俩喝酒喝到后半宿，我觉着天晚，就住在王大成家了。两人一来，谣言不攻自破！

邸主任既了解孙红进的为人，也知道孙红进和王小池的关系，更知道蔡小忠的为人。他说：小忠，直说吧，有人在往死里整你呢。你就是不找证人，我也相信你没做那事，可别人信么？你想想，你就是把那两人叫来证着，要是较起真来，那两人也只能证明你昨天晚上没下地弄棉花，而你早晨回家后呢？再说，还有你家别人呢？

蔡小忠沉吟片刻说：我清早回家后一直在家，再说，我家四口人，我娘身子骨儿不结实，根本下不了地，我媳妇得看孩子啊。

邸主任说：可就这些，谁又能给你作证呢？

蔡小忠一听，也觉得问题真是复杂了。

正这时王书记回来了，王书记说县检查团要来花源头公社检查抓革命促生产工作，说他请假回来布置一下。

蔡小忠忙拽住王书记说他的事。

王书记一边给工作人员交代事，一边东一鳞西一爪地听着，听着听着就明白了，把手一挥说：小忠同志，我们要相信群众，相信党。还有呢，要想人不知，除非己莫为。这事，我已明白个八九不离十儿了，咱先准备县里检查，检查一过，公社一定把你们村的事弄个水落石出！

蔡小忠说：王书记，那不行啊，谁都知道我被叫到公社来了，这么回去算是怎么回事啊？

王书记便对邸主任说：我看，你和他一起到堤外村走一遭，顺便把检查的事安排一下，工作上别留死角，另外宣布一下堤外村的事先放一放，等县里检查结束后再做处理。不会放过一个坏人，也决不会冤枉一个好人！

邸主任连忙答应。

堤外村人们一见蔡小忠回来了，又是让邸主任客客气气地送回来的，就觉得公社这是否认了蔡小忠偷棉花的事，邸主任又在干部社员面前传达了王书记的话，大伙你看看我，我看看你，就都有些明白。

村干部们都在忙着应付检查，先把黑板拿锅底黑刷一遍，再让那几个姑娘小伙子抄上一段《人民日报》社论。同时，把大街上粘上些红红绿绿的标语——"认真清理阶级队伍！""阶级斗争一抓就灵！""打倒地富反坏右！""牛鬼蛇神不投降就叫它灭亡！"对了，还得在大田里插上几面红旗，插在好地势上，得让红旗迎风招展着。最后再让五类分子打扫一遍大街。

王小池和蔡小忠虽然心里别着劲儿,但面上还得过去,尤其是王小池常常没事人儿一样和蔡小忠拉个话头。

从玉仙娘家回来,大兰子和玉仙的亲劲儿还一时结不了。一个大南头,一个大北头,可大兰子一天有时要跑好几趟。想起几句话来要过去一趟,做点什么好吃食也送一趟,借个家伙什儿也得舍近求远跑到玉仙家借。把个玉仙和王小池闹得也不敢轻易黏糊,偶尔一次,也吓得要命。

这一回,刚刚挨在一起,栅栏门就响了,玉仙连忙把王小池藏在粮食囤里。

大白天上什么门子,该不是偷人吧?

嫂子,看你,净瞎逗。

瞎逗什么?要不,让我搜搜看。大兰子说着径直就往里走。

玉仙一下就失了血色。好在大兰子也没看她,径直去舀半瓢凉水咕咚咕咚喝了。原来人家是下地路过口渴了。

大兰子走后,玉仙擦着冷汗说:吓死我了。

就是这么个不禁招惹的傻娘们儿。你给她点好,恨不得把心叫你吃了,你给她点不好,恨不得一刀把你宰了。

玉仙一听,脸又白了。

看把你吓的,就凭你这娘们儿这个机灵劲儿,还糊弄不了她个傻东西?

玉仙拿起笤帚疙瘩举起来:你说,你说说,我什么时候糊弄她了?

还没糊弄?把蔡小忠送走的当天,我说叫她回来你就不让,到第二天上午,你还是不让……

矢秀白那颗心从半空中一下掉到地上后,就浑身不对劲,每个汗毛孔都要往外冒火星子似的,嘴上起了泡,鼻子起了疮,眼睛起了麦粒肿,整个人随时要被火烧死,烧焦,烧化。到最后,就死睡起来,人也变成泥化成了浆了。几天后,这泥泥浆浆的,才又聚起来生成了一个新人。

她从小就听说过,人这东西是吃顺了嘴,走溜了腿儿。也就是说像大兰子这种手脚不干净的人家,是少不了再偷东偷西的。

才用了一集时间,她果然就把他们盯住了,只不过,这次偷的不是棉花,是偷人。

大兰子有赶集的习惯。这天,她刚刚出门,玉仙就来了。矢家院子南头的小柴棚正对着大兰子家的里屋。秀白一蹬上小柴棚里的木墩子,就见玉仙的衣裳天女散花一样落了下来。下一个集日,大兰子又是刚走,玉仙就闪了进去。秀白忙叫出秀青看。

到了集上，秀青迎面朝大兰子走去。

秀青啊？也赶集呀？从棉花的事后大兰子总找着矢家人说话。

哎哟？你这腿儿可真快，不是刚才还在家么？

没有啊，我早就出来了。

净瞎说，有半个钟头儿，我上我家房上晒粮食，炕上四脚八叉的不是你啊？

没那事，我出来少说也有俩钟头了。

哎呀，哎呀，看走眼了，走眼了，算我没说，我没说啊。

大兰子觉着不对劲儿，忙追着问，秀青一边躲闪一边说：哎呀，哎呀，我可没看见，真没看见什么啊。大兰子心里一激灵，噌的一下就上了车子。

见门插着锁，大兰子人高马大的身子往上一蹿，就发现里头不对劲儿。

呀！你个狐狸精！你个骚狐狸精啊！大兰子张着大嘴参着头发跳到炕上时，玉仙才从王小池身上滚落下来。大兰子一边骂，一边把他们衣服扔到窗外，然后才揪住玉仙头发扇起耳光子。王小池也顾不了许多了，捂住羞处，急忙光着身子跳到院里找衣裳。

苗细细的玉仙，哪是人高马大的大兰子的对手？王小池一跳出去，大兰子把门窗一插，就骑到了玉仙身上，先抓烂了她的裆，又抓烂了她的脸。玉仙一边挣扎一边说：大兰子，大兰子，你听我说，你听我说啊……大兰子一手揪着头发一手打耳光：你个小养汉老婆儿，俺听你说么？你说，你倒是说哦，你说说你是怎么在俺眼皮子底下偷俺男人的？！

玉仙嘴角流了血，白眼珠也成了红的，脸也流着血肿了起来，要命的是两腿间还汩汩地流着血呢。

王小池找来锄杆，砸破了窗玻璃，才抱着他和玉仙的衣裳跳了进来。这时大兰子还疯着呢，哪里肯让玉仙穿衣裳？王小池上去搂住大兰子后腰，玉仙才穿上了衣裳。

这时，外头早就一院子人了。

第三章 进京

1. 千万得待住

到了一九七三年，村里的政治风潮渐渐平缓下来。

这天收工后，矢秀白扛着锄往家走着，前边几个大闺女小媳妇儿正说得热闹。

你去了吗？

去了。

行吗？

不行。他们忒较真儿，都看不上，说是要素质。

什么是"素质"？

"素质"，就是识文断字……

连日来矢秀白心里堵着的一片阴云，呼的一下裂开一条缝。

到家，她娘也听说这件事了，娘儿俩把听来的往成块一攒，就闹明白了。

冯家的冯想回来了，就是堤外村早年出去闹革命的老闺女，这老闺女在那一年的一个大早晨突然不见了，堤外村一下就吵翻了，说冯家闺女跟人跑了，跟人上山做压寨夫人了。闹得冯家人好些日子抬不起头来。后来人们才知道这闺女原来是上山打游击去了，还当了个女队长。后来又跟队伍南下，再后来又回了北京，说在一个极重要的单位做个不小的官，组织上给她分配了一个做更大官的丈夫。这次回来领着丈夫、闺女和孙子。丈夫是个大她十几岁的老红军，叫沈国胜。沈国胜头上身上还有弹片，遇到阴雨天，浑身疼痛难忍，闹得性情沉郁暴躁，有时暴躁起来还拿头撞墙呢。全国解放后，国家虽没给重要岗位，却给的级别很高。儿子媳妇都在外地部队，孙子放在北京，这次来是想找个保姆。还带着个叫兵兵的闺女跟着把关，要找个有文化有素质的。

秀白一下子想起来了，这几天早晨总看见一个穿着漂亮的城里女孩儿，这女孩儿每天在田边先跑步，后采花，看着年龄应该和她差不多。哎呀，那就是城里人啊，城里人就是那样的衣服，那样的相貌，那样的皮肤，这样跑步，这样采花啊。

她翻箱倒柜地折腾起来——癞蛤蟆有时还真想吃天鹅肉呢！

那个城里女孩兵兵在第二天的晨雾中，就发现了一个神奇的情景——曙光初照，绿草茵茵，露珠闪耀的田间小路径上，一位穿着天蓝运动衣、白色运动鞋，宽肩细腰长腿的姑娘小鹿一样从远处跑过来，一头栗色的短发泛着金色的光晕，光晕随着奔腾的步伐起伏跳跃，这可真是一身的朝气，一身的鲜活，一身的素质啊！

在露珠还没落时，女孩儿就被沈兵兵领到了沈国胜跟前。

沈国胜打量一下女孩儿，久经沙场的老将虽没露声色，但眼里一闪即失的那丝亮光，就让女孩儿知道要成事。

老将从上兜摘下英雄牌钢笔，说：会背写毛主席诗词么？

会。女孩恭敬地接了笔，又恭敬地坐在桌前，女孩就把身上攒着的那劲儿，统统运在了笔尖上。

"北国风光，千里冰封，万里雪飘。望长城内外，惟余莽莽；大河上下，顿失滔滔。山舞银蛇，原驰蜡象，欲与天公试比高……"

毛泽东诗词她会背几十首，《沁园春·雪》是她最最喜欢的一首，也是她在学校和村街的板报上常写的一首。她写得既快又工整，还是竖行。沈国胜认真盯了一眼，就像当年下战斗命令一样：就你了！

一直侍卫一样站在旁边的怀子，把嘴贴住沈国胜耳边：首长，她，她家……沈国胜皱起眉头。怀子又说：首长，她家历史……沈国胜看怀子一眼，这个村干部这几天一直让他心堵。在怀子固执地又要说时，沈国胜脸就沉了，头上的青筋也突突地冒起来……

头天夜里下了一场透雨，门前老槐树吸了一宿的水分，枝枝杈杈显得挺秀多了。

矢根随着矢秀白和张秋花出了门，走几步就站在了门边，两手朝下垂着，中指一下一下地摸着黑粗布裤筒。

张秋花把帆布提包扛在胳膊上，另一手还揪住提包的两根带子，揪得很牢，生怕掉了。做梦都没想到，这个白妮子，说跳就又跳出去了。二闺女秀青也没想到，村里人更没想到。这次跳出去，可别再跳回来。老远，她就看见了冯家门口那辆吉普车了，这辆车在冯家门口站了好几天了。走吧，快走吧。

秀白一边答应着娘的嘱咐，一边回头。爹正怯怯地站在门口，还穿着那件藏蓝粗布褂子。那布，是爹自个织的，肩膀和胳膊肘上打着补丁，后背也已经毛了。那个驼背，让爹那褂子看上去后襟短前襟长。她的鼻子又酸了。头出来，刚想跟爹说几句话，娘就催她，娘说早点去等人家，别让人家等。一大早，爹围着她转了好几圈。爹高兴，爹想跟她说话，她也想和爹说话，让爹下地干活时惜点力，回了家也别老编筐了，那手，都累得变形了。可是话还没说，小蕊小凤她们就来了。几个人又哭又笑地闹了一会儿刚走,大兰子又来了,还是悻悻的,说秀白,你这也要走了,嫂子得跟你说透了,嫂子是个缺心少肺的人,别跟嫂子一般见识……秀白一边忙,一边不让她提了。大兰子还有话,说秀白呀,走了就别回来了,这破村子有么待头?大兰子知道秀白不愿答理她,又叨叨几句刚走了,小蕊她娘就又来了。

她想回去和爹说两句,这一走不知什么时候能回来。可娘催她快走,说出门在外万事小心,要懂个眉眼高低,按辈分得叫冯想姑姑,叫首长姑父,人家那孩子的爹娘回来,叫人家哥嫂,那个叫兵兵的,虽然和你大小差不多,也得尊人家。最当紧的,人家那孩子可是金贵孩子,待人家,得跟待自己眼珠子似的。千万别给人家磕着碰着,天凉了给人家加衣裳,天热了给人家减衣裳。她一一答应着。要到冯家大门时,娘又压低声音说了最后一句:千万得待住,别让人半路打发回来!

2. 这个矢秀白素质绝对没问题

天边显出一缕橘红时,吉普车驶进了北京城。

要不,怎么说是祖国心脏呢?这里有高大的楼房,宽广的街道,美丽的街灯。她还从来没见过这样的街灯呢,像花朵的,像气球的,像小孩子手掌的,还有一根根摆得像自行车辐条的。街上人,从里到外穿得整齐利索。女人们大都骑个小坤车,车座低,车把高,身子挺着,肩膀端着,在上头一坐,就坐出了城市女人的雅致和骄傲。原以为能在燕平县城生活就够享福,哎呀,这大京城,不知要比小县城强多少倍呢。一个托生在堤外村的人,跟托生在这地方的人怎么比呀?更别说一个托生在堤外村矢家的人了。

突然,她觉得这样想很对不起爹。你怪爹?爹怪他爹,爹的爹怪谁?最近她才知道,是她要了太奶命的。一个风烛残年的老人,对她相貌要有多么大的怨恨,才能自己下手把自己杀死?

吉普车拐了几个弯,"吱"的一下停在了一幢小楼下。

这是一个极幽静的大院,静得连叶子落地都听得真切。一片青砖三层楼房,小柏油路两边种着冬青,院子里多是高大的梧桐和白杨,因为树大茂盛,枝条们相互拉拉扯扯地搭在了一起。

兵兵先跳下车,她也随着跳下车,落叶在脚下嚓嚓作响。兵兵拿起自己的小包就往楼上跑去。她除了扛着自己行李,又提了一个大提包,里头装的是老玉米红薯红枣和毛豆,死沉。剩下的东西都是司机扛着。冯想一边扶着沈国胜往楼上走,一边说着什么。

屋里的墙壁是雪白的,家具是米色的,地板是本色木质的。刚一踩上地板,觉得心里又慌又紧又空荡,脑子注意着脚下,却忘了走路的目标。

兵兵冲着父母大声大气地说:我可完成任务了,去找同学玩去啦!说着就往外跑,秀白想和她说句话,可她眼睛看都不看秀白一下。秀白以为和兵兵年龄相仿,应该相互亲近些,可兵兵除去选她时说了几句话,后来,还基本没理她呢。

小矢,来,我领你去你的房间。冯想说。

那是一个挨着卫生间的小屋,只一张小木床和一个木箱,两个木凳。把东西往小床上一放,她心就突突地紧跳了几下,冯想说这是她的房间。她的!在这大北京,她居然有个房间!

冯想又领她进了厨房,里头有一股好闻的酱豆腐和酱菜味。靠墙根儿一个高高的铁炉子,墙上挂着火钳、火钩、火通条。旁边放着一大摞蜂窝煤,还有一小摞半块的。半块的,比整块的亮一些,绿一些。冯想说这是炭煤,拿张纸就能点着。说着,拿张纸揉皱,放进炉子里,又夹起一块炭煤放在上面,先点燃底下的纸团,纸团着了,半块煤很快就洇红了,紧接着,又夹上两整块煤放在上面,红红的小火苗便从一个个蜂窝里蹿了出来。

会了么?

会了。

又交代大米、小米、白面、玉米面,还有洗衣盆、搓板以及粮本、油本、煤本等等。

正式接手了这些东西之后,她才更确切地承认她是真的到了北京城,真的离开了堤外村,离开了怀子王小池和大兰子他们。

第二天,冯想领她去了一趟合作社,就是一个小商店,大小跟花源头商店差不多,但比花源头商店东西多多了。售货员都很干净,都穿着白工作衣,戴着白工作帽,所有食品颜色和味道更是花源头商店不能比,燕平的也不能比。出来,又到粮站、蜂窝煤站和街道办事处。冯想告诉她,以后这些地方都要去。当然,主要是带孩子。

这个家平时只有沈国胜、兵兵和沈家孙子沈劲松。

冯想的儿子和媳妇只有节假日才回来,冯想在一个山区兵工厂当厂长,一周回来一次。冯想是那种懂政治不懂业务的干部。她不苟言笑,总穿一身洗白的工作服,花白的头发齐齐地卡在耳后。冯想周末一回来,总要问沈国胜怎么样?没事吧?整日被弹片折磨着的沈国胜听了,也没个好脸色,不是不说话,就是说不怎么样,或者说能怎么样?冯想也没个记性,下次还照问不误,然后才去不停地收拾。

收拾东西好像是冯想的爱好,又像是打发回家后时光的方式。在一整天里,根本看不见冯想和沈国胜说多少话。沈国胜也不理她,在那里或看报或听收音机或想事情。

孩子睡着后，矢秀白就要帮冯想收拾。冯想不让，说：没事。秀白再要帮。冯想还说：没事，没事。不用，不用。秀白就不能再往前了，秀白心里有那么几分怕她。

沈国胜看她们一眼，就说：读报。随着把报纸递给秀白，声调简短有力，焦躁，霸气。

读报时，沈国胜一般都很安静。冯想却时不时地说句什么。报纸说粮食上去了，钢铁也要上去。冯想就说钢铁是该上去了。报纸上说敌对势力把中国变修寄希望于第三代第四代身上。冯想就说没错，第三代危险，第四代更危险！

秀白心里一松，觉得冯想也并不是多么可怕。

冯想也不多看秀白，冯想是一个心里比较净便的人，她十六岁从堤外村出来时，已经对矢家的事有所了解。她问娘矢群为什么长得那样？她娘说小孩子家少问闲事。再问，她娘说那不是闺女家该问的话。从此她便知道矢家人不是好来的，后来年龄大些，才知道了矢家太奶奶的事。

起初，她也不大同意矢家闺女来，主要是不愿和村干部弄得不好，可又不愿拧老沈，怕他一生气就头痛，一头痛就把头往墙上撞。这些年，他们一直是既政治又生活地在一起。当年，组织找她谈话，她很简单就同意了。这样的事，书上和电影上弄出那么大堆曲折故事，她才不信，有那么巧？当时团长让参谋长找她时，她只问老沈家里有没有女人？参谋长说绝对没有，我们了解过，老沈老婆抽羊角风，一次抱着唯一的孩子路过井台正好犯病，大人孩子都滚到井里去淹死了。后来她跟老沈去过一次安徽老家，家里果然什么人都没有。

沈家孙子叫沈劲松，一周多，正咿呀学语，是个脸色苍白爱流鼻涕不爱吃饭的孩子。秀白主要任务是哄他吃饭和讲小人书。劲松听起小人书来没完没了，读一本两本根本不解渴，读三本四本是常事，一气儿读上五本六本都不嫌烦。这倒使矢秀白很高兴。读着，读着，就把自己也读进去了。秀白每天把松松收拾得干净整齐，也把自己收拾得干净整齐，松松很快就喜欢这位白姑姑了。

兵兵不上学，也没工作，每天的中心事情就是找同学玩。按条件她可以留城工作，但工作单位一时不好找到。冯想找人把她安排到了另一个兵工厂，但兵兵不去，说我可不愿意像你那样在山里钻一辈子。这一下，冯想就急了。沈国胜毕竟没实权，也没多少熟人，后来想起一个叫许森林的，是沈国胜在部队时的部下，现在是北京市光明化纤厂的副厂长。沈国胜给许森林打了个电话，许森林没有一点推辞的意思，冯想又拿过电话问许森林家在哪住，想过去表示一下心意，可许森林说什么也不告诉，沈家两口子为此感动不已。

虽然矢秀白是兵兵看上的，可兵兵对矢秀白从一开始就有种说不清道不明的感觉，这个矢秀白不光没有乡村姑娘的肉脸粗腰和红脸蛋，也没有乡村闺女的拘束和胆怯。那几天，父亲天天为找不到保姆着急，一会儿说兵兵和冯想眼力不行，一会儿说堤外村没有人才。兵兵觉得这个矢秀白素质绝对没问题，把松松交给她也绝对没问题，只是让兵兵猝不及防的是她的眼神，看上去淡然冷静，另外她的眼睫毛和鼻尖上还浮着一种傲慢。这种东西她总觉得在哪见过，可她一时又想不起来，在过了好几天后她猛然记起来了，她着实吓了一跳，怎么会呢？怎么可能呢？那是她跟同学一起去看内部电影时看到的一种眼神，一种国外的圣徒的眼神！怎么会？怎么会呢？一个乡村丫头！可是同学也说是。于是，这顿饭她把筷子一摔说这菜，咸死人了！下一顿又把碗一蹾说这汤淡死人了。明知饭做少了，却吃得很多，而有时饭做多了，却又只吃一点点。早晨，看准时机蹲在厕所不出来，直到把矢秀白逼到大街上公厕才算拉倒。

但秀白却全不计较，她从来前就给自己定了规矩，无论怎样都要和兵兵搞好关系。可她越是迁就，兵兵越是跟她过不去。因为在兵兵看来，她越是隐忍，她的眼神越是淡然冷静。

3. 她家可能有外籍血统

这年夏天，大街上一片蓝白灰中突然浮出了亮丽，水桶样的女式衣裙里，突然有的把腰身卡了起来，使身材变得胸是胸、腰是腰，人也显得高了，也挺秀了。这一点让极会看服装潮头的兵兵很快就捕捉到了。

那时，街头还没什么成衣店，一般做衣服都是请人裁剪好回家自己做。兵兵同学邵春的妈妈给邵春做了一件套头衫，领子是红格子滚边小燕尾领，领口上钉着两对暗红色的有机玻璃扣子。这是她们所看见的北京大街上最最时髦的衣服，听说是根据菲律宾总统夫人衣服设计的。邵春穿上立时变了，小脸儿生动了，腰身纤细了，胸脯饱满了，肩膀也挺括了，人也感觉拔高了好几厘米。兵兵从小爱美，同学说她是头号臭美妞儿。兵兵让邵春脱下来她穿了穿，衣服一上身，兵兵比邵春穿着更好，因为她比邵春高了一点，也瘦了一点。兵兵便让邵春给邵春妈说说帮忙做一件，因为兵兵的妈妈既不在家，也不会做。邵春妈答应了，但裁剪好了正要做时，邵春姥姥突然病重，邵春妈急着走了。兵兵急了，邵春跟她一起又找了两个同学妈妈，可是都不会。于是，秀白就有了机会，她说：我帮你做。

你会做？

我会。

你愿意帮我？

我愿意……

白妮

　　秀白说她是在来前几个月学会缝纫的，她姨父一个老亲给了姨父家一个老式缝纫机，她姨眼花看不见了，就给了矢家。

　　这是一块淡绿色小格子布，这布做套头衫非常合适，但做起来也非常较劲，必须得把领子上每一个小格子对齐整，否则便太难看，而对整齐又不是一般人能做到的。矢秀白当然把领子做得几乎无可挑剔，小格子对得连一根布丝都不差，肩膀和腰身也做得严丝合缝。兵兵一穿，简直美死了。兵兵高兴得搂住秀白，学着内部影片的样子，亲了几口。在兵兵正高兴着，秀白又帮她把一条蓝卡基布裤子的裤腿往瘦里改了半寸。

　　兵兵上身穿上新做的套头衫，下身穿上新改的瘦腿裤，一阵风跑了出去。

　　秀白收拾清家里，刚领着松松出来，就听见兵兵鸟一样的叫声：德性，德性！瞧你那德性！这是兵兵平时最爱说的一句口头语。

　　秀白老远就看见了邵春穿的那件红格子套头衫，这邵春长得也不难看，只是脸色有点黑黄，红格套头衫穿在她身上，绝对没有绿格套头衫穿在兵兵身上效果好。这件绿格子上衣，把兵兵衬托得既温和又秀丽。后边跟着的两个男孩儿，胖一点的长得平淡，瘦一点的长着一双黑亮的大眼睛。兵兵在说那黑眼睛男孩儿德性，一连说好几个，黑眼睛才低声说：你才德性呢，臭美才德性呢。

　　姑姑，姑姑！松松看见兵兵，忙拧着小身子要找过来。

　　兵兵一看见秀白，便得意地扯着套头衫说：这衣服就是她给我做的！

　　几个人一看秀白，都有些惊异。

　　刚毕业的男生女生，最感兴趣的莫过于说在校时，最好是关系到男男女女懵懵懂懂的事情。他们这时在相互透露绰号。黑眼睛男孩儿叫金岩，另一个叫刘丰。两个女生顺着两个男生的追问遮遮掩掩地暴露着男生的绰号——小蝌蚪！哈哈哈……大倭瓜！哈哈哈……周扒皮！哈哈哈……但都不是他俩的，他俩就又追问给他们起的什么。两个女生就又半推半就地说给刘丰起的叫河马，黑眼睛金岩忙问给他起了么？

　　兵兵把手一摆说：不说了不说了，你们也得告诉我们，你们给女生起的是什么！

　　金岩和刘丰都忍俊不禁。

　　兵兵说：好哇，只套我们的秘密，你们的秘密一点都不说，不行，不行！说着拿起鸡毛掸子比画着黑眼睛说：金岩，你说，你说，你不说不行！

　　金岩拿胳膊护着头说：不知道，真的不知道。

　　松松听见这边热闹，就歪歪趔趔地要跑过来。秀白却要拽住他。就在这时，厨房里的水壶汽笛鸣叫起来。秀白忙说：松松别动，你别动啊，姑姑去灌水。可是松松小身子还像弓箭一样往前绷着劲呢,厨房里的水壶叫得更急迫,随着还有水扑到了火炉里。就在这时,黑眼睛金岩噌一下就冲进厨房提起了水壶。

兵兵看着金岩,其余两人也看着金岩。

兵兵开始还没显出什么,过了一下脸就变了,被蒙骗后醒过劲儿的样子。同时,兵兵一下又联想起来,那天他们也正有说有笑时,金岩也是这么猴急着去拿白糖罐,在他把白糖罐急着送到秀白手上时,兵兵才明白,原来松松捣乱把白糖罐拿跑了,秀白熬牛奶找不到呢。哎呀!原来金岩是这么地注意着矢秀白呢,最近金岩总不请自到,原来是为她呀,为她来借书还书,为她来借歌本还歌本,为她来给松松送玩具,还为她频频地换衣服洗头发!

兵兵看看矢秀白,看看金岩,又看看邵春和刘丰。不就是一件衣服吗?兵兵不穿那衣服了也不能让人把金岩夺走啊!兵兵猝不及防地想到了"夺",这个词一跳出来,她的脸就像被烙铁烙了一下,再一看金岩,发现金岩正在和矢秀白对视呢。

对啦!好像我还没正式给你们介绍过呢,我这就介绍一下,这是我家保姆矢秀白,我从河北燕平县堤外村带来的;这是我的同学,第一机械工业部电子局金副局长的独生子金岩!

矢秀白大气没出一下就低头抱着松松回了自己小屋。金岩灰着脸朝外走去,刘丰也跟了出去,邵春说了句什么也走了。

天黑了,松松睡了,沈国胜关着门听新闻去了。兵兵推开了秀白的小屋门,兵兵死盯着秀白脸看了一下,秀白也看着她,四双眼睛相对了几秒钟后,兵兵忽地就捉住了秀白衣领。秀白任她捉着,不说话,也不躲闪。兵兵仰着下巴,鼻息呼呼地吹着秀白脖子,吹了有三四下时,猛然,趴下身子啪地就咬住了秀白胳膊。

秀白依然没有躲闪,身子一挺,牙一咬,把要蹿上来的声音压在喉咙里,等着兵兵咬够了撒开嘴,才使劲捂住胳膊,吸了几下鼻子。兵兵还瞪着她,掐架的公鸡一样。瞪了有一分钟。看着兵兵下边没有动作了,秀白才去厨房准备明天早餐去了。

进了厨房手里忙着,秀白的泪水才下来。其实,金岩的心思她早就看出来了,也早知道金岩是个相当好的人,金岩的相貌,金岩的品质,金岩的脾气,她无一不喜欢,甚至喜欢得要死呢。但想法刚一冒头,她就狠狠地掐了自己一把,你?就你?知道你是谁吗?你是兵兵从堤外村带来的小保姆,你配么?不要说副局长的儿子,就是科长、科员的儿子也不配,就连贫下中农的儿子都不要你呢。你比兵兵只大一岁,兵兵在家娇惯任性,你却背井离乡侍候兵兵一家老少,就这,也是强争来的,你!

下来,兵兵当然不理她了,可她理兵兵,叫兵兵吃饭,给兵兵洗衣,给兵兵收拾房子。

没想到，在半月后的一个傍晚，金岩母亲来了。当时沈家只有兵兵一个人。

金岩母亲说：兵兵，我瞒着金岩来的，现在，我还不想让金岩知道。

兵兵心里怦怦直跳。

金岩母亲又说：兵兵，金岩爸和你爸同在一个部里，咱两家关系一直不错，我就不瞒你了。我家金岩已经好几天不吃饭了。

阿姨，金岩他为什么？

我原来以为他还小，可没想到他，他居然……

兵兵紧张得都能听见自己的心跳声了。

你家来的这姑娘的确是不错。我和他爸一看管不了他，那天就悄悄地看了看，没想到，这姑娘不但不像个乡下人，而且比一般的城里人还漂亮大方呢。我来是想打听一下她的情况，如果差不多呢，我们也就豁出去了，怎么也不能眼看着我儿子他……弄出什么毛病来。我跟他爸商量了，这姑娘要没什么大问题，我们想通过当兵把她户口从农村弄出来，将来复员，再把户口落到北京……

金岩母亲的每一句话都像一把铁刷子在刷兵兵的心，兵兵那心险些被刷成肉沫时，沈国胜才回来，趁着金岩母亲又给沈国胜诉说时，兵兵逃也似的跑进厕所。

金岩母亲说不知这孩子家庭怎么样？

沈国胜思忖了一下说应该没什么大事。

金岩母亲说那就好。

沈国胜又说就是有事，也是鸡毛蒜皮的事情。说着，扭头喊：兵兵，你去叫小矢来。父亲说话总像下命令，兵兵也像母亲一样一般不敢违抗他，兵兵磨磨蹭蹭地从厕所出来时，父亲第二道命令又下了：兵兵，快点，叫小矢。兵兵只得朝厨房说：我爸叫你。

矢秀白站在门口。

小矢，如果有机会让你去参军，你能通过政审么？不能。姑娘，你家有什么问题吗？……是历史的吗？……姑娘，到底是什么问题，能告诉我吗？……姑娘，只要能开出一封同意你参军的介绍信，就行。我，开不出来……

沈国胜抓起电话就给冯想打了过去。电话说：老沈，你忘了让她来咱家时，村干部都不同意呢。

金岩母亲接过电话：小冯，她家到底有什么问题？

实话给你们说吧，她家可能有外籍血统。

哦？这孩子是像呢。

金岩母亲也觉得事大了，可是金岩那边还不吃不喝呢，金岩母亲就一方面争取金岩父亲同意，另一方面想让冯想争取一下堤外村。可到最后，她一方面都没争取下来。

最终，金岩母亲拿起烟灰缸啪啪几下把自己额头砸得鲜血飞溅。我不活了，我不活了，我不能让儿子高兴，我还活什么？我还活着干什么啊？！金岩拼命地抱住母亲，母亲一头一脸的血，也溅了金岩一头一脸的血，两个血脸面面相觑片刻，金岩终于答应母亲离开北京，去南京当兵。

这些事情，秀白是听兵兵说的，兵兵最后说金岩走时瘦成了皮包骨，以至带兵的军人都有些不敢带他走了。兵兵说完就哭了，哭得很凶。秀白也哭。

4. 让我承担下来吧

兵兵有工作了，在市光明化纤厂当工人，是沈国胜那位部下许森林办的。年轻人只要不下乡就是喜事，有了工作更是喜事，就是安排到街道工厂也行啊，何况兵兵去了国有大工厂。

星期天，沈家要请许森林夫妇来家吃饭，一家人忙了整整一个上午，做了一桌菜。

许森林爱人于新是一个区直机关干部，很健谈，见面时间不长就和大家熟了。

原来只是沈国胜和许森林有些来往，一顿饭吃下来，两家人都熟了。许家人走时，冯想和兵兵一劲儿嘱咐有时间一定来啊。

后来两家果然就来往密了，又来往几趟后的一个周六午夜，有人敲门，声音不大，但很急促。秀白披上衣裳走到门口问：谁？门外压低着声音说：我们，小矢，姓许的。秀白回屋说是许厂长他们。沈国胜连忙让快开门。许森林和于新一闪身就进来了。

老首长，出事了。

出什么事了？

许森林看一眼于新，于新就哭了。

她背着我，把我家户口本上添了个户口。

这户口，怎么能随便添呢？

于新像做错事的孩子，哭着说：首长，是我私心作怪，我老家有个妹妹，家里特别困难，我就让她来北京生的孩子。我又一时糊涂，住院时报的我的名，满月后，我拿着孩子出生证就把户口上到我家户口上了。没想到，这次户籍大检查，被查出来了。于新两手直哆嗦，秀白递给她的一杯热茶不停地往外溢着。秀白忙又递给她一块毛巾，她接了，既不擦手上的茶水，也不擦脸上的泪水，只死死地看：怨我，都怨我。老首长，您帮我们拿个主意，看这一关怎么过去，派出所已经把情况上报了公安局，还说一两天就要通知我俩单位。

许森林是南方一个小城的，心细稳重。于新是北方一个农村考学出来的，做事胆大泼辣，有时欠考虑。许森林行政上比她高两级，正有发展前途呢。他们想有个周全的办法，既不使许森林受牵连，又使于新的处分落到最低限。这事如果按常规处理，于新党籍保不住，行政上也得受处分，许森林受不受处分，就看组织的意思了。

沈国胜头上青筋不停地跳。许森林一脸难堪，顺着眼睛，等着挨首长批评。于新还是一遍一遍地自责。沈国胜说：要在战争年代，要问死罪的！许森林脸和脖子憋得青紫。于新抽抽搭搭地抹眼泪。冯想说：事到如今就别说他们了，还是先想办法吧。

几个人一个办法一个办法地想着，又一个办法一个办法地否定着。

沈国胜的意见让他们向组织承认错误，争取从轻处理，同时他也找一下他原来的部下，让他们帮着通融，给些照顾。冯想抢过去说：照顾什么照顾？你以为还是以前？那些人还听你的？兵兵找工作时你不是找他们了，哪个给你真心帮忙？沈国胜被戗住了，眼睛一跳一跳的，要冒火。我看还是提前向单位主动承认错误，这样能够争取宽大处理。冯想又说。

于新又说她自己不怕处分，只希望能想出个办法让许森林那边脱了干系。兵兵说：要那样，于阿姨就去单位说去，说这里头的事许厂长一点都不知道！沈国胜说：一个家庭出这样的问题，一家之长就是真的不知道，那，责任也是不能推卸掉的！兵兵说：许厂长就硬说不知道，就硬不接受处分！沈国胜说：异想天开！

我倒有个办法。一直站在旁边倒水的矢秀白插嘴说，让我承担下来吧。见大伙都看着她，又说：就说我是你那个妹妹，说孩子是我的。是我自己住院冒充了姐姐名字，也是我到你们家偷偷拿了户口本去报的户口。反正我也没单位，也处分不到哪里去。

几个人你看看我，我看看你。于新愣一下，说：这个办法倒可以考虑，那，就让我妹妹去吧。许森林想想说：要是个办法，也是该你妹妹去，可就你那妹妹，和生人说句话都红脸，还能应付了这事？

还是我去吧。

不行，太难为你了。

不行，弄不好，就更被动了，还是想想别的办法吧。

几个人又东一下、西一下地想那些看似行又不可行的办法。在天快亮时，还没有商量出大家都认为合适的办法。

冯想叹口气，说：既然没别的办法，那就让小矢去吧，小矢倒沉得住气呢。兵兵也说矢秀白能行。

许森林说不行，于新也不忍，沈国胜锁着眉头不说话。

秀白就半认真半调侃地说：还是我去吧。不怕你们笑话，在家时，我就替别人承担过错误，不，是罪名。要不，我还想不起这办法呢。接着她就一五一十地讲了那件关于棉花的事情。

于新又哭了，兵兵也哭了，沈国胜额上的青筋又一鼓一鼓地跳起来，许森林的手指攥得咯咯直响，冯想连着咽了两口说：小矢抵挡个事情还真比一般年轻人要强。我看，就同意吧。咱们也都分头找找人，这事要是办合适了，无非就是严厉批评一顿，做做深刻检查，把孩子户口迁出去。要万一闹到老家追究，我再出马找堤外村，我就不信咱村的事，我还摆不平！

许森林叹口气说：我马上就去找人。然后又给于新交代，让她天亮后把事情涉及到的地方都领着矢秀白走了一遍。

接下来，事情便进入了具体调查，把矢秀白叫去了好几次。矢秀白应付得极好，没露出任何破绽。

调查组又去户籍处和医院做了调查。负责户籍的人，还真是沈国胜的一个部下，这人也算和许森林是战友，有许森林和沈国胜的双重关系，就很顺利地帮了忙，反正是把孩子户口迁出去。医院里也是个很较真的地方，妇科主任的弟弟正好在冯想厂里工作，冯想就让她那弟弟回来了一趟，妇科主任便把事情也给搪塞了过去。

结果还真像事先分析的一样，许森林夫妇分别做了检查，于新做的是深刻检查，并将孩子户口立即迁回了农村。自然整个过程下来，秀白便有了些功臣的意思。

接下来，大家又恢复了平静。兵兵天天去上班，下了班就帮着带着松松，让秀白帮她又剪又缝，把大衣服改小，把肥衣服改瘦。然后，两人就抄抄写写哼哼唧唧地唱歌，唱《四季歌》唱《洪湖水》还有《唐伯虎点秋香》什么的。都是原来不让唱的，一经唱起来，还真让年轻人着迷。冯想说她们热衷于靡靡之音，可她们还是天天唱。之后，不几天，满大街就都唱了起来。

5. 她觉得婚姻应该有其他东西

秀青来信说村里环境好多了，开会少了，开的会也多是农业生产的，娘和爹也让参加了，有时还让矢家管工作组吃饭。不过，娘还是让姐姐在信里嘱咐秀白尽量争取留下。秀白明白娘的心思，来前，娘就说出了这村就别想这店儿，一辈子不回才好呢。可是秀白不能不回了，松松要上幼儿园，冯想马上就要退休，家里自然不用人帮忙了。不在沈家做事，去哪？要想在北京城找份工作，几乎比登天还难。

但在她准备好回家前几天的一个中午，接了兵兵一个惊天动地的电话：出事了！秀白，于新出车祸了！我得赶紧去看看，不回家了。

于新人怎么样？

不知怎么样，反正够重的。兵兵放下电话，没过多久，又连呼带喘地来了电话：秀白，于新不行了，你也得过来，于新说有话要给你说，还说让我爸我妈都来！

秀白和沈国胜赶到时，冯想也已经到了。这时的于新呼吸已经非常困难，于新的儿子许东晨搂着他妈大哭呢，许森林正在找医生要求转院。

于新定定的眼珠闪了两下，一只手就抬了起来，那手在空中划拉了好几下才和秀白的手抓在一起：秀白，我……不行了，家就……交给你了，我家老许……人好，我……东晨也是好孩子……

秀白不知说什么，只使劲地攥着于新手哗哗地流眼泪。

沈国胜拿眼盯着医生，医生摇头，他便说：小矢，眼下你就先答应了于新，她要好了，等于白说，好不了，就按于新说的办，许森林和许东晨你也了解，这事我和冯想做主！

沈国胜的话音未落，于新鼻息里那股急促的气息就断了。

矢秀白的命运就因为这次车祸和许森林挂在了一起，这也使于新的丧事在一定程度上具有了别的意味。

谁都认为天上给矢秀白掉下个大馅饼，可她心里真的很不是滋味。这事，把她从地面一下挑到了半空中，上不着天，下不着地。虽说于新对她处于绝对的信任，但这里明显有一种不容她思考也不容她妥协的意味，好像还有点施舍和恩赐。他们一定认为，一个年轻漂亮但身份低下，一个年老面衰但身份高贵，这种搭配是合理的。可她觉得人的婚姻毕竟还应该有其他东西。想着，她又忽地觉得自己可真不识好歹，一个多年基本没尊严的人，怎么一下子琢磨起这深层次问题来了。另外，还不知道人家许森林心思呢。丧事上，她没露面。其实，她非常想去最后帮于新整理一下衣服和头脸，可她到底还是没去。

丧事一百天后，沈家就撮合着她和许森林正式接触。

小矢，明天许厂长过来。冯想说。她正在擦地，她把拖布在地上虚虚地晃悠着。冯想又说了一遍。她就站直身子，一边往上拽胳膊上的套袖，一边看着冯想。冯想笑笑说：没事，接触多了就好了。

她擦完地，回到自己的小屋。她把门紧紧地关上，又下意识地把插销插上，然后她也不离开，把两手捉在一起，那么愣愣地盯了插销片刻，长出一口气，把插销又打开。

许森林来了，冯想把她从屋里叫出来，冯想说：老许来了，你们一起待会儿吧。又朝沈国胜说：新闻开播了。沈国胜便站起来，回自己屋开收音机去了。然后冯想又说有事出去一下，开门走了。

　　说实话，许森林还真的没从失去于新的悲痛中解脱出来，昨天冯想跟他儿子见了个面，一提这事，儿子就说：冯阿姨，我没事。反正我没妈了，我妈走前不是也安排了吗？我爸反正得找，找了这个总比找别的强。冯想就感叹孩子懂事，既然儿子都同意了，还是早点把事办了，家里的事也就有人操持了。再说，小矢也就别回家了。这后一句话，才让他下了决心，再说，这桩事情好大程度上也有感恩的成分呢。

　　听说你的手很巧。

　　秀白下意识地看下自己手，说：一般。

　　听说你家里还有一个姐。

　　是。

　　出嫁了吗？

　　出嫁了。

　　秀白这时才看了许森林一眼，这一眼正好看见许森林侧脸的胡碴子，黑黑的毛发坚硬地长在又褶又松的皮肤上，使皮肤泛出了一层青光。让她始料不及的是，她看了这一眼后，她那心忽悠一下打个出溜，泪水就下来了，且一发不可收。

　　许森林有点发慌，说：是不是觉得委屈？

　　她想说不委屈，可嗓子里哽着一砣，话还没出来，就变成了抽抽搭搭的哭声。

　　许森林连忙掏出手帕，又觉得自己手帕不干净，忙去卫生间拿条毛巾递给她。她隔着泪水一看，正好是她那一条，真巧；又想她为他们帮忙办户口，也巧；后来于新出事，又赶上她要回老家时，还巧。这么多巧事，似有气数，冥冥中，像是上帝给她和他造就了什么。想着，便抽几下鼻子，擦擦泪说：你吃饭了么？

　　吃了。

　　谁做的？

　　我做的。

　　会做吗？做的什么？

　　对付着做，做的米饭，炒了一个土豆丝，一个炒芹菜。

　　许东晨呢？

　　在家写作业呢。

　　他功课退步了么？

　　有一点，不过，这几天又好一些了。

　　几句话后，她嗓子里居然没了哭腔，那一砣，也小下去了。

　　在她问话时，他注意了她眼睛，那栗中泛蓝的眼睛开始是躲闪的、羞涩的，后来就是同情和关切的了。到后来，那眼睛流露出的心思真不像一个女孩儿在问一个大她十四岁的男人话,倒像一个小母亲在对一个大男孩儿。他心头一热,就流出了一股温暖的爱意。其实,在一个家庭里,男人要做女人的山,女人有时也得做男人的小母亲呢。

他又说你觉得首长他们说的事可行么?她说你说呢?他说我当然行。她说我也是。一股更大的温暖涌了上来,他说那,那你就快过去,帮我,做饭吧——他没想到他把话说得这么直接。她看看他,脸微微一红:那,许东晨呢?他就学说许东晨给冯想说的话。

屋里很静,这种静,使他们的话语显得很轻柔清晰,还有一种庄严、神秘和温情。

门乓地开了,是兵兵。秀白忙上去迎兵兵,兵兵便逮住她耳朵说:矢秀白,你和我厂长刚一见面,我就有家不能归,这以后成了我的厂长夫人,那得什么样啊?秀白脸上的血,险些从脸皮里爆出来了。你个坏蛋兵兵,你拿我寻开心呐?

冯想回来了,把兵兵后脑勺一拍说:你一回来,房顶子就要抬起来。快去,把你那衣服洗了去,什么活都不干,看以后秀白走了,谁管你?兵兵做个鬼脸儿走了。

冯想又让秀白给家写封信,把这事说了,然后过几天你们得回趟家,一是看看老人,二是在村里开封结婚介绍信。见秀白脸又红了,又说:谁家姑娘不出嫁啊?当年我第一次带老沈回家,也难为情,习惯了就好了。

接下来,两人又见了几次,一桩婚姻就算正式缔结了。

许森林找熟人打听办理户口的具体程序,熟人回说像他这种情况的,一经正式领取结婚证书,就可以申办农转非了。许森林把消息告诉了矢秀白和沈家人,大家自然很高兴,那么回堤外村开信回来领结婚证就该排上议程了。可是秀白说于新才走了三个多月,许森林就结婚,是不是不太合适。她这一提,许森林说他也有这种顾虑。再说,也得给儿子一个接受和适应的过程,索性再过上三个月,等到半年吧。

冯想说,大伙说的也真是个理儿。要这样的话,那就给秀白先找份临时工做着。

各单位的临时工都是一些打扫卫生、油漆门窗,或者是厨房帮工的事。就这,也都是一些本厂的家属和子弟们干。好在许森林怎么也是副厂长,通过战友帮忙就把秀白安排在了一个新建的小厂子里。

6. 爹这半天是在哪儿来着

秀白给家写了信。只几天,秀青就回信了。说爹娘高兴得一夜没睡,说姓许的大没事,有孩子也没事,人家不大,不有孩子,能找咱么?

秀白看完信,知道爹娘不放心她,生怕她嫌人家,其实她哪嫌啊。冯想早说了,说许森林要在北京找对象非常容易,北京单身中年女人多了去了,别说中年女人,就是三十岁左右的大姑娘,想跟的,也有的是呢。

没几天,秀青就又来信了,催着秀白早点把许森林带回去,说一辈子的大事,一定得让爹娘过目。其实,秀白本打算自己回村开封介绍信,结婚之后再领许森林回家。可秀青一催,就犹豫了。

天空传来一群大雁咕咕的叫声,仰头一看,一群大雁朝南去了。大雁一走,天就凉了。

她已经买了毛线,给爹娘每人织一件毛背心,再给爹织一双毛手套,给娘织一副毛袜子。再上街买块的确良布,给爹娘每人做一件褂子。从她记事起,爹和娘就总穿补丁衣裳,娘身上的补丁还少一些,爹总爱穿一件藏蓝粗布外罩,两个肩膀上补着补丁,打远一看,像两只眼睛。娘给他做了新衣裳,他总也不穿,说穿新衣不自在。她已经出来这么多日子了,可爹那天送他时的身影还常在眼前晃,那两个补丁,还常像两只眼睛一样望着她。

初冬的天气,天黑得格外早,太阳偏西时秀青和宋多子把秀白和许森林接下汽车,骑着自行车到家时,天就已经大黑了。

一路上,秀青不停地和许森林说着话,还不停地打量着许森林的脸。秀白知道,秀青那是在看许森林有多老呢。大老远矢秀白就看见矢家门口堆着很多人,有几个孩子跑到跟前看清是他们,忙又跑回去报信儿去了。她娘和她姨在人群里,小蕊小凤大兰子她们也都在人群里。

这是我娘。

伯母,您老身体好吧?

身子还好,你们来了?

来了,来了。

秀白忙又介绍她姨还有小蕊小凤她们。许森林忙又叫姨,然后又问小蕊小凤她们好。她姨答应一声,可几个姑娘非但不应个声儿,还叽叽咯咯地笑着往边上躲,弄得许森林有些难为情。

屋里屋外打扫得干干净净,炕桌上摆着瓜果糖茶,还有几个街坊四邻在家里等着呢,这时又陆陆续续来了一些女人和孩子。人们进来了,有的说句话,有的连话都不说,上来就直巴巴地盯住许森林看。秀白掏出一包杂拌儿糖,给所有的大人和孩子们分了吃。孩子们得了糖,含进嘴里就出来进去地疯跑。灶间弥漫着猪肉、粉肠和面食的香气,腾腾的大热气蒸得人们眼睛都有些睁不开。

秀青一句赶着一句地找着和人们说笑,自然带着几分炫耀。秀白一看就明白这些人都是秀青撩拨来的。她信里说得清清楚楚，说他们连来带去共三天，只告诉姨就行了，尽量别让村里人知道。可是秀青哪听她的。她打心里不愿意这样，矢家人都安静惯了，连矢家房子院子也都安静惯了，乍一热闹，连人带房子都晃晃悠悠的有些不落实呢。

脸盆里倒着半盆热水，泡着一块雪白的毛巾，张秋花说：天凉了，擦把手脸暖和暖和吧。许森林接了毛巾说：谢谢伯母。就顺从地在热水里涮几下毛巾，擦了手脸。这一下，许森林的手脸不但暖和了，也白静舒展了，也更有城市味了。许森林刚把毛巾晾在晾衣杆上，就又被张秋花让到了炕东头。炕中间放着炕桌，炕东头铺着羊皮褥子呢。许森林没有坐过炕，刚一上去有些别扭，又欠了好几下身子才坐踏实了。伯母，眼下家里忙什么活呢？

天冷了，没什么活了。

忙了一年，也该歇歇了。

是呢。

听说还要给麦子浇冻水？

是，是要浇，你还知道这？张秋花显然很高兴。

许森林一指秀白说：秀白告诉我的。张秋花从许森林眼神儿里知道，这未来的女婿对她闺女还真满心里有。她的白妮子去北京不光过了三年好日子，到头了，还寻了北京的女婿。这人还真不错，大是大了些，但怎么也不像大十四岁的，至多，不过五六岁的光景。再说，人家不光是城里人，还是个副厂长，说话又很通情达理。张秋花心里高兴得有些打战呢。

娘，怎么看不见我爹？

娘还没答话，门口刷锅的秀青连忙打岔：秀白，快，有人找你呢。

秀白出去了。

许森林也接着问：就是，伯母，伯父呢？

下地去了。

秀白到了外头发现没人找她，才醒悟到原来秀青为了把她支开，意思不让提爹了。她心里一凛，觉得有根针狠狠地刺了一下。

天更黑了，北风呼呼的，越刮越凉。她已经到门口接了好几趟了，可爹连个影子都没有。

她姨下午就走了，走时说这姓许的是个好人，回去快把事办了，什么半年不半年的，女人没了就是没了，这男人家，单身时日忒长了，要出毛病。

秀青和宋多子也回去了。

张秋花说许森林辛苦一天了，早点歇了吧。便把许森林安排到西屋睡了。

又一会儿，矢根才回来了，矢根一回来就直接进了他的小东屋。秀白一到爹的跟前，就感到了爹那通身的凉气和土腥气。爹不是在田里就是在沟里，要不就是在小树林里来着。在秀青订婚和结婚时，爹也是躲着不进家。爹，你去哪了？你这是在哪儿待到这时候才回来呀？秀白跺着脚说。

爹说有事来着。

秀白忽地涨出一肚子委屈。她离家时，爹那么恋恋不舍地跟着她想和她说话，可当下见了面却一点说话的意思都没了。她把半盆热水端给爹，也让爹先洗洗暖和暖和。爹蹲下，两只大手捧起水先搓洗手，又搓洗脸，爹的手脸发出刺啦刺啦的声响，像沙纸打木板。爹手指有几处拿旧布条裹着，裹不严的地方有红红的血口子朝外露着。爹那栗色的头发里添了好些白发，脸上皱纹也更多了，下巴底下的皱褶一层紧挨一层。爹真是老了。不行，她得赶紧在北京站住脚，然后把爹娘接走。

吃着饭爹倒说了几句话，问她坐了几个钟头车。她说三个钟头火车，两个钟头汽车。爹又问她工作累么？她说不累，这些天都是给一个技术员拽米尺画线。爹说用心做，别给人家弄错了。

她把带回来的东西拿出来：爹，以后天冷了，再出去戴上这帽子，里头穿上这毛背心，把这手套也戴上。爹一件一件地接着。爹你明天别出去了。爹说不行，有事呢。她说就是出去，也千万别回来这么晚了。她一边说一边把皮帽子和毛手套给爹戴上，一靠近爹，她才发现爹的手和身子在微微地打战呢，爹呼出来的气也是颤颤的。她的眼泪鼻涕终是制不住了：爹啊，这半天你是在哪儿来着……

第二天她起个大早，可是爹屋里早又空了。娘说你爹看水去了，队里麦子浇冻水。她知道娘是糊弄她。她想出去找爹，娘拽住她，娘说你要愿让你娘活得痛快点，你就在家待着！娘那声音虽不大，但那气势却不容她不听。

7. 最后一环才是紧要的一环

中午，她姨和秀青又都来了，一家人拾掇着包饺子。阳光上来了，天就发起暖来，许森林披着大衣坐在院里凳子上，眼睛不住地看着矢秀白。矢秀白又抱柴又烧火，嫌不方便，把呢子外罩脱了。许森林说：看你，感冒刚好。说着拿起外罩过去，提着两只袖子一定让她还穿上。不穿，不方便。穿上，穿上吧，感冒了，又要难受啦。许森林把话说得拖个长腔，像在哄孩子。

秀青心里呼地就腻歪起来。看美的！不就是找了个大老头子么。大十四岁，老死了，跟个小爹儿似的。

许森林端出一杯水：来，咱们再吃一次药吧，省得重伤风。说着，把手心上托

白妮

的几片药挨到秀白嘴边，秀白也不拿手接，把嘴直接伸了过去，先含了一手上的药片，又喝了一手上的水，然后一仰头，咕咚，咽了。

秀青心里一搅和，忙低下头。早晨，她和婆婆又吵了一架，宋多子说她不对，她不让说，宋多子就比画着要打人，她就收住了嘴，她不能太较劲，较过了，婆婆就让宋多子离婚。婆婆知道，离婚就等于掐住了她的脖嗓。她没理他们，心说要不是这年头，姑奶奶就是合着眼，也摸不到你们宋家来！许森林对秀白像大人对孩子，而她对宋多子往往是大人对孩子一样哄着。她刚刚知道这许森林原来还是个副厂长呢，可秀白在信上只说是个干部。天呐！人家下来就是厂长夫人了！可在信上为什么不明说？是副厂长怎么了？地位越高，矢家不是越光彩吗？等我儿子小臭蛋长大了兴许还能沾上光呢。还有呢，秀白自己穿一件淡黄的确良褂子，一条浅驼涤卡裤子，却给她买了一件老黄的确良褂子和深驼色涤卡裤子。还说姐这颜色适合你。那意思是她矢秀白适合穿浅淡的漂亮的，而矢秀青就活该穿暗淡的丑陋的！

她问娘知道姓许的是厂长么？娘说知道。她就恼了，说你们怎么谁都不给我说？娘说我以为你知道呢。她说你们谁告诉我了？娘就说兴许是忘了。秀青就说你们说你们瞒着我有什么用意呢？

一直到中午吃饺子时，秀青还气鼓鼓的，这哪是吃饺子？这是吃气呢。娘那么大年纪了，还亲手给许森林拣饺子。她真见不得娘对秀白那么娇惯，打小，娘就偏向她，这一下嫁了个当大官的，更了不得了。还有矢秀白，跟八辈子没见过男人似的！

太阳平西时，她姨看看天色不早了，说该回家了，拿起小包就往外走，张秋花让秀青骑车去送姨，秀青像没听见。秀白就说我去吧，推车子就往外走，许森林连忙和姨告别，然后又嘱咐秀白说土路上不好走，遇到坑洼，你就赶紧叉住腿，别摔了。

张秋花看看家里没多少事了，忙去街上找她那只芦花母鸡去了，那只母鸡，已经丢了两天蛋了。许森林闲着没事，心思还在秀白那两条又细又长的腿上，他一边看着秀白的后影一边笑着说：人啊，高就高在腿上，瞧那两条长腿。

一句话，又把秀青身上那个妖怪招了下来，妖怪立时就让秀青说话了：她的腿长？我爹的腿更长。

许森林一惊：你爹？你爹长得高？

秀青那嘴张了两下，没再说话。

许森林又问：老人家真忙，都两天了，我还没见他人呢。

秀青咬一下嘴唇，进屋去了。

根据秀青的话和神色，还根据那个时代特有的敏感，许森林心里一顿，就警觉了起来。许森林是谁呀？许森林是国家机器上一个像模像样的零件啊。许森林走出院子时，大兰子正扒着猪圈喂猪呢。许森林过去，只几句话，就从大兰子嘴里把事情弄了个八九不离十。许森林从大兰子家走出来时，秀白刚刚回来。

当晚，他们进行了长谈，中心是结婚及婚后的事情，畅想很多，展望也很多，畅想和展望像根链条，一环扣一环。他们婚后就可以申报户口了，户口批下来她就能以家属名义去化纤厂工作，厂卫生所正缺员，来前，厂长已有这意思，而且，他还有个战友转业转到三〇一医院，那个医院常常办各种专业培训班，可请战友帮忙让她参加培训，之后就可以做业务了。秀白一环一环地听着，每环都金光闪闪叮当作响，可她越听心里却越紧，她怎么一下能过上那么好的日子？又想起在燕平，在农展馆，而这次，比燕平，比农展馆还有北京沈国胜家还要高出多少倍呢。许森林再接下来就说自己，厂长有消息调市化工局，下一任厂长众多人选中他希望最大。说到这，他便很随意地问了一句：对了，白白，如果有那一天，要有内查外调，那时候，家属一栏，就是你了，这边村里，出信，应该没问题吧？

轰隆一下，她才醒了。说了这半天，最后一环，才是紧要的一环，没这一环，其他环，等于零。不敢保。她说得干脆，没半点磕绊，就像那一年回答金岩母亲。

许森林又惊异又尴尬地问：怎么会？

是，是不敢保。说得更干脆，更没磕绊。

白白，怎么回事？到底是怎么回事？

我不知道，不知道。

他过去扳住她肩膀问：白白，都这份上了，有什么话不能给我说么？到底，是怎么回事？

她把肩膀一摇晃：我不知道，我就是不知道！说完，她一下想起了阿尔巴尼亚影片《宁死不屈》里的女游击队员。那女游击队员也是这口气，也是这么一扭。政工干部出身的许森林并不灰心，他就循循善诱，就耐心细致，就深入浅出。结果，矢秀白就哭了，哭着说了矢家那点事。

我知道了白白，全知道了。这是一个谜，一个永远也不好解开的谜，这事，一点都不应该影响矢家，矢家绝对不可能有特务。可是如果来外调，我真不敢保村里打证明时不出现问题。

许森林脸上掠过了一丝失望，这丝失望不过停留了一秒钟时间，但这一秒钟促使矢秀白做了一个决定，她说：我的意见，我们先不开信，也不结婚，等你的事确定了，再说。

许森林这次没停留，一秒钟也没停留，他急着说：不至于，不至于，干吗至于呢？

接下来，秀白又跟着许森林回了北京，但她收拾了自己的东西就又回了堤外村。她说她娘有病，她得回家。

第四章 返乡

1. 你爹掉进自流泉了

黎明，张秋花朝着男人后背说：白妮子，不走了。

男人伸手掩了掩被角，算是回应。

那个老许，以后也不来了。

他又掩掩被角，把身子蜷了蜷，像只又大又瘦的虾米。

张秋花的眼还朝他那边看着，等他再回应，可他却纹丝没动。

闷了一宿的鸡一撒开，便争先恐后地涌出来。张秋花撒把高粱，鸡们咯咯叫着 夯毛拍翅膀地疯抢起来。这是张秋花天天清早对一群鸡的犒赏，鸡们得了犒赏才去 四散觅食。

还不见男人出来。张秋花就又掀开门帘看了一眼，男人还朝着墙呢。其实男人 已经知道她掀开门窗站在门口了，但男人还是又待了一下，才从被筒儿里拔出了身 子。

这矢根懒炕已经三天了，从三天前他就不用去队里派工了，队长一连给他派了 五天的工，让他用五天时间耕完那块沙疆地。

在第四天，矢根是在闻见一股茴香鸡蛋味才从被窝里拔出身子的，矢根爱吃茴 香馅饺子。

他去了趟茅厕，出来后还是没像往常一样扫院子、垫猪圈，自个蹲在台阶上看 着自己的脚面。

她们娘俩，一人擀面皮儿，一人包饺子。

饺子是红薯面掺点白面的，柴火是晒得干干的麦根子，麦根子在灶膛里噼噼啪 啪地像放小鞭一样。风箱是前几天矢根刚刚勒过鸡毛的，风很大，只几下子，大锅 里就腾腾地冒起了热气，在黑紫色的饺子刚漂出水面时，矢根就坐在了饭桌前。秀 白把第一碗一放到他跟前，他就端了起来。他吃得很香，很急，有些不管不顾。一 气三碗。然后，找个席篾剔起牙来。矢根长着一口乡村少见的又白又亮又整齐的牙 齿，像假的。他剔得很仔细。剔完，肩膀上搭个毛巾，背上一个大筐朝外走。张秋 花追两步，递给他一件黑粗布夹袄说：傍黑儿，天凉。他接了，放在筐头里，只把 头偏了一下，却没看见张秋花的脸，就又朝外走，走着，又把夹袄按按，像怕被风刮跑了。

到了平日下班的时候，矢根还没回来，张秋花望望外头，把早晨一碗剩饺子热到锅里，让矢根回来吃。可是一顿饭做熟了，天也黑定了，还是没影儿，秀白说娘你别急，我爹兴许想多耕一会儿，为的明天不紧张，我去接接吧。就在秀白刚出门时，有人惶惶地跑来说：你们快去吧！你爹掉进自流泉了！

在她们跑到跟前时，那里已经围了不少人。不知郑三从哪里弄来了一盏马灯。风很大，灯头摇曳着带着炼油味的黑烟，灯光下，矢根湿淋淋地趴在土冈子上，他栗色的头发紧紧贴着头皮，黑粗布夹袄凌乱地裹着又瘦又高的身子，肚子对着土冈顶，细长的胳膊和腿无力地耷拉着，嘴里嘀答嘀答地淋着水珠，水珠有些发黏。人们七嘴八舌地喊叫着，哎呀，哎呀！快看看，看看呐，看看还有气儿么？看看能缓过来么！高大根和郑三叔一边拍打着矢根窄窄的腰背，一边把手探到矢根鼻子下。没了，没了，一点都没了。

秀白抢上去抱住爹身子拼命地喊叫爹呀爹呀！像要把她爹喊叫回来。张秋花踉跄着揽过矢根身子，把手伸进矢根夹袄里摸了片刻，说：死啦？死啦！秀白也把手伸到爹的心窝上，那里仅仅有一点温热。秀青也赶到了，秀青把车子一扔就扑过来抓爹的手，手已经凉了，秀青哇哇地号哭起来。张秋花蜡黄着脸，指着俩闺女：你俩，给乡亲们磕头吧！你们，没了爹啦！张秋花的声音像碎玻璃划在铁板上，尖尖碎碎的刺耳。

矢家姐妹扑通朝着乡亲们跪下了。

这时候，庄户人的同情心极易唤起。人们纷纷上去又拉又拽，人们说：起来，起来，快起来，快起来吧，可怜，可怜见呢！

眨眼间，来了好些人，王前进来了，王小池来了，后面跟着还有王大成和陈臭子他们。王小池的民兵连长还当着，秀白从北京回来还没怎么见过他呢，他也没等着人说，就指挥民兵们抬来了门板，几个民兵把矢根的尸体往门板上一放，矢根那两只脚和一截小腿还搭在门板下边呢。嚯！他站着高，躺下了更显高啊！有人说。

等等！等等！别动呢，别动呢！

人们一看官道上跑来个人，近了，才看出是大兰子。

大兰子抱着烧纸，脸上腾着大汗珠子，一对奶子欢欢地颠哒着。人们哗一下让开一条通道，在人们注视下，大兰子走路一跛一跛的，带着气韵。人们这才想起来，这老矢根已是另一世的人了，如今他得履行去那一世的相关手续呢，先要送"倒头钱"，然后还得送"买道钱"呢。这事，怎么谁都没有想到呢？

几个女人忙上来帮忙，大兰子绷着嘴唇，鼻孔大张着，先把一张烧纸围成个窝棚，把火柴伸进去，然后开始嘟囔。你拿钱吧，你拿了钱走吧……你不用惦记家里……说了几遍之后,大兰子把手朝王小池一指画,王小池便对几个民兵喊叫一声:起!几个民兵一齐发力,门板和老矢根便被抬了起来。

只一会儿时间,矢家小院挤满了人,有请来的,有不请自到的。管事总理是郑三,郑三平时在村里也常常管丧事,民间的事情懂得多,另外他和矢根关系也比别人近。

风俗历来是强大的,矢家平时虽然在村里没地位,可眼下人已经死了,又死得特殊,像怀子那样的村干部们也就没出面干预,再说,村里的政治空气已经开始降温了。

郑三很快确定了几路人马。一路人去给亲戚朋友报丧,都是一些腿脚便利的年轻人。亲戚朋友来不来的由他,但报丧的必须要到;二路人马起锅灶,都是一些会炊事的男人。三天丧事,孝子寸步不能离开灵棚,亲戚们也都得灵前灵后守着,另外还有管事帮忙的人们,一切饭食都由锅灶上安排;三路人马撕孝,都是一些聪明伶俐的女人,这些人要依据远近关系,给里外家人和远近亲戚确定孝布的大小。自然是亲戚越亲孝布越大,亲戚越远孝布越小,不能弄出半点差池;四路人马刨坟,刨坟也要有规矩,必须遵守相关的上下尊卑排序进行。

人们一边忙活,一边七嘴八舌地相传着老矢根怎么死的。郑三不得不在管事的同时,一遍遍地给人们学说事情的经过——老远他就听见花皮老牛哞哞地叫得不是声气,跟人啼哭一样的声气呢,又尖又长又酸呐。他赶到跟前时,那老牛前蹄早把桥板刮了几溜深沟了。再一看老牛的缰绳卡在两块桥板中缝里,缰绳一头的死结儿正好卡在那中缝的下边,老牛身后还拉着那个老犁杖呢。老牛一见他来,两个蹄子又使劲刮了两下桥板,就曳着脖子朝桥下叫唤。他这才发现桥下的水还泛着浑呢。他就一边喊人,一边下了水,好在水不深,到他胸脯,他下去把人抄起来一看,才知道是矢根,他背了好几回才把矢根背上来,矢根身量太大啊。

哎呀,这矢根是怎么下去的?

哎呀,是他不留心掉下去的,还是他……

郑三连连摆手,眉头皱得死死的。

堤外村立时炸出了一条新闻——矢根是自杀!

2. 你在阳间待够了?

人们马上联想到了矢家诸多的不易,人家矢家人一辈一辈多不容易?打从矢老头,到矢柱,到矢群,再到矢根,一茬一茬都是本分人啊。单说人家祖辈给堤外村人编的筐,码起来都要够着云彩尖儿了。矢根他奶宁氏那会儿,净给人们做软稍儿衣裳，多难做的衣料到人家手里都摆弄得平平展展。还有吕氏呢，自打从山里领进村子，就没回过娘家，那人虽说嘴头子厉害，也没少侍候人们。最是矢根不易呀，整个堤外村哪家哪户没有人家老矢根编的筐啊，人家编的那筐有人能比么？哎呀哎呀，就别老说编筐了，人家还帮人们掘过地、拿过耧、剪过枝、打过药、拧过辘轳、磨过各种刀剪呢。就这么好的老矢根没了，村里再也看不见那高高细细的身量、搓衣板样的胸脯、栗子皮一样的头发、盲人一样的眼睛了。

不知谁把花皮老牛也牵来了，人们又发现老牛一直朝灵棚站着，眼里不时地淌着泪水。看着，人们一个个都惊得又打冷战又起鸡皮疙瘩。

那扇门板底部接了一截木板，矢根的整个身子硬挺挺地躺在上头。按照堤外村铺金盖银的习俗，身下铺的黄软缎，身上盖的白软缎。另外头上戴的黑帽盔，那帽盔把有些打卷儿蓬蓬乱乱的黄头发一收，使那山梁一样的鼻子更加地高耸，又因为他太瘦，乍一看，门板上那溜白缎，似乎只由两只大脚和一个高鼻子支着似的。

人们给秀青秀白穿上了孝衣，戴上了孝帽，缝上了白鞋布，绑上了白腿带，攥上了白泪巾子，腰里系条白麻绳，孝帽上还顶上了个麻头盔。白麻编的麻头盔，形状像牲口头。孝子穿戴齐了，就要"卧草"，像牲口一样"卧"在谷草上，有人来吊唁，要像牲口一样爬出去给人磕头——你老人死了，你就变成牲口了。

秀青瘫在谷草上，哭得死去活来，反反复复地数落着爹，埋怨爹狠心——我那狠心的亲爹呀，你不该放下俺们娘儿们就走呀——你可不管你那亲闺女了哇——哭声抑扬顿挫，两只手不停地拍打着谷草，眼泪口水鼻涕在谷草落了一片。

秀白也跪在草上，宽大的孝衣孝帽遮着脸。有人凑到她跟前，可秀青那边哭声太大，根本分辨不出秀白是哭了还是没哭。有人说秀白才不哭呢，矢家人就数她吃她爹的亏大呢。又有人说她哭了！看她那眼和脸。于是，人们果然发现她那眼又红又肿，那脸也肿涨得泛着虚虚的亮光呢。

张秋花坐在炕上直发呆，女人该挡的事由秀白她姨挡了，男人该挡的事由宋多子和蔡小忠挡了。她姨劝张秋花去灵前啼哭几声，要不就憋坏了，可是张秋花不去，说我不去，我不憋得慌，他走吧，走了他就舒坦了。

第三天午夜时分给亡人"送盘缠"时，一般都是一车一马，马是白马，车是白车，由亲人在自家门前烧了，以示让车马载着亡灵奔黄泉之路。可是这次，郑三让纸匠糊了两个，一个枣红色的骡子和一个灰色的驴。

郑三僵着脸指挥着人们，把那枣红骡子和那灰驴搬到路口，又把那个结结实实的车也搬到路口，秀青在前，秀白在后，低头弯腰，把招魂棒拉在地上，由秀青一路呼唤着——爹呀，爹呀，赶路吧！有车，有马，有盘缠啊……爹呀，该打点多打点，该花销了你多花销啊……有车，有马，有盘缠啊……亲戚朋友也一路跟着，在那个枣红骡子、灰驴和那个结实的车子先被点燃、后又把马和驴绊索砍断、大火呼呼地燃烧起来时，其中的悲伤似乎已经减轻了，对老矢根去阴间的事也能接受了。人们一下觉得郑三这人可真不错，无论怎样，又让老矢根得到那头枣红骡子和灰驴了。

其实，那天矢根使着花皮老牛往外走时，又扫了一眼前排那个槽子，那里已空了三天了。

枣红骡子和灰驴由郑三使着去拉冬煤了，最迟傍晚就能回来。以前每年拉冬煤都是他去。哪里上路，哪里拐弯，哪里有水，哪里有桥，哪段赶路，哪段押车，住哪个旅店便宜，他都一清二楚。安宁总共五个煤厂，第二煤厂看大门的是个小个子老头，他每年去了，老头都让他进屋洗洗脸、烤烤手。每次，老头都要拿出一个磕碰得没头没脸的饭盒，让他把干粮烩烩再吃，烩干粮时，老头还要给他倒进一点菜汤，再夹上一筷子白菜。到底是煤厂啊，老头那火炉口比堤外村人的火炉口要大几倍。把饭盒放上去，都恨不得掉到炉筒子里。那菜汤上漂着一层油珠子，把干粮一热真香。第五煤厂看门的是个中年人，那人看上去挺好，实际有一只手只有一根大拇指，其余指头像花生豆似的四个小肉球儿。这人心眼也挺好，每年他去了，都要凑到跟前和他说话。去年他装上煤忽然下起小雪，温度降了好几度，这人见他拿鞭子的手冻得直流血，给了他一个旧暖袖，虽然露着棉花，可戴上也极是暖和。那老头和中年人都抽烟，他每年去时都给他们带两把上好的大叶烟。今年他早就预备好了，可是没去成。

矢根腰里鼓鼓的，是女人起大早给他准备的吃食。女人给他带的发面白饼，还给他带了咸鸡蛋和腊肉。女人每年春上都腌上半坛子鸡蛋，腊肉是过年剩下的，女人这是给他预备的秋后去拉冬煤的饭食，女人每年除去拿着过年当事，就是拿着拉冬煤当事。

他把鞭梢在老牛眼前又晃了晃，不能挨着它身子，晃两下它就会加快一点脚步，但也走不多快，这就不错了，这是队里年龄最大的牲口，拉起犁来，眼睛淡漠着，头一摇一摇，脖子和肚子上松松的皮肉一荡一荡的，嘴里淋出的黏丝也一荡一荡的。

已经耕了五遭了，该吃饭了。他解下干粮，干粮一直拿块蓝布在腰间裹着，这样裹着，到吃的时候还软呢。他在衣襟上蹭蹭两只大手，大手把衣襟上没有劲道的棉纤挂得哗哗直响。张秋花总嫌他穿旧衣裳，说让人笑话，可他不愿换，觉得旧衣裳和他身子已经服帖到一起了。他把腌鸡蛋剥开，夹进大饼里托着，两手轻轻地一下下地把蛋清蛋黄碾压均匀，然后放下，又在老牛身下铺上那块蓝布，从口袋里倒出一捧玉米粒儿和谷子粒儿，老牛就吃了起来，他也吃起来。

这地方叫沙疆，沙多风大，没有一棵树木。太阳光下，细沙泛着亮光，风儿吹着细沙在草根下打旋,草棵颤抖着发出咝咝声响。他蒙眬着眼睛,咬筋和喉结一滚一滚的。一张饼吃完了,又拿另一张。先掰下小半块,再把几片腊肉摆在大半张饼上。老牛看着他,他一嚼一嚼的,老牛也一嚼一嚼的,他眯着眼睛笑了,老牛也眯缝起眼睛像是笑。他把那小半块饼一点点掰碎,跟玉米粒一样大,撒在老牛嘴下,然后又眯起眼睛笑,老牛没笑,老牛睁大眼睛,摇两下尾巴,吃去了。他把身子往老牛跟前挪挪,把那片蓝布又朝老牛近处扯扯,老牛也往前凑凑,吃得很香,很仔细。最后,他扯起蓝布,把剩下的渣儿抖在手心,伸过去,老牛便伸出红红的舌尖把渣儿舔了去。在他手上留下一片湿热,他又笑了,老牛的尾巴又摇两下。

他拍拍老牛的脖子和大腿,又摘下老牛身上的几根草棍。老牛把前腿弯成半个圆圈儿,把头靠在腿上,眼睛朝他微微眯着,嘴里还在咀嚼。

这老牛从郑三手里一过来,就像老朋友一样跟着他,从来没闹过套。一股风沙打着旋儿刮过来,他眯上了眼睛,老牛也眯上了眼睛。他的眼睛眯得越来越小,老牛的眼睛也眯得越来越小,他发出了鼾声,老牛也发出了鼾声。

他看见自己悠悠地过了四十九个坎儿,又过了四十九条沟,再过了四十九座桥。有人在坎上在沟边在桥头端着瓢给他喝水。他喝上一口水就又往前奔,奔啊奔啊,他终于跪在了阎王爷脚下。你是堤外村的矢根?是。你在阳间待够了?他看着阎王爷,不知怎么回答。阎王爷脸上加了点和善说:你照实说来。没待够。真的没待够?是。念你平日凡事小心没做坏事,想去哪里你就说吧。他看看阎王爷说:我想和花皮老牛做兄弟。哪个花皮老牛?就是我使的那花皮老牛。阎王爷沉了脸,又问:你可打定主意了?打定了。他说。

收工了,他和老牛拉着犁杖走到小桥上。桥面早就破损了,靠西边有个见底的窟窿,紧挨窟窿那边的栏杆也已经没有了,桥头挂着"年久失修小心通行"的木牌。人们都小心地往东边靠着走。

他把鞭梢在老牛眼前又晃了两下,提醒老牛靠东边走,老牛就靠了东。他把老牛那缰绳往东边桥面木板上一挂,老牛就被别在了那里,他自己就顺着西边那个窟窿,也顺着那个缺一孔的栏杆,往下去了。那一刹那,他就看见了他娘吕氏,吕氏穿着天蓝裙子,裙摆一旋一旋,旋出了许多云头,他娘一边旋着,还一边朝他摆手,让他登到云头上去。再往前,他就看见了他爹矢群,他爹戴着瓜皮小帽,扶着他奶宁氏,正等着他呢……

3. 不就是让我当牲口吗?

灵车一起,张秋花也紧跟着往外走,她姐不让,她非要跟着,她姐使劲拽住她:

你不能忒任性，你俩早是一阴一阳两世的人了，你见过哪家的男人死了，女人跟到坟上的？她还往前奔，她姐就凶了脸：不行，你这么跟着他，他就不想走了！她走不了了，灵车眼看着走远了，她紧咬着嘴唇，眼珠子凸凸地离了眼眶，她姐就势忙把她摁到炕上。但只坐了一下，她就四处张望着找东西。

你找什么？

我找他那衣裳呢。

那衣裳早都抱出去了。

她就疯了一样跑出去翻腾，她姐无论怎么都拦不住，直到找出了一身黑粗布棉裤棉袄才抱着回了屋。她姐说：这衣裳不要了，他又不穿了。她便急了：他怎么不穿？不穿，他冬天不冻死啊？

等到秀白秀青从坟上回来，她姨忙说她娘有点邪气。姐儿俩一看娘果然不对，秀白就要去请医生，秀青问姨怎么办好。她姨说谁家办丧事也少不得出点邪事，秀青跟我去请赵大女吧。秀白想拦没拦住。

赵大女穿着一件肥大的白绸裙子，这衣裳让又高又细的赵大女一行动起来有点像脚不点地儿似的。

赵大女在手上吹口气，就在张秋花身上又掐又捏起来，一边掐捏还一边不停地吹气。张秋花没有动静，身子只随着赵大女摇晃着。

一会儿，张秋花的脸似乎舒展了起来。赵大女站起来，抻一下白绸裙子，白绸裙子一抖，一舒展，赵大女就又多了几分鬼气，嘴里嘟囔着，把兰花指在张秋花浑身上下走了一遍，然后打个哈欠，抹把脸，睁开眼，说：好了，再烧几炷香就没事了。

她姨忙掏出钱说带个香钱。赵大女也不推辞，接了，坐着秀青的车子走了。

秀白做了点面片儿，给娘一碗，又给姨一碗。她娘呼噜呼噜只几口就吃完了，她姨也吃。吃着，张秋花还随话答音地说了几句话，几个人便觉得她真的好了。秀青看看天色，说家里的猪好几天不爱吃食，得回去看看。她姨也说你娘没事了，就跟秀青一起走了。

秀白又给娘倒了碗水，娘喝了，秀白就说娘你就再歇会儿吧，我也再拾掇一下院子去。

院里还弥漫着鞭炮和烧纸的味道，姨和秀青虽然收拾半天了，可是做饭的大锅台还在院一角歪斜着，宋多子把一个大锅和一大筐粗瓷碗还了人家，回来刚拆了几下锅台，又有人叫走了。铁丝上还搭着她那孝帽子和泪巾子，姨说这东西到"圆坟"和"一七"时还得用，说身上白孝衣是给亡人打灯笼的，要不，亡人在阴间看不见路。到烧"三七"纸时，就不用穿孝衣戴孝帽了，但蒙鞋布还不能拆，到烧"五七"纸时，就要拆下蒙鞋布换上新做的白孝鞋了。她一边默记着姨的嘱咐，一边又收拾树上柴火上的纸钱、纸穗子和鞭炮屑子，还有用了几天的长明灯碗儿和香炉也都得收起来。

院里一干净，立时空荡起来，这院里再也看不见爹那高大单薄的身影了。小东屋门口还墩着两个半拉子筐头，上头还散发着淡淡的柳条清香。她双手一摸到筐条子，嗓子里立时憋起了一个酸涩的疙瘩，疙瘩上下滚几下，就化成泪水噼里啪啦流了下来。

晚上她得跟娘做伴，但在她搬着被子进娘屋时，娘却不让，还往外推她。她知道娘还不够正常，硬把被子放下，又端起猪食去喂猪。

倒上半槽子泔水，又撒上一层谷糠，猪便摇着尾巴吃起来。她又把鸡窝堵上，把院门的旧栅栏别上，然后又抱了抱柴火放到灶前，再一回屋，发现已经躺下的娘呼地坐了起来，同时还往身后扯了一下，她顺着一看，发现娘扯的是一个黑糊糊的人影子，她头皮一麦，忙叫娘，娘没应，娘急着去推那影子，她这时才看清，原来是爹的棉衣棉裤。

娘到底不让她进屋，她觉得娘是想爹想得苦，就由了娘。到了半夜里，她过去看了一趟，见娘还算平静。但在一大早却见娘两颧发红，嘴唇干裂，嘴里不停地说你等等，你等等啊！她伸手一摸，原来娘在发高烧。

她正要把娘送到公社卫生院，秀青驮着姨来了。姨说她娘是邪症，说送医院不管用。

秀青二话没说就又去请赵大女了，秀白不管，秀白急着拉来了架子车，要拉娘去医院，姨死活不让，正折腾着，秀青驮着赵大女就进来了，赵大女也不说话，先是嘴里嘟囔着正转三圈倒转三圈，身上的白绸褂又抖又飘，弄出了一身的阴冷和妖气，然后打了个哈欠，两行清泪一下来，便说：乱了，乱了！五鬼闹宅，五鬼闹宅啊！看呐，是鬼的不归坟，是神的不归庙，是牲口的不归牲口棚啊！作孽，作孽啊！

秀青和姨忙问怎么办。

赵大女把眼睛扫了一圈，说：清宅。见她们还不明白，把嘴凑过去，说：上边发话，说要清鬼清妖清怪，也得连矢家三闺女一块清。

她姨急了：仙姑啊，你说可怎么个清法儿？

那鬼那妖那怪上边一个令就走了，可你家内底里的事，要让上边清，恐怕你家人就受不了……我说了半天，才算答应了，说让去牲口棚里待一天，了事。

她姨忙问：在牲口棚待一天，那可怎么待呀？仙姑你再想想别的法吧。

赵大女隔着窗户在院里一轮，说：去队里牲口棚不方便，就在你家羊圈里吧。

她姨连忙拽着赵大女说情，赵大女眉头一皱，说：那我就不管了，你们另请高明吧。

她姨忙又说：别走，别走哇！我是说，怎么也不能让她死巴巴地在里头待一天呐！

赵大女舒一下眉头，又抻一下白绸裙：顶少也得一宿，要不，上头不依。

矢秀白想说什么，可一时又想不起合适的，就气白了脸。

她姨看看烧得脸通红还不停地说胡话的她娘，把牙关一咬，说：秀白呀，你娘一辈子在你们矢家可不容易啊，你但凡念及母女情长，就应了吧。

见秀白不答应，赵大女起身就走，她姨一边让秀青拦住赵大女，一边拽住秀白说：你看你娘都烧成什么样子了？你爹刚死，你娘要再有个三长两短，你们就没得指望了，不就是去里头待一宿么？看在你娘这么多年在你们矢家没得过好的分儿上，救救她吧！救了你娘，也算帮衬你姨了！说着，低头就要给秀白下跪。

秀白把姨抱住，一咬牙：姨你起来，你起来！不就是让我当牲口么？我去当还不行么？只要我娘能好！我当去！秀青急着拽住秀白说：白白，你等等，我给你铺上点东西。她姨也忙拽着秀白说该铺上点东西，秀青赶紧扔进了一套旧被褥。这羊圈是她爷爷当年养羊用过的，已经几年不用了。里头还不算太脏。

赵大女继续作法。秀青和姨一边陪着赵大女，一边照看着昏沉沉的张秋花，还不停地出去看看羊圈里的秀白。到了半小时的时候，秀青听到里头有鼾声，就着月光往里一看，天爷！穿着一身孝衣孝裤的秀白在里头窝着睡着了，看上去还真像一只绵羊呢。

早晨，秀白回到屋里，娘已经坐在那儿吃饭呢，一见她进来，娘问：秀白，你不吃饭，上哪去了？

她姨忙说：院子里乱七八糟的，她收拾院子来着。

她娘说：又不是多紧的活，先吃饭吧。

秀白便上上下下仔细看娘，终于发现娘额头上有三个黑紫印子。趁娘没注意，一问秀青，才知道是赵大女拿三棱针扎的，秀青说当时冒出来的都是黑血珠子。

4. 她是在梦里见过他

没了爹的日子实在是不好过，不要说许多活计秀白和娘不好做，单单是每天心里被抽空的感觉，就让娘俩难受得不行。秀白年轻还不太显，张秋花的身体就一天天地难于支撑了，这几天又连着咳嗽不止，吃了村医几次药都不顶事，秀白就去了县药店。

进去时天色还正常，但出来时，整个天空就变成了灰红色，西北角的云彩也呼呼地往上攻。把药收好，又忙从车兜里拿出塑料壶去打柴油。村里那点电，有时来一两个钟头，有时一分钟都不来，那几分自留地都快干得冒烟了，家里一年到头的粮食贴补都指望这点地呢。

再出来，天就更暗了，大风嗖嗖地起了，四下里雨脚正往跟前赶呢。浓重的云彩先加了黄色，很快，又掺上了血光。她慌忙把身子趴在车把上，把全身的力气用在脚蹬上，但还是寸步难行。雷电又咔嚓咔嚓从天边滚过来，一条金色巨龙颤抖着斜插过来，风雨也迎头打了下来。这里离村子还远，车子根本骑不动了，几米之外只有半间土坯房，她扔下车子就跑了过去。可是差点撞到一个人身上，一个二十多岁的大个子男人，那人扫她一眼，往外挪挪身子，地方太小，那人一挪，半边身子就淋在了雨里。她忙往回撤，想让那人还回来，可那人一动不动。她就又往外撤，那人还不动，眼看着灰色的确凉裤子精湿地贴在身上，平平的后脑勺也往下淋起了雨珠子。

她说：喂，你往里挪挪吧。

他像没听见。

她又闪闪身子，说：你往里来点吧。

他身子晃晃，脚却没动。

这人真有意思，莫非没听见。她又咳嗽两声，可他不但没有往里挪动，反而扎头钻进雨帘里跑了。

到了家，她娘一边催她换衣裳，一边给她端出热腾腾的姜汤一边问她躲在哪儿了。她说躲半间小土房了。娘说亏得有个地方，要不，得淋坏呢。

姜汤水一进胃，果然有股热气先从胃里出来，然后又在身上散发，就像一滴水在宣纸上洇化。只是心里还有些发紧，紧得有点莫名其妙，细一想，心里是在惦记跑到大雨里的那个人呢。真怪，把个避雨的地方让出来，可是从头到尾却连个脸面都没露。这人应该不傻，浑身上下不见一点傻气，有点发软的腰背还挺文静，而且也不像聋，跑进雨里后，第一次叫他时没回应，第二次叫他时，虽然也没回应，可那身子明显地摇晃了一下，像是在说：不用。

娘进来给她掖掖被角，可娘一出去，她就又撩开了，因为身上已经酥酥地发麻，皮肤也开始活泛和膨胀，汗毛孔已经张开，一层细汗芽儿正在往外钻呢。

有人给那人熬姜汤盖被子么？要没有，肯定要病。她把胳膊伸出来，拿手摩擦着墙围子上的画报，那是她从北京带回来的，上面是《洪湖赤卫队》的剧照，眼睛盯着韩英，手指一下一下点着韩英的军帽，心却想着雨中那个平平的后脑勺和那个发软的腰背，耳朵里也还响着大雨点的哗哗声。

她娘又进来了，把她胳膊往被窝里一掖说：快盖上，多暖和一会儿。她却猛地一颤，就像娘的话把她劈着了似的。看你，一惊一乍的，想什么呢？没想什么。见

白妮

她娘还看着她，才又说：中午躲雨时，那小地方只能容一个人。见我跑去了，正躲着的那个人忙把地方让给我，他自己倒走了，连句话也没说。

是个什么人？

没看清楚。

给你让了会子地儿，也不看清人家是谁！

几天里，那个背影就像嵌进她眼窝里了，无论看见谁的后脑勺，都想起雨中那个后脑勺，无论看谁的背影，都想起雨中那个背影。她偷偷地笑自己，同岁的都已经当娘了，你还来这少女怀春的。可她又管不住自个。过了一会儿，又觉得好像不是管不住，她是不想管。她躲到角落里仔细揣摩着这种心情，觉得挺痒，挺甜，挺过瘾。

再后来，她终于明白了，是爱情，是书里说的那种爱情！

以前也见过优秀男人，比如数学老师，比如军人夏光，比如北京的金岩。他们尽管都优秀，但见了他们，却没这种感觉，和那个许森林都已是谈婚论嫁了，也没这样过。

许森林也曾经拉过她手，她也激动，但更多的是羞涩，还有一丝不舒服，因为那手肉乎乎地发暄，被他攥着，像被一块软塌塌的肉裹着。许森林还把她拉进过怀里，就更加地肉得不舒服了。所以，后来在他说提职要外调岳父家时，她立刻就抓住了这个由头，和他分了手。把他当朋友、当叔叔、当大哥都行，就是不好当丈夫。到了家，她才给他写了封信，说父亲身体不好，她不能回去——没想到，这个理由成了谶语，父亲走了，永远地走了。给父亲圆坟后又收到他一封信，说他任命马上就下，稍过一段，咱们就结婚。她毅然给他回了信，她必须了断许森林那份念想。眼下，她才真正明白，她和许森林真的不是爱情，她和那个后脑勺、那个背影，才是。

腾麦茬种玉米的季节，社员们中午要歇三个小时。

这天，上午收工后，她急着吃了点东西就去县里买玉米种了。那种子高产稳产抗风抗旱。中午三个多小时满可以骑车打个来回，下午她还得挣工分去呢。

种子公司门前真热，靠门口长着两棵榆树，榆树虽说不小，可树帽却不大，仔细一看，树身上趴着许多粘虫，一个挨一个，黄腻腻的，把榆树身糊了大半。树上还落着许多知了，知了叫得很亢奋，像比赛。排长队的人们以极大的耐心等待着。买出来的人都提着不多一点儿，说明都是给自家买的。看来无论哪村的人都把自留地当命根子。她不断地盘算着轮到自己的时间，不断地伸长脖子看着最前头的人。

就在她不断地用眼睛丈量着这支长队时，在长队的尽头，她发现了一个平平的后脑勺和一个有点发软的腰背，在她心急火燎地看了几遍时，她的心就恨不得从嗓子眼里蹿出去。她像小女孩儿一样不管不顾地跑了过去，她假装找人，在他面前晃了一下。

可他没有反应。

她又晃了一下，这次晃得明确，把脸在他面前停了几秒钟。

可他那眼光只在她脸上溜了一下，就又扭开了。还是没什么反应。

她那心就凉了。他是看不出她了，还是他压根儿就没记住她？她咬了咬牙，走过去说：这棒子种多少钱一斤？他扭头看她一眼，眼睫毛颤了一下，说：两毛。只两个字，倒是看了她一眼，只一眼。她正懊恼地骂自己自作多情，又见一个三四岁的男孩儿径直跑到那人跟前，说了句什么又跑了。他儿子！

上工之前她就赶到家了。她娘忙递给她一把扇子，又盛上一碗饭。她把那碗饭才喝了两口就放下了。她娘问有事？她说没有。可是她娘分明是看出事儿来了。她娘说队里还没敲钟呢，再到炕上躺一下吧。

她脑袋刚一挨枕头，泪就下来了。她狠狠地一边擦泪一边刺挠自己——人家有儿子怎么了？人家三十来岁的男人有儿子不正常么？人家在雨中给你让地儿，那是人家的脾性，是你，人家让，不是你，人家也让。再说了，人家没准儿根本不是给你让地儿，人家那是急着回家呢，人家跟家里的媳妇孩子还有事呢……

她姨来了，进门，就一劲儿拿眼看她，她猜着，肯定又要给她提亲事，而且条件不怎么样。

一会儿，果然听见她姨给她娘说呢。是孟村的，长得挺好，也有出息，家里人口少，就一个儿子，只是他娘有肺病，看也看不好，不看又不行。她娘问有几间房？她姨讪讪地说房不多，两间。你这当姨的，也不想想，就是咱们愿意，闺女过去了，住哪儿啊？我也知道穷，可又看着孩子挺出息，再说了，穷是穷了点，倒也有人帮，他舅在城里工作，以后盖房子他舅也得帮呢。这不是指望河里的鱼待客么？

秀白掀门帘进来了，说姨，这人怎么个有出息？

她姨说前几天去他家，看见他屋里摆着好几个话匣子，都是别人让他修的。我在他那儿只待了一小会儿，就去了两个人，一个是取话匣子的，那人打开一听，哇哇地唱得欢呢，那人高兴得不行，说去县里都没修好，这小子一摆弄就好了。另一个人是去请他修柴油机的，也是说那柴油机谁都修不好，才去找他的。姨，我要见见。

见面时，两人进行了如下对话：

那天，躲雨是你吧？

是我。

那天买种子也是你吧?

也是。

那天躲雨,你看见我了么?

看见了。

那天买种子,你看出我了吗?

看出来了。

那,找你的孩子是谁?

邻居的……

果然是你呀?我真没想到,真的没想到啊!他说是我,是我,果然是我!我也没想到哇!

说了整整半天的话。最后,她又说我见过你,除去上次躲雨,我还见过你。你还见过我?见过。在哪?想不起来,反正见过。那你再细想想。

她就仔细想了又想,到最后她就笑了。他问你笑什么,她也不说,她怕他说她矫情,因为她忽然想起来,她是在梦里见过他。

5. 孟正律你不想活了你

第三天过中午,孟正律就又来了。本来他想第二天就来,可他又没好意思。当时,头一次见了对象,要隔几天再见,像他这样第三天又见的,都极少。秀白是透过窗户的小玻璃看着他进来的,见他一进院就猴急着往里走。她也就猴急着冲了出来。

门口树荫里做针线的张秋花,一下就猜出来人是谁。

秀白帮他把车子支在门前,忙掏出手帕让他擦擦汗。吃饭了没?吃了。真吃了?是真吃了。说了这好几句话,她才想起来还没给娘介绍呢,忙说:娘,这是孟村的,叫孟正律。孟正律忙叫大娘问大娘身子骨可好?张秋花说好,进屋坐着去吧。

张秋花拔腿就去了孟村。这可真是,才见一面,就这么热乎。再怎么,也得打听下底细呀。三里地,搭个顺脚车,一会儿就到。

真是怕什么就来什么,才两句,就问出事儿来了。她姐夫说孟正律他爹有点问题,也不大,在旧政府的钱粮部做过一年事,开始搬运粮食,后来,柜上有个伙计得病休假,见他稳重心细,就让他顶替站过几个月的柜台。

就老矢家那点说不清道不明的事就够累心的,再摊这么个亲家,还活不活了?她姐忙说别着急,他爹这点事,村里拿着当问题是当问题,可他没戴着坏分子帽子,既没挨过批斗,也没扫过大街。我是看着这小伙子挺好,才说的。张秋花说我还是想给她找个贫雇农的,哪怕条件差呢。她姐把脸一沉说:你看见堤外村了,你就看见孟村了,那贫雇农们要是愿意,我哪里还找孟家呢?

张秋花一脸无奈,又说你不是说他娘还有肺病?再说他家才两间房子,妮子去了住哪啊?她姐还是说他那舅,忒爱接济他们。张秋花絮叨了半天,这个人家有问题,有病人,就是没房子住啊?她姐说咱都是亲的热的,有话也就别藏着掖着了,你家白妮子一晃就奔三十了,和她一样大的,结婚的结婚,有孩子的有孩子了。我问问你,打从跟北京的拉倒了,有人给介绍么?你怎么也不能眼看着她当老闺女吧?张秋花打个激灵。她姐又说反正人家不肯把媳妇娶到大街上。

张秋花往家走着,心里的火气儿就一点点地撤了。家里安静得跟没人似的,她便咕咕咕地叫了几声,鸡们呼啦呼啦地从外头跑了回来,她又朝它们扬出一把红高粱才往里走。

秀白说娘你去哪了?张秋花说串个门儿。孟正律说大娘你快歇会儿吧,我也该走了。张秋花看看两人红头涨脸的样子,看看天色,说才三里路,不急呢。又说我去园子里拔棵菜。说着又出去了。秀白心里一热,知道娘在给躲方便呢。扭头一看,孟正律也一脸的不好意思。

两人又待到了太阳落山时,他说我该走了。

她也觉得他该走了,可他们谁都不动弹。

太阳落下去了,屋里已经灰蒙蒙的。他们都不约而同地一次次看窗棂,窗棂上的亮光越来越少,一枝树影映在窗户上,一摇一摇的。

他又说我该走了。她不说话。他坐在小机凳上不动,她坐在炕沿上也不动。他们又同时看看窗棂,那个树枝影子暗了下去,让他们更生出了一种离别的凉意。他站起来,拿起手套。她却还不站。

朦胧的光线下,他看见了她长而卷曲的睫毛,白皙亮泽的肌肤,红润丰满的双唇,整个人真是娇娆得如诗如画。从第一次见时就有这种感觉,又热又疼又痒。原来一个人要真的喜爱另一个人,心里就是那样的。那热那疼那痒,让你又想哭笑,又想吵闹。他朝她走了两步,很慢,一边走一边放肆地看着她。她没躲闪,迎着他。他一把就把她拽到了胸前,把她裹住,裹紧,裹得她透不过气来。

窗棂更暗了,人们常说早骑马,午骑牛,晚上骑着辘辘头。这哪里是骑着辘辘头呢?这简直是骑着火车轮船呀!

她娘还在院里拾掇,他俩出来了,脸还像红布。大娘,我走了。张秋花继续忙着手里的活,说:熟饭了,吃了再走吧,路不远。秀白出乎意料地看着娘,娘又说:有月亮地儿,吃了吧。

她跑过去掀锅一看，饭菜已经在里头焐着呢。

哎呀，娘抱柴火、娘添水、娘切菜、娘烧火，怎么她就一点都没听见呐？

吃了饭，又说话。都说什么了？没记住，觉得还没说几句呢，闹钟就又慌慌张张地指向了十点，再不走就讲不过去了呀。

家里的自留地每次都是秀青和宋多子帮着掘，这次，孟正律说我掘，一定我掘！

秀白心说你掘你就掘吧，也好让秀青高兴点。秀青早就不高兴呢。秀青说你是想"永世不得翻身，再踏上一只脚"啊！秀白也不反驳她，说说去。

他说园子还缺点肥。她说不赶趟儿了，猪圈肥还在圈里呢。他说出出来呀！她说出不出来了，种上再施肥吧。他说不行。

她看着他那种说了算的样子，很是新奇，矢家几辈子人，都是女人说了算。其实，女人让男人说了算，才是真正做女人呢。

把猪圈粪起出来，又倒了一遍，运出去，再撒开，天就很晚了。张秋花半虚半实地说：要不，别走了？他说：走吧。秀白也想说别走了，可她不能，也不敢。没结婚的女婿住下，村里人要笑掉大牙的。

她把他送到老槐树下，他说：回去吧。她小声地有些鬼祟地说：明儿，早来。他笑笑说：晚不了。她嗔怪着：晚了，不让你进门。他说：知道啦。说着就要上车子。她跟着跑了两步叫住他，又说：也别太早，今儿个，累了。嗓子一哽，泪花就冒了出来。看看前后没人，他帮她擦了泪花，说：我知道了，回去吧。说完，上车走了。

她的泪水又滚了下来，擦了又滚，滔滔不绝。

在她睡醒后，窗棂还漆黑着，她在炕上翻来覆去折腾了不知多少遍，天才变成了麻黑，她忙穿好衣裳，可她还是不敢出来，因为她从来没有起过这么早，她又生生地憋到天麻麻亮时，才扛起工具往外走。走到老槐树底下，发现外头有雾，她心想，孟正律来早不了呢。也好，她忙先干一会儿，等他来了，也好轻省些。

可是在她走到自留地边上，却发现地里有个人影正掘地干活，开始她还以为是幻觉，她忙急跑几步，才看清楚了，她的心像被刀子剜了一下，她转声转气地朝着那个浑身精湿的泥猴喊道：孟正律，你不想活了你？！

6. 让他提前做了新郎倌

先生掐了会儿手指说：八月二十六是个好日子。

她娘也掐指算了算说：八月二十六，时间忒紧，有远点的么？

先生又掐算几下说：远点的，就是腊月十六了。

她姨说：这俩日子哪个好？

先生说：腊月十六更有升发。

她娘说：那就腊月十六吧。

接下来，两人先去县城照了合影。紧接着，两家都忙了起来，尤其是孟家，从第二天就开始热火朝天地准备了。他爹赶集打听猪价去了，这个在旧衙门做过钱粮伙计的老人，还真是会盘算，说别看咱平时舍不得，可这回却要买个头号大的肥猪，肉膘子不能低于一寸半厚。席面也得讲究，别人家办喜事摆八碟八碗，咱来十六碟十六碗。麦子也得多量，磨面时不能一箩打到底，要多出麦麸子，把馒头蒸白蒸大。好好刷刷房子，眼下就得准备沙子、挖灰池子、预备下大小铁盆。也得早点准备下糊顶棚的纸扎、白麻、粗细铁丝和木楔子了，最主要是提前约下上好的把式。另外还有成席的厨师，席上的碟子、碗筷和条盘。灶上的炒勺、大铲和揾布，还得提前定下伴郎和伙计。下来又提醒老伴要准备好做衣裳被褥和鞋脚的东西，还要提前琢磨挂帐子、挂门窗和贴喜字。最后说你老太婆身子骨顶不住，你就及早请人啊。

你个老东西，老了老了，疯癫起来了。你的事你管，我的事我管，哪个让你操心了？自打这些日子，你见过我犯病么？也是，这些天，还真没听见老伴吭吭地咳嗽呢。见老头子傻乎乎地看着她，老伴又说：偷着乐去吧你，人家说咱这媳妇旺夫呢。

俩年轻人有好些事要商量，再说他们也干柴烈火地分不开，生产队上工也抓得不严格了，自然少不得你来我往。张秋花也不嫌了，这没过门的女婿，还真会讨人喜欢，把院门的秫秸栅栏给换成了竹子的，用自行车拉着架子车从县里拉回竹子，只一天时间就做成了，院里看上去，显着又整齐又结实。把窗户纸换成了透明的塑料布。这一换上，又明亮，又不怕风吹雨打了。

秀青回来了，娘一见秀青，心里就有点嘀咕，可是秀青不但没说不中听的，还又干活又说笑呢。秀青对这门亲事不同意，自然是因为孟家的历史问题，但她也没坚决反对，主要还在为搅散了秀白和许森林的事自责呢。这个孟正律的确比老许要强，虽说家里有点历史问题，可是听说以后历史问题看得轻了，再说，年龄相当，长得也好，人也又勤快又能干，听娘说这家伙一宿就掘了一整块地呢，嘿，跟头驴似的。

秀青走时，孟正律看看天色说我也走吧。秀青说你着什么急呀，大小伙子，又不怕黑天。

孟正律留下来后，看看秀白，说要是只看一个八月二十六多好，非再看出个腊月十六，要不，咱们早成两口子了。看你说的，早点晚点还不是一样？人家说腊月十六旺夫，我还愿意让你兴旺呢。旺夫不旺夫的，我看不见，我就看见我这会儿天天心火旺，旺得都要起火苗子了。说着说着就又心急，是你的，就是你的，早晚都给你搁着呢。我不是怕么？

孟正律自是又待到了不走不行时才走的。

月光皎洁，四外里寂静，社员进家，牲口进圈，鸟雀归巢。从矢家上大路，要走一段小径，小径边上种着一片芝麻。两人一出来，一股清爽爽的香气就扑了过来，他们不由得都深吸了几口，几口清香一人胸腔，都格外地兴奋起来。秀白盯着芝麻棵子说正律你快看看呐，这芝麻棵子跟前儿像绕着一层细纱呢。孟正律凑上去一看，是呢，真是呢。哎呀！秀白，那是雾气，是一层雾气啊！秀白看着也真是雾气，不由得把两手伸过去捧那雾气，动作有点天真有点孩子气，孟正律随手就摘了个芝麻花别在她鬓边，立时让她又增加了许多俏丽，也让她更加地兴奋起来，她一下就挎住他的胳膊说：咱也挎着胳膊走几步。他就一手推车，一手挽住她，她就甩甩头发，挺起胸脯，扭着双胯，朝前走去。

一直走了很远，走得心里和眼里有了水汽，她才告诉他，原来她在北京时，每天黄昏，总见一对年轻夫妻在林荫路上手牵手，肩并肩，款款而行。两人一边走一边说话，同时还打着手势，女的手白皙光洁，男的手宽大有力。她当时想，有了那生活，真不枉做人一生。可是眼下她也有了，真的有了。虽然有点矫情，但她还是款款地邯郸学步地走着，她也打着手势，她的手也是白皙光洁的，孟正律的手也是宽大有力的。

送走孟正律刚一进家，娘就递给她一封信，说是从村代销点买灯油时取回来的。娘问她是老许的？还是沈家的？她说是兵兵的。其实是许森林来的，信上说他任命书下来了，他要抽空来接她去结婚。

她把信一折，就走到了猪圈边上，随手一扔，信就歪歪扭扭地飘了下去，猪以为是吃食，一扭一扭地哼哼着过来，拱了几下，信就没了影子。

紧接着，就又收到冯想的信，也说许森林提职的事妥了，说许森林准备和她结婚了。言语上，很替她庆幸。

她回信说谢谢他们，说她和许森林不合适，而家乡有个合适的。

很快，孟家把两间房里的旧东旧西都搬了出去，把黄土、白灰和沙子都拉到家门口。秀白知道了坚决不同意，说真的不介意借房结婚，不就是在别人家办喜事吗？在谁家不也是喜事么？孟正律和父母自然很感动，当时确定不搬了。可秀白走后又变了。

秀白就又急了，问孟正律是怎么回事，孟正律开始不说，可她非问不行。最后，才承认，说他父亲其实对这桩婚事还没完全放心呢。秀白说这都安排着结婚呢，干吗还不放心呐？孟正律说没办法，老人们这些年是怕惯了。她说那你呢？你怎么不给老人家好好说说呢？孟正律吭哧半天，才承认，原来他心里也没有完全放心呢。

秀白，秀白呀，你知道我多么可怜么？给我介绍过的那些姑娘，不要说像你这么漂亮这么善良这么能干的，就连个能顺过眼的也没有啊，就是不顺眼的，人家还不要我呢。最后媒人说有个女的比我大三岁，我娘不嫌；长得不俊，我娘也不嫌；少白头，我娘咬咬牙说还不嫌。结果见面时，炕上坐着个花白头发黑脸大嘴的女人。我以为是姑娘的娘，后来才知道是姑娘本人。我当时一头撞死的心都有了。就是在第二天下着雨遇见你的，要不，连头都没敢抬呀。后来你姨领我一见你，我觉得你绝对不会同意，可没想到你居然不嫌我，还居然和我患难与共，所以我娘我爹有些不放心呢。说实话吧，连我自个，也常常怕你飞了呢。

他眼睛湿了，脖子粗了，她也泪眼汪汪的。她说敢情咱俩真是一个命呢，在我见你时，我也正可怜见呢，当时，我也怕你嫌我，怕你不要我，你哪知道，人家好些人也是不要我呢，不要我的那些人也远不如你呀！你知道，那些人听说咱俩成了，还说咱是"破驴对破磨，一对没好货"！放他妈的狗屁去吧！我看咱俩是天造地设、珠联璧合！她又擦把泪，紧紧抓住他说我要早点认识你，我那可怜的爹也不至于死了呀！他把她揽在怀里，抚摸着她的头发说老人家的事，我也是刚刚听说的。

越说越激动，越激动越收不住劲，到了顶点，两人就紧紧地抱在一起，融化成一个人，这一融化，她就感受到了他的那种要求。她忙抚摸着他的后背说不要，不要，不要啊，得忍着，一定得忍着。他说我知道，我知道，但我似乎是忍不住了。她说你忍不住也得忍，你必须得忍。他说我真的忍不住了，真的。她说你不知道早晚是你的？他说既然早晚是我的，那就别留着了。她说不行，得留着，一定留着。他说求求你，求求你了……

后来她就不板着了，她的心软了，身子也软了，就让他提前做了新郎倌了。

——哎呀，哎呀呀，好白啊，小白果，小白果！你是我的小白果啊！

7. 她没有报上可怎么办呢？

孟正律送来了两块布，两块围巾，两双半高跟皮鞋和四双袜子。

他说这叫四色礼，是结婚前必需的程序。

我没穿过这种皮鞋，再说，穿这鞋也没法下地呀。

咱先不说下地呢，咱先说当新娘子。你穿穿吧，你知道穿上这鞋有多好看呐。说着就给她换了。

她立时就挺胸展腰收腹，身材立时就更加地修长挺拔。她又围上新围巾，把新布也披在了身上。孟正律把两手使劲一挥说我保证,全世界五大洲四大洋里,我媳妇矢秀白最漂亮!她也非常高兴,也觉得自己果真是很漂亮。

他们火烧火燎地做着准备,火烧火燎地掐算着日子。

还有三个月。

还有两个月。

还有一个月……

日子说好过就好过了起来,村里政治活动少了下来,地富分子都不怎么提了,当然更没什么人提矢家和孟家那样的事了。紧接着,生产队干活就开始了包工。生产队长每天把活一分,就不用管了,到收工时验收一下就行了。矢家分的那点活,根本用不着她娘干,秀白一个人早早地就干清了。

孟正律那边的环境也好了,村里也一点不找他爹麻烦,主要是不光不天天花钱买药,反而还经常进点钱呢。那天,给人修好了收音机。那人非放钱不行,他不要,那人说你就要了吧,就这,也比去县里少花多了,再说还又省事又修得好呢。他就要了。

从此,人们有了修理活儿就送到孟家,后来邻村的也来,送收音机的,送柴油机和电动机的,后来还有送修缝纫机的。

秋后的一个大早,孟正律一进门就喊:好消息,好消息呀!说着掏出一封信说:我舅来信了,你快看看吧!秀白一看,赫然写着:正律我甥,据可靠消息,国家招生制度改革了,各大院校招生要实行考试,时间定在今年年底……

两人自然非常高兴,但秀白又摇着头说我不行,我没上过高中。

没事啊,高中生考大学大专,初中生可以考中专啊。信上可是没写着。这道理不是明摆着么?不信,我驮着你去县城给我舅打长途电话去。

两人就去了县城,问的结果是初中生真的能考中等专业学校!

结婚的事情自然停止了。先复习,再考学,再上学,再工作,再结婚。

很快,村子疯了,所有年轻人都到处借书,到处买笔买本买纸,村里村外的有点学问人的书都被借走了,有城里亲戚的,向城里亲戚索要参考资料。有点文化的家长都戴上老花镜,把陈年老箱子翻个底朝天,有点用的书都找出来。这些年书店根本没有能帮孩子补习功课的书。有个年轻人的爷爷是末科秀才,这年轻人还把老秀才的线装书都弄了出来,把知了翅膀样的书页子一页一页地翻了个遍。家长也忙啊,会点数学的帮孩子补数学,会点物理化学的帮孩子补物理化学,什么都不会的,就帮孩子押作文题和政治题。这些年的运动,让老百姓们都觉得自个是政治家呢。

教育局发下了文件,各学校校长和老师年底按升学率考核,不但要有名誉奖励,还要有物质奖励。于是，各学校把在校生抓得紧得不能再紧。有些校长和老师为抓升学率，张罗着把已经离校几年的好学生又都招了回来。

孟正律没去，他觉得那些知识早就在心里生着根呢。矢秀白也没去，有些不好意思，再说对于功课她心里也是有些底呢。

矢秀青没动心思，她明白自己功课底子薄，可她这次设身处地地嘱咐妹妹：白妮子，我估计你考不过他，听我的吧，先跟他结了婚。反正结过婚的也让考，你们要都考上，就一块儿去上学，你考不上，你跟他是合法夫妻，他也不敢随便和你怎么着。见秀白不说话，秀青又说：哼！别看这些年他夹尾巴狗一样，那是他家里不行，要行了，指不定能办出什么事呢。

秀白心里一沉，又想起当初"破驴对破磨"的话。孟正律他爹要是没历史问题，他娘要是没病，他会要她么？心里忽地像被戳了个洞，激情顺着洞眼儿往外渗着。可再什么，也不能提出和孟正律提前结婚呐。

花源头高中门口两张木桌子，一边高考报名，一边中考报名。他俩先去高考报名的桌前给孟正律报了名，然后又去了中考报名的桌前。

让他们万万没想到的是，矢秀白超龄！

不是不限年龄么？

中专报考年龄是23岁，你24岁自然超龄，不限年龄是高考那边，你去那边报吧。

她傻子一样愣在那里。

多少日子之后，她才想起来她报的是虚岁，这一带说岁数都说虚岁，有人也说她太死性，干吗不瞒报一岁，又不查户口。再之后，就有话传出来，说中专考生中超龄的有的是。

在离开报名处的一两分钟里，她和孟正律都没说话。

她那心自然从空中落到了地下，可是那么精明的孟正律居然没想起来安慰安慰，因为他那心里也在敲小鼓呢，他舅虽说他爹的历史问题一点都不影响他报名考试，但他心里还是发虚。在他发现矢秀白的脸色一变时，才想起她没有报上，哎呀，她没有报上可怎么办呢？在他纠集起散乱的心思时，秀白的心思已经哗啦啦地散了。

秀白，没事，没事。

是没事。

以后再说，以后再说。

你好好复习你的吧。

其实你的功课比我一点不差。

她看他一眼,嗓子里扑棱涌上个词——放屁!但她没说出来,她就着那股劲儿把身子往前一探,两脚一蹬劲,就把他落下了。也巧,正好过来一辆牛车,他绕过牛车追她时,她已经远了。追上她后,已到了两人分手的岔道上。

结果他又说了一句话:没事,没事,以后再说,以后再说吧。这次,他自己就在心里骂了自己一句——他妈的没盐少醋,放屁一样!

你快回去复习吧,我得走了,我家里还有事呢。说着蹬车又走。

按说,他追上去送她一程,会好些,可他没有,他前几天又去他舅那里找了些复习题,他得回去做题去。他站在那里虚虚地悬着腕朝她喊:哎!哎!她像没听见。

一九七七年高考是在一个下着大雪的冬日。

孟正律从家里往外走时天还没亮透,因为有雪,天空呈现在一片朦胧的灰色中。他爹不说话,把旱烟袋抽得嗞嗞响,他娘往外走着又嘱咐他把干粮包一定贴着身子。他一边答应着一边让爹娘快回去,可是爹娘不往回走。在他上了官道走出老远再回头时,两个黑影还在那儿停着呢,他眼眶一热就加快了脚步。

天上的雪花还下着,地上的积雪已经很厚,雪地上干干净净的什么印子都没有,他那又宽又大的棉鞋,嚓嚓地踩出了雪后第一串脚印。

他还真想了秀白几次,可他脑子在功课上呢,那个"想",有些发散,很快就跑了。

下雪比下雨好,要是下雨走这么远早就淋湿了。进花源头高中大门时,他进得很仔细很庄严,他跺跺脚,解下围脖儿,把前后的雪拍打干净。

他以为他是早到第一名呢,没想到早有一个人了,一看就是老三届的,像个小老头儿。那人一见他,忙凑过来说:小兄弟儿,应届生吧?

老兄,可不是了,我都毕业四五年了。

到我们这年龄,看着二十多和二十没什么区别。

正说着,又来了两个三十多岁的女人,两人骑一辆旧车子。紧接着后边又来一个三十多岁的男人。三十多的男人朝两个女人和小老头儿说:看来,咱们老一拨的还是珍惜啊,就数咱们来得早。其中一个女人一指孟正律说:别呀,人家这小一拨的不也有来早的?

孟正律忙说:大哥大姐们说笑话了,我只是比你们小一点儿,其实也不小了。

小兄弟儿,可别跟我们比呀,我们今年要考不上,明年还不定让不让我们考呢。

小老头儿的话一下说到了几个人的疼点,两个女人先从包里掏出几张油印的草纸看了起来。三十多的男人也拿出一沓东西哗哗地翻,小老头儿倒是没拿什么,但也朝着一棵柳树怔怔地站着去了。

一会儿，考生们就都陆续来了。应届生们可真是年轻啊，就跟老考生的子女似的，脸上一点压力都没有，有的干脆就是跑着来玩的。

三位监考老师来了，都一脸的庄重肃穆，全场考生都紧张起来，为首的老师在讲堂上一宣读"考生须知"，大家的紧张就到了极点，有的考生粗重的呼吸声，不要说自己能听见，就连别人都听得清清楚楚的。

孟正律也有点紧张，但试卷一发下来，心就稳住了，因为他拿眼一扫，所有的题他都会。仅用了半小时，他就把整个试卷答了一多半。这时，他所在考场就有好几个考生退场了，后来还陆续有人退，坚持到最后的只有他和几个老三届。他觉得他做的题应该比老三届的一点不差，所以在他又嚓嚓地踩着积雪回到家门口，看见瑟瑟地站在家门等他的老娘时，他紧跑几步上去，一下抱住老娘就说：娘啊！快给你儿准备铺盖吧！

第五章 经商

1. 咱们这回非赚个万元户

到了一九七九年，堤外村各生产队都大张旗鼓地包工了。

每人一份，早干完早走，晚干完晚走。再后来，队长的胆儿就更大了，把活儿量化出来，多干多挣，少干少挣。虽说懒汉懒婆们不高兴，但绝大多数人都非常高兴，人们的心思很快就转到辛勤劳动、仔细过日子上来了。同时，不少家庭开始抓孩子功课。功课好的抓，功课不好也要抓，都想抓出个大学生来。到实在抓不出来了，便转移视线，男孩子去参加邻村的盖房班，女孩子参加了邻村的服装加工厂，去了也像工厂一样挣工资，有的家庭还开始让孩子学做生意了。

这天秀白秀青出来时，天还灰蒙蒙的一片。

秀白还是骑的那辆白山牌自行车，车子又老了两岁，部件更松动了，走起来哗啦哗啦响个不停。秀青骑的是宋多子家的大水管自行车，车子倒很结实，可过于简单丑陋，只两个轱辘、一个车把、一个长长的后架和一个小小的轮盘，人骑在上头，毛腰撅腚地捣着小圈圈，秀青说赚了钱什么都不买，先买辆新式自行车。

她们每人都揣着四百块钱。秀白的钱是拿一个羊毛毡、一只玉镯、一件毛线衣变卖来的。羊毛毡是爹在时请人给她擀的陪嫁，玉镯是老姥姥给了姥姥，姥姥又给了娘，也是娘给她预备的陪嫁，毛衣是从北京买来还没穿过的，是她自己留着当新娘时穿的。秀青那四百多块钱，是变卖了两只羊和一头猪再加上平时的积蓄。秀青陪嫁的羊毛毡已经旧了，那一年，娘也给了她一只玉镯，可是在一次和宋多子打架时摔碎了，她也有件毛衣，可是已经旧得不成样子了。她只能变卖猪羊，虽说是分家了，可是婆婆还总想管着她，想让她少卖一只羊，她不干，婆婆就说她吃绝食。她虽然恨死婆婆了，可是嘴里还一劲给婆婆说好话。因为她这一出去，家里的事还得交给婆婆。别人家一般是男人出去做生意，可她不能让宋多子出去，宋多子那两下子根本不如她，再说了，她也不能让宋多子和秀白单独出去。

长旺，在燕平县城以北十几里的地方，离堤外村十多里。长旺镇是个大镇，长旺镇所在的村也是个大村。村里从早年间在城市工作的人就多，到了这些年，在城里工作的人就更多了。让长旺人最自豪的是村里还有一位在中央当领导的。这些年，村里不少人通过这领导找了很好的工作，还有不少人办了大事。目前国家政策一活，村里便有人找领导帮忙率先搞起了毛纺业。

姐俩一边走,一边惦记着身上那钱。娘给她们在内裤上都缝了个大兜,上边还钉了扣子。秀白笑着说,姐咱们赚满一兜就行了。

这一兜,我看能装三千块呢,咱要能挣一千块,我就什么都不干了。

一千块算个什么?听说长旺那边早就好些万元户呢。

一个城市工人一月才挣三四十块,咱们一下挣一千块还不行啊?

他们那点钱算什么?除去吃喝能剩下几个子儿?

说起工作来了,孟正律上大学都快一年了,没断了给你来信吧?

没断了。

还是那句话,你得把手里那根绳儿牵紧喽,咱这打草的,可不比他放羊的。

秀白不想多说了,她心里像被一根小棍儿轻轻地划一下,劲儿也不大,也不够疼,可让她不好受。她说:姐,咱们不念叨他了,咱们光念叨赚钱。

秀青也忙知趣地把话题打住,她和妹妹关系一直是和和分分。这些日子虽然还行,可实际上,姐俩的关系如同一张草纸,经不得揉搓。想着,忙蹬两下车子说:对,咱们光说赚钱,咱们这回非赚个万元户不行!

所谓的毛纺产品,其实也不含多少毛,有的一点都不含,大都是把进来的腈纶原料先扎成腈纶棉,再雇当地妇女手工纺成单纱,然后加工合成股线。股线有两个去向,一是打包直接出售,二是用织机织成上衣、裤子和背心再出售。因为以前这里人很少穿毛衣毛裤,这种线一出来,用织机织成衣服一穿到身上,别提多高兴了。

长旺市场最初倒腾腈纶的也就一两户,这一两户成功了,很快就都跟着学起来了。在周围村人们还没反应过来时,长旺大街上拉腈纶原料的车子就已经排成行了,拉来的腈纶原料也就成堆成垛的了。长旺人自古聪明活跃,这个时期就更加地活跃了,老少爷们儿一个个都出动了,能找到大人物的找大人物,找不到大人物的找小人物,连小人物也找不到的,找普通人。有时,大领导办事有顾虑,小领导或普通人反而更超脱、更能成事呢。

离长旺还有几里地时,她们就感觉到气氛的不同,无论大人孩子都形色匆匆、忙忙碌碌的。再往前走,就开始闻到空气里的腈纶味了。紧接着,就看到来往的大小车辆拉着腈纶,不拉的车上也丝丝缕缕地粘着腈纶,越往近处,腈纶就闹得越欢了,路面上一团团的腈纶在滚动,人们身上树上庄稼上到处都粘着腈纶呢。

市场在长旺村南,村里村外起了一批大小厂子。不起厂子的,腾出闲房也支上了机器,机器是个人的,厂子是个人的,工人是雇佣来的,有本地的,也有外地的。才几天时间啊,个人之间雇佣和被雇佣的关系就已经形成了,而且也看不出什么矛盾。愿意干就干，不愿意干就走人，也不说什么剥削和被剥削了，人们都忙，忙得连说话的工夫都没了。

刚一进市场，便有不少人一眼一眼地看她们，准确地说是一惊一乍地看秀白，看呐！来了外国人了！真好看的一个外国洋妮儿啊！闹得姐俩都很紧张。毕竟是第一次来，两人把手攥在一起，手心里渗着一层细汗，心突突地跳，似乎做了什么不该做的事。

转了几圈后，人们那新鲜劲才算下去了，说那洋姑娘不是外国人，是当地的，我听见她说的是本乡本土话。有的还说，前几年在县城就见过这个人，是城南的，在县农展馆当过讲解员，我听过她讲解。

头一天没敢下手，她们使劲地找着感觉。可是感觉像泥鳅，抓一下出溜一下。看着这家的行，那家的也行。这家的卖主会说，那家的卖主更会说，都说自家货物好，简直好得没法说了。可她们却看不出什么区别，看着所有的货色都差不多。

到第二天，她们就逮住了一些感觉，不再眼花缭乱，知道哪样的好一些，哪样的差一些了，还知道哪个卖主诚实，哪个卖主虚假了。

到了第三天，感觉就更深了。边看边走着，秀白看见有几个生意人一进市场就朝一个靠墙的货摊去了。

从几个人饿虎扑食的样子，秀白便断定眼前这货让他们发财了。她脚都没站定，便撒腿往回跑。姐，快点，有好事，有好事啊！

秀青跟着秀白到了那里，一个女人和男人正在装包，另一个女人叫来了两辆三轮车。

秀白说：姐，咱也上这家的，你在这里盯着上货，我跟他们去车站。这时猴精的秀青便也看明白是怎么回事了。

那火急火燎的两女一男根本顾不得闲事，也只不过是草草地扫了秀白几眼就忙去了。秀白机警地跟了他们一个多小时，就从他们的车票和发货单上弄清了他们的去向。原来他们是去哈尔滨郊外的一个叫成化的小城。

2. 这年头全国都开放了

庙会很大，比燕平的庙会热闹多了，这里的人们普遍高大漂亮，还时不时地看见和秀白相貌相仿的人，对这一点秀白也没多大惊小怪，她在北京沈家时从书上看到过，知道这是离着外国近的缘故。秀青刚看出这一点时，还以为自己眼差呢，后来才知道不是眼差，是真的。

秀白看着周围说：姐，我听着这里有不少燕平人呢。秀青注意听了听，果然燕平口音的不少。原来燕平的腈纶货早就通过汽车火车跑到这里来了。

她们找了个地方刚刚把货摆上，就有人问价，秀青心里哆嗦了两下就张了个大口，说毛衣十二块，毛裤十块。那人拽起两件看看说什么十块十二块的，这么的吧，毛衣十块，毛裤九块吧？姐俩心里一下便炸了欢儿，货是平均四块一件上的，两人自然说行。立时就有人一套一套地开始买。在她们卖了不到半小时的时候，就挤上来了两个小贩以每件八块全趸走了。

两人哆嗦着手喘着粗气一算账，减去成本和吃喝，每人净赚五百块！

她们把钱掩到衣襟下，躲到没人的地方又数了好几遍，真的是五百块！她们当然没见过这么多钱呢，就是全堤外村也没几个见过这么多钱的人呐！

姐俩忙找了个背人处，把钱装进内裤大兜里，可是秀青走了几步却压低声音一叠声地喊叫白妮子，白妮子！不行不行啊，我的钱掉到裤裆里了！

秀白拍一下秀青说姐你快别疯了，让人听见笑话咱小眼薄皮没见过钱呢。

秀青把她一拽说白妮子，是真的，要不，你摸摸，你摸摸啊！

秀白一摸，秀青的钱果然已经出溜下去了，再一看原来秀青的内裤松紧带断了。秀白咯咯地笑着蹲在地上，秀青也笑得涨红了脸——矢家闺女钱多得把裤腰带都坠断了！

庙会还有三天，回去再弄一趟货肯定赶不上了，一块儿来的那拨人不知什么时候没了踪影了。姐俩一商量，觉得既然这地方认燕平货，不是庙会也该能卖，不一定非得一天赚五百块，赚少点也行啊。可她们一时又拿不定主意。到底是再回去趸一趟回来呢，还是再趸一趟去别处呢？一会儿觉得该回，一会儿又觉得不该回，不过，反正出门卖货的甜头是尝到了。这年头全国都开放了，听说庙会和集市天天都有了。

到底回还是不回？正发愁，一只花翎鸟飞来了，在她们头顶上扑棱棱地抖两下就落在一棵树上，然后认真地朝她们张望。

秀青搋一下肚子上嘎嘎响的钱票子：白妮子，打个赌吧，要是那只鸟再下来到咱头顶上转个圈儿，咱就回去趸了再来一趟，要是不呢，咱就去别处。

秀青话音儿刚落，秀白还没来得及说话，那只鸟就下来绕着她们转了个圈又飞走了。

姐俩头皮一激灵，像受了神灵指引，立时收拾东西，马不停蹄回了长旺。

之后的几天里，她们多半时间都在火车上。她们身子跟着火车厢游走着，脑子跟着火车轮子飞转着，转出一脑袋腈纶，一脑袋针织毛纺产品，一脑袋票子，矢家的事，宋家的事，孟正律的事，像是离她们已经八辈子远了。

两人正在摇摇晃晃地走着，秀青突然呀地惊叫了一声，原来小桌上一张残缺的

白妮

报纸上写着燕平呢——

  毛纺业已经在燕平形成了特色产业，它以家庭手工纺线开始，如今正发展到机械纺织……燕平针织毛纺迅猛发展，全县先后几十家针织毛纺厂，成为我国北方规模最大的针织毛纺生产基地……全县已有几万销售大军，背包卖线跑遍全国各地，走家串户，推销毛线……引领了群众致富步伐，成为全县国民经济的重要支柱，占据了半壁江山。

  秀青说白妮子，白妮子！这写的也有咱们吧？秀白说当然有了。秀青说那，那等于咱们也上报纸啦！

  到了第三天中午，她们每人带了小山一样的一堆货又回来了，可在她们匆匆吃了点东西把货弄到市场上时，才知道这里有规定，庙会过后只上午开市，下午一切摊点必须收摊，否则罚款。

  她们心思大打了折扣，她们在附近租了一个小得不能再小的房子。放下东西，秀青把手顺着褥边摸了一把，先摸出一把黏黏的尘土，又翻出一串白亮亮的虱子卵。两人找了半天才找了一个没发现虱子和虱子卵的小店。

  原来这个不大的市场上早有好几家腈纶衣摊了，几乎清一色的燕平货。卖货的三一堆两一攒地闲聊，听着大都是燕平人。他们之间很熟悉，和周围的当地人也已经很熟悉。姐俩一去，几个摊和周围的人们都看着她们，但那不仅是因为秀白面相的各色，主要还是带着一份嫌弃和排斥。就像一群正在吃食的母鸡看着两只陌生母鸡又要进来抢食一样。秀白立时做好了挨锛的准备，可秀青却说娘的脑袋！咱们怎么他们了？凭什么拿眼剜咱们！秀白说别理他们，就当没看见。

  可是秀青不能，秀青觉得这些人剜她剜得重，剜秀白剜得轻，有的人看秀白时还有点亲近呢。一路在火车上秀青就有这感觉，尤其是男人。在她俩一路没座位，站得脚疼腰酸时，一个男人站起来就要把座让给秀白，秀白说姐你坐吧，可她刚要坐下，那男人忙又斜眼歪嘴地抢回去坐了。另外一路上好像还发现了好几个和秀白差不多的人，有男有女的。还别说，这些年一直说秀白长得又各色又难看，可是这相貌长到别人身上，看着还真挺大方挺漂亮呢。秀青心里呼地想起来，上学时老师曾经讲过，说这里早年间因为边贸和通婚等缘由，留下了洋面孔。秀青不由得有些心惊胆战，不知这些人在这边生活得怎么样。秀青一下子又想起了爹，想起了太奶奶，心里便很不是滋味，觉得太奶那时要带着爷爷到这边来，在这边繁衍生息，兴许少受些罪呢。

3. 罚款二十！

　　第二天上午，她们急不可待地把货物弄到市场时，这里已经很多人。市场还算丰富，买东西的人很多，只是买毛衣毛裤的人一来都直奔那边摊上去了，然后就不到这边来了。秀青很生气，说那边肯定说咱们坏话了，要不，他们买东西连货比三家都不知道么？秀白还在想一群老鸡和两只新鸡的事。觉得新鸡只要进了鸡群，只要能够坚持着挺过挨锛、挨饿的关头，下来就能有食吃，有蛋下，有小鸡孵出来。

　　东北的天气本来就比燕平低几度，这天有点阴，气温显得更低，秀白从货堆上扯出一件紫红腈纶衣穿上。这一下，不但身上不冷了，脸色也更好了，好看的脸色衬着腈纶衣的质量也好了，不一会儿就有个男人过来买了一件，接着又有个女人也过来想买，还非要她身上那件不行。

　　到下午，秀白就卖了好几件了，可是秀青还没开张呢，秀青也已经穿上一件了，可她穿着远没有秀白好。客户们除去到那边几个摊上，就是到秀白的摊上，有的即使到秀青这边来，也只是简单地看看。秀青心里便像钻进了蚂蚁，秀白卖一件，那蚂蚁就咬她一下。直到快收摊时，她才勉强卖了一件。

　　回客栈的路上秀青也不说话，秀白知道秀青又受了打击。

　　心里正犯愁，后边一个老人追上了她们，老人看看秀白，说差点把秀白认成他一个表外甥女。说他那表外甥女长得跟秀白一模一样，说他表妹早些年去过苏联，带了个苏联丈夫回来，生的几个男孩长得大都和中国人差不多少，唯独一个女孩像他爹。老人也是性情中人，和秀白说话亲切起来，有点像真亲戚似的，神秘地压低声音说孩子你爸是外边来的，还是你妈是外边来的？秀白便有些不知所云，老人便又说孩子，那些年，你们那里对你这样的人没给气受？我那亲戚可受老气了。秀白点点头，老人又问她们生意怎样。她说从来了还没卖多少呢。老人问知道不知道这里还有个早市，每天凌晨三点开始到早晨八点，那个时段专门做批发交易。秀白一下兴奋起来，连连感谢大爷，然后追上去告诉秀青。秀青一听也高兴起来。

　　一进客栈，秀青扔下货包撩起衣襟就挺着身子蹲在了墙角，两只硬硬的奶子就像两只喷壶一样滋滋地喷起来，斑驳的水泥地上很快汪出一洼白生生的奶水。秀白才知道原来秀青是惊了奶。也就是该吃不吃，奶腺里的奶憋足了抑制不住冲出来了。小臭蛋已经三岁多了，在家时秀青就想断奶，可是当奶奶的不让，说心疼孙子，还说秀青想断奶，就是断她孙子的口粮，断他孙子的好念想儿呢。

　　这地方天亮得太早，才三四点钟鸟儿就开始喳喳地叫唤了。

　　两人随着鸟儿叫声背着包跑到市上，早有好些人了。

大部分小贩和燕平那几个人都熟悉，一进来就奔他们去了。几个人也忙着和小贩们拉扯着说话。怎么样啊？我们的货没错吧？一点假都没掺吧？每件的尺寸厚度亮度都分毫不差吧？我们的货没有缺胳膊少腿少裤裆吧？

几个小贩一边看货一边和他们斗嘴。一个东北少见的小个子男人骚哄哄地朝一个小媳妇说大嫂啊，你们的货不但没缺胳膊少腿少裤裆啊，还多了一条腿儿呢，多一条腿的毛裤我穿着呢，不信的话，你从我这里摸摸看，看这条腿是长啊还是短啊？一个中年妇女便上来解围：来，我看看是长还是短，是硬还是软啊！说着上手就抓，小个子怪叫一声捂着中间跑了。另一个燕平男人打着圆场说先别逗呢，别逗呢，把货数了再逗，要是实在逗不够呢，把她俩留下让你们逗够了再走。小个子拍着那男人肩膀说你老兄可说话算数？男人一拍胸脯说肯定算数！

几个人一边说笑一边交易，只一会儿工夫，几个小贩就把燕平那几个人的货基本趸完了。在他们要走时，秀青叫住他们说：你们把我们的也要了吧？小个子看看秀青说：行啊！秀青高兴地忙要说价，小个子把大拇指一弯伸出四个指头说：统统四块！秀青强忍住说：你们刚买的五块，怎么一下给我们落到四块？小个子说谁知你的货咋样？你要缺胳膊少腿少裤裆，我四块还不要你呢。一起的人拽一把小个子说：别捣乱了，咱们还有事呢。

姐俩好不容易又找了个小贩，说了半天，小贩才磨磨叽叽地开始点货，可一点货，发现秀青的货尺寸不够，厚度也不够。小贩抖搂着两件毛衣把唾沫星子都喷到秀青脸上了：这里都是东北大汉，你这货东北大汉穿不得！知道不？别说你五块，你就是四块、三块也没人要你啊！小贩显然在骂人，可她们一点办法都没有。秀白一下想起来了，这次回去上货秀青没和她在一起，后来到家算账时秀青才说她的货平均下来每件少花了将近一块钱呢。

姐俩的心里一下像被泼进了一盆凉水。秀青的货要是不能卖，她们就不能再待下去，秀青带的货比秀白还多呢。可是秀青不服，说我就不信尺码小了就没人要，我看这里小个子有的是呢！

忽地，小贩们像躲阎王一样仓皇逃窜起来，姐俩四下一看，才发现工商管理员进了市场。秀青一边跑一边土匪土匪地骂。秀白忙提醒秀青小声点。

第二天，到了收摊时间，秀青还想多磨一会儿，一个长脸女人过来就撕单：罚款二十！

秀青说一上午才卖了几块钱，怎么一下就收二十？

女人抬头盯她一眼，又嚓地撕下一张：不服？再加二十！

秀青又要说什么，女人上去就要把她拖走，秀白忙说：大姐，我们新来乍到，不懂规矩，别和我们一般见识。说着递上二十块钱。正好这时有个老人过来帮着说情，姐俩一看是前几天把秀白看成亲戚的老人，老人说是我亲戚是我亲戚啊，照顾照顾吧，抬抬手抬抬手啦。秀白便朝老人叫叔叔。女人才把脸舒展了一些，拿了二十块钱，提着皮革包走了。

但在秀白还在和老人说着感激话时，秀青却气呼呼地走了。秀白拿出件毛坎肩想给老人，老人坚决不要。老人还说和她不是亲戚也跟亲戚似的，没准我那和你长得一样的亲戚和你的外国祖宗是一个地方的呢。

4. 觉得他俩离得越来越远了

姐俩不得不往回走。

家里很静，她们以为娘出去了，可是走上台阶，发现从门缝里流出一股烧香味，推门一看，迎门桌上摆着供，里头还摆着观音像，隔着缭绕的香烟，观音正慈眉善目地看着她们，老娘扭过头来，几绺花白头发荡在额前。跪在姥姥身边的小臭蛋一见她们进来了，噌一下蹿起来说：娘你们回来了？！娘你给我买糖买蛋糕了么？

买了买了，都买了。秀青使劲抱住儿子，眼泪就挂了下来。

秀白问娘什么时候请的菩萨？说着要扶起娘，娘的两腿还定定地跪着，扭过头来说：你们也磕个头吧，菩萨灵验呢。秀青立时跪下了，秀白犹豫一下也跪了。秀白觉得秀青信了倒是好事，娘信了也好，心情也有个去处，反正这些日子村干部也不再吆喝着反对封建迷信了。

几个人起来后，才发现臭蛋抱了一堆蛋糕糖果大嘴大嘴地吃去了。

张秋花掸掸身上的尘土，把两个竹皮暖壶提到闺女们跟前，又把温在锅里的饽饽和菜拿出来。这几天里娘时刻等着闺女们回来呢。

她们吃着，娘才问这趟怎么样？

秀青不说话，秀白说这趟不如上趟，还压着货呢，再上点货还得往南走。

张秋花说你们去吧，又看着秀青说：小臭蛋没事，跟着我，好着呢。

秀青泪水又出来了，张秋花明白秀青心里绾着疙瘩呢，可她也没刨根问底，就盯住秀青说：去就去，不去就不去，别老这么眼泪汪汪的。

秀青刚擦了眼泪，门外就有自行车响，娘仨一看，孟正律来了。

孟正律穿着一身蓝色学生服，满头满脸的太阳色已经都褪了，还真有了大学生的模样了。

张秋花有些神经质地说：哦？来了！正律来了！正律来了！话一出来，语气里的过于兴奋让她自己都有些不自在。秀白秀青随着娘出来了，小臭蛋也抢先跑去叫叔叔，孟正律一只手把小臭蛋抱起来，另一手拿下车把上的一兜子蛋糕罐头水果说：

白妮

大娘，好些日子不见了，身子还结实吧？

结实着呢，你这是什么时候回来的？你爹你娘结实么？还吃药么？

昨天回来的，我爹我娘不光不吃药了，还能下地干活呢。

那敢情好，他们能下地就好啊，挣点工分是小事，身子骨结实了可是大事呢。张秋花一高兴，话头子就多了起来。

孟正律也很高兴，一边启罐头，一边说：现在国家政策越来越活，下一步要取消生产队了，要把地都分给大伙手里呢。

娘儿几个都惊得不行，张秋花一边问是不是真的，一边警觉地看着门外，像怕让人听见。

孟正律说：是真的。

张秋花压低声音说：那不又回到单干的时候了？国家那里，能行得通么？

行得通，国家文件说了，以后不能总搞运动，国家就要把工作重心转到提高老百姓生活上了。

秀青说要带着孩子回堤内村去。张秋花说是该回去看看，一边说，一边送了出来。

屋里立马有了些暧昧，她坐在小杌子上，他坐在炕沿上。她看看他，他也看看她。她的心像被拴在秋千上，忽悠忽悠地晃着，凭感觉，真想和他抱抱亲亲，起码也得拉住他手，可她没有，他来得太突然，她还没想好下一步怎么办，是顺着走下去，等他上学，等他毕业，等他工作了和他结婚么？这样未免不尊贵，也没尊严。如果大大方方、利利索索地分手，尊贵和尊严便都有了。可是那样，他便要成了别人的丈夫，别人孩子的父亲。这一想，又割心割肺地难受，到底该怎么样啊？她一边想着一边抓把糖给他送去。到他手边时，他抬手去抓她手，她却没让他抓住，这时她便明确地意识到自己是在要自尊呢，她说我给你倒杯水去，天气太干。他的手就缩了回去，在她把水端过去时，他的手已经规矩地放在了腿上，可他又分明很失望。

秀白想起住客栈时，被子有股味儿，秀白断定上一个盖这被子的是个年轻的男人，因为孟正律身上就是这股味道。

秀白当时心里被划了一下，还是说疼不疼说痒不痒。孟正律走前，她曾去了一趟孟家，给了他一支英雄牌钢笔，一个黑皮笔记本，一双塞着割绒鞋垫的松紧口黑条绒鞋，一个白地蓝花枕头。几样东西，都是时下姑娘表达心愿的典型礼物。依她本人不想给，可是娘总催，到后来娘都急了，看娘那意思，好像只要礼品一送到就有了保障。秀白心里却觉得他俩离得越来越远了。一个在城市有户口有工作的人，最少也得挣二三十块，还有每月的粮票、油票、煤票和副食票呢，而堤外村一个农民，一个整工才两三毛钱，有一年，一个整工才一毛多钱。整个村子没有几户人家粮食够吃，至于副食品就更别提了，每年每家分上一半斤的豆油和黄豆绿豆就算不错了。

她的心又艰难地挣扎了几下子，便说起这些日子怎么做生意，怎么去长旺，怎么害怕和担心，怎么隔着一墙听到厕所里谈话，又怎么特务一样跟人到了哈尔滨，她开始说得还有些发涩，后来就越说越流利，流利得孟正律话都插不进一句。

孟正律很惊异她的变化，她也很惊异自己的口才。说着说着，心里便有了主心骨，原来的计划也就完善了起来。尊严、尊严，矢秀白是一个多么渴望尊严的人啊。真是的，对她来说，能参加高考是好事，不能参加高考未必是坏事。她就不信，社会要是这么走下去，她虽然没有城市户口和城市工作，可她也不会比那些在城里有户口有工作的人过得不好！真的，不信，走着瞧！

一直到孟正律说要走时，她还在亢奋地讲着呢。

孟正律走了，他明白矢秀白的心思了。孟正律又不是傻子。这一下两人的事情终是有了明朗态势。一边是，我虽然考走了，但我心里依然有你，绝对没变心；另一边是，你考上大学了，你地位高了，但我绝对不巴结你。

孟正律走后，矢秀白在茶碗底下发现了三百块钱，还有一张字条：秀白，最近我舅补发了工资，每月给我寄生活费，这是一点积攒，给你添个路费吧。外出时，万事小心！

5. 她们手里的钱基本要光了

天气说冷就冷了。姐妹来到江南月州市时，已经进了一九七九的阴历十一月底了。

看了好几个月的光秃秃的北方景色，乍一见青枝绿叶的南方，还真是新鲜。而在她们做好应对市场管理人员的呵斥和追赶时，却发现这里不光不呵斥不追赶，还不收任何管理费呢。

原来这是个新开市场，不收费用是这里启动市场的一个措施，还听说，这个市场刚开业时，还白让做生意的吃油条喝豆浆呢。姐俩自然意外高兴。

但在开始卖货后才知道，她们这次带的货只注意了尺寸和质量，却忽略了式样。长旺毛衣的衣领分鸡心领、圆领和高领。上次去哈尔滨带的都是鸡心领的，当时是跟着人家那几个小贩上的货，她们根本没弄明白为什么，现在才知道，东北天冷，那里人多是穿两件，里头一件薄一些的圆领或高领的，外边再套一件鸡心领的。月州冬天不太冷，只需穿一件就能过冬，而月州人，没有多少能接受鸡心领的，大都喜欢圆领和高领。她们这次不但把在东北卖剩下的鸡心领带着呢,又新进的还大都是鸡心领。

硬着头皮也得卖啊。圆领和高领的十块,鸡心领要八块,八块不行?那就七块五。七块五也不行?那就六块吧。还不行?五块了!到最后圆领高领都没了,鸡心领还有的是呢。没办法,只得换地方。

去哪里?心里没谱。要不,往南走?走多少?到汽车站一看,花一块多钱能到一个叫泉眼的小镇。她们在时刻表上看着一个个站名,叫这州那州的特别多,只有这个小站叫泉眼。这名字有些土气又有些保守,去吧。

可是她们下了车,才知道,这小镇,照旧不认鸡心领。有两个小女子扯起来一看是鸡心领,好像看了一泡鸡屎,皱着眉头一扔,说恶心死啦!又过来一个穿夹克衫的老头,忙说大爷,买件毛衣吧,纯毛的,保暖啊。老头把夹克衫一掀,露出里头的毛衣说有的,有的。打眼一看,人家那才是真的纯毛,而且也是低低的小圆领呢。又几个过路的,也都回绝了她们。

她们又站在时刻表前,看了一会儿,她们手指就同时指向了一个地方,这地方叫小匆匆镇。

到了小匆匆镇,还真开张了。

秀青这次高兴了,这半天里,都是她卖,秀白那边基本没动呢。

实际上,那是矢秀白在照顾矢秀青呢,矢秀青那边要九块,她就要十块、十一块,自然就把客户挤过去了。

可是,一个小镇满打满算能下多少货呢?三天后,她们谁都卖不动了。

还得走,这次决计去个大一点的地方。她们坐上了去襄樊的汽车,车上有人建议她们去公路旁边一个保密厂,说这厂子有两三千人,厂子当年在北方,备战备荒时迁移到这里的。

看大门的大爷问她们从哪来的,秀白便说大爷我们是从河北来的。大爷说我看着你像是从新疆那边过来的,新疆我去过,那边你这样长相的人多呢。大爷很好说话,也没费事就让她们在厂门前摆上摊了,可她们从大爷嘴里得知,这厂子根本没有两三千人,不过三百人,其中还有不少回原籍养病的,总共也不过一百多人。大爷心善,拿出两只马扎让她们坐,提出一只绿皮铁壶让她们喝热水,更让她们感动的是还给她们介绍着卖货呢。

几乎所有人都要先和秀白搭讪,都是先问她是哪来的,秀白自然也不介意,反正一路走来都是这样。

这次,秀白索性没解包,只卖秀青的。秀青也挺能要价,六块卖给一个搞卫生的老太太一件毛衣,又十块卖给一个食堂大师傅一件毛裤。她们还从来没卖过这么大的价钱呢。大爷高兴，她们也高兴，大爷说他儿媳妇买了一件纯毛衣花了好几十呢。秀白忙塞给大爷一件背心，大爷要给钱，秀白不要，说这几天就指望大爷帮忙呢。

下班铃刚响，就出来一个白面皮的瘦男人。

瘦男人拿眼扫一下货摊，又看着秀白问你们哪的？大爷忙说她们不是国外来的，是河北人。瘦男人说是国外来的不是国外来的也不能骗人呐！你们敢说是纯毛？你们见识过纯毛吗？男人说着抄起一件上衣，先一把一把地攥几下，又顺着阳光照几下，最后拽起根线又咬了几下：纯毛？蒙谁呢？然后把手往厂里一指，知道这里人是干吗的么？

秀白立时明白碰到懂眼的了，忙要叫着秀青走，可秀青还说是纯毛呢，不信，你问问这位大爷？大爷忙摆着手说：姑娘，不是毛就不是毛吧。又指一下瘦男人说：他懂的，他懂的，他念过大书的。

瘦男人也不说话，拿过大爷手边的火柴哧一下点着根线头，秀青上去就抢，说：你不买就不买，也别给烧了呀！男人沉着脸，扭着身子，让线头着了，很快形成一个小火柴头样的黑疙瘩。接着男人又从自己毛衣上拽出根线头，也点着，立时升出一个蓝蓝的火头，火头之后冒着一段白白的灰烬，然后把两个线头一对说：哪是纯毛，哪是腈纶？懂了吧？

厂门口一下围了几十个人，姐俩像当场被抓住的小偷，两人正要走，那个买了上衣的老太太上来就抓住秀青衣襟：不能走！你们得把钱退给我，不退，我就叫工商！秀青吓得忙把钱退给了老太太。在她们走出二十多米时，看门大爷又追上来，把那件背心硬还给了她们。

到襄樊下车后，秀白让秀青看着东西，去登记个五毛钱一宿的小旅店。秀青懒洋洋地刚扛起蛇皮大包，哎呀一声就蹲在了地上。秀白忙问怎么了？秀青小心翼翼地扶住硬挺挺的乳房说疼死了。秀白说哎呀，你可别闹奶啊。堤外村人说"闹奶"就是乳腺发炎化脓。见秀青两颧绯红，鼻翼一扇一扇的，秀白上去一摸就急了：姐，你发烧呢，你怎么不说啊？

秀青红着眼圈说：我以为能抗过去呢。

秀白连扶带架把秀青弄出来时，街上很寂寥，月亮惨白，星星微弱，干干的北风里，黄蜡蜡的树叶不时地从树上飘落下来。两人不由得打着寒战，秀白把外套脱给秀青披了。秀青的脸一会儿紫红，一会儿又白纸一样。走了很远，才找到一个小医院。

一量体温，四十度！秀青一只乳房又红又肿，医生伸出干细细的手指，又按又摸后，皱着眉头说：怎么不早点来看？早点，吃点消炎药就会好的，现在化脓了，得手术。

这时秀青身子已像抽了筋骨一样绵软下来，眼睛半睁半闭地陷入了恍惚，秀白惶着脸问什么时候手术？医生说越快越好。

秀白在一张单子上签了字，护士就把秀青推进了一个小房子。

进去了有半小时，护士就端出了半钵脓血给秀白看。秀白一激灵，出了一身的鸡皮疙瘩，她跑进去刚叫了声姐，泪水就下来了，秀青抓住她说白妮子，我怎么样？还能回家么？秀白抱住她说能回家，能回家啊！姐俩都感到了一种从未有过的亲情。

秀青第二天还不退烧，秀白坚持输液，输好药。

输了三天最贵最好的药，烧就退了，可她们手里的钱基本要光了。包括孟正律给的三百块也花去了二百。

姐俩一算，再有二十天就该过年了，秀白让秀青吃着消炎药先回家，她留下再卖几天。秀青也想坚持着不走，可她乳房蒙着药布，伤口还直疼呢，脚下也像踩着云彩似的，只得同意回家。

秀白把剩下的钱都给了秀青。

秀白背着十几件货坐汽车去了东郊，可整整摆了一天，才卖了三件，每件平均五块多，这就算赔钱了。

第二天又去了城南，才卖了两件。接着又转了几个地方，但无论如何再开不了张了。

来时带了四大包，现在还有两包多，要把自己和这两包货弄回家，身上的钱还差一半呢。孟正律那一百块钱不能动。

她又回到了城里，哪里也不去了，跑来跑去，又花路费又花时间。

狠狠心卖会儿快的吧，她一下把价降到了四块。那鼓囊囊的大包总算小了下来，钱包也在增加着。钱对她太重要了，住店花钱，吃饭花钱，喝水洗脸花钱，交通更花钱。她每天挣来的，比花出去的多不了多少。

6. 大活人非让尿憋死

为了节省开支，她搬进一个更加便宜的小店，每顿只吃一个馒头喝一碗菜汤。住的小屋里放着两张小床，另一张床上是个四十多岁卖假首饰的女人。

女人戴着一身的假首饰，把花白头发绾个又高又大的髻，髻上死眉瞪眼地挂着一串白珠子。秀白不喜欢这女人，看那样子女人也不喜欢她。她刚一进来时，女人把眼睛在她脸上身上刷刷地扫了几遍，不过女人没有一惊一乍地问她是不是外国人，便相安无事地各做各的。有趣的是两人常常有一样的动作——都是关灯前数货，关灯后就着窗外光亮数钱,都数得又仔细又鬼祟,数完后都是把钱装到内裤里。然后,女人躺下就打呼噜,她躺下却睡不着。越是睡不着,女人的呼噜越响。

她又把手伸到内裤的大兜里,那一百块钱她都摸了成百上千次了。她得省着,不能轻易花。女人的呼噜打得更响了。这女人卖得洒脱,吃得也洒脱,经常带回东西在屋里吃,有时半夜还起来再吃一次,有一次半夜起来吃猪头脸儿,吧唧吧唧的,让她又饿又馋又生气。

这天,雾气很大,街上人很少,她在街上守了整一天,才卖了一条裤子。头发和脸被雾气打得精湿,可是嘴唇还是干得裂了口子,在她背着大包一进屋时,高髻女人就看着她笑。她把大包刚放下,女人就带着一脸的香脂味凑了过来。

女人说妹子今天咋样?她说不怎样。女人说哎呀,我也替你发愁啊。她苦笑一下。女人往前凑凑说我倒有个办法。她心里一惊问什么办法?女人说谁让咱姐俩有缘分呢,把货甩给我吧。她说怎么甩?女人伸出两个胖指头。她说二十?女人说开什么玩笑?她说不开玩笑,你说多少?女人转一下两根胖指头说两块。她说两块,你卖给我!

街上不时有汽车驶过,没滋没味的喇叭鸣叫,更增加了夜的孤寂,她又按一下内裤的大兜,一百块钱蔫蔫脆脆的响声,像蚂蚱起飞的声音。她不时地让这蚂蚱飞一次,再飞一次,在这蚂蚱的起飞声里,她才一点点地睡着了。

第二天天还没亮,她就背着包出来了。她得早点,多卖一件是一件的。

到黄昏时,总共出去了八件,但加上卖回来的钱离着能回家还差得多呢,但该收摊也得收。她摸出了几个小毛票,在窄窄的路边买了个馒头和一碗菜汤,刚吃了一半时,眼前忽然一亮,发现了一辆挂着河北安宁牌照的大挂车!

老乡!老乡!老乡啊!她像抓住救命稻草一样追了上去,咚咚地拍打着车楼子,司机惊骇地踩住刹车探出头:干什么?你?一听见司机的安宁话,她便红着眼圈上气不接下气地说:老乡,老乡我是安宁燕平人,我被困在这儿了,你快把我捎回家吧!要不,我就死在这里了!

司机疑惑地看着她问:你是哪儿的?

她知道司机是因为她面貌犯疑,忙说:燕平人!我是燕平人啊!你听不出我的燕平口音啊?我出来卖毛衣带的货不对路,卖不出去,路费不够,你把我捎回去吧!捎回去吧!啊!

司机听着她加重的燕平话,倒是露了同情,但还是摇着头说:不是不捎你,车上实在没地方。说着一闪身,里头果然有个中年女人,再往里还有个小男孩。女人说真的没地方。她噌地纵上车踏板说那我就坐在后斗儿里。女人说后斗里有机器,再说一路吹着,你受不了。司机也说不行不行太危险。她又说没事真没事,我行,我不怕，真不怕！说着，一把就把司机拽了下来说反正是老乡，我就别客气了，麻烦你帮我搬趟东西吧。女人说你倒不客气。她自是赔着笑脸拽着司机往住处跑，心想我客气什么，我一客气他一踩油门跑了，我去哪找啊。

司机帮她把货放上去后，剩下的地方只能勉强钻她一个身子。司机说这么搭车太危险，可是看你又实在困难。到查车的地方，你可得钻到货包底下去。她一口八个地答应着。

一出城，卡车就跑野了，两边摇曳纷乱的树木，被恶狠狠地甩在后边。她死死地抠住机器的一角，生怕哪阵风兜上来，把她掀下车去。

刚跑出一段，她就开始想上厕所。其实，她吃饭前就去了，可厕所里不但蹲满了人，外头还有好几个等着的，她就想回来吃完饭再去，可是饭还没吃完就遇见了卡车。

脸被风甩得生疼，时不时地还有树叶子和小柴棍打在脸上。她把头埋下去，让机器上的旧苦布遮住，可是风还是大得不行，脸上像有许多大大小小的针尖一下下地刺着，不过，刺了一会儿，那种疼就转成了麻木，后来整个身子都木了。这倒也好，把上厕所的事忘了。

她尽力往下缩着身子，但缩也缩不了多少，因为她把一个包直接放到了腿上。她身下坐了一个小包，另外还有一个大包挤在面前。腿上的包虽然小，可时间一长分量就不小了，同时一条腿还扭着劲儿呢。刚才上车时好好安排一下就好了，可她不敢，她怕一耽搁，人家再变卦。她伸出一只手帮着抵住腿上的包，先让一条腿缓解一下，然后再让另一条腿缓解。她在车上迷糊糊地睡了过去。

不知多久，就被憋醒了，可是车没有一点要停的意思。她不明白车上几个人怎么这么能憋，一个要解手的都没有。

对了，人家可能都没喝菜汤，也没喝多少水。她忽然想起和孟正律操持着结婚时，孟正律说结婚那天他得给她煮几个鸡蛋，吃鸡蛋又顶时候又不用上厕所，不然，新媳妇一趟趟地跑厕所让人笑话。看来车上几个人也是吃了又顶时候又不用上厕所的东西了。

她抻长脖子咽了几口，很不着边地想把尿意咽下去，仿佛还真起了点作用。然后她又命令自己不要去想解手，让自己看着天上刷刷闪过的星星和模模糊糊的月光，让耳朵感受着呼呼的风声。可这办法只一下子就又不行了，那感觉又更集中更尖锐地涌了上来。她又想象着有树枝和木棍子迎面打来，可也只不过顶了一小会儿，感觉就又不管不顾地袭上来。她一边扭动着双胯，一边又往深里想，想象着黑咕隆咚中蹿上个毒蛇、蹿上个老虎，再蹿上个青面獠牙的人，上来就掐她、吃她、咬他。果然，身上就刷刷地打起了一层鸡皮疙瘩，那感觉也被吓住了。

可十几分钟后，又来了，这次不光凶猛还加了酸疼。她忙弓住身子，夹住两腿，把刚才办法重复一遍。没效。再重复一遍，还没效。她就想赚钱，想赔钱，想结婚。和谁结？别管谁吧，反正得想，和许森林，和孟正律，可是都不行。她就想和王小池，想和傻子和疯子……可是无论想什么，那尿意还是更汹涌更尖锐地冲出来，没办法了，实在没办法了……她终于闭上了眼睛——哎呀，一个大活人，干吗让尿憋死啊？

长长的一泡，好长，车上的包，车上的机器，车上的大绳，车上的所有东西都湿了……

二十分钟后，又一次，就在这时，车上的女人叫她，嗨，你解手么？她说：我？不解。

十五分钟后，又一次。接下来十分钟、五分钟、三分钟，以至到后来，一点都收不住了。

上车时，司机说到家总共要十一二个小时。可此时她却觉得像是只有开始没有结束似的那么长，而且还觉得时时要飘起来了，她只能抠住机器的一个边缘。抠不住，使劲抠，再不行，还得使劲。手怎么黏糊糊的，还带着一股腥味。知道了，是血，是把指甲揭了，揭出血来了。但她还必须抠着，只要抠住了，别飘出去，卡车就能把她载回家。

车上的女人把她推醒时，是凌晨5点，天还黑着，她那一张脸已经像在水里泡过的馒头一样了，她那栗色的眼睛肿得只剩下了一条细缝，那栗色的头发已经变成了一团枯草。

女人把司机叫下来，司机看看她，和女人对视一下，知道她铁定病了，都后悔当初让她上了车。女人推她一下问你怎么了？你行吗？她怔一下，睁开眼睛，忙说：我没事，我行，我行。说着忙把身子往后闪，生怕人家闻见身上的味道。那我们就不管你了。你们不能走。我们还有事呢。那，也得等等。你让我们等什么？我，我得送你们一件毛衣。说着就去解包。女人摇晃着手说不用，不用，你没事就行了。一边说，一边就把她拖了下来。

她望着远去的卡车，一点力气都没有了，要有力气，她怎么也得给人家有点表示啊。

看看四外没人，她才忙看自己，浑身上下到处潮湿油污，两条腿还无法伸直，伸手一摸，腈纶裤裆里满是硬邦邦的冰碴子，再往里摸，才发现大腿内侧早已磨破了。

本来想坐公共汽车回燕平，可是不行，一迈步，大腿内侧疼得钻心。实在走不到车站了，买不了票，打不了托运了。拍拍小肚子，那一百块钱又像蚂蚱起飞一样响起来，心里一热，就朝一辆出租车招了手。

司机向她伸出一个指头。

她说：行！

哎呀，孟正律，到底还是你把我带回家了！

在她看见东方一弧鲜红的太阳拱出一个边的时候，出租车就把她拉到了堤内村。只叫了一声，门就开了。白妮子？白白？你是刚刚到的么？

姐，我刚到。

白，怎么这一宿，我老听着像你叫门？我都出来看了好几回呢。

她心里一剜，惶惶地看着秀青说：姐，你还没好啊？

秀青托一下乳房说：我好了。哎呀！白妮子，你可回来了，都快把人急死了，再有几天就过年了，娘都急坏了。

宋多子出来了，一见秀白，脱口就说：秀白，你病了？

她有点不好意思地闪一下身子，说：没事，没事。

秀青这时才注意到秀白不对劲儿，可是这话让宋多子先说出来，她便不舒服，讪讪地说快进屋吧。见秀青不高兴，宋多子便忙收住脚步。

秀白一进屋就说：姐，快给我拿件衣裳换吧。

秀青一边拿衣裳，一边心里埋怨自个怎么又这么小气。想起在月州秀白对她那么好，忙愧疚地让宋多子快去找医生。

秀白刚换上衣裳，赤脚女医生就来了。

医生说：泌尿系感染，我先给她打一针退烧的，你们赶紧去乡医院吧。

秀青说：要不直接去县医院吧。

医生说：我看也是。她感染得不轻，看晚了怕闹别的毛病呢。

秀青显然急了，说：你说能闹什么毛病？

医生说：泌尿系感染到一定程度，怕伤肾。

秀青忙又打发宋多子去找车。

秀白说：姐，快别张罗了，去什么医院？刚打了针，一会儿就好。我就是短水了，你给我拿壶来，我喝点竹芽草水就行了。

秀青一边拿出水壶和竹芽草，一边说：先喝吧，一会儿多子弄车来了，咱们就走。唉，从开始你就不该憋着，你拿个什么接着尿不行啊？一个塑料袋，一条毛巾，一件毛衣、毛裤，这可真是大活人非让尿憋死啊！

秀白惊愕地说：我怎么没想起来呀？

7. 原来你俩这是套我呢

时间刚刚跨入一九八一年，原本该是春寒料峭，但北京站看上去已经没什么寒冷的气息。车站里的人比以前多了许多，人群的色彩也华丽了许多，人群的流速也快了，面部也丰富了，人们在说话，在喧哗，在指手画脚，在得意忘形。

年轻的人们，穿着大红的风衣、风雪衣，戴着雪白的大围巾和毛线帽，他们穿梭在人群中，实在是生动，他们红得干脆，白得透彻。这生动色彩，刺激着人们麻痹的感官，撩拨着人们平静的心境。

车站口涌着小贩，在兜售太阳镜、太阳帽、风衣、风雪衣、牛仔裤和小玩意儿。他们浑身上下都挂着、戴着、托着、顶着各种物品。他们烫着头，涂着口红，穿着时装，戴着首饰，不厌其烦地叫喊着。人们也在打问着，挑选着，欣赏着。

秀白到沈家时，天就黑了。

兵兵一开门抱住秀白跳起来说：小美人儿，你个小美人儿啊，我请了好几次你才肯来呀！对了，怎么没带爱人一起来？

秀白也夸张地揪着兵兵耳朵说：谁美呀？你才是小美人儿呀！

兵兵挣扎着搂住秀白脖子说：秀白，真的，你这西式相貌真是太美了，美得盖帽了！

冯想说：兵兵就是人来疯，秀白快进屋吧，也是，怎么不带你那爱人一块儿来？

秀白顾左右而言他地问松松呢？

冯想看看手表说：快了，马上就要到家了。

冯想胖了，脸比以前也白也亮了。兵兵丰满了，衣服很瘦，白上衣腰身很紧，蓝裤子抱在腿上，圆润的臀部和高高的胸部显露无遗。兵兵见秀白看她，索性原地转个圈说：怎么样？棒不棒？

棒！

松松满头大汗戴着红领巾跑回来了。一进门就跳着脚拽住秀白手说：白姑姑，白姑姑，我早就想你了！秀白搂住松松说：松松你知道白姑姑要来？松松说：知道，我奶奶告诉我的。然后松松又扯着红领巾：白姑姑，我是我们班第一批少先队员。秀白忙把松松搂得更紧了。一晃几年，这里的孩子大人还都想着她呢，心里一热，看看四周，问：姑父呢？兵兵往里屋一指说：我爸有些老年痴呆症。

一进屋，秀白上去攥住老人手连叫几声姑父，老人像没听见，眨巴着两眼看着她。秀白又叫了两声，老人嘴唇蠕动两下，但没有声音出来。样子让人又感动又同情。秀白吸一下鼻子，到底没有控制住，泪水夺出眼眶。兵兵说：这倒好了，没什么意识了，倒也不喊头痛了。冯想给老伴掖掖被角，叫着秀白回了客厅。

冯想说：村里怎么样啊？听说咱们那里的长旺，家家户户都在做生意？

秀白说：长旺人，做生意都做疯了。一个个找门子、剜窗户，一趟不行，两趟，两趟不行，三趟五趟，十趟八趟。就在这大北京，长旺人拉上了好些关系。

兵兵忙插嘴说：那你怎么不找哇？

我这不找来了？说实话，我开始也没想起来找你们啊，可是我和我姐带着货出去折腾了几趟，开始也赚过，可后来不光没赚了钱，还脱了几层皮，差点把命搭上呢。

长旺都是开的毛纺厂吧？

是啊，是开的毛纺厂。

兵兵一下跳了起来，说：什么什么？说了半天是毛纺啊？我以为什么厂子呢！

秀白说：开厂子的多了，原料就成问题了。

兵兵又抢过去说：你说，北京光明毛纺厂的行吗？

北京光明的当然行啊，那是长旺最抢手的货呢。

行了，行了，要是北京光明的抢手，那就不用我了，就是光明厂厂长的事喽。

你是说？

冯想白一眼兵兵说：你就快给秀白说明白吧。

兵兵才说：实话告诉你吧，北京红星化纤厂和北京光明厂合并了，许厂长当厂长了，你是真不知道，还是故意假糊涂？

秀白一听也噌地站起来说：兵兵，你是说许森林当了……

兵兵说：别人当了会帮你吗？

秀白显然很意外，说：哎呀，冯想姑姑给我写信时说他要换新单位，没说是什么单位啊。

兵兵又嗔怪说：不是人家许厂长也给你写信了吗？

是写信了，也只说职位有调整，没说调整成什么。

兵兵这才明白了，又一指冯想，说：我妈说，我们许厂长知道你结婚的事，真受了太大打击，好些日子之后才找了个技术员结了婚。看来你俩真是没缘分，你也结婚了，他也结婚了。不知道你找的怎么样，反正他找的那个不错是不错，可怎么也没你好。

秀白这才如实说她没结婚。

冯想瞪大眼睛还没说上什么，话头早又被兵兵抢了：哎呀，哎呀，你这家伙，你真害人不轻啊……

兵兵慌忙去拨电话：厂长，我爸最近不舒服，我妈请您过来商量住院。

许森林进门一见情景就知道兵兵恶作剧，说：兵兵又在捣乱。兵兵哈哈大笑着说：许厂长，我不捣乱，您也不会来得这么快啊。

许森林没什么变化，态度也很自然，秀白心想到底是领导。来时确实没想找他，或者没有明确地想找他。兵兵一请他过来，还真喜出望外。还没两句话，兵兵就忙不迭地把话引到正题。先介绍了秀白做毛纺生意的事，又说让许森林赊给秀白毛纺原料。

许森林看看她俩说：原来你俩这是套我呢！

秀白说：你还别说，我一听说你是光明毛纺厂的厂长，就觉得我有希望了，赊销不赊销的，怎么也照顾啊。

许森林觉得几年不见，这丫头更成熟了。从一见面，他就想起户口的事、定亲的事、分手的事。在接到她结婚的信后，他很生气，冯想也生气。之后，冯想才又帮他找了后来这个技术员。可他还真没把她忘了。他见过农村结婚的，敲锣打鼓，鞭炮齐鸣，窗户上贴着窗花，屋里贴满年画，屋檐上垂着帐缦，一屋一院的人围着新娘新郎。他每想一次，心里就憋闷一次。在长旺人第一次找他，在他知道长旺是燕平的一个镇时，他就又想到了她。

他说：你们几个人做？

兵兵忙插嘴说：许厂长，秀白还没有结婚呢。

第六章　掣肘

1. 咱得先稳定住关系

　　回到长旺，秀白觉得自己果然跟先前不同了。先前是上货的小贩，现在是联系原料的业务了，还是大业务，跑最好厂家的大业务。
　　在她再次验证手里攥的是长旺最最抢手的货时，她高兴得直想蹦起来。
　　见的几个厂家，要么不相信她的能力，要么想方设法地压价。
　　转到了第二天傍晚，她在一个货摊前站住了，这个摊上的线比别的线成色明显好。摊上有两个年轻女人卖货，还有一个小伙子在收拾着什么。这小伙子身体健壮，粗手大脚，一脸红疙瘩，一副厚嘴唇。以前来趸货时，她也见过他，这时他把头抬起来问她你要货么？她说不要。又问她你有货给我？她说有。哪个厂的？北京光明。小伙子停下手，说要真是北京光明的，你有多少我要多少。她不回答他，只注意看他的线，看得很仔细，一根一根的。小伙子又朝她重复了一遍，说要是北京光明的，你有多少我要多少。说着，把两个大手掌先一张又一握。他手很大，小蒲扇似的。她说价格合适了，你要多少我有多少。说着双手把包搂在胸前看着他，很专注，她发现他眼里有股诚实，市场上很少见。他眼睛也盯着她，盯得很硬，他很硬气地张口就报出了市场最高价。说着两手对着市场画一个大圈说你打听去吧，我出的是全市场最高价。她心说我才不用打听呢，早就知道。她又问这线是你自己厂子纺的么？他说是。她说我去你那里看看行么？行。他说。
　　这是个路北临街的大院。北房和东西配房各十间，院里大堆大堆的各种物品，东西配房里响着机器，偶尔传出女工的说话声。她进去转了一下，双手还搂着那个包，像搂孩子似的，包里有从北京带来的样品。转着转着，忽地觉得像在给孩子找主儿呢，必须找个好主儿，不能难为孩子。这个满脸疙瘩的小伙儿倒是直爽痛快，厂子的规模和设备管理也不错。但这小伙子忽然说我认识你！
　　在哪儿认识的？
　　你在县展览馆待过。
　　你在展览馆工作来着？
　　没有。我是去我舅那儿见过你的。我舅是杨馆长。
　　哦？

她一下兴奋起来，立时都觉得近了一步。

我叫段解放。

我叫矢秀白。

你什么时候能到货？

几天之内吧。

他又伸出那个大巴掌说：五天不成问题吧？

她也张开手掌亮了一下，又把五个指头撮在一起说：过五，不过七……

在之后的第四天，大货果然就到了长旺。

他一见，忙迎上去，一迭声地说：回来了？真拉回来了！他显然有些始料不及。

她指着车上的货物说：这是四吨。说得率性豪气，指着车上的货物，声音和手指都有些微微地打战。他一迭声地说：好，好，好！其实他的声音也在微微地打战，他下意识地把那脯纶包摁几下，又摁几下。她知道他对货还不放心，随手拆开一包，撕下一块递给他。他接了，反复揉捏撕扯后，一脸红疙瘩更红了。又让宋多子和一个小伙子多打开两包。宋多子应一声，又打开两包，在又要打开第三包时，他忙说别打了，别打了。跑了大老远的路，咱们先吃饭去，吃饭去！

秀白又把北京光明厂的出库单和一沓手续一一递给他，他接了，哗啦哗啦翻一遍，然后执意把他们叫到了长旺最豪华的饭店。这顿饭，吃得热热闹闹，自是增进了双方进一步的了解和信任。

下来，他们用了一手交钱一手交货的方式。他提出和她长期合作，她同意。凭着感觉，她断定这是个性情中人，和这样的人打交道应该比较省事。再说，还有他舅舅杨馆长的关系也是个保障呢。

第二天，矢秀白就返回了北京。交完货款，净赚六千块！

她花两千块钱买了台录放机，还花了几百块钱买了一套时兴的化妆品。她从心里咬死了一条，只要赚钱就要回报许森林，回报时，一定夫人在场。所带东西，既要有许森林的，也要有夫人的。也就是说，她打定主意绝对不能让许森林夫人说出什么闲话，更不能让许森林生出别的念想儿来。

其实，人家许森林也真够得上正人君子，人家对她既帮助体谅，又不失长者的姿态和风度，人家自然没跟新夫人方娜说他俩当初的事情，只说矢秀白当初在他首长沈国胜家做保姆，目前在老家做生意，找他办事，是首长夫人冯想介绍的。

一连进了几次货后，市场上原料价格就大幅度上涨了。段解放还真是说到做到，也随着把价格给提了上去。

矢秀白说不用不用，价格已经不低了。段解放说当初说的是给你们市场上最高的价格，我必须说到做到。最后还是按市场上最高价走的。这既让矢家姐妹高兴，又让段解放觉得自己很仗义很有成就感。

　　长旺人几乎天天有人去北京弄料，不少人也去光明厂，有时一天去好几拨呢。去的时候，又是土特产，又是高级礼品，有的人还带去了"硬头货"，这里人所说的"硬头货"指的是黄金白银之类。但尽管这样，一般也很难完全满足要求，有的人甚至连一点货都办不回来。

　　眼见段解放一连又建了三个大库两个车间，进了一批机器，新招了一批工人，生产扩大了将近两倍，成了长旺的大户之一。

　　矢秀白手里的钱，也出乎意料地增加着。段家大院专门给矢秀白装修了一个套间，屋里布着上好的摆设，尤其是安了很讲究的洗手盆和淋浴，浴室里搭着一条白白的大浴巾和两条淡粉红的毛巾，地上放着一双淡黄色拖鞋。打眼一看，又漂亮又文明。这样对待客户，在长旺还是第一家。

　　这天，矢秀白又押来了一车货，比先前的成色还好。刚卸完车，就把半镇人招惹过来了，人们一边一把把地揉捏着货物，一边夸奖矢秀白的本事，还少不得羡慕段解放的运气。接着便有好几个厂家明里暗里找矢秀白要货。矢秀白说不行不行绝对不行，我们有言在先呢，我只供段家。之后有的说矢秀白讲信誉，有的说矢秀白缺心眼，还有的说指不定里面埋着什么心计呢。但无论如何矢秀白的货物还是一以贯之地给段解放。

　　这天，矢秀白看着卸完车，点过货，洗完澡，段解放就敲门来了。段解放手里拿着一个纸袋，从里头掏出半截说明书和一个玲珑剔透的玻璃丝草花。

　　矢秀白纳闷地问：这是什么？

　　段解放把玻璃丝草花往外一拽，当啷一下出来了一串钥匙。段解放憨憨地笑笑，往外一指，说：你们那辆摩托车三天两头出毛病，该换换了。

　　矢秀白一望，院里戳着一辆崭新的日本进口125型摩托车，一下就明白了。这个段解放，看上去粗粗拉拉，实际还真是挺细心，这几天她还真是正想买辆新摩托车呢。想着，心里忽地一扯，便升出一股又酸又热的感觉。

　　可是，矢秀青却嘟囔了好几次，说给一辆摩托车，哪如给了钱呢！给的摩托车牌子不好，样子也不好看。矢秀白说牌子怎么不好了？样子怎么难看了？秀青把嘴张了几下也没说上什么，但心里却像泼进了一瓢凉水。她看出来了，要是任他们发展下去，鬼知道会走到哪一步。要我说，咱们还是换换吧。这市场上，有比解放厂出的价格高多的呢。

　　兴许有，可咱们不换。

　　为什么？

　　咱们来市场时间短，咱得先稳定住关系。

非得和段解放稳啊？

我看这人还正派，他舅杨馆长来了也说让咱们和他合作下去，咱们就把他这儿当成咱的根据地吧。

他舅当然愿意让咱们和他外甥合作，好让他外甥发财呀。

杨馆长可不是那么自私的人，他不光是为了他外甥，还为咱们呢。

矢秀白一提到杨馆长，矢秀青便心虚起来，涌到嗓子里的话又咽了下去。

一翻腾老事，矢秀白心里也像卡住了个东西。她一步步地已经明白当年从农展馆回村是矢秀青闹的，那还是后来见到农展馆的两个同伴才知道的，同伴说你姐好像也不是故意的，只是随便带了一句，当时在场的一个副馆长就起了疑心，紧接着就派人去调查。不过眼下矢秀白不想和矢秀青闹得太僵，再怎么，也是一母同胞。

2. 走得越远距离越大

矢秀白刚一上大街，就被三强毛纺厂厂长媳妇拦住了。那女人还带着一只半大灰狗，灰狗吐着艳艳的舌头朝她哈哈喘气，像给女人助威。秀白认识女人，人们叫女人麻杆儿，她和丈夫三强在相貌上正好是一组反义词，一个又黑又瘦又高，一个又白又胖又矬。女人一说话薄嘴唇一翻一翻的：哎呀，秀白呀，我说你是吃什么长大的？长得这眼睛这身材这面皮，又好看又洋气，像西洋画上的妞儿。

秀白有些腻歪，这里常常有人说她长得洋气，像外国人，都是在好意地夸她呢。这里人一般不知道她祖上那点事。这才几天啊，人们对洋人的态度就转变到这程度了。她说：大姐，你可别这么夸我，我可不好看。

麻杆儿说：你就别谦虚了，我要长成你这样，我就成天站在大街上去，让他们看去呗，看能看得少了块肉啊。

等我有事么？

上你那儿去了好几趟，你都不在。我想给你说说让你给我供货呢，我们三强厂你也不是不知道，我们是长旺最有名的好厂子，我们拔一根汗毛，比有的厂子腰都粗呢。

听说你家厂子是有实力。

妹子，你知道就好，那你就别犹豫了，你以后的货，我都包了。我保证比别人给你的价格高，还不是高一点半点。我，说到做到！一边说一边咚咚地拍着自己薄薄的胸脯。

不行，我们和解放厂有言在先的，我们的货不供别人。

哎呀，哎呀！哪有那么死性啊，你们有书面协议呀？

书面协议倒没有，可有口头协议。

女人大笑起来，笑声像钢球碰在铁板上：妹子啊，你别逗我了，口头协议算个屁啊？大姐保证不亏待你，还保证你以后在长旺说一不二，没人敢欺负你。麻杆儿说着，把薄薄的手掌一举一举的。

秀白明白，麻杆儿的话有两重意思，给呢，咱们好商量，不给呢，以后少不得找你麻烦。一晃，她来了都一年了，在长旺也有了不少熟人，好些人把她当成人物。可后来麻杆儿办事不招人待见，人家再不理她了。

秀白说：大姐，你是不知道，我以后不想给别人供料了，想自己加工呢。我眼下弄来的这点料也不多，以后弄得多了，一定给大姐。

话音未落，秀青来了。秀白一看秀青的样子，就知道秀青吃里扒外的毛病又犯了，便忙借故走了。

第二天麻杆儿又找了秀白一趟，秀白态度没变。

这个下午，秀青一本正经地给秀白说：你是能干，大伙都公认。可我怎么也是你亲姐。你也不能一点都不听我的。我不知道你做的是买卖，还是人情。

秀白说：那些肯出高价的，有的纯粹瞎搅和，有的倒是真想要货，可是要货量少，保不住长期供应。解放厂眼看一天比一天壮大，保持和段解放做吧。

秀青又想说什么，秀白又推说有事走了。

刚走到门口，就遇见了宋多子。自从跑北京，一直是宋多子负责押运和办手续。一见宋多子急冲冲的，秀白忙问姐夫有事么？宋多子就忙说：孟正律来了，在里头等着你呢。

秀白心里一热，立时涌上一股柔情，从月州回来见过孟正律两次，一次是他放假去堤外村，一次是在县城看电影。去堤外村那次正赶上她急着去北京，也没说上几句话。实际上，她还是真想他了，有点像前几年的那种想，想给他说话，说去月州的事，说从月州回来的事，说她怎样舍不得花他那三百块钱，最后又怎样用他那钱把自己带回家来，可她刚说了几句，北京就来了电话，说北京那边已经把货出了库，去晚了担心出问题。第二次，她又想说，可是孟正律却只让她说了几句，还没说到要紧处，就领她到县城看日本电影《望乡》，这个时候新电影不断出现，他说先看看《望乡》吧，这电影太深刻，太意味深长了。但在电影一开始，她便很是不好意思，才看了几眼，她的脸就变成了红布一样。电影演的是一个被迫卖身的女人，这种电影在以前是不可能让看的。

见面片刻，他才说：干吗寄那么多钱？一千块。

多么？不是给你信上说了，让你拿去办大事，早点下手，别临时抱佛脚。

他又苦笑一下说：眼下这节骨眼儿上，可不敢提留城的事。

眼下怎么了？

他便半认真半开玩笑地说学校最近在狠刹一股歪风，同学戏称"铡美"运动。前不久，一个在农村定了亲的男生和未婚妻退亲，未婚妻和父母到学校大闹，闹得班里甚至学校好几天秩序混乱。为树正气，学校把男生开除了。学校以此为契机，整饬纪律，端正校风。就在这当口，班主任田老师找他谈话，说有人反映他在老家也有此事，说学校很重视，让老师赶紧弄清楚是怎么一回事。

　　她一听就急了，问是谁反映的，说这事可不是小事呢。

　　他说不知道，我也在纳闷呢，再说了，咱们不是挺好的么？怎么能有这事呢？

　　她急得直搓手，搓了几下便说我有办法了，我先跟你去趟学校，我一去，谣言不攻自破。

　　他说也不会有大事，我已经给田老师说明情况了。

　　她说那也得去，人家田老师还有个信不信呢，就是田老师信了，人家学校领导信么？再说，还得考虑毕业后留城呢。

　　孟正律一指院里的汽车说不是马上要去北京押货吗？

　　她说没事，这趟让他们自己去，几个人进货也熟门熟路了。正说着，秀青进来了，秀青说没事，你们有事走吧，这趟我去，北京光明打交道的几个人我也都熟悉了。

　　田老师一开门，就把眼睛直了，跟那些第一次见矢秀白后千篇一律的惊异一样，田老师脱口问孟正律：是你的对象么？孟正律说是，这就是我的对象。田老师问她是？是你们那边村子的么？孟正律说是我们那边村子的。

　　秀白说我的村子离孟正律村子挺近的，我俩也算是一起长大的呢。说完便把一身毛衣毛裤拿了出来，田老师这才把眼睛移到毛衣毛裤上，显然又有意外，这毛衣毛裤的质量好，根本不像是乡下人的东西，他说不要，不能要你们东西。

　　秀白说田老师千万别见外，您为正律费那么多心，这不过一点心意，我就是做这种生意的，拿这点东西，也算是家里的。说着放在田老师床上。田老师还要推辞，矢秀白说老师快别客气了，先听我说说情况吧。

　　她说我们都好了几年了，怎么有人说我们吹了？我们哪里吹了，我们好着呢，然后便一件件说起他给她家掘地，给她家起猪圈，给她家做栅栏，给她买皮鞋，买围巾，买布料等等。条条是道，如数家珍。她一边说，田老师一边点头。最后，又说以后还得指望田老师在学校领导面前多介绍情况，多美言啊。

　　田老师听着，一边觉得孟正律能为矢秀白家做那么多事感动，另一边还觉得这个矢秀白和孟正律还真是挺般配的，虽然孟正律考上了大学，但是人家矢秀白漂亮啊，人家那漂亮又是这么一种独特的漂亮，再说人家也能干啊，人家做着生意，人家经营着这么好的毛织品呢，是农村的就是农村的吧，人家有劣势，人家也有优势啊。

3. 不是你说的自个加工吗？

秀白回到长旺时天还不算晚，可是厂里却没有秀青他们。

秀白一问段解放，段解放说秀青他们来过电话，说北京的货先到不了呢。秀白问为什么？段解放说他们没详细说。

秀白当下就警觉起来，因为秀青曾经给她提到过想把货加工了弄回村里，雇村里人给纺成线，然后再雇长旺人织成毛衣毛裤，说这样会多挣一倍的钱。她当时并没有同意。

秀白便心急火燎地往堤外村赶，她得截住，必须截住，要截不住，别说按承诺的一周内付款，就是两周也够呛。要是失信了，让许森林说什么？长旺市面上，失信的人大有人在，刚一开始哪家哪户都守信，但是做不了几次就失信，不是拉了货不给钱，就是拿了钱不给货，一来二去，业务便中断了。她实在后悔当初让秀青掺和了进来。从第一次赊了货，秀青那高兴劲就有些不正常，到第三四次时就想延误汇款，还挤眉弄眼地说许森林不是外人，说他那么大厂子，咱这点钱不过是仨瓜俩枣。见她一不高兴，秀青才改了嘴。

大老远她就看见矢家像庙场一样，里三层外三层到处是人，许多大小车辆堵满了整个街口。往里走，便看见秀青和宋多子带着几个人正满头大汗地发货，她娘也在忙着张罗。

小蕊和小凤推着个架子车刚要进院，一见秀白，小凤就说：嘿，秀白你怎么才回来啊？大伙都找你呢，看你家这热闹啊，比咱生产队里还热闹呢。

没等秀白说什么，人们就又七嘴八舌地抢着跟她说话，给她让路，夸她能干，夸她给乡亲们办了大好事。

往里走着，秀白发现秀青感觉好着呢，一见她，忙说：正律那里怎么样？有什么事啊，那么慌慌张张地走了？没出什么事吧？

秀白不回答她的问话，一双大眼睛盯着她问：这是怎么回事？

秀青看着秀白的眼睛，心里一跳，这双眼睛还真是不难看，就算是生着气也不难看呢，她从小就鄙视这双眼睛，眼下不能明目张胆地鄙视了，可也不能怕呀，想着，便把一双鼓鼓的杏眼瞪得溜圆指着院里，说：你说这？

秀白还盯着她。

秀青显出些无辜说：不是你说的咱自个加工么？

我什么时候说了？

你想想，你自己说过的话都不记得了？

这不是无中生有么？秀白的脸便失了颜色，说：我说过？我什么时候说过？

秀青的脸也开始发涨：在长旺大街上，你说给麻杆儿还不如咱自个做呢。

秀白后背刷地一凉，应付麻杆儿的话，让秀青当口实了，没想到矢秀青在借她的拳头打她的眼睛。她即使想自己做，眼下也不能在堤外村做呀，听说怀子和王前进他们早就大呼小叫地说闲话呢，说社会复辟了，出了新型资本家和地主了。在这堤外村真不比长旺，长旺人家家户户都做，村支书和村干部带头做。

大兰子也在里头抢着过秤呢。自她从北京回来，王小池两口子对矢家态度明显好转。一见她，大兰子就忙一惊一乍地说：秀白呀，你回来了，你们姐俩可给村里办了好事了，这人山人海的，哪个不是沾你的光呢？

秀青只当没听见，冲着秀白小声说：白妮子，你刚回来，先喝点水，歇会儿，放心吧，咱这趟少赚不了。出货时，我给许森林说了，这次过两周再给他付款。秀青说着眼睛盯着宋多子。宋多子也忙说是。

秀白心火就蹿上来了，你给许森林说了？你凭什么给许森林说？看来问题严重了，秀青一开始就想把货给麻杆儿，一方面给麻杆儿提个成，另一方面也强化自己地位。秀白原以为不答应麻杆儿就没事了，没想到躲过一枪来了一刀。她说：一秤来的百秤走，这是卖货的大忌。再说，你看不见？这才多一会儿工夫，这地上柴火上树上人们身上，哪儿都粘着腈纶，这些都是分量。另外，还有时限、质量和色泽的事呢？

秀青顿了一下，说时限上误不了，这次多一个星期呢。从质量上，我也早给人们要求死了，不行的，扣工钱。秀白又说还有色泽呢？秀青说色泽？色泽上能有什么问题？谁还能给改了颜色？秀白说纺腈纶棉和纺本地棉不一样，大伙没经验，再怎么严要求，质量也难保证。再说，色泽上怎么不会出问题？这边村子三天两头停电，大多数人都在夜里纺线，夜里没电就得点油灯，油灯下纺的线比白天纺的线要深一色呢！

这一点，秀青的确没想到，还真是个问题，慌忙叫着宋多子嘱咐大伙去了。

刚刚听出来龙去脉的张秋花，一下就紧了脸，说：秀青啊，你这孩子也是，怎么这么大事不和秀白说好了再办呢？这一下可怎么是好？

秀青瞥娘一眼说：娘，我知道你心疼你小闺女，可你多心疼，也得把话听完再埋怨我呀。实话说吧，我早就算好了，就算是秀白说得对，也不过少赚点，也比销给长旺市场上赚得多多了。

张秋花最怕俩闺女伤了和气。这阵子小闺女一天到晚跑出跑进地忙着。村里村外好些人找她捎货，找她借钱，找她还钱，找她商量事，有不少是开着摩托车或汽车来的。小闺女弄着一捆捆的钱拿回来又拿出去。一见这么多钱她就害怕，她让女

......111

婿宋多子住下，觉得家里有个男人心里才仗义。她常常想起矢根，他可真命苦，要是熬到眼下该多好。她抹把眼泪，掐掐头皮，想清醒清醒，几天里，一直觉得被这场面弄得脑袋发晕，以前矢家都是围着别人转，眼下，别人乍一围着矢家转，老感觉作孽呢。人们赶着和她说话，夸矢家闺女有出息，还有夸长得俊的，有人夸得含糊，有人夸得明白。一到这时，她就眯着眼看小闺女，实话说，这孩子长得是不丑，眼睛鼻子嘴巴凑在一起挺有气势。还有这大兰子，才几天不骂矢家人马脸马眼马身子了？见面也夸，像是早把棉花包的事忘到天边去了。

这大兰子又来了，这次拎个篮子，装着一捆茴香，两把豆角，进院就大喊大叫：婶子，婶子，这菜是我刚打园子里摘来的，你看，一掐一股水儿啊！

有菜呢，我家有菜呢。

婶子，还跟我客气什么？吃新鲜的吧，你家那菜蔫头耷脑的不好吃了！说着上去就把张秋花手边的小白菜扔到了猪食筐里。见有人看着她，又顺手在竿子上撕块烙饼吃起来。显着跟矢家多亲似的。

玉仙也进来了，听说这女人没法过了，她男人牛庆柱厂子发不出工资，她让他回村种地，可他抹不下脸面，就又找了个做零活的地方，可又挣得太少，才强够一个人的花销。

大兰子见玉仙进来，把脸一黑，啐了一口。

玉仙只当没听见，一脸说笑不笑说哭不哭的样子，走到张秋花跟前说：婶子，我……我也想称点腈纶回去纺。

张秋花见不得这样面色，忙说：称吧，称吧。可是秀青上来把玉仙一拽说：哎哟，这是谁呀？走错门了吧？还隔着个墙头呢。说着把手往王小池家一指。玉仙的脸一下就腆成了血豆腐色，拔腿就往外走。

张秋花拿手戳着秀青说：你说你这闺女呀？怎么就这么浅见呢？伸手不打笑脸人！有你这么处事的么？你爹死了，你娘还活着呢！说着紧走几步把玉仙拽了回来。

4. 没有家鬼引不来野鬼

事实比秀白想得还糟，秀青他们撒出去的腈纶一直拉扯了一个来月才收回来。最后一算账，不但没赚，还赔了三万多。

秀青说：我不信，我不信能赔这么多！

秀白把账本一推说：不信？自个算算。

见秀青不接茬儿，秀白又说：你是真不明白，还是假不明白？你想想，哪一处不是亏空？说着掰着指头说有人没等着过秤就带着货走了，是不是亏空？有不自觉的人本来称好了，又抓一把挓一把的，是不是亏空？还有错算了账的，给多了的走了，给少了的找回来了，是不是亏空？另外还有质量呢，有不少线纺得粗细不均，跟长虫吃蛤蟆似的，是不是亏空？还有那些油灯下纺的线，根本不好出手，那些线织出的衣服一溜儿一溜儿的！

秀青一下把脸窘得通红。

但让秀白更加意外的是，把上面这些亏空都打出去了，账目还是平不了。几个人一遍遍地又算到鸡叫三遍，还是查不出来。

这时秀白就把算盘哗地一摔，说：不算了！照这算法，再算一百遍还是白算！几个人觉得也是，便打着哈欠停了下来。

几个人低头耷脑地回去睡了，秀白说什么也睡不着，看着外头天大亮了，洗把脸刚推门出来，便见大兰子隔着墙头朝她招手，便走了过去。

秀白呀，有点事我得给你说说，要不，就把你坑苦了。

秀白便把耳朵伸过去。

你可别说是我说的。

我不说。

大兰子说她在一个月前的一个大早去园子里拔菜，堤内村拾粪的老头说见一辆货车上往下扔包来着，说车下头还有接应的。大兰子说着停顿一下，看了秀白一眼，秀白朝她一点头，她才又往秀白跟前靠靠说：还有件事，憋在我心里好些日子了。秀白又拍一下她的肩膀，她才继续说。她说前一阵子去长旺苫料，老远见秀青和一个娘儿们咬耳朵，她就多了个心眼儿，绕到后边听了一耳朵，那女人正说在长旺村外大机耕道边第三棵大柳树下等着。后来我回家时还拐弯去长旺村边看了看，那里果然有棵大柳树，树旁边还有个破烂的机井小房呢。我寻思，她俩是在盘算着偷你们料呢。

那女人长得什么样？

又干又瘦，跟棵死树杆子似的，我说秀白妹子啊，没有家鬼引不来野鬼呀。

正这时突然响起了宋多子的车子声，大兰子刺溜一闪跑了。

秀白就把宋多子叫到屋里，郑重了脸说：姐夫，你说咱们下来的事怎么办吧？

宋多子说商量吧，怎么都行。

秀白说商量？商量能把亏空商量回来？

宋多子也不说话，顺了眼睛，一副听从发落的样子。

秀白更加地知道大兰子说的话不是空穴来风了，便说姐夫咱们是一家人，还得打一辈子交道呢，我问你件事，你得给我说实话。

宋多子不说话，一双小眼睛一动不动地看着远处。

秀白又重复一遍。

宋多子还不说,还看着远处,但是细细短短的眼睫毛振了两下。

姐夫,我得给你说清楚,你不但是我姐夫,咱们还是好朋友呢。你忘了?我小时候没人玩,你跟你奶奶来堤外村串亲,你跟我玩了半天,你还从衣襟里掏出个脆果子给我吃了呢。

宋多子紧闭着的嘴唇掀开一条缝。

姐夫,我问的还是这车货的事,咱们这车货路上出事了?

你说路上?

是,是在路上。姐夫,你得给我说实话,你说了,我不会说出去,我心里有个数就行了。

秀青这人,脾气是不好,可也不像你想的那么坏。

姐夫,我也没说她坏,我是在问事呢。

你是不是以为那包是秀青故意丢的?其实,秀青也是到家后才知道的,一下子丢了九个包,的确是个大事,她还急得好几天吃不下睡不着呢,她让瞒住你,是怕你着急上火,她让压低加工费,让卡住斤称,也是为了找补丢包的亏空呢。

秀白心里一咯噔,既没想到宋多子能说出这么机灵的话来,也没想到宋多子能够这么护着秀青。

秀白正琢磨着怎么回答宋多子,秀青进来了,身边跟着玉仙。秀白也没理她们,进屋去了。

玉仙是秀青叫来的,或者说是秀青押着来的。秀青拿眼睛盯着玉仙,生怕跑了,秀青说:不是你?是谁?我记得清清的,那天一大早送来了两份线,支走了三份钱。两份线,一个是我表嫂,另一个是你。

那你也不能一口咬定是我领重了。

我不咬定是你,我还咬定是我表嫂啊?我表嫂也不干那事啊!

玉仙急了,声调也变了,说:你表嫂不干那事,我就干那事啊?

你说你没干那事,你得找出证人来,要找不出来,就是你!

玉仙脸白了,说:你说是我干的,你能给我找出证人来么?

秀青把胸脯一拍,说:证人有啊,我就是!

玉仙眼泪就忍不住了,说:你们欺负人,你们纯粹是欺负人!我就是再穷,我也不可能做那么不要脸面的事啊!

秀青把自个的脸啪啪地拍打了几下子,说:脸面?你知道什么是脸面?你能偷人养汉,你就不能偷着多支加工费啊?

玉仙把嘴张得老大,细细的脖子艰难地抻了几下,也没能说出句成形的话来,最后一咬牙，往外走去，一边走一边说：我惹不起你们，我还躲不起么？我不纺了，我不纺了还不行么？

你说不纺了就行了？你得把你多支的工钱退出来！

玉仙细脖子上有个硬疙瘩蹿了几下，脸就成了一只鸡苦胆：怨我，都怨我，谁让我自个来找现眼呢？我把钱还你们，我还给你们还不行么？说着踉踉跄跄地走了。

后来几句话，秀白在屋里也听见了，知道秀青这是迁怒呢，便赶了出来，可是玉仙已经走远了。

只一会儿，玉仙又回来了，秀白不由得放下手里的事，隔着窗户看着她。玉仙的眼睛红着，脸肿着，胸脯和腰胯松弛着，身上的衣裤不但没样没色，两条裤筒还皱巴巴地窝在腿弯里，眼下玉仙可真不是原先的玉仙了。她是来还钱的，她把一卷钱给了秀青，就逃也似的走了。

秀白忙出来把玉仙那卷钱拿了过来。

那钱有整有零，还又黏又潮，玉仙一定哭过。她把钱数了数，拿根线打个捆儿放到迎门的梳头盒里。

这时娘从园子里摘菜回来了，她姨也来了。这些日子，她姨每天都来帮着做饭收拾家务。

又忙了一天，几个人一会儿收拾货底子，一会儿又算账。秀白以为秀青会说出丢包的事，可等了半天一点要说的意思都没有。这一天里，姐俩就像拉锯一样，你来我去的，眼睛和眼睛，心气儿和心气儿，不停地碰撞着。可是碰了一天，到底没有碰出一句相互需要的话，于是到了晚上，秀白终究是把事挑明了。

秀青一下子就蹦了起来：谁给你说的？是谁给你说的？秀白不理她。秀青就又朝着宋多子问：谁说的？是谁说的？宋多子也不说话。

秀白不由得皱起了眉头，秀青从小就爱找别人算后账。眼下，好像她擅自把货押回来不是错，错的倒是别人说了丢包的事。秀白说：你也别问这个问那个，九个包是半路上丢的，你就知道没人看见？你也别说姐夫，我姐夫什么也没说。再说了，丢包也是常有的事，要紧的是，干吗不说出来，还一次一次地瞎算糊涂账。还有呢，咱们一下子赔了这么多，怎么给北京付款？

宋多子的脸平静了许多。

秀青脸难堪地扯了两下，说：丢包的事，我也是到家才知道。没给你说，是怕你着急，又觉得咱这趟赚得少不了，丢的包也能找补回来，要知道最终这样，打死我，我也不弄回来。

秀白承认秀青说的有实话，可再怎么着，这么大事也不该瞒着，再说还有大兰子说的在长旺大柳树下的事呢，那事，就是大兰子不说，她也影影绰绰地发觉过。

白妮

张秋花这才知道俩闺女惹了大事了，她说：你俩就别你说我我说你了，还不赶紧想法还人家钱，让人家追了来要钱，看矢家人以后还出不出门了？

秀青也知道祸惹大了，说：事儿到这地步了，还是先给北京说说，再宽限几天，不行，咱们也贷点款。

秀白没说话就往外走。其实，她已经给许森林打电话了，许森林已经答应宽限到一个月。

5. 要我说，别要她了

求着去贷款的人回来了，说跑着呢，让等信。

这时，蔡小忠领着个小伙子来了，县政协的小干事，送来了县政协邀请矢秀白参加政协会议的请柬。

那时人们还没怎么见过请柬这样的东西，一张硬硬的红纸片，写着竖排小楷字。一看就感到了一种尊重和信任，蔡小忠一边往里走一边报喜似的。从那年棉花包的事后，蔡小忠跟矢家就有些患难相交的意思了。实际上，时间一长，村里人也早知道棉花事件的内幕，蔡小忠在几个场合也说过几次事件的真相，支书在一个公开场合也已经认可过了。蔡小忠在民兵连里虽说还是副连长，王小池还当着连长，可王小池的威信一天天地没了，蔡小忠的威信却一天天地升了起来，先入了党，紧接着又当了村支部委员。

蔡小忠托着请柬说：秀白参加了这个会，以后就是政协委员了，政协开会都是商量社会上的大事。你们知道什么人才能当政协委员么？都是些有身份有能力有来头的人啊。这次和秀白一批进政协的，有县医院的龙院长，有县中学的张校长，还有西洼村的程先生。

小蕊她爹说：那个龙院长我见过，那回我去县医院看病，就是他给看的，人家那态度又好，医术又高，吃了人家三天药病就好了。大兰子也忙插嘴说：县中学的张校长我知道，那是我娘家兄弟他们的校长啊，人家学问大了去了。说着把手往大里圈了一下，然后又抢着说：西洼村的程先生？就是那个程老头儿吧？我也知道啊！就是那个带着枪炮子弹投降八路军的国民党大官儿！

张秋花忙拽一下蔡小忠说：小忠啊，人家都是这么高等的人，怎么也让我白妮子去呢？你给人家干部说说，我家白妮子可没人家那造化啊。

蔡小忠一拍来的那个小干事，说：这小同志说了，说矢秀白是女企业家，说燕平几个女企业家，就数秀白做得好呢。

小干事接着说：实话给大家说吧，矢秀白还是领导推荐的重点委员呢。

矢秀白一直没说话，心里还在为钱发着愁呢。政协委员的事她已经知道，是听杨馆长说的，说是县政协一位副主席提的，就是当年县文化局的局长，这位领导当年替她说过话。杨馆长还透露，说这次政协会上，请了部分企业家，让汇报经营情况，县长县委书记要和大家见面，会上要宣布一个对企业大力扶持的政策，会议最后一个内容是向要建教室的一些学校捐款。县委对捐款的企业要给予奖励，奖励的突出体现，就是降低或者取消贷款利率。应该抓住这次时机，可怎么抓住呢？到了会上说什么？心里没谱啊，会上要让捐款，她怎么捐，捐多少？连许森林的货款都还不了呢，可是不捐又得不到贷款。

小干事又说：这个会，你一定得参加，你可是燕平为数不多的女企业家，你的作为、你的潜力、你的影响力都是别人不能比的。其实小干部舌根下还压着另一句话呢，但打死他他也不敢说出来，他听一位同事悄悄地说这个矢秀白进政协还有别的原因呢，那原因就是她的外国血统，说指不定哪天她的外国祖宗找到了，还能引进外资和项目呢。

小干事刚出门，宋多子又回来了，说帮他办贷款的亲戚说了，只要家里有相应的财产，银行立时放款。银行也是怕贷出款还不了啊。宋多子看看秀青又说：有啊，咱们的房和臭蛋他姥姥的房子都算财产。

可是，在秀白和娘正吃午饭时，就听见院里嗝嗝的声音，像是鸡鸭吃了毒药捯气儿呢。秀白一看，一个穿黑衣裳的老太太在院里躺着呢，秀白还没跑到跟前就闻见了一股敌敌畏味。再仔细一看，是宋多子他娘，那脖子一挺一挺的，嘴里还往外吐黏沫呢。张秋花上去就把亲家搂住说：秀白，快点，快去弄个架子车送医院！

宋多子和秀青也跑了进来，宋多子哇哇大哭着娘啊娘啊，咱这款不贷了，你别这么想不开呀！

大兰子和左右邻居们都来了，几个人七手八脚地把老太太往车上抬，秀青把秀白往旁边一扯说：不用送医院，她装傻呢，你闻闻她嘴里一点味都没有。秀白说：有味，味大着呢。秀青说：你仔细闻闻去，那味是打她衣裳上出来的，她把毒药都倒在衣裳上了。秀白过去一闻，果然是，再一看老太太那眼睛，正掀着一条缝看着她们呢。秀白说那也得先送到医院再说！

医生准备洗肠时，老太太才呼地坐了起来开了腔：别给我洗肠，让我死吧！你个洋人下转的牲口坯子哟！我祖宗八代好容易弄这么几间房子哟！你不光不给我挣了，你还给我损哟！我非死在你们手里不行哟！说着就拿头往秀青怀里撞。

宋多子忙劝他娘，可是他娘不但不听，倒折腾得更欢了。

医生护士也不干了，说：你们要打架别在医院打，回家打去！

宋多子他娘反而躺在地上打起滚儿来。

秀青也不是善茬儿，一蹦一蹿地往婆婆跟前冲着说：我名下的房子碍你么事？

这还了得？婆婆噌地蹿起来说：我老婆子只要有口气儿，房子就是我的，你一分一毫都不能给我动！

宋多子忙着劝他娘，可是他娘哪里听他的？转脸又骂起了宋多子：宋多子你个软尿揍的，你是我生的，还是矢秀青生的？你是你爹揍的，还是那洋人佬儿揍的？

宋多子急得捂住他娘嘴：娘啊，娘啊，你就别说了！别说了呀！

他娘哪里肯收住？还是一口一个洋人揍地骂个不停。

秀青也开口骂了，声音比婆婆的还高，宋多子不让，比画着要打秀青，秀青骂得更欢了。秀白一边拦着宋多子一边拦着秀青，两人一跳一跳地要抓挠着打起来。医生叫来了保安，保安还是压不住，又去叫院长。整个小医院乱成了一锅粥，张秋花看看这个看看那个，一捂耳朵，一头就碰到了墙角上，血哗地冒出来，流了一头一脸。

宋多子他娘才算停了下来。

护士医生都跑了出来，急着把人抬走了。一场闹剧才算停了下来。

张秋花碰得虽然不轻，但没碰到要害处，治疗包扎得也及时，总算没出大事。

把俩老太太刚接出院，一辆摩托车就骑了进来，一个小伙子下了摩托车就给秀白说：解放哥让我来问问你，还能不能给进批货？

秀白说：段解放他怎么说的？

小伙子说：让我来接你去呢……

秀白一进门，解放就说：嘿，要不请你，你还不回来了？我这里还等着你的料呢。

矢秀白一听这口气，心里一热，然后就哗地开了个天窗，便爽朗地说：解放啊，你还别说，要不是你派人去找我，我还真不好意思见你了呢。

都市场经济了，秀青的心思咱也得理解。

我也真服了我这姐了。

别说服不服了，要紧的是下来怎么办。

你说呢？刚说完，秀白又觉得问得突兀，自家的事问谁呢？

解放却说：要我说，别要她了。

秀白心里又一敞亮，没想到这段解放还真是替她着想，出的主意正好出到她心坎上了，脱口就说：就是，我也正是这么想着呢，不要她了，就是不要她了！说完，忽地升出一种亲近感。

那就对了，对了。别说别的了，你快安排一下给我进料去吧。说着，大大咧咧地从柜子里拽出个旧皮革包，咕咚一下扔给她：先拿这钱去北京吧。

秀白一看，里头沉甸甸地码了一摞子钱，她说：解放？你是怎么弄出了这么多的钱呐？

我不是有个亲戚在银行吗?

6. 你不是也想建个实体吗?

秀白说：我这也算是自我惩罚吧，以后我也是一手交钱一手取货。说实在的，这些日子可把我急坏了。货款我是肯定要付的，只是拖时间长些，既怕你不信任我，又怕你手下对你有意见。

许森林平淡地笑笑说：没那么复杂，要没这点把握，当初就不会答应赊销给你。说着就给销售科打了电话，让他们把货款收了，再安排发新货。

矢秀白办完手续再回到许森林的办公室，想再说一下下次货款的事，许森林摇摇手转了话题，说：你来得还正好，你还记得原来给你说过的天津建业毛纺厂的经理吗?

记得，就是又纺又织的那家。

对，就是那家。

我还用过人家一套精纺的毛衣毛裤呢。人家那质量可是真好，跟大商场卖的没什么两样。

你不是也想建个实体么？我看他们的模式就很好，他们已经运行了几年，也有经验了，这家企业经理明天到，你要有兴趣，可以跟这经理见个面，听他介绍介绍经验，你们还可以去他们那里学习学习，回头你们建厂子时，还可以考虑让他们给些技术支持呢。

陈振国四十来岁，中等身材，国字脸，一双睿智的单眼皮的大眼睛，眼皮薄薄的，眼仁亮亮的。矢秀白心里突然一抖，觉得这双眼睛像是在哪见过，还有眼睛往下那平缓的颧骨也有点眼熟，也像是在哪见过。

许森林介绍完双方后，看着陈振国又说怎么样？是不是觉得她是远来的？

陈振国笑笑说我还以为是外商呢。在这个阶段，"外商"这个词已经不像前几年说起来那么遥远、生僻，人们已经认知到"外商"这个词所含着的文明、智慧和巨大的财富。

矢秀白不好意思地摇着手连连说不是。她心里倒觉得这位陈振国像是外商，像电视上的日本人或者是韩国人，实话说，她还是第一次看见这么体面的农村个体企业家。穿着优质的藏蓝西装，白衬衣领子挺括舒展、一尘不染，头发干净光亮。长旺的厂长们，有的是土打土闹，有的也想文明，可看上去却装腔作势，一身高级衣服穿在身上，常常像是借来的。

白妮

许森林让工作人员开了间小型会议室，几个人一坐，还真有些经验交流会的意味。

陈振国开始谦虚几句，后来就放开介绍一些矢秀白从来没听说的事情，怎么建章立制，怎么克服家族矛盾，怎么处理同乡之间的矛盾，怎么选择车间主任和业务经理，还有以后的推介产品以及行业之间的关系等等。最后说回去再给矢秀白邮寄一些相关资料，还说最好有机会去他们企业实地走一趟。陈振国一番介绍，把矢秀白要建厂的劲头鼓舞了起来。

在她傍晚一到家时，宋多子就有点犹豫有点不好意思地说：秀白，有点事你得想想该怎么办。

出什么事了？

也没什么大事，表嫂来了，就是那个和玉仙一起支加工费的表嫂。闹了半天，那工钱，表嫂支了，表哥不知道，又支了一份。昨个他们才想起来，表嫂和表哥也觉得不好意思，把钱送回来时，直道歉。

这么说是我姐记错了？

宋多子点点头。

刚受了建业毛纺厂的启发，其中重要的一条就是敢于对自己说"不"，她说：姐夫，那我们得给玉仙退还工钱，还得赔礼道歉！

宋多子说：你姐那脾气你也知道，她不想退，说要退了，以后没法在村里站脚了，说也不亏了玉仙，以后有机会再补报她。

这事你别管了。秀白说着就奔玉仙家去了。

我还你加工费来了，对不起你，矢家给你道歉。

玉仙愣一下，眼泪就扑簌簌地下来了，嘴唇也打着哆嗦，说：你这一来，比给多少钱，都好。

秀白拍拍她单薄的肩膀，说：别说了。

她擦擦泪水，把话收住了，但锁骨还在一抽一抽的。

牛庆柱他们厂子，还有希望恢复吗？

听说，没了。

那你眼下怎么过呢？

把我娘接来帮着看孩子，地里有活时我下地，没活时我就纺加工线，抓紧点，也能挣出零花钱来。

我记得你珠算打得挺好的？

这几年不打，也手生了。

要是让你跟我去干，你去么？

……早知道你是好人，可我……说着，声音又被泪水吞没了。

秀白拍拍她皴裂的手背，说：别的，就不提了。

你要叫我去，我就去。玉仙到底还是绷不住劲儿，嘤嘤地哭出了声。

秀白掏出一小卷钱放在桌子上，那钱有整有零，原封是玉仙那份，然后又掏出几张纸币说：这点钱，算给你的补偿。

秀青的柳编厂，是秀白帮忙跑的手续。之后，秀白又请杨馆长从县里给找了位技师，技师很快就培养出了几个技术人员。那技术也不算难，用手用脚外加上模子，把细细软软的去了皮的柳条编成小筐子、小篮子、小篓子、小盘子什么的。开始手生时，编出来的东西龇牙咧嘴、歪歪扭扭，编了几天就周正了。在他们编出有百十个周正的成品时，便送到了县土产公司，交货交得还算顺利。

才三个月，就赚了五千多块。秀青开始很高兴，可是很快就又高兴不起来了，因为她听说秀白这半年来都赚了十来万了。

要紧的是她一下子明白了，秀白帮她建柳编厂原来是为了甩她。当时秀白说县土产公司在省里定了协议，长期供应出口东南亚的柳编制品，说咱们和他们定个合同，揽一批活，把厂子建在堤内村，堤内村河深地多，家家户户都种柳子，原料充足，人员也充足。她问秀白建这厂子得下多大的本钱？秀白说本钱没多少，只需要几台简易机器和买柳子的钱，再就是雇几个人的费用。说完又说本钱不用姐姐操心。

当时秀青正为把腈纶弄回村的事惭愧，还盘算着怎么承担债务呢，秀白不但不让她承担，反而帮她下本钱，她自然万分感动。再说这柳编厂也是堤内村第一个个体企业，人们争相把柳条缴给他们，粗的如同手指，细的如丝线，经过去皮、压平、捋直、上光、打蜡，编成各种物件。那物件，大的如笸箩，小的如拳头。厂里招人时，人们都抢着去。于是，他们两口子摇身一变成了人上人。人们常夸矢秀青有福气，夸她修了个好妹子。

可是好景不长，越后来越不好交货了，这一次，那个烧饼脸男人挑得那个仔细啊，总共一百套，足足给扔出了四十多套！这些物件都是她和宋多子日日夜夜带着人们一根一根编出来的，哪一根不是让他们摸热了摸润了才成了成品啊。她又去找了杨馆长，杨馆长领她找了烧饼男人，说了一箩筐好话，才又勉强收了十几套。她要气死了，她啪啪地摔打着物件说你们这是看人下菜碟啊！后来不得不给秀白打了电话，只一会儿，一个派出所的副所长就一路按着喇叭到了，副所长摩托车连下都没下，叉着两腿扔给烧饼男人一句话，烧饼男人就乖乖地全收了。

到了家，她拽个被子蒙头就躺下了。宋多子沏碗冰糖水给她放到炕沿上，就又去收柳条了。她看着宋多子心里不由得又泛起一股酸酸热热的东西。

白妮

又蒙着被子待了一会儿,她脑袋里就像钻进了虫子,她使劲地抓挠了几下,就把头发抓成了瞎鸡窝一样。她就不敢在家待了,再待下去,她知道她不是摔东西,就得打架。她每次摔打完都后悔,觉得自个疯了,让人逼疯了!

她一气儿又跑到自家的柳子地。一钻进去,先把脑袋狠狠地抓了半天,才像好受了一点,可是紧接着就听见奶奶的声音从柳子尖上传了过来——我家秀青多好啊,手一份,嘴一份啊……秀白你个死丫头,你要敢跟我串亲去,看不敲折你那腿!奶奶从来没有喜欢过秀白,就算那次秀白烧得不省人事时,奶奶心疼得直流眼泪,可是奶奶就是不许请医生,奶奶还给灶火爷磕头让把白妮子收走呢。奶奶,奶奶呀,你可不管你的秀青啦……她哭着哭着,脑袋里那条虫子就又狠劲儿地搆起来了,越搆越凶。呸!呸!呸!她狠狠地啐了几口,便使劲地挥着镰刀嚓嚓地砍起了柳子。脑袋里的虫子却不肯饶她,似乎又叫来了好些条虫子一起搆她,直搆得她那整个头又胀又痒,难受得要死。矢秀白欺负秀青,你个虫子也欺负秀青啊!嚓嚓嚓!她眼前的天一下就红了,地也红了,柳子也红了……

医生皱着眉头问:怎么伤的?

她一手摁住刀口,一手擦着淋下的血珠说:镰刀脱了。

医生更皱紧了眉头,问:打架了?

她知道医院不愿收打架的病号,忙说:不是打架,是镰刀自个,脱了,锛的。

矢秀白来时,她头上已经缠上了绷带,额头和眼也肿了老高。

姐,怎么弄的?

没事,没事,反正不是打架!

不是打架,是怎么的?怎么成这样了?

她一发狠,说:是我自个,我自个!说着咚地翻个身。

秀白看看旁边的宋多子,心里就明白既不是两口子打架,也不是和别人打架,的确是自个,这样的事,在以前曾经有过,不过,都是自个打自个一顿耳光或咚咚地捶几下胸脯子,这次却拿刀砍了头。又坐了一下,见秀青还没说话的意思,秀白放下两网兜补品就往外走。宋多子跟了出来,既没表情也不说话。

走到门口,秀白说:我知道,她是跟我生气。

宋多子嗓子里吭吭地响了两下,也没说出什么。

秀白又说:我想放下点钱,又怕我姐不高兴,就交到收费处了。

第七章 建厂

1. 你就单等着数钱吧

一个刮着小北风的初冬，段解放在长旺爆出了一个特大新闻，他在去贵州拉粘胶时，没拉来粘胶，却拉回了一车医疗器械。

在贵州，他找的帮着办粘胶的人不在。问去哪了，有人告诉他说去一个展销会了，可能回不来呢。他就打听着去了展销会。

到那儿，他才知道原来展销会就是把各地有资格的用户聚到一起介绍和销售产品。展销会展销的是医疗器械。他真没想到医疗器械那么贵，随便一个什么物件就要几万几十万甚至几百万，还有一千两千甚至好几千万的。他转了一圈找到那人就回去了。可是回去后，粘胶生意却前赶后错地没能成交，而在第二天，他就鬼使神差地又去了那个展销会。那里正热闹，有拆牌子的，有拆器械的，有装车的，还有收拾行李的。原来人家撤展呢。于是，他就云里雾里地听见了那个被称为处长的人在和一个白白胖胖的人说话呢。

院长，要我说，最后这几样展品你也要了吧。刚才有几个人要了好几件呢，这是总公司让就地处理的，不让带回去了，又拆又装又一路颠簸，回到北京就不像样子了。

这几件处理到多少钱？

刚算了算，按原价，这些东西加起来要二十来万，就地处理，才五万！

院长先是一惊，后又摇头说：我们医院不行，我们医院规格正在升级呢，各种器械从外观到质量必须达标。我们宁肯加上两倍三倍甚至几倍买新货，也不会买这种东西。这东西，也就适合小医院。

段解放心里一激灵，耳朵就抻长了。

处长说：你都在这儿待了几天了，你也知道，这些器械本身一点问题都没有，只是展销这几天里多少有点损伤，可损伤也不大，不过是多少有点磕碰，或是少个螺丝少个皮垫什么的。

段解放没等人家说完，插进一嘴，就说：我要了，我要了行么？

你要？你真要吗？

容我打个电话商量商量。

他就给燕平县医院朋友打去了电话，朋友问都是些什么东西？他就照单子念：扫描仪、电子血球技术器、涡轮钻、红外线治疗仪……朋友没等他念完就打断他说：别念了，别念了！你看看是真的吗？是真的，是真的！肯定吗？肯定！我在这里待了好几天了。朋友就说：不要说后边还有，就你说的前两种就已经超过5万块了。他说：是啊，是啊，我都知道，我都看着来着。弄回来吧，快弄回来吧！准赚！朋友说。

他的车一进长旺，就惊了整个村子。

解放他娘死得早，他参本来就缺少阳刚之气，再加上这些年又当爹又当娘，人就显得婆婆妈妈，一见儿子拉来一大车东西，就急了，问那是什么？是宝贝。什么宝贝？爹你就别问了，问了你也不知道，你就在家单等着数钱吧。

可是情况却不像他想的那样理想。

他问朋友我什么时候你把器械拉过来？朋友说先别拉呢，我还没给后勤主任说妥呢。他就急了，说你不就是后勤主任了吗？朋友说：嗨！这次调整，本来说好了后勤主任是我，可到临了又变了，让我当了制剂室主任。段解放的头一下就大了，说那还不麻烦了？你不当主任，人家能听你的？朋友说没事，器械只要是真的，又明摆着便宜那么多，他就是不听我的，他也不会放着便宜不占呐。

段解放一路跟着朋友找后勤主任，一路想着这次也真是有些莽撞，只觉得前些日子听说朋友要当后勤主任，后来又听说当成主任了，就以为是后勤主任，谁知道中间又变了。不过，他心里也觉得只要器械是真的，就没事。这个医院不行，还有别的医院呢。

朋友说：主任，那些东西我看过了，一点不坏，只是有一点半点的磕碰，再就是缺个螺丝少个皮垫什么的。

主任说：你说没问题就没问题啊？那东西又不是正经渠道来的。

朋友说：主任，真的是正经东西，发票什么的都在，主要是便宜，便宜好几倍呢。

主任说：咱这是医院，咱要用器械给病人看病，这是人命关天的事，要是出了人命，是你负责？还是我负责？或是他负责啊？说着一指段解放。

段解放被那手冷冷地一指，便知道这事不会太简单了，也明白，朋友为什么败在人家这个人手里了，朋友还是嫩啊。段解放毕竟是做生意的，心里再明白不过，人家主任买别处的器械有回扣哇，器械越贵，回扣越多，出去的钱是医院的，回来的钱进了自个兜了。眼下制剂室主任找他，他一是不好要回扣，再说从心里未必想给制剂室主任面子呢。

段解放他爹上了大火，段解放也上了火，嗓子红肿得都咽不下东西了。

矢秀白就是在段解放又请客又送礼还没办成时，帮忙把器械卖出去的。不过，说起来还非常的简单。

县医院的龙院长和秀白不是都当了政协委员吗？那次会上，为数不多的几个农民企业家本来就够引人注意的，矢秀白又是两位女企业家之一。另外一位五十来岁，按说女人年龄大了，也有作为了，稳重得体才好，可这女人非但不稳重，还浓妆艳抹地装嫩。泪流满面地说了一堆做女人难做名女人更难的时髦话，好不容易打住了，擦擦泪又扭捏作态地唱起歌来，的确是大倒人胃口。而在这女人之后发言的矢秀白，说得既谦虚又大方，还入情入理。龙院长就是这么认识她的。另外，医科大学毕业的龙院长一见她外国人相貌，没像别的人大呼小叫地惊异，也没像有的人那样露出浅薄的羡慕和讨好，以前他听说过城南有这么一户人家，也了解这户人家前些年的景况。从孟德尔的遗传学说分析，这个姑娘血统注定有白人成分，也注定又聪明又执著。

在矢秀白领着段解放去找到他时，他看看器械，又看看说明书和发货单，当场就表态说：几个大件我们都要了。在段解放千恩万谢，矢秀白也感激时，他又拿起电话给两个地段医院打了过去。两个地段医院又要了几件。这一来，所有器械在几天之内就都出了手。

段解放净赚8万块。

2. 也要留住一份自尊呢

张秋花清早第一件事就是散开闷了一夜的鸡们，然后再哗哗地撒出两把红高粱。

矢秀白在被窝里就听见了鸡群拍着翅膀冲出来了，从声音里，她就能辨认出那只大黑鸡又是最先跑出来了，它跑到院中间，两只爪子还要极健美地划一下，像冰床子在冰上滑，把干干硬硬的地面划出两道白白的印子。大黑鸡已经四五岁了，还俊秀得不行，浑身羽毛丰满，头顶上的冠子一甩一甩的又红又亮，几年来它一直是天天下蛋，和它同岁的早就颐养天年了，可它还天天下蛋呢。秀白很喜欢它，每次一听见它出来抢食，就忙着起床。矢秀白也得起来抢食去，你要不去，你就别嫌人家吃糠的，你喝稀的。

张秋花挑门帘进来了，有好长时间不见这白妮子睡懒觉了。张秋花说再睡会儿吧。秀白没说话，从被窝里伸个大懒腰，打个大哈欠，把两只长胳膊伸出来就抱住了娘的后腰。她娘便站住问白妮子，有高兴事么？她说娘啊，快给我做新衣裳吧。她娘问干什么？她说我要结婚啦！她娘瞪她一眼就往外走，可她不让娘走，两条长胳膊把娘搂得更紧了。

她娘以为她又在说着玩呢,给她掖下被窝又往外走。

她就嗔怪说:娘可真是的!人家不结婚,你着急,人家张罗结婚了,你又不答理人家了。

张秋花咚地坐在炕上,大张着嘴,看着已经二十九岁的闺女有好几秒钟,才半信半疑地问:你?跟谁?

跟段解放,长旺的。

儿媳妇从婚车上一下来,当老公公的就晕倒了。

人们有说是高兴的,有说是上了火,有说是让儿媳妇妨的。医生把把脉,看看眼睛,说没事,有点心火,打个针,歇一会儿就好了。

针打了不一会儿,果然就好了。老公公一睁开眼就忙站了起来,他说没事,没事,我是一时不注意栽倒了,没事,真的没事呢。这老公公虽然爱婆婆妈妈的,可他却知道,眼下他心里憋着的事,一句都不能叨叨出去。

这老公公刚知道儿子要娶矢秀白时,就急了。说那闺女长得各色啊,人们都说像个洋毛子。解放说什么洋毛子?人家地地道道的本地人。人家那是洋气,你老了,不懂。老公公又嫌她太有本事。一个闺女家,怎么能有那么宽的路子?去北京进料,想什么时候进就什么时候进,想进多少就进多少。还有那么一大车器械,都快把他和儿子急死时,她一出面,事就妥了。哼!能耐大的女人,能做朋友,能打伙计,就是不能做媳妇!虽然当年他也听解放他娘的,但他不愿意让他儿子听媳妇的。可儿子偏不,他把话了成千上万,儿子还不,他只能忍着满肚子怨气,谁让段家就这么一根独苗呢?可他去堤外村一打听,又打听出了她爹她爷那点事了。这还了得?他回来就一惊一乍地给儿子说了,可儿子一点都不听他的,说这都什么年头了?谁还嫌那呀,好些人巴不得和洋人有关系呢。

儿啊,咱就是不嫌她的家底,咱也不娶她,嫌她忒能干,忒风火。咱段家祖辈还没出过这样的媳妇呢,咱先说你奶奶吧,你奶奶那是跟你爷爷闯关东路上饿死的。还有你娘,在吃低指标的年头,常有女人为吃口饱饭不要脸面,去和队长管理员捅捅摸摸打打呱呱,有的还上炕呢。可你娘宁愿饿死也不碰男人,你娘是生生地饿出了病,扔下咱爷俩走了。可你说这个矢秀白,这叫什么?在这长旺大街上谁都知道她村里有人、县里有人、省里有人、北京更有人。说她和男人们一起吃饭、一起喝酒、一起上京走府。这还了得?家里有这么个女人罩着,你个傻小子,有你受罪的时候呀!

爷俩闹气,把亲戚朋友都惊动来了,亲戚朋友把能想到的劝人的话都说了好些遍，可还是一点都动不了他爹的心。

到了这天中午，段解放走到爹跟前，他爹以为他又要死缠硬磨了，把老眼一眯不理他。但他爹刚眯上眼就听噌的一声，他爹忙睁眼，见儿子已经抽出把菜刀架在了自个脖子上。

他爹就疯了一样去夺。

儿子不让，把红红的眼睛生愣愣地盯住爹的眼珠，把刀刃往脖子上摁出一条沟说：你答应不？

他爹早就吓得没了人声：儿啊，儿啊，你把刀放下，咱有话慢慢说！

没人给你慢慢说，你就快说吧，你是答应还是不答应？

他爹还没说上句完整的话来，儿子嚓地就把脖子划了个口子，鲜血噌地喷了一墙。

儿啊！儿啊，爹依你，爹依你呀……

到了结婚头天晚上，在安排清了一大堆事后，他爹脊梁刚一挨住枕头，就看见大街上一溜人在扫街，情景跟几年前闹运动时一模一样。扫街的一干人领头的是儿子和儿媳妇，后边紧跟着一溜儿段家子孙，子孙们相貌都长得跟骡马一样的鼻子、眼睛和头发。他脑袋嗡一下就炸了。

在他被人搀扶着出来迎亲时，脑袋还嗡嗡响呢，他摁住脑门了，定神一看车上下来的儿媳妇，哎呀！分明和梦里的人一模一样呀！忙擦了几下眼睛，再努力分辨时，鞭炮就噼噼啪啪炸响了，鞭炮腾起的烟雾跟梦里大街上扬起的灰尘一模一样，他轰隆一下就倒了……

矢秀白原以为家里没老婆婆会事少呢，没想到这个老公公比个老婆婆还难缠呢。

其实，她满可以和孟正律结婚。说实话，孟正律一直没有跟她有什么不好的表现，既没有不亲近不相爱的言辞，也没有不亲近不相爱的行为，甚至有时比先前似乎更会说更会做了，只不过那种说和做，与先前不大一样，不知是因为他上大学后嘴里用词语不同了，还是自个因为做生意常听的词语不同了，反正有种不习惯和生分，有了种摸不住够不着的感觉，要想摸得住够得着，就得踮起脚尖来。可是踮着脚尖，一时行，一辈子不行。去他们大学里的情景，总影子一样跟着她转。她走到哪里，影子就跟到哪里。她说她就是孟正律家乡的对象，说他对她一直很好。说着递上几封孟正律给她写的信（有真的，有伪造的）。虽然田老师在看见她相貌时生出了感动，但那股感动下去后，尤其是在田老师看了她拿出来的信后，先朝孟正律笑了，又朝她笑了。她明白，对孟正律的笑，是对一个有光明前途的学子依然能和一个村姑保持关系的赞赏；对她的笑，是对一个村姑同情的笑，也是对他自己能帮一个村姑安抚住一个男人的成就感的笑。一个光明学子能这样做就是一种高尚、一种舍弃，一个村姑能得到这些，就应该知足，甚至感激。可她偏偏不能！矢秀白替人做贼的日子、住羊圈的日子、巴结着逃离农村的日子，已经过去了。时过境迁，时过境迁呐！矢秀白也要留住一份自尊呢！

那之后，她就不动声色地和孟正律断了，而后，就和段解放好了。这个段解放像是老天爷送给她的。男人们跟她年龄相当的，都已经成了孩子们的爹。她不得不把年龄段往下放，她今年二十九岁，小伙子里二十五岁以上的几乎没有，有的只是寻不上媳妇的落儿了，这个比她小三岁的段解放，主要是家里没娘，又有个碎嘴的爹，他本人不想凑合，就高不成低不就地耽误到了这时。这个人诚实简单，也算聪明，做事肯下功夫，还有一股子时下所提倡的"敢闯""敢冒"的精神。要紧的是段解放虽然言辞不多，不善表露，但她能看出来，他是很尊重很指望她的。下来，她和他结婚了，她得和他建起个像样的厂子，建厂子的事一直搁了这么长时间，自从上次和陈振国见面后，她就天天想着建厂子呢。

可是没想到，段解放给了她自尊，老公公却不给。老公公觉得娶了她一百八十个不够本。可她不在乎，在乎也没用。她就得嫁，你说段解放不理想，别人更不理想。但在那天的洞房之夜，她热情地侍候完了段解放，同时机警地捏破了那一小袋子鸡血后，她就流泪了，她就想起了孟正律。

3. 政协委员还沾着海外关系

这次进货很顺利，办好一切手续才十点多钟。两口子边走边说着话，说着居家过日子的话。

段解放在经营上果然经常出点彩儿，说话时，也常常把她逗笑，有时她还肆意地大笑，这种大笑她很喜欢，能让她忘记一切，忘记孟正律。这不，这时解放又出了个彩儿，而且是和上次弄器械一种性质的出彩儿。

那是路过一个闲置库房，正赶上有工人不紧不慢地从里头出来。段解放望了一眼，就不走了。她催他快走，他还一劲往里看。她便说解放，你改改你这到哪都爱东扫西看的臭毛病行不？段解放说我不改，我东扫西看没准哪天能给你拾块金子呢。她说美得你！他突然盯住一处说哼，我这就要发财拣金子了！说着紧走几步到了库房门口，指着库里一堆旧机器问工人说：你们那，是不是淘汰的旧机器？

你好眼力见儿呀。

那，是不是你们淘汰的旧织机？

要不，怎么说你好眼力见儿呢。

那织机还能不能使？

实话给你说了吧，这批织机，上了没几天，又来了新织机，就把它们请到这儿，供起来了。

要卖给我，你们要多少钱？

你老人家饶了我吧。我哪有那大造化，我可不知道这事。

那，谁知道？

就看你认识谁了？

认识厂长，能管事吗？

你老人家快找厂长去吧，也早点把我解放了。

那，你老人家就请好儿吧，我解放一到，一定把你解放了！见那工人看着他，他又拍拍胸脯说老兄，本老弟大名叫解放！

矢秀白旁边听着，心里也早明白了，二话没说，就和解放朝许森林办公室去了，当然从心里也在感叹段解放的机灵劲儿。

长旺市场上纷乱的进货渠道，让段解放压根对矢秀白和光明厂的关系就没有多想。谁不知道长旺许多关系都是七拐八联来的，他还觉得矢秀白和光明厂的关系够正常呢，有沈兵兵三天两头风三火四地掺和着，再加上许森林也稳重大气，许夫人对矢秀白也和气亲热。不过，许森林第一次见段解放时，心里倒是本能地酸了一下。他只瞄了一眼段解放那冒着紫气的青春痘和强壮的肢体，心里咯噔一下，就说你们等一等，我有点事先处理一下。说完，就去了个没人的地方。

你说这矢秀白看上他哪了？厚厚的嘴唇，满脸的紫泡，一眼就能看出是个粗糙之人，更是个生猛之人！这矢秀白啊，已经不是原来的矢秀白了，有人疼，有人管了。厂里在清理赊销，原来的赊销户已经减了大半。但他这念头刚一冒上来，他就觉出自己有点小家子气，有点不仗义、不君子，心里忽地又想起矢秀白那年对许家的好处来。

在他又回到屋里时，段解放正张着大嘴打哈欠呢。他说你叫段解放？段解放忙一振作说是，我叫段解放。他说你和小矢在一起，也真是强强联合，以后势必有大发展。段解放说再怎么强，怎么发展，关键还是你帮大忙。许森林说凡是我能帮上的，只管说话。

矢秀白忙调侃地说：是啊，我们这不是又找回来请你帮忙了？我们本来要走了，谁知道人家解放一眼瞄见你们仓库里的宝贝了。

许森林问是哪个仓库？

段解放说就是放废旧织机的那个。

许森林一下就明白了，说是东北角那个仓库吗？

段解放忙说：是啊是啊，厂长，你们厂里要是没什么用项的话，就处理给我们算了。

许森林笑笑说：我问问情况。一边拿起电话，一边想这段解放还真是有点小聪明。这点织机，这么多乡镇企业厂长经理谁都没发现，唯有他。

段解放看看矢秀白，有些得意。

矢秀白也很高兴，也愿意让段解放在许森林面前表现出点能耐来。

许森林放下电话冲着段解放就说：好哇小段！光明厂的东西，你比我这个厂长还清楚哇！说好了，你们还去那个地方，一会儿那儿的主任就去给你们办手续。

他们押着2000台织机一进长旺大街，立时又惊出了半村子人。

许多人一下就又想起段解放上次押着一大车医疗器械进村的情景，可是这次和上次又不一样，上次是弄回货来四下里找销路，这次不同，长旺已经有好些户有织机了，都是这种半人工的横机，这种机子出的织品，一上市就供不应求，因为这时长旺市场已经扩展好几倍了，山南海北的客商越集越多，需求量越来越大，长旺的家家户户都织衣，每家每户最少一台，最多的好几台呢。

他们以每台200元进的2000台机器，不到一天时间就以每台1200元卖完了。

他们用赚来的钱，加上原来的资金，上了一整套毛纺流水线——建起了"解放毛纺厂"，集毛纺毛织于一体。人们说这个名字起得有学问啊，既表明了个人意志，又体现了国家实事求是、解放思想的大方向。

正式建厂之前，他们去了一趟津西建业毛纺集团，陈振国领着他们把集团的车间和运营环节都进行了详细参观，回来时带了一箱资料。

日夜苦战马不停蹄地干了四个多月，厂子就竣工了。

准备开业典礼时，本来只想请长旺镇的党委书记和镇长，然后再请一下县乡镇企业局局长就行了，可是乡镇企业局局长考虑得比较多，把情况向主管乡镇企业的魏副县长作了汇报，说这个"解放毛纺厂"有个特殊性，他们规模大、设备新、管理上又科学，再说，企业的女主人也是政协委员，眼下政协委员挺吃香，还沾着海外关系呢。

魏副县长就连忙报告了县长。

县长问什么海外关系？

副县长一挠脑袋说要不怎么说不好讲呢。

县长看看副县长就以为又是个攀亲的。

副县长忙说：县长，有些人的确是眼窝浅，运动当中谁都躲着海外关系，真有的也不敢承认，眼下运动过了，眼见的海外关系吃香了，就开始瞎攀扯着找海外关系。这家情况可不同于一般，这家不光不是个攀的，这家的海外关系还是铁定的。

县长就让副县长说具体情况。

副县长说她爷爷是她太奶当年从外地带来的，来时才两岁，她爷爷长得整个一个外国人模样，只是没人清楚这外国模样到底是怎么来的，她太奶只字不提，也没人能问出究竟，人们只是一些猜测，有的说是她爷爷的母亲跟人去澳大利亚做过生意；有的说她太奶和当年八国联军一个军官交往过，是这军官偷偷撒下的孽种；还有的说是传教士留下的后人。

县长立时紧了脸，说要这样可不能提人家有海外关系。

副县长又说没说过，谁都没说过。不过这个矢秀白的相貌长得还真是特别，活脱脱一个混血儿。唉，无论如何吧，这里肯定有一个瞒了多年的离奇故事。

县长又问这企业的发展怎样？

副县长说来头不错，段解放本来就是个干将，再娶了这个媳妇，算是如虎添翼了。

县长说要那样，咱们都去，支持支持嘛。

这时正好是个开花的季节，大街上有好几种树开得花花绿绿、香气四溢。

开业典礼那天，不但县长、副县长到了，政协、人大的领导也到了，知名企业的也到场致贺，电台电视台报社的记者来了一群，还有好些亲戚朋友前来祝贺，到场的小轿车都停了一片。副县长主持仪式，县长讲话，县级领导剪彩，矢秀白和段解放表了态，最后一项是释放气球。那天风力很大，气球飞得很高、很远。记者们先跟着领导采访，然后就跟着矢秀白和段解放采访，最后又找了几个工人，让他们说感受，到解放厂后，挣了多少钱，家庭生活有了多大的改善，还有在思想上、眼界上、技术上有什么收获。

4. 夫妇，他们是夫妇

生活本身就像转圈子，兜过来兜过去的，一会儿远在天边，一会儿又近在眼前。前一阵两人还是你死我活的敌人，眼下两人就又成了心腹。给矢秀白做现金会计，玉仙没有推让，她觉得自己真的能做，还真的能做好。

这个现金会计，矢秀白已经选了多日了。这个人，账理不精不行，人性不好也不行，和老板间的关系不好更不行。虽然玉仙和她的关系说起来不好，还不是一般的不好，但俩人都知道，她们彼此间有共同的东西，而且彼此从心里都想处好。

玉仙家是中医世家，玉仙自小灵秀，爷爷很喜欢这个孙女，然而历来人们的家传技能都是传男不传女，可当爷爷的又不想太难为孙女，后来就打了个折扣，教会了孙女一手漂亮的算盘，然后还教会了孙女理账。她爷爷去世后，她爹倒是不想遵循什么传男不传女的古训，可是在他给女儿传授中医术刚开始不久，没想到得了急性肺炎死了。这一来，玉仙对医术才有个初步的了解，对财会倒是比较通达。

到了解放毛纺厂，玉仙一上手就显出了优势。

段解放和矢秀白都很高兴，段解放说把她请来当会计，还真是请对了。

玉仙还挺勤快，不光把账目弄得清楚，还把屋里屋外收拾得干净利索，后来为了方便，她娘就让她搬到厂里去了，省得来回跑耽误时间。她娘也不算太老，最近身体也壮实了起来，她娘说孩子和家你都别管，单给人家把账目管好就行了。自从搬到厂里住后，常常和女工们在一起，关系处得都不错，她也真是个心灵手巧的人，常帮女工们剪头发、织毛活，锁裤腿角儿什么的。女工们都很喜欢她。

可是有几天，秀白看着玉仙像有什么心事，就主动问她怎么了。秀白知道，玉仙虽然对她也感激，也实在，可在她面前还总是不太放松。

见秀白问，玉仙便有点不好意思地说了。原来，玉仙收到了男人牛庆柱的信，说有个去新加坡做工的机会，去三年，可以挣十几万块钱。他说十几万啊，十几万就够花一辈子了！玉仙不愿让去，可牛庆柱非去不可。说他做零工的这个厂子也在清理人员呢。玉仙又说让他回家，可他根本听不进去。玉仙知道，他还是放不下架子，就说那国外什么样，谁都没去过，有个什么事连个帮忙的都没有。牛庆柱说一块儿去的人可以互相帮助。

矢秀白看玉仙泪眼汪汪的，就说：你让他也到解放厂来，搞搞机器维修，比城里也不少挣，一家子还在一块儿呢。玉仙没好气地说：不管他！不管他的闲事！其实，她心里最明白，她那男人肯定不来，那是死要面子活受罪的主儿。

又过了几天，玉仙就收到了牛庆柱一封电报：我已随团赴新。

玉仙拿着电报哭了好几天。秀白说走也走了，哭有什么用？以后有困难，尽管说话。

之后，玉仙虽然没有朝秀白说过话，但秀白还是常常帮她解决些实际困难，比方取暖的冬煤，种地的种子化肥和柴油。

村里人见矢秀白对玉仙那么好，又有几个姑娘找她想到厂里来做工，矢秀白答应了。后来又有别的几个姑娘小伙子也要来，矢秀白又答应了。但在其中的两个团员要走时，却被当了村支书的怀子拦住了。

怀子板着脸，说：团员，是党组织的基础力量，一个团员，凡事要保持清醒的头脑，不能只图个人和眼前的利益……

一个心直口快的团员没等他说完，就把他截住了：支书，你说得都对，我们也知道要保持清醒的头脑，不要图个人和眼前利益，可我眼前就需要利益，我没钱盖房子、没钱娶媳妇，我再不盖房子、再不娶媳妇，我就要打一辈子光棍了我！

见支书被噎得直瞪眼，另一个又说：支书，别急，我俩先去一阵，看看怎么样，回来向你汇报！说完，两人撒腿跑了。

这是个星期日晚上，孟正律一个家是城里的同学一进宿舍就说：孟正律，安宁新闻上有你们燕平县的消息，好家伙，燕平长旺的乡镇企业，可真了得？

孟正律说：是啊，燕平长旺的个体企业气魄着呢，有的比国有大企业还气魄。

不光企业气魄，人还气魄呢。我看那个叫什么白的女企业家那风度比国有大业厂长一点不逊色啊，对了，怎么看着像个外国人呢？

孟正律一惊，忙问是今晚新闻吗？

同学说是。

孟正律第二天早晨就去看了早间的新闻重播。

女主持人煽情地说全省乡镇企业又有新突破，列举了几个县乡镇企业的发展现状，然后重点报道燕平县，画面呈现出一位市级领导和一男一女握手和谈话。女人长得深眼窝、高鼻子、棕头发、棕眼睛，像个外国人，男人穿着西装，粗粗壮壮、神采飞扬。

孟正律一下就傻了，矢秀白，绝对是矢秀白！男人是谁？谁能和她一起接受市领导接见？谁能和她站得那么近？之后，是企业车间的几个画面。再之后，是主持人说县领导向他们夫妇表示祝贺，并鼓励他们夫妇继续努力，比翼齐飞，争取更大成就！

夫妇！他们是夫妇！

矢秀白结婚了，已为人妇，还要为人母呢！孟正律这才感受到彻底地失去矢秀白！这是什么时候的事？在两个月前他见到了堤外村一个熟人，那人还提到了矢秀白，还问他捎东西捎信儿吗？他说不捎，说自己放假就回去了。看来她结婚应该在两个月之内。

他急着翻出前段的课程表，那个阶段功课一般，他又急忙翻看日记。那段日记每天都有，他只扫了一遍，就有点翻然醒悟。这一段，无疑是疏远她了，日记里基本没什么她的内容，而且自己着眼的都是些城市见闻。写上街，写滑冰，写看电影，写去公园，写歌咏比赛和体育运动会等等。他突然意识到自己错了，真的错了，这样疏远她她还不有了感觉，有了感觉还不自动退出婚约？她是一个多么敏感又多么要自尊的人啊！

可是，可是退出婚约……也得……也得打声招呼啊！那个西装革履的丈夫是谁？市领导说了，说让他们"夫妇""比翼齐飞，争取更大成就！""比翼齐飞"是什么？"争取更大成就"又是什么？那说明他们原来都在"飞"，都有"成就"，说明那西装革履的人是个大款！

他喂了一声，对方只沉默了一下，便问：你在哪？而没问他你是谁。
他心里一热，说：你听出来了？
她应了一声。声音轻柔，有点儿稚气。
他也轻柔地说：我回来了。
她又那么应了一声。
见个面吧。在哪？我去找你。不行。我一定去找你。那，那就到县招待所吧。
这天，正好县个体者协会在招待所开会，她要参加这个会议，她就让一个宽脸服务员开了个房间，她说我们谈点事。宽脸服务员随手拿起钥匙板就打开了一间房子，然后又送来了一壶开水。
他先进去，她后进去的，把门半掩着。
她看上去很平和，他却很激动。他还没坐下就说我在电视上见你了。她问哪个台？他说省台。她不以为然地笑笑说省台还播了？他的情绪就难以抑制。可她还很平静，见了面还不及在电话里热情呢，说这事，就像在说一普通报道，一点都没因为自己偷偷结婚、偷偷找个大款而理亏呢。
他就有点不高兴地说：我看见了，看见，你们俩了。他口气很重，不客气。
她这才认真地看着他，说：你看着，怎样？
她的态度更让他意外，像突然咽进喉咙一根带毛边的刺，他呼吸粗重，胸脯起伏，他说：你？你甩了我！
她沉思了一下，说：说我甩了你也行，说我给你放行也行，反正得分开。
他看着她，胸脯一下下起伏着，很气愤。
两人沉默了一下，她又说：我知道，城市对你是多么重要，我也知道，自尊对我是多么重要。分开了，城市有了，自尊也有了。我们还可以做好朋友。
他也盯了她一下，忽然在她眼里看见了一层东西，雾一样，瞬间，他的眼睛红了，嗓子里咳咳地响了两声……
宽脸服务员回到值班室，从迎门的镜子里扫了一眼自己，心里还在想着刚才女客人的面容。那个洋气女人真好看，像在哪见过，那男的也不错，他们真是很般配。
这是个临时工，她一边拿起暖壶去打水，一边在脑子里搜索着在哪见过这个女客人。在两壶开水刚刚灌满时，她就呼地想了起来，原来那女的是本村嫂子矢秀青的妹妹，好像叫矢秀白，对，就是叫矢秀白，多好听的名字呢。

5. 你想把天下的风头都出尽

事情就是那么地赶巧。一会儿，宽脸姑娘上街办事，正巧就遇见了来县城办事的矢秀青了。嫂子，你和你妹一块儿来的？我妹来啦？不是和你一块儿来的？她在哪？在我们那儿说话呢。和谁？不认识。是个什么人？年轻人。男的女的？男的。

矢秀青走到招待所时，阴得灰蒙蒙的天空正好闪开了一道缝，就着晃出的阳光，还能看清屋里的情景，但只能看见那人的侧面，不过从侧面就觉得不是段解放！再说了，她和段解放说话干吗到这儿呢。又转了几个圈，终于看清了，是孟正律，孟正律呀！

她不由得摸摸头顶的伤疤，伤疤上不长头发，她不得不把别处的头发扯过来遮挡，但又总是遮挡不住，那丑陋的伤疤常常暴露出来。

你个死白妮子，你可真做得出来，你想把天下的风头都出尽呐！

她眼睛一眨不眨地盯着他们，但她发现他们的的确确只是说话，连手都没拉一下，甚至连挨都没挨。这个白妮子，许森林没成为她的丈夫，却成了她的财神，让她挣了那么多钱，有了那么高地位。矢秀青偷把线弄回村，也偷着卖过线，的确不对。可是矢秀青都后悔得扇了自己耳光了，也已经下决心弥补呢。可做妹妹的就愣是轰了出来，连个将功赎罪的机会都不给呀！为了柳编，矢秀青吃的什么苦，受的什么罪呀。小时候娘常教她们笨鸟先飞。矢秀青这些日子天天当笨鸟，天天累得腰疼腿酸，就是因为劳累过度，闹得常常例假不断！即使这样，眼下手里还砸着四千只小柳盘呢，这几千只小柳盘都快愁死人了。

你个死妮子！你已经嫁给了人家段解放，你干吗还缠着人家孟正律啊？你可真行啊，你是乡里的占着，城里的也占着啊。你个死妮子啊！

矢秀青还是头一次到矢秀白的办公室。

屋子宽敞亮堂，不是一般的宽敞和亮堂，老板桌大得跟个小土炕似的，四围一圈阔绰的棕色真皮沙发，迎门几盆名贵花草。矢秀白坐在老板桌前的转椅上，窗外的阳光斜射过来，把她人照得光芒四射，白的更亮，棕的又镀上了一层金，粉的也更加地鲜艳，身后一个豪华衣架上板板正正地架着她浅灰色毛料风衣，风衣领子上搭着一条乳白色纱巾，纱巾和风衣角被微风吹得一扬一扬的。

姐，你来了？吃饭了么？

秀青没说话，径直坐在沙发上，脖子梗着，两手撅着大腿，像刚干了重体力活儿。

白妮

姐，你先喝口水。

我不喝水，我要吃饭。

姐你怎么了？有话慢慢说。

我只问你，我还是不是你亲姐？

谁说不是？

你要承认我是你的亲姐，就让我回厂子。

柳编厂不是挺好么？

我不干了，干柳编吃不上饭，我得回厂子。

你不是……

别说别的，你琢磨琢磨，我明天听你个准话！要是不行，别嫌我不客气！

在段解放把一万块钱送来时，矢秀青把钱一摔说：哄小孩子呢？

段解放说：姐，你先消消气，秀白说厂子里最近投资多，下来钱宽裕了再多花！

矢秀青看着段解放不说话，只发出一串怪怪的笑声。

段解放，你也这么对待我？看我可怜是吧？可我看着你更可怜！

段解放瞪眼看着秀青，知道秀青是想挑拨关系，便说：你们的事我不管，你妹让我给你送钱，我就来了，别的事我都不知道。我还有事呢。

秀青把两条胳膊一夯拦住他，又怪笑两声，才拿手指戳着他下巴说：段解放，你听着，起初建摊儿卖命时有矢秀青，现如今厂子红火了，挣钱了，一脚就把矢秀青踢开了，这是人干的事么？

段解放知道矢秀青只要一开腔，就一时收不住口，就说姐，有话下来再说吧，我还得去县里办事呢。说着就戴头盔。

矢秀青把腰一叉说：解放，在你们跟前，我说句话还不如放个屁呢，你忙就忙去吧，可多忙也别忘了问问我那妹妹你那媳妇，问问她四月初九头晌儿在县招待所117号房间里和谁干什么来着……

段解放隔着头盔玻璃愣愣地看着矢秀青，矢秀青却把他一推说：忙去吧，我也忙呢。

段解放骑上摩托车往外走着，耳朵里一直响着矢秀青的怪笑，他知道矢秀青说的那个时间那个地点那个人肯定跟他有关系，而且肯定是男男女女的事情，可她说的又是谁呢？结婚这些日子来他倒没发现矢秀白在男女事上有什么事呢，可矢秀青说的又这么有鼻子有眼的。

摩托车开得很慢，他把矢秀白接触的男人一个一个想了个遍。村里的男人只有一个蔡小忠来往最多，但肯定没有。长旺男人来往的不少，也应该没有。离最近的宋多子更不可能。北京的许森林全力帮她,但关系是沈家牵的,沈家的大人孩子对她都好,哪个关系都足能帮忙,再说单凭帮忙后一次次的答谢,也说明没有。可能性最大的是孟正律,他俩的事矢秀白说过,他也打听过,是孟正律考上大学看不上她了,她也不赖着他。矢秀白天生又要强又自恃。说实话,他倒不在乎,自个在找她之前也谈过,这个岁数了,谁没谈过对象呢。他一边想着,一边来到县招待所。他把摩托一戳,就往里走。

同志干什么?

开房间。

要证件或者是介绍信。

要是没有呢?

没有不能开。

矢秀青纯粹在胡说八道。这是什么地方?是县委县政府开会接待各级领导的地方,那是随便一个人能开房间的地方么?

往家走着,段解放心里忽地又莫名其妙地烦起来,这个矢秀青,有什么过不去的?给亲妹妹扎刀子?还那么有头有脸有鼻子有眼的?可是转念一想,这么大人了,也是亲姐妹,要是没点什么,何必那么不依不饶的?哎呀,这事,宁信其有,不信其无。得敲打敲打。

正好矢秀白从车间出来了,他一边戳摩托车,一边一脸漫不经心地说:哎?有个事问问你,你什么时候去县招待所了?

她打个睖睁:县招待所?问这干吗?

问问不行啊?

不是不行,有事吗?

没事就不能问呐?

正这时玉仙来叫矢秀白说有人找你呢。矢秀白问什么事,玉仙说两女工闹意见,要让你评评理。矢秀白说不是让你处理一下么?玉仙说她们不听我,要不,你就去一下说说吧。矢秀白有些不高兴,有些女工实在是小心眼儿,就沉了脸把他放下走了。

看着她们远去的后影,他心里不由得一暗淡,我干吗?我干吗不直接问呢?

矢秀白再回来时脸上的不快还带着呢。段解放看看她脸,自己脸也更难看了,他说:四月初九上午,你是不是去了燕平县政府招待所了?

她仰头一想,四月初九,正是燕平大集,那天她去开个体工商会,孟正律也是那天来的,就说:去了。

他牙缝里挤出一个又冷又怪的笑:和谁去了?

她的脸也阴沉下来:和谁,怎么了?

他的阴沉中加了气愤：我问你和谁？！

她看着他，思量着他气愤的来历。

见她不说话，他那气愤就变成了愤怒：和谁？！我问你和谁？！声音一出来，震得窗户嗡嗡直响。

她用了足以和他抗衡的声音，说：和孟正律！孟正律！！

第一个"孟正律"说出来，他脸上的青春痘就红了，第二个一出来，那痘就紫涨了起来，他哆嗦着厚嘴唇，叉开小蒲扇一样的大手，啪地打在她脸上。

6. 跟我好还是跟他好？

段解放是三天后才回家的。在外头，他喝了酒，跳了舞，和小姐进了房间，三天头上，是矢秀白带着四千块钱赎金把他赎出来的。

早晨，派出所刚上班，矢秀白就来办了手续。

在她脸上对警察的恭维和客气还没有完全消失时，段解放就已经甩着大步出了大门。她刚跟到门口，他早就又上了出租车。那时燕平县刚兴出租车。她看着出租车朝远处跑去，心头突突地跳了几下，也挥手上了一辆出租车。

她先进了车间。车间机器隆隆响着，女工们穿戴的都是标准的工服。农家姑娘可塑性还真是强，才几天时间，从技术到思维到神态就已然相当成熟了。有的全神贯注地盯着机器，有的朝她礼貌地点头打招呼。

没有段解放，车间里没有，办公室里没有，休息室里也没有。

她一点点地往下压着火气。眼下，她已经把自己调整过来了。她还得过日子，还得要这个家。她已经后悔当初把孟正律领到招待所开了房间，开了房间虽然没做什么，可是单就这种方式就不对，毕竟是男女有别。唉，男人看起来强壮，其实有时很脆弱；女人看起来脆弱，其实常常很坚强。

最后她是在一间闲屋里找到他的，可他不给她说话的余地，他扭身就往外走，还是跟她拉开一段距离，那段距离让她的话不足以能送到他的耳朵里，而她要说的话又不能声音太大，不能让外人听见。她就跟着他走。他先她几步进了屋，而进屋就又开了电视。

她坐在他旁边，摆出了想说话的架势。

他的眼珠如果朝她轮一下，也算是个回应。可他不，就像身边没人一样地盯着电视。

到了睡觉时分，他又先睡下了。

她到底还是拉开了他的被筒，但他看看她，朝她冷笑一声，然后和她做了。做得很快很疯很不顾一切。她调动着自己，和他配合着，努力着。整个过程，付出了极大耐力，有如当年顶替大兰子偷棉花——当年的忍耐是为了逃脱，现在的忍耐也是为了逃脱。

可是在她终于忍耐完后，他突然捧住她脸、盯着她眼、热烘烘的粗气扑着她脸，说：跟我好，还是跟他好？

轰隆！她浑身的血，一下都倒到了头上，她清澈的眼睛，锥子一样盯着他眼。

他依然喘着粗气看着她，这女人许久没有这种眼神了。说实在的，他有时还真有点憷她，憷的，就是这眼神。憷？我干吗非憷你！我一个男子汉大丈夫！他又呼哧呼哧喘了两下，身上残存的冲动还在给他壮胆，他就斜躺下身子，乜斜着眼睛，又说：跟他好，还是跟……

啪！一个耳光把他下半句话打了回去。

玉仙把段解放拽到她的会计室，是第二天清晨。玉仙说：那天秀白他们去招待所我跟着来着，他们在招待所说话时，我去商店买账本去了。我虽说没一直跟着，可我也能证明他们是正常说话，什么事都没有，没有！

段解放心头的火其实早就泄完了。再说，从一开始，他就清楚。只是矢秀白敢作敢为的样子让他上火。这玉仙是来证明矢秀白清白的，这女人还真有良心。平时，他还没怎么注意过她，只说是个黄皮的庄稼娘们儿，什么时候变得这么有模有样了？

玉仙见段解放看着她，就说：你要不信，咱俩就赌誓。

段解放觉得有些好笑，不由得嘴角往上翘了一下。

你，敢不敢赌？我敢，我敢拿我孩子和我娘跟你赌，你敢么？你敢拿你爹赌么？

看着玉仙红眼僵腮的样子，段解放才郑重起来，说：玉仙，看你急赤白脸的，我不说了行吗？

玉仙说：什么叫不说了行吗？你光不说不行，你还得承认矢秀白真的没那事，绝对没那事。

段解放说：玉仙，哦，我就叫你玉仙吧，听说你岁数还不大呢。

玉仙说：我和秀白同岁。说完又接着问：你说吧，你敢还是不敢？

段解放还看着玉仙，心想，这女人生活苦了就是显得老。他原以为她比矢秀白要大三四岁呢，没想到她俩同岁。

见玉仙还不放过他，就说：算了，算了，就别赌誓了，以后我不说了，她也没那事，行了吧？

时间过得真快，转眼间，孟正律要毕业，原则上回生源所在地工作。

他一点思想准备都没有，他以为上了大学就会变成大都市人。没想到还得回燕平那个小县城，那小县城，不过是个大村子。

反复打听后，他终于得知学校有几个留校名额，他马上就去找班主任田老师。

你留什么校？留下来不是还要两地生活吗？田老师说。

他看看田老师，低下头。

田老师又重复一遍。

他还是低着头，像个小男生。

田老师就猜着事情变化了，田老师是个小门小户出来的，矢秀白送的毛衣毛裤他整整穿了两个冬天了，每次一穿，他都能念记起矢秀白和孟正律，再说孟正律还时不时地给他表达着其他的意思呢。他说：怎么回事？有什么为难的事吗？

孟正律一咬牙，拿出了一张《安宁日报》：您没看见，她已经上了报纸和电视了啊？她，已经结婚了，是个大款。

田老师瞪大眼睛看了一遍，说：她怎么能这样？怎么能这样，她？

老师，我想请您帮我办办留城的事，我不想回燕平了。

依你的成绩应该有希望，可还得有其他条件。

老师，麻烦您帮帮我，我和学校领导一点关系都没有。

我帮你打听一下吧。

他走时，又给老师放下了几斤纯毛线，还是矢秀白那天在县招待所出来时给他的。

第二天，田老师就告诉他说还有别的办法，城里如果有对象，也可以要求照顾，有的同学已经以这条件提出申请了。

老天也真算是作美，那天太阳很亮，照得人额头和鼻尖上直冒油。他眯着眼睛一进车站，立时又和往常一样地吸引了人们的目光，因为他戴着白地红字的大学校徽呢。在这个阶段，无论在哪里，人们只要一看见戴着校徽的学生就羡慕，一看见校徽是大学的更别提多么刮目相看了。

在众多目光中，他捕捉到了一个姑娘的目光，那束目光无疑是热切大胆的。姑娘肯定是城里人，二十四五岁，圆眼睛，中等肤色，不俊也不丑。

他一激灵，就凑上去，说：你也坐车？姑娘说不坐，从这儿路过。他说哦？你不是工学院的学生？姑娘又看一眼他的校徽，脸一红，说我可不是，我要是了，还不把我爸妈高兴死？他说我看着你分明就像呢！她说怎么会呢？他说你身上透着一种聪慧和文明呢。

你来我去地说了几句，他便要了姑娘地址，姑娘给他说地址时，兴奋得声音都在发飘。他自然也给姑娘留了学校的班级和宿舍房间号,最后他说如果不嫌弃,交个朋友吧。

7. 鱼与熊掌不可兼得

他知道姑娘会找他,但他没想到他从家里回来一下车,姑娘正等着他呢。

姑娘说:你回来了?

虽然知道姑娘在等他,但他还是说:你又在这儿?

她说嗯。

他说你又在这儿路过呢?

她嫣然一笑,说:这么两天时间,回来回去的,也够紧张呢。

他说:是。

姑娘还真是够大方,说她叫范东红,本市的。说她对大学生很佩服,说大学生是社会骄子,是先进生产力,是科学的主力军。

他心说你个姑娘好会拍呢,但他还是先自谦了一番。

她说:谦虚过度,是骄傲啊。

他就笑了,她也笑了。他从她笑声里听到了一种浪,从她眼里还看到了一股扼不住的小火苗,虽然他自己心里的火苗也早噌噌地往上蹿呢,但他还是压着没让蹿到外边来,他得让她先把火苗蹿出来。

第二天晚饭后,他和同学从食堂出来,果然就看见那个范东红来了。他迂回到范东红后边,说:喂?你找谁?她说:你说呢?他说:那,你先出门往左拐,我一会儿就到。

他和她找了个没人的地方说了许多话,说天气说街道说同学说家庭说社会,说到不散不行时都还想说呢。最后,他看着她的手,问:你为什么没戴手套,天这么凉?她说忘戴了。他坏笑着说是不是来的时候很着急?她就把头一歪说你真坏!他就把她小手握在了他的大手里,紧接着,就要把她拥到怀里。随着他这一拥范东红就膨胀起来,膨胀着往他身上贴,孟正律一把就把她使劲搂住了,她就像个婴儿一样蜷进他怀里。两人也不说话,只让手让臂膀和脸蛋和嘴唇舌头代言。——他没想到,在城里找个姑娘竟然这么简单。

眼看到了凌晨时分,他看看漆黑的天空说我送你回家。说着推过她的自行车要驮着她走。她说你回来时怎么办?十来站地呢,已经没有公交车了呀。他说没事啊,我跑步回来,正好练习长跑呢。

这把范东红感动得涕泪横流。

那晚他真的跑步回的学校。再下来，他就把她领到了田老师那里，说老师，她叫范东红，她对我很好，她家里人也对我很好，同意我俩结婚，都是实心实意的。

田老师一看两人的情形，也相信。田老师就去帮助孟正律要求留校指标去了。然后孟正律又去找相关领导进行了必要的联络和铺垫。

指标很快下来了，孟正律留在了本市前进机械厂工作，成为厂里为数不多的几个大学生之一。

接下来，他们便办了很有城市味道的婚礼，孟正律终于在城里的瓦砾下找了块土，扎下了根。

范东红在第二年就给孟正律生了个典型的城市男孩。

不过，孟正律毕竟是外来的种子，他在城市的土壤里扎了个小根儿，顶出了个小叶片，可他的根儿上、叶片上还毕竟带着他以往的元素呢。而人家范东红早在城里扎了两代根儿、长了两代枝叶和果实了。时间一长，两颗种子必然要有冲突。

孟正律越来越觉察到范东红的虚荣易变，范东红真正喜欢的并不是他这个人，而是他胸前戴的牌牌。开始还顾点面子，指责他坏毛病时说得还婉转轻巧，可在他总也不能被改造时，就不耐烦了。

这农村来的就是农村来的，你就是剥下一百层皮，那骨头还是那一副土架子。你一个受过高等教育的人，你有点修养行不行啊？就说你吃饭咂巴嘴吧，你在电影杂志上就没看见过呀？那是坏毛病，坏毛病！你知道吗你？还有，洗脸，你干吗非要噗噗地吹水泡啊？你把水吹得到处都是，又脏又不雅观！哎呀，看看看！肯定又没洗脚，你闻闻这满屋子的臭脚丫子味儿！就你这样的，要让你出了国，人家指不定怎么笑话你呢……

孟正律开始不理睬她，嘟囔急了，便狠狠地呛她几句，也渐渐带上了农村耪地时的口头语：狗日的！你真他妈的小市民，知道什么是修养，什么是雅观吗？一个年轻人，嘴碎得跟个松×赖脸的老太婆似的，你还知道什么是修养？你成天一身大红大绿穿在一起，听说过？红配绿，像狗屁！你都狗屁了，还谈什么雅观？

范东红哆嗦着手指着孟正律说：你妈的个×的土包子！姑奶奶把你留在了城里，你倒有脸挖苦起姑奶奶来了，你？你给我滚蛋！滚蛋！

他拿件衣裳就往外走，一气儿就在厂里住了几天，最终还是范东红的女同学带着丈夫来家串门，范东红才把他叫回来的。

女同学双方家都是城里，男的是个大厂工人，女同学也是个直性子，一见面就说：东红啊，找个家在农村的大学生，真不错，省得和公婆在一起老有麻烦。

范东红说：哎哟，你可别说，人家可不是农村的，人家爹妈也都在县城工作，还是小知呢。人家说了，退休后也要搬到城里呢。见同学一时语塞，又说：我也早就盼着他们来，来了也替我管管孩子，我那儿子天天闹着要找爷爷奶奶呢。

这他妈的范东红！瞎话溜精，阴一套阳一套，怎么嘴里就没一句实话呢？

事情就是这么有意思，在农村人眼里，孟正律成了城里人，可在城里人眼里照样还是农村人。不过，孟正律能够自我调理。哼！你说我是农村人不假，可正说明我优秀呢，那么多农村人怎么单单我考出来了？你说你们城里的好，你怎么考不上大学呢？厂里那些城里人，不也是看着我这农村小子做的图纸干活么？

每到这时，他便蓦地想起矢秀白，想起和矢秀白的通心通意、如胶似漆。这一想，心里便隐隐作疼，眼睛也便潮湿起来，忽然觉得和矢秀白那么亲，那么好，好像矢秀白才是他的亲人，才是他的媳妇，他的亲媳妇、真媳妇！和范东红在一起，不过是在应景儿。

哎呀，鱼与熊掌不能兼得啊！

第八章　先做小，再做主

1. 请问是大同煤矿吗？

这是一个春寒料峭的天气。

孟正律在长旺车站下了汽车，解放毛纺厂就在车站附近呢。还真是巧，他在街边一个小卖部跟前假装买东西，才站了一下子，就看见矢秀白从厂里出来了，和段解放一起，很急。

他忙拐进了一个大门，进去后才知道是一家宾馆。宾馆还不错，比县政府的招待所还有气派。服务员热情地问他住什么等次的房间。他说我不住，我在等人。服务员脸上的热情刷地褪了，说你等人就去外头等吧。他只好出来，可他在外头来来回回走了几趟，又觉得不妥，万一让认识的人看见不好。一咬牙，就登记了个房间，服务员的热情自然又上来了。

在房间里，他目不转睛地隔着窗户看着大街，一闪身时，忽然看见小柜子上放着一个电话本，他一把抓起来。电话号码很少，都是三个数，他很快找到了解放毛纺厂的电话。然后他火烧火燎地等了一个多小时，才看见那两口子回来了。

窗户离公路很近，他连忙往后撤了一下，让窗帘把脸遮住，呼呼喘息着扫了几眼，矢秀白比原来更漂亮了，心里更加地泛起热来。这个段解放和电视上一模一样，额头有点鼓，脸色有些红，应该是一脸的青春痘，走起路来一纵一纵的。

他忙收了下眼睛，胸脯里像泼进了一壶老醋，心被杀得一缩一缩的，片刻，他才又抬眼看着他们拐了一个弯，进了那个气派的大门。

他想去向服务员借一下电话，可走了两步发现服务员正眨巴着眼睛盯着他呢，是要盯出些门道的盯着，他便扭头去了邮局。

他被指定去了一个写着2号的小房子拨电话。可他进去后把电话拿起几次又放下几次。段解放要是接了说什么？说我要找矢秀白，人家要问你是谁，找她干什么？说是客户？是亲戚？是朋友？是老乡？可这些关系人家一家人还不知道吗？

2号话厅打不打？不打出来，别人还等着打呢！

他便忙拨了过去。

喂——果然是个男人。

他的心一下子就扑到了嗓子眼里，脸也涨得不行。就像已被对方顺着电话线逮住了一样。说实话,他除去给舅舅打过几次电话外,还从没给别人打过电话呢。对方又喂了一下,他猛地打了个激灵,就下意识地挂了。之后,喘了好几口气,才把神定住。

2号话厅,打完了没有?别人还等着呢!工作人员不耐烦了,他不得不忙着出来。

出了邮局,风一吹,身上一凉,他才知道原来汗水已经湿透了衣裳。

回到房间,他就懊悔地砸了自己两拳,没出息!

他咚地跳起来,又进了邮局。

喂——这次是个女声,但不是矢秀白。

麻烦找下矢秀白。

不在。

她去哪了?帮忙找一下吧。

刚还在呢,这会儿不见了,叫段厂长行吗?

不用,不用!等一会儿再打吧。这次,本来心里有些底,但一说到段解放,还是紧张起来,但比上次好多了。

第三次又打通了,是个男人,喂?谁呀?

请问是大同煤矿吗?他拿捏着南方口音说。

不是,打错了。

又过了十几分钟,他又打了过去。

是个女声,还不是矢秀白。

请问是大同煤矿吗?

错了。

真活该找不到矢秀白,一连几次都是那女声,最后女声没好气地说:闹鬼呢!大同电话老串到这边来!

眼看太阳落下去了,班车没了,只能从市场上找驮二等的(拉活的自行车),可是又怕走夜路不安全,听说前不久一个人夜里坐二等出了事。要是步行着回家,恐怕要走两三个小时。他只得住在宾馆。

烙饼一样在床上翻腾了一宿,到第二天一大早,他又把电话打了过去,又是那个男人,他断定这人就是段解放。

我找刘矿长。什么刘矿长?你不是煤矿吗?错了!

看来这次是注定找不到她了。回家,怎么也得回家看看。

刚一进家,爹娘就急着问他昨晚去哪了?一见他睐睁,爹娘便大致明白了儿子的去处,忙说头天傍晚范东红来电话了,电话打到大队部的,他爹去接的,范东红劈头就问孟正律呢。他爹反应还够快，说正律出去了。问去哪了？说找同学了。又问去找哪个同学了？说他出去时没说。范东红狼声狗气地说她儿子住院了！让他快回来！如果不回来，以后就别给儿子当老子！当爷爷的问孙子到底得了什么病？儿媳妇话都没回一句，电话就摔了。整个晚上范东红来了三次电话，一次比一次火气大，一次比一次说话难听，最后一次鸡都叫头遍了，范东红摔电话时说：真他妈没教养，哪里像有爹有娘的？

他爹娘并不很生气，对儿媳妇早有了解，更知道儿子娶这媳妇的用意。实话说，老俩口从心里也是愿意让儿子娶矢秀白，可是一来二去的，矢秀白就跟他们没了关系，这个范东红第一天来孟家，他们都觉得不像孟家人，从她身上找不到和孟家接近的东西。这女人从第一次来，就不爱答理他们，当着孟正律的面和他们还说句话，不当着孟正律的面时连正眼都不看他们一下。

他娘见儿子的样子，便说：有什么事以后再说，还不赶紧回去，看看孩子到底是怎么了。孟正律知道爹娘心思，没多耽搁就又往回赶。

紧赶慢赶地赶到县里买上票，坐上车，到了医院时，天就黑定了，范东红正和她母亲一起陪着孩子输液呢。范东红说去去去！你快去吧你！我们跟你没关系，觉得哪好，就到哪去吧！一边说一边往外推他。

他也不敢多说，这次临出门，他们又闹了气。每次一说回家，范东红就总不高兴，这次一说走，范东红又说走吧走吧，走了就别回来了。一想你们家，我头就大，别说你们家那大黑锅大土炕，单凭蹲在大茅坑沿儿解手，一边成群结队的苍蝇蚊子嗡嗡着，恨不得吃人半个屁股，我就腻歪得要死！孟正律，我告诉你，我不但不跟你回去，就是你自己回去，回来了也得先去澡堂里洗澡换衣服再回来！我不能让你带着你们茅坑的大粪进屋！

孟正律最烦的就是范东红说他家里。平时说几句也就算了，可这次不行，他说：范东红你别他妈的忒臭美了，你不是农村人揍出来的，你爹也是农村人揍出来的，你爹不是，你爷也是。我问你，你爹你爷哪个是让苍蝇吃了半个屁股的？要让苍蝇吃了半个屁股，还能揍出你们一家城里人啊？这一下可把范东红惹下来了，又是姥姥又是姨儿地痛骂了起来。他是趁范东红闹得厉害时，摔门出来的。

范东红的母亲告诉他说头天孩子发烧到了40度，当时烧得直抽，吃药打针输液地折腾了一宿才算退了烧。孟正律一听也自知理亏，说昨晚和同学们喝起酒来就忘了时间，说头天亮才到了家，到家听说孩子病了就赶回来了。

范东红当然不依不饶，最后在她父母劝说下，孟正律才算进了病房，但她从此对孟正律就生了怀疑。

2. 我能不能跟您去牵马坠镫？

　　这日子过得可是越来越快了，刚进了月初，眨眼就又到了月底，刚脱了棉衣，秋衣还没怎么穿呢，就又要找衬衣了。

　　一九八六年秋后的那个傍晚，下班后，孟正律走得稍晚了一点。走到劳资科门口，发现里头有人正在神秘地说话，原来他们在说阎宗品呢，说阎宗品要走了，要到安宁市政府当副市长去了。

　　怎么一点都没听说呢？他把耳朵又支棱了两下，没错，说的就是阎宗品，说他高升了，一跃升为安宁市副市长了。这个阎宗品是厂里管业务的副厂长，"文革"前的大学生，但又比那拨学生年轻，上学时功课极好，曾经跳过三次年级，最后赶上了"文革"前的末班大学，业务相当精干，在同行业中水平最最过硬。孟正律跟着科长给他汇报过工作，他听汇报时一丝不苟，提问题又严谨又尖锐。这位阎厂长走了谁管技术？是不是技术科长要上去？科长上去好哇，科长上去了，自己也就能往上拱一拱了。想着，不免有些兴奋，阎宗品还没走，窗口上映着他的身影呢，像在写什么。孟正律心里好生羡慕，凭感觉，阎宗品应该是欣赏他的，可惜没有接触机会。他一边走着，一边看着窗口那个身影，没几步，脑子咔嚓一下就像开了个天窗。

　　他又跑到值班室证实了消息，值班员说：阎副厂长是要走了，一两天的事了，现在不是讲究知识化、年轻化吗？

　　孟正律也是大学生啊，也有知识，有学历，也年轻，也是第一生产力啊！

　　在他带着一份简历和一头一身的精神气儿到了阎宗品办公室时，阎宗品正在收拾东西呢。

　　阎厂长，恕我冒昧地打扰您，我叫孟正律，厂技术科的。

　　阎宗品上下打量他一下，说：哦？技术科的？

　　是啊，上次技改会上发言的是我。您还记得吗？

　　阎宗品点点头说：有些印象。你有事？

　　是，我有点思想活动想向您汇报。

　　什么事？向我汇报？

　　他忙又坦诚又大方地说：我听说您要去市政府了？说着停顿一下，见阎宗品没说是也没说不是，便知道是默认了，心里一踏实，又说：阎厂长，我能不能跟随您去，去牵马坠镫？

　　阎宗品看着他，还不说什么。

以前没这么近距离接触过，近处一看，这领导虽然已四十出头，但看上去还很有朝气，宽额头、大眼睛，虽说有点赘嘟脸，一双黑眼睛也略微沉陷，但总体还算是天庭饱满地阁方圆。此时那一双眼睛认真地盯着他，这眼睛一凹陷就显得更加地黑亮而威严，这让他有点发毛。他不停地鼓励着自己，说下去，一定要说下去。说了就有两种可能，不说，只能在这小破厂子窝下去了。

他把简历和一份材料双手捧上说：阎厂长，这是我的简历和我刚起草的两份调研报告，请您指教。

阎宗品接过简历和报告，快速地看了一遍，然后抬头看着他。他已经看出他对简历和材料应该是满意的，他就迎着他的眼睛又诚恳地说：跟您去了，我准能胜任工作，就是当时不能胜任，经过努力，也会很快胜任。

阎宗品脸上的表情好像有些松动，他抿口茶，指着一把椅子，让他坐下。

他坐了。

你怎么想起要跟我去？

跟您去，第一，能继续在您领导下工作，能学习，能长知识。第二，市政府的天地宽广，会有更多更好的锻炼机会。

阎宗品说：我还没去，还不知道那边的情况，去了再说吧。

孟正律是在阎宗品到市政府三个月后办的调动手续。和他一起调进的还有几个人，说是都能写材料，目前市政府缺少材料匠，其中孟正律的学历最高，被分到了工业科。

报到那天，人事科长客气地接待了他，最后说让他做做准备，过几天来上班。可他只歇了一天就上班了。他自己有自己的小九九，已经三十出头的人了，必须抓紧时间，行政单位进步的标志就是提职，提职的前提是时间和政绩，他得早下手，早积累。

科长翁联合，四十来岁，"文革"期间保送的大专生，不嗜言语，一双眼睛像长期睡不醒的样子，孟正律一口一个科长地叫着拉近乎，但他只不动声色地说了几句话，说最近处里特忙，把目前工作每人都分担一点吧。就把一份领导讲话给了孟正律。

孟正律问科长是哪位领导的讲话？翁联合说主管市长。说着给了他一份参考材料。

哎呀，吓死了，原来市里要开体改工作会议，让他写的是管工业的黄副市长的讲话，给的参考材料只有省里开相关会议时主管副省长的一份讲话，最要紧的，交稿时间，仅三天！

浑身的血一下都灌到了头上，要不是脸皮和头皮包着，那血，早就喷出去了。他相信当时的样子，一定是他一辈子最尴尬最难看的样子。回到桌前，他把眼睛看着讲话，可是上面的字他一个都没看清。

屋里很静，对桌小邓吭吭地咳了两声，故意压抑又压不住的一种声音，让他感到给他分派这任务小邓知道。又用余光扫了一下科长，科长正深沉自然地写什么，很专注。

他便也深沉自然起来，得赶紧写，还一定要写好——他知道这个讲话对他来说意味着什么。

他把十来页的副省长讲话看了一遍，但如生吞活剥，什么印象都没有；又看了第二遍，印象几乎还是零；到第三遍时，才似乎记住了一些诸如兼并、破产、股份制、现代企业制度等词汇。这些词汇对他来说似曾相见、似懂非懂。副市长这个职位对他来说太陌生太遥远了，除去阎宗品这个副市长，其他副市长，他见都没见过——在一点感知都没有的情况下，给他分派这样的任务，不明摆着赶鸭子上架么？但他明白，他这次，能上得上，不能上也得上。

他火烧火燎地给范东红打了个电话，说有紧急任务不回家吃饭，也有可能不回家住。没容范东红回话，他就挂了。

接下来，搜肠刮肚地写了多少个开头，已经记不清了，反正一本稿纸已经让他揉完了。可稿纸上的文字，除去摘抄的副省长讲话内容，其余的，几乎没有。

翁科长给他交代任务时，说让把副省长的讲话作参考，可再怎么，参考也是参考，也不能把人家讲话整个都照搬过来。可他脑子里一点这方面的存量都没有。

必须得再找些参考材料。他把眼睛四下里一搜寻，突然发现对桌文件筐里有一摞文件，噌一下就蹿了过去。这些东西应该有用，都是新的。但他哗哗地如获至宝地翻了一遍，都是信息。一二百字，至多不过三五百字，一点问题都不能解决。

他又看看小邓的办公桌，总共三只抽屉，一只锁着，两只开着的除去放着两本稿纸和几本行政守则之类的书，其余什么都没有。科长倒是个五屉桌，可两个开着的都是一些杂物，科长是写大材料的，写就的大材料应该有，可一份都没在外面放着。看来，有意识封锁呢，人家准备拿他一把呀。

3. 扶不起来的阿斗？

看看表，已经凌晨四点钟，他揉揉发涩的眼睛，又哗哗地翻报纸，可是报纸上的东西都是些生产进度、技术创新消息。翻了一遍，只了解了些泛泛的情况，哪儿搞了兼并和破产，哪儿搞了股份制改造等等。

自己是向阎市长做过保证的,说保证能胜任工作的。他心里像被揉进了一粒粒的铁沙子——你不是聪明吗?你不是有高学历吗?翁联合不过是个"文革"前保送的大专生,小邓不过是个中专生,你这个大学本科生是人家领导让来充实工业科力量的,是来让你扛大材料来的。你怎么?怎么连句完整的句子都出不来呀?

他狠劲地抽了自己个嘴巴,半张脸呼呼地冒起火来。

天蒙蒙亮时,他无奈地趴在了桌子上。

楼下传来说话声时,他才一个鲤鱼打挺站了起来,慌忙收拾桌子上的纸团,又胡乱地洗了把脸,理了理头发,提起水壶往楼下走去。正好碰见小邓上楼。

小孟,你真早!小邓说。

我也刚到。他说。

打水回来,小邓就去信息处开会了。屋里又剩下他一人。

怎么办?问翁联合?不行,他若想帮忙,他早就帮着列出提纲,也会提供一些别的材料。看来,他是等着看笑话呢。刚才小邓接了他电话,电话声音很大,翁联合说有事不到办公室了,处里的事情你就看着处理吧。小邓说科长我知道了,你放心吧。

人家家里有事,人家来不了怎么帮你?反正再有两天就得交稿,你能写出来,你应该,大学本科生么!你若写不出来,看你个大学本科生,如何下台?

问小邓?不行,写信息的根本写不了讲话。

问一块儿调来的同事?不行,几个人他都见过,他们更不行。

问阎市长。念头一出来,他又恨不得再打自己一个嘴巴。

他浑身像被抽空了一样,这份难受比任何一个时期的难受更为可怕,还不及在农村受着气种地的滋味好受呢。他无力地瘫在椅子上,把下颌抵住桌面,眼睛僵僵地停在玻璃板上。这桌子,不知谁用过的,桌面上还放着一块旧玻璃板,玻璃板边上粘着污渍斑驳的医用胶布,玻璃板下压着几句格言和警句,还有一张市直各单位电话号码表。他漫不经心地把眼睛搭在玻璃板上,搭着搭着,他就像触电一样跳了起来。

喂,你是体改委工业体制处吗?

是,我是体改委工业体制处。

我是市政府办公厅工业科,请你们科长听电话。

请问什么事?

市里要开工业企业改革大会,知道吧?

知道,知道。

请你们把全市体改情况写个情况报过来。

请问什么时候要?

今天下午。

好的，那，我们中午加个班，下午保证送到。

下班前，材料果然送到了！那真是一份拿得出手的好材料啊，全市工业企业现状、面临的问题、解决的思路和对策，下一步工作的计划。数字翔实，分析透彻，情况具体全面。他把大腿一拍，说我就不信我孟正律有过不去的火焰山！

第三天，他把材料交给翁科长：科长，这材料，你看看怎样。

翁科长看他一眼，接了，放在桌子上，确切地说是扔在桌子上，然后端着茶杯踱到窗前看着窗外。两三分钟后，又回到桌前，但还不看材料，却收拾起已经很清洁的桌子，正正台历，顺顺稿纸，擦擦水杯。又足足五分钟后，才把材料拿了起来。

这边的孟正律，眼里看着报纸，支着耳朵听着那边哗哗的翻页声，随时猜度着那边看到的地方，想象着那边可能的反映。

翁科长很快看完了，然后又哗哗地来回翻了几遍，又翻完了，按说该说说是行还是不行，可他不说，他把材料又那么放下开门出去了。

我写得太好了？盖了他的帽了？压了他的马头了？还是写得不好，他不好说？或许他看着材料不是我写的？莫非知道我向体改委要材料的事了……

第二天，他早早地到了班上。等了一会儿，翁科长和小邓才一前一后地到了。翁科长从手包里拿出份材料，目不斜视地跟小邓说：去打印。

小邓接材料出去了。

头下班，小邓拿着一沓打印好的材料回来了，进门就朝他走来，说：小孟，咱俩校对吧。

他接了一看，材料题目是"——同志在全市工业企业改革大会上的讲话"，他心里一怔，忙往下看，发现除去一些数据和他写的材料一致外，其余，基本没一点一致的地方。

他脑子又像触电一样轰地一炸，手脚就凉了。

他不知道他是怎样和小邓校对完的，也不知道怎样回到家的。

下来，翁联合就不给他分派工作了。可他怎么也不能成天待着啊，他只好每天打杂儿——翁联合就这么淡着他，冷着他，怄着他，让他如同一只老鼠，一只被一副不紧不松的夹子夹住尾巴的老鼠，松也松不开，夹也夹不死。

小邓天天急着赶写信息，这个月小邓想争取信息采用量第一呢。

翁联合也在忙，刚忙完了一份调研报告，又忙着起草另一份调研报告。早晨一上班，扎头就忙，一直忙到下班，几乎连头都不抬一下。越是忙，电话越是多。哎呀，张局长啊，我说咱还是推推吧，你看我这都忙得喘不过气儿来了，再说领导也忙啊，过两天吧，过两天我一定帮你安排……哪位？李主任啊，你们的事我想着呢，不用客气，应该的，应该的……马书记啊？你现在过来可不行，你来了，我可没时间陪你，我这都马踩着车呢……我说小邓啊，不行，这个报告还是你来起草吧，我还得接月底那个现场会的讲话啊……

孟正律也不看他，知道翁联合这是成心折腾给他看呢。

他嗖地站起来，径直就去了阎市长办公室。

阎宗品手里好像正处理着要紧的事，抬头看他一眼，说：有事？

他犹豫一下，说：没什么事……

阎宗品就接着看文件，意思显然在说没事来干吗？

在他坐也不是站也不是时，阎宗品又抬头看他一眼，意思好像又在说没事你来干什么？

他想说，可又觉得无从张嘴，他就待不住了，说：阎市长您忙吧，我先走了。

出来时，比进去时心情还糟。阎宗品也没对他表示出什么非同一般的关系——阎宗品对孟正律也看不上眼儿了？也认为孟正律是个扶不起来的阿斗？

怎么就这么窝囊？翁联合看不上也就罢了，小邓看不上也无所谓，要是阎市长也不想理你，以后的日子还怎么过？

4. 谁是婆婆谁是媳妇？

下班了。儿子在姥姥那边，范东红已经做好饭等他呢。

见他不高兴，范东红也不敢多说什么，忙着又端饭又端菜。见他对饭菜不感兴趣，忙又拿出平时不舍得喝的好酒。这些日子，他在范东红面前的分量早就翻几番了。不要说姓范的一家，包括范家远远近近的亲戚里，不但没有一个在党政机关事业单位工作的，就连一个在工厂办公室工作的都没有。范母当时刚一听说孟正律从小工厂调到了市政府，还以为女儿跟她说着玩呢。在知道是真的以后，没等到下班，就找人把范父叫回了家。范父听范母学说完，叭叭把烟头在烟灰缸里磕几下，眼睛瞪得天大，说叫我回来就为这事？范母说是。范父说叫我回来干什么？范母说想跟你商量商量，看是不是做点好饭打点好酒请亲戚朋友吃顿饭，庆贺庆贺，免得让人家说范家眼里没人。范父把工人帽往头上一扣就往外走，走了两步又回头说小家子气！不要说请亲戚朋友庆贺，这事，说都别说我知道！他，怎么了他？他要不是当初跟我家红红定亲结婚，能留城？不留城，他能有今天？喊！范母一想，也极是。但在行动上还是管不住自己，见了面，还是忍不住围着孟正律转磨磨。让孟正律更瞧不起的是范东红，如果她也能架住点劲儿，对他的态度别扭转那么快，孟正律但凡还能瞧得起她一点。唉，如果是矢秀白……

天亮后，他就急着去给矢秀白打了电话。

其实，上次去长旺回来的第三天，他就给她打通了电话。很顺利，正好她接。我去长旺来着。你来过？你来干什么？我有什么别的事？看你。那？怎么没看见？我看见你了，俩人。出去和回来我都看见了，看你们进了大门我才打的电话，可打了好几次都不是你接，也不好让叫。哦？哎呀，你以后再打，就在早晨天刚亮时。为什么？我每天黎明起床。人家呢？人家没我起得早。你家电话在哪儿？在厅里，离卧室一大截。之后，果然就方便了，每次和她通话，都在一大早。

这次电话一接通，她就急着问他去市政府报到了么？他说报了。她说怎么样？他就把这情况说了。

你多聪明的人，怎么办这傻事？我也觉得我这一阵子脑子不够用，的确把事弄被动了。你要没有俯首甘为领导牛的气度，你就别去那地方工作！你以为甘当公仆是一句闲话呀？进了那地方，必须先做仆，才能再做主……

放下电话他拍着胸脯说：孟正律能一步步从一个末等农民进了高校，进了城市，进了市府，那么孟正律就一定能从一个末等秘书走到上等秘书，走到官员，走到上等官员！

他走到翁联合跟前，说：科长看你忙的，我怎么也得替你干一点啊，再说了，我也得学习啊，我不学习我也会不了哇。这样吧，你写，我抄。

翁联合显然没想到他说这话，翁联合看看乱七八糟的草稿说：没事，我自己吧。

孟正律说别介，让我来。说着，收拾起散乱的草稿，说：我得抄，抄的过程，也是学习的过程。然后回到桌前就仔细地抄起来——仔细得有点像临摹字帖。

用的是矢秀白送的那支英雄牌钢笔。他的手死死地握着笔杆，感觉像握着矢秀白的手一样。握着握着，矢秀白的气息就顺着钢笔沿过来了，字也写得又流畅，又自然了。

翁联合没想到，才这么几天就把孟正律捋直了。他知道他是阎市长带过来的，他也没打算捋他，可他实在反感人们一介绍他时，总说他是改革招生制度之后的大学生，言外之意改革开放前的大学生好像都是废物。翁联合是保送的大专生，可就是这个保送的大专生愣是扛着工业科大材料呢，工业科也是市政府硬顶硬的主要科室呢。不就是跟阎宗品过来的吗？不就是个本科生吗？别说你孟正律，就是阎宗品本人，又怎么了？说到跟文化跟企业业务沾边的话题还能有几句，到了处理实际问题时，就说不出几个道道儿了。那天体改委工业体制科长一说孟正律私下要材料的事，他噌地就火了。好啊，你孟正律上来就想讨巧儿啊，翁某人怎么过来的？是冬练三九夏练三伏练出来的，也是遭憋遭出来的。翁某人刚来尝的什么滋味？是怎么接受老同志们的下马威的？那杀威棒打得，到现在还隐隐作疼呢。那么容易就由小媳妇熬成大媳妇啊？给孟正律交代材料时，就料定他写不上来。按说，他孟正律应该有个谦虚的态度，应该提心吊胆讨教，可他偏不，偏要不露声色地玩漂亮。翁联合让你玩出漂亮来，你还知道谁是婆婆谁是媳妇？

世间的事，有时真的在于心境呢，这不，孟正律抄了几次材料后，居然觉着翁联合的材料的确写得不错，无论文字，还是逻辑，还是政策性和时效性，都比自己强多了。

孟正律的变化是一系列的。那之后，他每天早来晚走，翁联合还没到呢，他早就打扫了卫生，桌子上收拾得整整齐齐、规规矩矩，正中间放上笔和稿纸，右手边放上一杯新沏的香茶——是他从自家拿来的。下班后，翁联合不走，他就不走。

这天，又只剩下了他俩。翁联合说：小孟别写了，走，出去吃点饭。孟正律自然受宠若惊。

吃着饭，两人不断说话，虽然说的话题无关紧要，但他也清楚地感觉到翁联合对他已经没戒心了。

吃完饭，翁联合挥手叫服务员结账，服务员指着孟正律，说这位先生已经提前放下现金了。

接下来，孟正律又请翁联合出来吃，头一次找了个好馆子，第二次翁联合就指定去了一个普通馆子。翁联合说没必要，哥们儿，随便。

终于"哥们儿"了，"哥们儿"就得有个"哥们儿"样，让他自己都感觉奇怪的是，从此，他从心里真的就和翁联合亲了起来。

不久，翁联合母亲去世，他就真的跟自己亲人去世一样地着急，一样地忙前忙后，一样地熬得红鼻子红眼的。而且还有种心安理得。怎么了？从正面说，我忠于科长这是我的本分，从侧面说，人家已经和你"哥们儿"了么！最后在上礼时，他和同事们一起上了50块钱的同事份子后，私下里，他又塞给翁联合500块。

5. 市场经济变数大着呢

早晨的雾气缭绕着还没完全撤去时，武汉的客户就进来了，这时矢秀白正和玉仙核对着一批货单，矢秀白一见客户，就朝屋里喊：解放，解放，武汉的客人来了。

段解放应声出来了，还挺快。

这个客户是解放厂几个大客户之一，就是这几个大户保着解放厂的流水呢。

段解放客气地把客人让到屋里。客人一进屋就说渴得不行，先咕咚咕咚喝了几杯水，才让解放领着去看大货。

客人一把一把摩挲着大货，说这次想多进些，可你们得把价格降低点，每斤，至少降一毛。段解放问这次想多进多少？客户把五个指头一撮一晃，段解放一看，扭头就喊：咳——当家的，你说呢？

矢秀白忙朝这边走着说：又拿人开涮呢，谁是当家的？这个家，还不是你说了算？解放把膝盖一拍，说：我听出来了，当家的是同意呢，那，就把价格往下勒一毛吧。

两人都为成了这笔生意高兴，更为缓和了关系高兴。办清手续，又执意把客人请出去吃了顿午饭。

实际上，段解放满肠满肚都是悔意，他觉得矢秀白做不出那等事来，尤其是玉仙那么急赤白脸地给他又发誓又赌咒，他就更觉得矢秀白不会，况且他自己一气之下又去舞厅，又睡小姐，把自个的清白也破坏了，而且又是矢秀白把他保出来的。

矢秀白心里也终究是踏实了。

当然，心里还少不得骂他。那天她接到电话说他嫖娼，她心头立时像插进了一把蘸着大粪的刀子，那股带着恶心的疼痛险些把她击倒，她使劲摁住胸脯调整了一会儿，才镇定下来。镇定之后，她就确立了不能离婚的战略。这年头，一日一日的少女多起来。一个个水灵灵的大姑娘，常常嫁个又瘸又窝囊的丈夫。长旺几个离婚的女人基本都没有好结果。前街一个厂长的女儿离婚时才二十三岁，长得还不错，找了好几年，才找了个大十岁的老光棍。结婚时带了满屋的陪嫁，可那男人还不太乐意呢。自己要离了，虽说有个钱，能找个什么样的？要紧的是，自己怎么也得有一份婚姻呐。而他段解放就不同了，说不定三天两早晨就能娶进个黄花大姑娘。

下来，两人便和颜悦色地商量事了，比闹气之前还显得心通意通、知进知退的。

先商量着把大门口的广告牌换成大型的，又商量着把人员做了些调整，招了一个六十来岁的老人，专管院里院外的卫生，还负责绿化，培植一些花草树木。把两个脑子实在发死，对机器原理和生产流程感觉实在太差的女工撤了下来，把她们放到了后勤上。然后又让几个维修工做了班长，下面还设了几个小组长，班长和小组长除去原来的工资，又加了一份岗位津贴，班组长们一上来各司其职、各负其责，几个班长又轮流去北京光明参观学习，自然对新技术规程和新管理方法又有了把握，这之后，生产秩序好了，生产利润也就又有了突破。

厂里人员安排妥帖了，两口子还得应付外头好些事呢，这几天的主要事，是参加好几个开业典礼。说是这几天的良辰吉日赶到一块儿了，几家开业的也就赶一块儿了。

长旺一带的毛纺业发展之快，为人们始料不及。这里人已经由小打小闹变成了大打大闹，有些人已经从背着大包小包到处跑推销变成了坐地开厂子。一时间长旺

白妮

红红火火地建起了一批工厂。有条件的建，没条件的也建；深沉的建，不深沉的也建。深沉的把厂子开红火了，不深沉的好像把厂子开得更红火。就是这一点，把不少人胃口刺激起来的。建厂的资金主要靠贷款。不就是找人贷款吗？这一阵贷款有些轻松，不轻松也不要紧，这里人找人办事都找出经验来了。你找人贷了一百万，我就找人贷两百万，然后再蹦出几个就敢贷出四五百万，甚至七八百万、上千万。

段解放这天一上午就参加了两家开业仪式。第一家在上午八点整，这个人当初穷得叮当响，人们简直没见到他穿过一件囫囵衣裳，眼下找了个关系一下子就贷出了五百万，厂子完全比照城里大毛纺厂的模式。搞的仪式也真够热闹，把副县长县长都请来了，副县长讲话，县长也讲话，县级领导们都剪彩，剪彩完了放鞭炮放气球。闹得半个天空布满着硝烟和气球。

参加完第一个仪式，段解放和几个熟人就都又到了第二家。几个人一路走着，一路嘻嘻哈哈说笑着。有人说：穷则思变，穷则思变啊，原先也没看出这些人有什么大出息，怎么一下子都蹦出来成干将了？这些干将有几个不是穷光蛋出身？人们便说是啊是啊。有个人突然语出惊人——嘿！一个拴狗赚钱的年头啊。别人不知他说什么，这人便又说快建厂子吧，这年头，只要建个厂子，拴上条狗都能赚钱啊！干吧，咱怎么也比条狗强啊！这话，先把人们笑蒙了，后来人们又咂摸着不是味道。

几个人参加的下一个庆典是个染厂。随着商品经济的发展，跟毛纺相连的行业也闹大了，饭店起了，商店起了，汽车修理部和洗浴中心起了，后来配货站和贸易公司也起了。这天开张的染厂规模实在宏大，厂主是个三十出头的童男子，这人更是有韧性，市场经济后，立志翻身发财，天天四处找门子挖窗户，而且坚持不懈、百折不挠。突然那么一天，就攀上了一个远亲，远亲就帮他套购了一批印染原料，于是长旺就又拔地而起了一个大型印染厂。这印染厂太需要了，有了它，人们就不用把货弄到外头去染了，这样的厂子，不消一年，至少能赚一二百万。人家建厂时还一块儿起了一栋三层小楼，现代化的内装外装，还置办了两辆卡车和一辆小轿车，紧接着，媒人就挤破了门框。人家就在众多人选中选了个如花似玉的姑娘做了媳妇。

段解放回家把外头的事说了一遍，也说到建厂拴狗的事，矢秀白开始也笑，后来笑声就被夹住了，她说细想起来也不是没有道理，为什么拴狗就行，因为以前一盘散沙，死水一潭，如今改革了，只要拴就比不拴强啊。但是，解放，咱们可得长心计，凡事都是发展的，别看这些日子以来有些钻过脑袋不管屁股的二百五们能发财，但是一进入正规，就不行了。

段解放把手一挥说：我看近期没事，别的不管，反正咱解放厂没事。

你也别说过头话，市场经济了，变数大着呢。

打住、打住，你别咒我……

6. 流失的客户再次回来了

没想到，过了才几个月，厂里就真的出事了。

段解放指着矢秀白说：瞧瞧瞧，瞧你这臭……想说臭嘴，又忙改口说：瞧你这嘴呀，一劲不让你说，你偏说，出事了吧？

原来东北客户要退货，说发走的两大挂车货出了问题。

两口子不敢怠慢，忙着问究竟。

客户说他们把货发到了林场，刚卖了两天多，就有人找回来了，后来连着又找回来了一群，脾气好的要退货，脾气不好的还打人呢。那里人都睡火炕，说人家只穿着那衣裳在火炕上睡了一觉，醒来就发现衣裳已经缩到了腰里，又觉得后背不舒服，脱下来一看，才见后背已经粘成一张硬片儿了。说着把衣裳啪地扔给他们。

他们接过来一看，那衣裳后背的确硬僵僵地粘在一起，已经看不清横竖针的走向了。两口子心里明白是怎么回事，以前也有人说这衣服越穿越小，见热还变形，他们也见过变小变硬的，可是一直没有见过变得这么严重。其中原因，自然是东北人睡的火炕太热。两人自知理亏，连忙道歉，商量解决的办法。

客户总共来了三男一女，几个人都有口才，嗓门也都大，想把他们请进屋说，可他们偏不进去。谁都知道做生意最忌讳门前吵架，况且这里离市场又近，一下子围了一群人。

三个男人大声大气地说着难听的粗话，女人开口就要赔偿，要的价比货款还大呢。

段解放说：你们这是存心坑人呢！不答应！

女人扭身就质问一直没怎么说话的矢秀白，你们见过东北虎吗？见过。知道东北虎厉害吗？知道。东北虎厉害，东北人更厉害，你们要拿不出个好办法，让你们尝尝东北人的厉害！

看热闹的人哗地笑了：哎呀，东北虎厉害，东北女人更厉害呀！

女人更得意了：你知道吗？你们的衣裳不但变形还缺斤短两呢，不但我们把货退回来，我们东北所有拉货的都要退回来，我们还要起诉呢……

秀白上去拽住女人就说：看你？姐们儿，这半天光听你说了，也不听我们说说。

女人见矢秀白拉近的，便把眼睛一闪说：你呀，你白白长了这么个面孔啊，在我们哈尔滨那疙瘩，长着你们这样二毛子面孔的人们出手又实在又大方！怎么你一点都不实在也不大方啊？

矢秀白把她一扯说：姐们儿，怎么说话呢？什么二毛子三毛子的？快进屋来我们说说姐妹的话吧。女人比画着挣了两下就跟了进去。

女人又说他们那边的二毛子和三毛子们好些回了老家了，你怎么不回去啊？回了老家的毛子们都发财了，弄回来好些外国货，做起了跨国大生意。引来了好些外国人，也把好些当地人引到了外国去做生意，钱赚老了去了。矢秀白虽没接她茬儿，但把她这句话还真听到耳朵里去了，她真的是想着做跨国生意呢。

秀白倒杯水抓把瓜子递上，说：姐们儿，咱别像老爷们儿，豆粒大的事也像火窜了房子，咱姐俩把事先商量商量。

女人还看着她，说看着她像哈尔滨那疙瘩长大的，觉得跟她打交道像跟亲人打交道似的。

她说什么叫像？本来咱就亲，咱女人间打交道怎么也比跟老爷们儿打交道好呢。

女人眉间就出了笑意：妹子，都像你这么说话，咱咋也不会闹起来呀，你们那当家的，一句话恨不得要把人噎死。

秀白说：谁让你刚才那么逗我们呢？我们该赔偿的赔偿，可我们怎么也赔不起那么多啊。

女人说：俺们再不说愣的，你们更给不了几个大子儿了？

秀白把头往女人面前一探说：姐们儿，我那当家的也是个火爆脾气，别跟他一般见识，你先给我一个数，我去跟他商量。

女人便把三个手指一伸。

秀白上去把她三个手指一攥说：姐们儿，今天咱们就来个女人当家，咱姐俩就这么定了，赔偿百分之三十。

女人脸上露出惊喜，说我看着你实在吧，你果然实在。说着忙颠颠地出去叫几个男人。

这拨人走后，其他拉货的东北人也都回来找后账了，解放厂就一律按百分之三十进行了赔偿。

许森林叫来一个工程师和一个技术员，两人一看僵硬硬的衣片子，便明白了是怎么一回事，说了一些诸如"聚氯乙烯纤维""合成纤维""耐热性能""短纤维""长丝""静电"等等。那两口子自是听不明白到底是怎么回事。

许森林便建议让他们考虑聘请这里的两个技术人员。

经过商议，确定技术员每月工资1500块，工程师每月2000块，原则上每周末去解放厂一次，负责全部生产技术。

工程师和技术员第一趟去，就提出上一条新的生产线。

一般的流水线要半年时间，但解放厂白天黑夜马不停蹄地干，只四个月就完成了。

上线工人进行了全员培训，是由北京光明派人手把手培训的。

工人一上机，不但技术上都过关了，整体风貌上也倍加精神，她们的手脚，她们的眼睛，她们的耳朵，甚至她们的脑子都在同一条线上，做着同一个动作，踩着同样的脚步，遵循着同一个规则，可观呢。

更可观的还有质量和利润呢。出的产品色泽鲜艳了，手感柔滑了，保暖性能强了，重要的是产量增了一倍，利润也增了一倍，客户增加了超过一倍，每天门口堆着进出货的车辆和人群。

各厂一见解放厂的变化，早就派人打探来了，生产线是明摆着的，可这设备和技术和管理办法呢？打探的人先看见技术科里又添了两个白净净的说京腔的，后来弄清是北京光明毛纺厂的，也弄清了一个是工程师，一个是技术员，一个挣1500块，一个挣2000块。

个体企业最大的便利就是机制灵活。你能请，我当然也能请。这年头！

各厂很快也通过各种方式请来了技术人才。一个个黄白着脸，戴着眼镜，背着行李，拿着资料，成了当时城里首批"下海"的。他们给的工资比1500块和2000块还要多呢。着实让长旺乡镇企业家们自豪了一把——农村人羡慕了城里人多少辈子了，到了这一辈子，城里人也让农村人招来了，招的还是城里顶顶有能耐有本事的技术人才呢。

其他毛纺厂在技术上又紧跟上来了，产品质量和外观自然也突飞猛进。

各路的大小客户就是市场的晴雨表，别的厂产品质量既然又赶上来了，那么他们自然不非到你解放厂来了。有些小户先走了，后来有的大户也走了，当然一些固定客户没动，还恪守着协约呢。协约上说了，说解放厂保证用户至上，保证物美价廉，保证对老客户在价格上从百分之二开始，年年递增优惠比例。这一招也是从天津陈振国那里学来的，陈振国对他们还真是一点都不保守呢。

解放厂降低了价格，招牌一打出来，长旺自然又起了一场旋风。结果，解放厂再次获胜。可这一次，别的厂不好再跟风了，你也跟着降？那么解放厂就再降，反正解放厂的成本低多呢。解放厂能承担，别的厂承担不了。

流失的客户，再次回来了。这里还是解放厂一路奔腾一路领先着。

之后，县委先派人来调研了，说要总结经验推广典型。事情就是这样，不来都不来，一个来，紧接着一窝蜂都来，市委政策研究室来了，市人大经济委也来了，政协经科委来了，还有安宁市日报晚报也来了。最后还来了两个作家，要为解放厂写报告文学。

第九章 台商给投资

1. 希望生一个像她自己的孩子

　　一九八七年的冬天又来了，树木黄了，花草凋零了。

　　这几天里，矢秀白头晕恶心，浑身没劲。继三年前人工流产后，又一次流产。

　　老公公哐啷哐啷把一个大铁锅先砸了，又砸了两个瓦盆。不过了，不过了！段家这是哪辈子遭了孽啊，修了这么个不知礼数的媳妇，一个娘们儿家的，不在家养活孩子做饭，成天上京走府的，到头来把孩子都给跑丢了，把段家的根儿跑丢了！我老头子都七十岁了，我还没见过孙子呐！呜呜呜啊！老公公哭得很惨，像被抬上砧板的猪羊一样痛苦难挨。

　　矢秀白权当没听见。你着急，我不着急么？你想孙子，我就不想儿子么？真是的！段解放就说：爹你消消气，你就少说几句吧，我俩还年轻，欢蹦乱跳的，以后要孩子还不现成？他爹说：你小子别说话！你小子说话算不得数！解放说：算数，铁定算数！

　　这次，还真算数了，半年后，矢秀白觉得不适，到医院一查，是！

　　矢秀白心里哗的一下，就像开了一重天！从医院往家走着，她一路都在想象肚里孩子的模样，眼睛怎样？鼻子怎样？头发怎样？她不由得勾起食指摸一下自己的长睫毛，刮一下自己的高鼻梁，扑棱两下一头的栗色卷发。呵呵，她还是希望生一个像她自己的孩子。

　　说实在的，从她最最深刻，最最柔软的那个地方说起，她还真的不讨厌自己的相貌，就连因为相貌倒血霉的时候，她也没觉着自己多么难看。栗色的泛着一层蓝晕的眼睛，挺秀的鼻子，栗色蓬松的头发，高而顺溜的身材，这些特点配在一起，谁说不生动，谁说不漂亮，谁就是傻瓜！对了，不能生一个，得要指标，生两个！两个孩子中，至少要有一个像自己的。

　　段解放也高兴，也像成千上万的准爹一样，还没怎么着，就把耳朵放在媳妇肚子上听儿子声音，和儿子说话。

　　但就在他们把孩子的小童车、小衣服、小被褥还有小奶瓶什么的，一一准备齐全的时候，她身上意外地见了红，并一发不可收。

　　她又急着到了医院，医生护士忙了半天，一点作用没起，眼睁睁地看着一团似血似肉的东西掉了下来。

身子空了，胸脯也空了。那个孩子走了，她的心也被摘走了。在医院住了几天，段解放和玉仙陪着她，这次瞒住了老公公，也瞒住了老娘。

出院后，在家里窝了两天，心里更空，就想回去看看老娘和姨。一直想把老娘接到长旺来住，可老娘说离不开家，说在哪都不如在家里好。

走前，她把事情给段解放和玉仙交代了一下，然后问玉仙堤外村有事吗？

玉仙对秀白自然极是感激，牛庆柱跑到新加坡到底怎么样谁也不知道，走前撂下话说三年后能带回一辈子吃不清花不了的钱。他的话就算是真的，可这三年以里怎么过呢？柴油、化肥、农药和种子拿什么去买？收割机、播种机、脱粒机要用，都得拿钱雇，老人要吃药，孩子要上学，哪天离了钱能过？实话说，当初她也没想给矢家纺加工，还是她娘一而再再而三地说她，她又不好跟娘说和矢秀白的过节儿，抹抹脸，就厚脸厚皮地去了。没想到，娘儿俩没日没夜地纺了十天，到头来让矢秀青坑了，更没想到的是，却又因祸得福，最后矢秀白不光还了她钱还了她清白，又让她跟着去厂里当了会计。一个企业的会计就是企业的命脉啊，再说了，人家给的工资不但够她一家子吃喝，还有一点小积蓄呢。一想起前几年，她就恨不得一头扎进茅坑里淹死。

矢秀白回到村，先去了玉仙家，给玉仙娘放下一盒点心，一兜水果。玉仙娘自然又是一番千恩万谢。再回了自个家等了一会儿，娘才回来。娘抱着一抱干柴火，柴火又短又杂乱，几个棒秸缨子，几个小树棍，还有几个高粱根和棉花根茬子。一看，就是一根一根满地里拣来的，因为柴火多抱不住，娘还拿大襟子下摆兜着呢。秀白紧走两步要接，娘不让，说别弄一身土。秀白说：娘你也真是，那么多柴油在那里放着，柴油炉在那里墩着都生锈了，非得出去拾柴火。她娘说：我烧不惯柴油炉，又有味又慢。再说了，我去拾柴火，也不单为了那点柴火，也想到地里转转，活动活动身子。她就不说了，说了也没用，娘见了柴火不拾手痒痒。

她又掏出一盒稻香村点心和一件对襟的薄毛衣外套，说这种毛衣是膨体纱的，穿上，不但暖和，还又轻巧又柔软。

她娘把毛衣拽起来看看，说这么又鲜亮又时新的衣裳，我穿不了，这么大岁数穿这个张张狂狂的，还是穿老式的得劲儿。给你姨拿去吧，看她穿么？

秀白说：不用，这件是你的，我还给我姨买了一件，在包里呢。一会儿，咱们去一趟我姨家吧。

2. 他的确想在大陆投点资

一进姨家院墙，秀白就看见姨和姨夫正喜气洋洋地忙活着，原来姨夫在台湾的

白妮

外甥董天要来了。这董天在台湾大学毕业，又去新加坡读了硕士，然后又去澳洲读了博士，再然后就留在了澳洲，先建了一个生物公司，有了实力，又建了一个旅游公司。眼下他那旅游公司已经成为澳洲最大的旅游公司之一了。董天的母亲在前两年才去世，董天回来后，先去了奶奶家，今天是来看姥姥家的，当然主要是给姥姥姥爷上坟的。

秀白说这可是大喜事！她姨说谁说不是啊，你姨夫早慌得好几宿睡不着觉了。董天是在台湾生的，他爹去台湾年头不多就死了，可怜他娘盼着回家盼了几十年，也没熬到回家的这一天，老婆子到死都没有合上眼。

秀白连忙给姨和姨夫递毛巾擦泪，又劝他们也别太难过了，大高兴的事，咱们还是快准备准备吧。

她姨抹着泪说董天几天前就捎信来了，说不让准备大鱼大肉，只准备一些家乡饭，点名要吃大铁锅贴饼子、馏红薯、熬大白菜。说他娘在世时常常说家乡大铁锅做的饭有多好吃。他舅这老头子还真实在，就真打算按董天说的准备，当舅妈的不同意，说董天要的那几样要准备，可是大鱼大肉也得准备。人家董天还带着媳妇和儿女呢，那媳妇是澳大利亚人，孩子们是在澳大利亚生澳大利亚长的，省得让那媳妇和孩子们认为咱大陆穷，吃不上大鱼大肉呢。

秀白说真没想到姨的觉悟还这么高呢。

她姨说这是跟电匣子里学的，电匣子里说有个外国人在北京看见一个拾破烂的老太太，就问老太太是不是穷得吃不上饭？老太太说不是。外国人说那怎么这么大岁数还出来拾破烂？老太太就说为了勤俭节约，不忘过去苦。外国人就要到老太太家去看看。老太太就把外国人领到一户刚刚结婚的人家去了。外国人一看，满屋子新被褥新家具，便相信老太太真的不穷。

她姨话音刚落，董天就领着媳妇和儿女进门了。

董天长得和村里人没什么两样，只是穿着抢眼，花格上衣，白裤子，白旅游鞋，媳妇是隆鼻深眼的金发女郎，孩子们的头发和眼睛比董天媳妇的深些，鼻子也略低些，娘儿几个的穿着都是大红大绿大白大紫。

村子里热闹了，人们从来没有见过澳洲人，人们说澳洲人好看，澳洲的小女孩更好看，花儿似的。有的人还悄悄地说看这个叫秀白的亲戚跟这澳洲人长得有些像呢，保不齐这秀白的祖宗是澳洲的呢。人们还长了些知识呢，知道澳大利亚是南半球的，咱们的冬天，是他们的夏天，咱们的夏天，是他们的冬天，他们看太阳要朝北看。

董天和舅舅舅母收住哭，又忙问相互的情况。董天夫人和孩子们听不懂大伙在说什么，就东看西看地看家里的东西，然后就玩起了院子里砘地的砘子、平地的铁耙，还有架子车和猪羊鸡狗之类。

正热闹着，村委会主任和副主任来了，说咱们贺乡长和县统战部姓曾的副部长马上就到。

姨夫忙问贺乡长他们来干吗？主任说不知道，估计该是好事。

董天估计是找他捐款投资，在父亲的家乡他早接待好几拨了。来前，他的确想在大陆投点资，可是父亲的家乡不合适，只剩一个光棍叔叔。

一边的秀白虽没说话，但也一直注着意呢。她在北京做保姆时学会了一手好菜，这时正在灶上炒菜。她明白乡长和统战部副部长的来意。前几天见小凤时，小凤说刚去她姥姥家了，她大舅最近也是从台湾回来了，是个做咖啡生意的大老板。她大舅给所有去看望的亲戚每人一份礼物和一个红包，礼物是红红绿绿的衣服，红包里是钱。给小凤和小凤哥哥姐姐的都是500块，小凤她娘的是2000块。2000块钱了得？那是能起一座新房子的钱呐。她大舅说她二舅既为家顶门立户，又给老人养老送终，还因她大舅在家受了这么多年的气，不光给二舅盖了一溜新房，还建了一个果脯厂。在村里乡里的要求下，厂子建在村里，村里土地占一半股份，另一半股份全部归她二舅。村长和乡长因此在乡里县里都有了面子，因为下一步还要修条小公路呢。另外，长旺也有好几个厂子凭这种关系发展起来的。秀白对这种事本能地反感，更反感更难受的是，那天长旺那个麻杆儿一惊一乍地拽住她说秀白啊，有句话我得给你说说，人家这么多人都沾了洋人的光了，你这真正的洋人怎么还不想法找找祖宗去啊？找到了，那还不发大财？她真想呲她几句，可是又有什么用呢？又过了几天，段解放告诉她的话，简直更要把她气晕，说大街上有人传扬她已经找到家了，说她祖宗是美国的，还说美国的家里人就要接她回去了。

上次东北女人说她像二毛子时，她想起做跨国生意，一直没有机会，眼下这个董天来了，说不定是老天相助，真的可以考虑和他合作一把呢。想到这，她忽地觉得有片小羽毛在她心里轻轻地扫了一下，她觉得她又要迎来一个新机会了，就像那年老红军沈国胜把她选去当保姆一样，那是她无意间遇见的一根绳索，她抓住了，然后她就攀了上去，才有了后来诸多机遇。今天这个董天，无异又是她命中一根向上的绳索，得捉住！

那边的董天媳妇，一边哄孩子玩，一边看着这群新鲜的人们，在她看来，这里人长得都一样，无怪乎圆乎乎、平淡淡，大部分人的脸长得都像个土豆，两只眼睛，多半都像拿刀在土豆上不经意划出的两条缝，这些人的鼻子，又小又扁，像土豆生长时不经意间憋出的一个小鼓包儿。在她最后看见来倒水的矢秀白时，她眼睛一亮，耸耸肩膀，忙给董天说了句什么。董天便顺着往里看，矢秀白正在炒菜。

秀白姨夫见了，便给董天说这是你舅母的外甥女，堤外村的。她姨也忙抢着说是啊是啊，我这外甥女，是开毛纺厂的，厂子开得忒大忒好啊！说着，捂住嘴在董天耳边又说了两句。

董天正瞪大眼睛惊讶着，就听见金发媳妇喊叫女儿不见了。董天一看，院里果然看不见女儿，不过，董天倒不太着急，可夫人却急得东碰西撞，以为孩子遭了绑架。这还了得？一边的主任急了，慌忙吩咐副主任赶紧四下去找，半小时内找不到，就得赶紧报告乡政府！

董天问孩子头出去说过什么？谁都不知道，夫人和儿子也都叽里咕噜地摇头。有个小孩子说那小姑娘拿着饼干跑了。矢秀白把围裙一摘说：咱们去自流泉找找吧，有一会儿了，我看见小姑娘拿着一包饼干，好像是说"河边"，还好像说"小鸭子"了。

几个人跑到自流泉一看，果然一群小孩子正围着那个金发小姑娘往水里扔饼干呢。小姑娘扔一块，水里的鸭子鹅的抢一块，孩子们有的傻看着，有的跟着起哄。

领回孩子，董天惊异地看着矢秀白说：你会英语？

她说：其实我不会。

董天说：那你怎么知道我的女儿去河边喂小鸭子了？

她说：哦！我在北京给人家当保姆时，那家的姑娘每天背英语单词，我听得多了就记住了几个，记住的词里正好有个"小鸭子"，后来我一看她顺着往河边去了，再说她手里还拿着饼干，我就又猜出她去河边喂小鸭子去了。

董天很吃惊矢秀白的英语感觉。别说是旁听别人念英语，就是学过两年英语的高中生，能听出一个外国孩子讲话中的单词也了不起，心里一激灵，又想起刚才舅母说过的她有西方血统的事情。之后，便详细问起了矢秀白企业的规模、原料、销售和流水等情况。在和董天问话中，秀白就觉出了董天对她的感觉，她再次预感到，董天不投资则罢，投资肯定是给解放厂。

3. 投资 500 万

家门口来了一辆绿色吉普车，贺乡长和曾副部长到了。秀白趁他们不注意跟她姨打了招呼忙回了厂子。——她不愿意在董天一旦给她投了资，让贺乡长他们认为是她抄了他们后路的。

曾副部长很会说话，既不像村主任那样拘谨，也不像乡长那样小家子气，先和董天礼貌热情地握手，又问了董天来的时间和行程，然后才说我们按照县长指示来的，县长让我们表达他对您的问候，县长说这些年来因为连年运动，因为政策不活，因为思想僵化，还因为种种其他的原因，使你们一直有家不能归，真难为了啊。

说话间，乡长和村长也随着打圆场，秀白姨夫和周围人们也跟着一劲点头称是。

董天刚从坟上回来，心里还在悲痛着，对副部长的话，只是淡然而礼貌地听着，并不做什么表示。

几个人刚一走，董天就让舅舅带着去了解放毛纺厂。

解放厂的环保本来就不错，加上矢秀白从姨家回来后又急着做了些准备，就更加地道了。安全设备和广告牌什么的先前都有，眼下主要从细节上做了加工。玉仙和负责绿化的老人拉回了几个盆景放在了门前，和先前两排冬青树，还有一溜一溜的草皮，形成了系列的绿色，迎门橱窗里的"职工园地"也新换了内容，除去厂纪厂规、格言警句，又加了谜语和健身美容小知识。再往里走，房子窗明几净，物什摆放得整整齐齐，连职工们晾晒的衣服、新刷的鞋子都整齐利索。

恰好董天这几天看过的几家乡镇企业，无论做得好的和做得不好的，没有一家在这些方面能比得上解放厂的。再往下看，就更有特色了。车间里一水儿的新工作服工作帽，一水儿同样动作、同样姿态的年轻女工，董天果然就升起了兴趣。经过培训的女工，对董天的提问不但对答如流，还落落大方。于是，董天的眼睛就一时一时地亮了起来，脸色也活泛生动了起来，话头自然也多了。一到库房，正好西安一个客户进货，董天便和客户对起话来，这货走哪里？走武汉；销售量多少？一吨左右；能有那么多么？比我们多的还有呢；哦？都是销售解放厂的？先生有机会去武汉吧，到那儿一看就知道了，我们一溜门店，卖的都是解放厂的毛线。

矢秀白把董天让到了展厅。这个展厅也是前不久布的，展厅里陈列着各种型号的毛线，还有不同式样的毛衣、毛裤、毛背心、毛围巾以及毛手套、毛袜子。橱窗里前几天刚刚进来的男女模特也都穿戴整齐。女讲解员口齿流利、语音圆润，虽说时不时地夹杂着些许燕平口音，可也足以把解放厂的生产技术、工艺流程和产品质量讲得头头是道。

董天的兴奋让所有人都兴奋起来，矢秀白的姨夫兴奋得脸色一阵阵泛红，怎么样？怎么样啊？我这当舅的没有糊弄你吧？这个厂子，这个矢秀白是不是很精明？很有本事？

第二天，贺乡长和曾副部长又来了，表示县里诚恳地希望董先生能为家乡做些贡献……董天没等他说完就说已经有计划了，计划给解放厂投资。贺乡长因为意外有些结巴地问给解放厂想投多少？董天说500万。这个数字显然使贺乡长有些不知所措，但曾副部长到底老练，连连拍着巴掌说：好哇，好哇，这一下，解放厂发展就更有指望了！

其实，贺乡长和曾副部长心里的滋味，别提多不好受了。改革开放已好几年了，哪个干部都有自己亲近的企业，企业需要他们的支持，他们也需要企业的扶持。眼下，两人都想为亲近的企业拉进点资金。这些年来，虽然人们说起话来耻于谈钱，可是哪个人从心里也没跟钱结着仇怨。政策一搞活，国门一打开，从外头几十年不回家的人一回来，人们也算真的开了眼界。这一阵子他们经历的几宗类似的事，最少的都没少于50万，一般都在100万以上，两个从美国回来的，一个给村办企业投了500万，另一个给一个个体户投入800万呢。解放厂这个矢秀白，他们都认识，也知道她在长旺开着规模不小的毛纺厂，但他们还没有多么在意她，她这样的企业，在长旺至少要有十几家。他们实在没想到她和这位董天是拐弯的亲戚，更没想到，董天这么快就确定了投资方向。

临走，两人主张把捐款仪式搞得宏大些热烈些，可是董天不同意，他说不用搞太大的仪式，更不同意在仪式上有政府的介入。

4. 乡镇企业不能小觑

当时各行各业都在物色有学历有专业的人才，许多这样的人才一夜之间就成了某地某部门的主要官员。阎宗品是学工的，到了市政府就分管了乡镇企业。阎宗品的确是个聪明人，仅两周时间，就把市长、副市长、秘书长及各科长的情况基本熟悉了，也熟悉了大部分工作职能，对各县领导情况心中也有了数。他当然也更加详细地掌握了全市乡镇企业的情况，很快确定了抓两头带中间的具体工作思路。

安宁市县域经济特色很突出，北边的儿童玩具，东边的箱包，西边的雕刻，南边的毛纺。因为他是市政府班子里唯一有学历、有专业的领导，他上任不久，市长就让他针对安宁县域经济形势进行分析研究。他就从宏观到微观，对各特色产业进行了一一分析。

这天，孟正律得知第二天阎宗品要带农村科去燕平调研，正好他手头没什么急事，就向阎市长提出跟着去。阎宗品看着孟正律，这小伙子嫩是嫩了点，但很聪明，从侧面了解到，情况还是不错的。

长旺的毛纺市场在长旺镇西部，长旺所有厂家的针织毛纺品都在这里，市场中心是一眼望不到边的散落摊位，都是一些小户，或者买进卖出的小商贩。一些成规模的厂子，都在市场四围的房子里。这个市场很大，不但在燕平和安宁是最大的，在河北在全国也是最大的，号称是全国最大的腈纶毛纺集散地。

阎宗品一进来，从心里就很震惊，他真没想到一个乡镇腈纶毛纺业会形成这么大的规模。乡镇企业不能小觑，也就是说农民不能小觑啊。他自然没有大惊小怪，他稳着步子往前走着。他走在中间，县长和副县长与他并排，紧随其后的，是乡镇企业局长、土地局长，长旺镇党委书记和镇长，还有农村科郝科长和孟正律等。

市场上客户们一看，就知道又是上头来人了，为首的阎宗品今天虽然穿着很普通的灰夹克蓝西裤，但从他头发、内衣和脸色，以及神态，就能认出是这一群里最大的领导。

孟正律的精神格外亢奋，这些日子，他常自觉不自觉地模仿阎宗品，包括言行举止，包括行走步态，甚至穿衣打扮。今天他也穿了夹克衫和西裤，头发也是亮亮的，衣领也是白白的，步态也是款款的，如果有谁留心从后面看看，他简直就是一个小阎宗品呢。眼下，他在注意着阎宗品的同时，还不时地拿余光注意着道路两旁。——第一次公干回乡，也有点衣锦还乡的味道。他很想让熟人看见，最好是孟村人。当然，主要还是在找矢秀白，已经很长时间不见她了。

县长副县长们一边陪着阎市长走着，一边介绍情况，不时停下来看着有些特色的摊档。

走到街边的一溜门市，孟正律终于发现了矢秀白，但矢秀白却没发现他，因为一行人还在隔着三四个门市时她就出来了，出来就直接朝土地局长去了。最近她和段解放正急着跑扩建手续，董天跟他们仔细部署了解放厂扩建改建项目，确定再征用土地，建两个大型车间，上两条新的生产线。上线的事，北京来的两位技术人员提到过，许森林也提到过，可是上一条这样的生产线，至少要200万，资金显然很紧张。董天的钱一到位，就比较宽裕了。董天是个极讲信誉和效率的人，500万已到账三个月了。建设局和工商局手续已经办清，用电用水也基本不成问题了，只有土地手续还没有眉目。

孟正律是一直看着矢秀白走过来的，她穿了件米色毛外套，棕色筒裤，米色半高跟皮鞋，这身服饰配上她的头发皮肤和整个面孔，实在生动显眼，把身边所有女人都照得黯然失色。

哎呀！矢秀白终于发现他了，可他只和她对视了一眼，便急着去捕捉阎市长的目光。可是，在阎市长的目光将要挨住她时，县长却把阎市长目光截住了，恰在这时矢秀白也把张局长逮住了。按说他们距离不远，阎市长如果稍微一注意也能发现她——她在人群里多显眼啊！但阎市长这时把目光又放在了产品上了，当然是解放厂的。给阎市长介绍产品的是矢秀白刚刚招来的中专生，谈吐倒也大方，对答得也很专业。这一来，阎市长对解放厂也算留下了一定印象。

参观完一轮，孟正律往前走了几步，凑到阎宗品跟前低声说：阎市长，我看解放厂不错，是不是重点看看？

阎宗品看看他，问：说说看，怎么不错？

我看管理比较规范，产品质地明显好，颜色也齐全，最主要是线的分量比其他

白妮

厂都大。

阎宗品听得很仔细。

我抽样数了他们的线，同样长度的线圈，每半斤线他们厂比别的厂都多出五圈线来。这样，他们线的分量就比别的厂家实在了不少。目前乡镇企业最大问题之一，就是缺斤短两。

孟正律知道阎市长对他如此细心是赞赏的，一高兴，便又补了一句：解放厂情况我都清楚，是我一个熟人开的。

听说，是个政协委员？

他迟疑一下，又说：是，是。心里一抖，嘴里便又跟了一句：一个女人，能把厂子管到这程度，难得。

哦？是女的？

是。

叫解放？

厂子的法人叫解放，但厂子，主要指望解放的女人，女人是个政协委员。

阎宗品听得很专注，眼神聚集着。

孟正律看着，心里像进了一束电流，从头顶到脚跟，麻疼麻疼的。

最后阎宗品没去解放厂重点看看，他说回去还有别的事。

孟正律为此很是有些不安。

5. 不该把她拉到政治的浑水中

矢秀青的心里像爬进了成百上千只蚂蚁，搅得坐立不安。

500万！董天一下就给矢秀白投了500万呐！

500万是多大一堆钱？等于多少个柳编厂啊！

我那姨，也真够势利眼的，一样的外甥女，只管矢秀白，不管矢秀青。让董天给矢秀白500万，给矢秀青50万也行啊。还有我那老娘，也学会说瞎话了，说秀白见董天，是随便碰上的。哼！你怎么就只让你家矢秀白碰上？怎么就不让你家矢秀青碰上呢？

秀青骑上车就去了娘家，秀青说：娘，你得给你家秀白说说，我还得和她一块儿干，我还得回毛纺厂去，当初建摊时我是出了力的！

当娘的看着秀青那浑身上下的疲乏，不由得又上来了一股怜惜，满打满算矢家就这么俩闺女。便说可不都是亲的么？你俩不亲跟亲去？哪天她来了，我给她说说。

她那么忙，哪天才能来呀？还是我把你送去说吧。

秀青哄着把她娘送到秀白家门口，让娘自己进去的。

秀白一见娘来了，很意外，忙问娘怎么突然来了？谁和你来的？

她娘说搭车来的。

秀白忙给娘拿吃拿喝。

说了几句话，秀白就听明白了娘的意思，就说：这事，还用你操心啊？你就放心吧，我姐的事我安排，我肯定安排好。

她娘听了非常高兴，没想到秀白这么痛快就答应了。

到了下午，娘看看天气不早了，就让秀白把她送回堤外村，秀白让娘再住几天，娘不住，说她在外头住不习惯，得回去忙呢。

其实她娘是忙着给她二闺女秀青送信去了。

可是秀青一天一天等了半月还没动静，才明白秀白原来还是不要她，而且娘的话也不顶用了，气得拍桌打凳地骂了半宿。

还得自己想辙。眼下她能干的，只有毛纺和柳编。毛纺下本太大，技术上也不好操作，秀白要是不要她，她是绝对不能自己搞。可柳编也不像以前了，技术要求高了，必须上新设备，上新设备就得贷款。可是贷款一天又比一天紧了，听说哪笔款都有哪笔款的来历。有人的就别说了，没人的，要么让人家入股，要么给人家点现。她又硬着头皮找杨馆长，杨馆长能力达不到。找了宋多子一个亲戚，那人狮子大张口，提出款出来有他三成。她说宋多子日你姥姥！宋家人没一个好东西！她还找了宋多子两个有点出息的同学，可这两人都跟她提矢秀白，说你怎么不找你妹妹？你妹妹那里不是有的是钱？也有的是关系吗？

对了，去找孟正律！

孟正律从长旺市场回来后，心里一天都没踏实过，矢秀白毅然与他分手和段解放结婚，虽然是她自己的选择，但鬼都知道其中他孟正律的作用。

鱼和熊掌不能兼得啊，他拥有了城市户口、城市工作和城市家庭，但他告别了矢秀白，告别了真正懂他爱他的女人啊！

可他这种无足轻重的城市小官员，什么时候才能混成个大官员？

阎市长可是孟正律唯一的指望呢，可他一直摸不透阎市长对他的心思。阎市长只要和她一交谈就会发现她的长处，就会知道她经营理念的新颖，当然也会被她美貌所打动。阎市长分管乡镇企业，他要扶持一个这样的企业家他会多高兴多风光啊。孟正律敢保证不仅在燕平，就是整个安宁整个国家也找不到第二个矢秀白。而他孟正律这想法，绝不是歹意，绝对是为他们双方。可那天就赶得那么寸，就前赶后错地没接上头。可他惋惜的同时,又隐隐地庆幸,又觉得压根儿就不该把她拉到政治的浑水中。

矢秀青就是在这时敲响他门的。在他看清矢秀青的第一时间,他就利利落落地叫了声姐。矢秀青也是在这时判断出孟正律不知道她传闲话的事的。

让矢秀青更意外的是,她那天的事别提办得多顺了。孟正律是立即给燕平县工商行副行长打的电话。副行长先是摆了许许多多的困难后,才说:可你孟秘书说了话,还得办呐。但要有人做个担保啊。孟正律又给县政府办主任打了电话,要求政府办主任给做个担保。最后他说:银行信任你,你信任我,我信任我的良心。你放心,我怎么也不能拿着我的信誉开玩笑。

孟正律虽然不是多么大官,可孟正律守着官呢,守着大官呢。小官的命儿捏在大官手里呢。小官希望这不是官的人,给在大官面前说好话啊,说不上好话,打探个消息也行啊。

在孟正律问到矢秀白时,矢秀青口气明显的不干脆。在孟正律又问了一句时,她又说:其实,我妹妹她心里也苦哇,这你该知道……

矢秀青的目的达到了,圆圆的小脸粉红粉红的,玲珑剔透的小鼻子上闪着亮光。临走,又瞪着亮亮的丹凤眼说:正律,要不,你再给副行长写个条子让姐带上吧,省得人家再不认你姐。

孟正律拍拍脑门说:哦,倒也是。

6. 这个人就是有水平

安宁把全市20个县市(区)分片包给市级领导负责,阎宗品除去负责面上的乡镇企业工作,还重点分包了燕平县。阎宗品的第一项工作,就是通过省城老同学为燕平协调了一个亿低息贷款。这样的事,在安宁市还没有过呢。

阎宗品带着这一亿资金来管燕平,自然是做了一个很好的铺垫。他人还没正式去,名字已经在燕平传开了,尤其是个体户们,天天把他名字在舌尖上滚上无数遍——这可是个干事的领导,有本事的领导,体恤民情的领导!

阎宗品明确指出要把这批款用于效益好、经营规范、发展势头好的企业,要让这批款给燕平乡镇企业带来新的生机和活力,坚决不能打了水漂。

能摸到这次贷款,不但关乎到自己企业发展,更关乎到自己在燕平的地位和面子。一时间,个体厂长们都摩拳擦掌,谁都需要钱啊,需要钱进料,需要钱扩建,需要钱买车,需要钱办好些事呢。

县里还没组织过这么大型的乡镇企业座谈会。

会上，乡镇企业局长等人物把讲话念完了，又让副县长讲，副县长只讲了几句，就把手一挥说：还是请各位说说吧，各位都是实干家。

见一个个大眼瞪小眼地不说话，局长就点了个有点政治头脑的企业主先说。

这人也不推辞，吭吭地清了清嗓子，先说了两句谦虚话，就说自己企业规模、流水、利润如何大，如何有前途、有后劲儿。最后又说因为目前特殊情况导致企业有点困难，比如货款缺口、税收压力、占地急需等等。

第一个人引了个头，别人也就赶着一个模式地说起来了。

各领导听得也算用心，还不时地在记录本上记呢。

矢秀白还真想着那一亿低息贷款呢，做生意可支配的钱越多越好。不过，她明白，那钱给你花不给你花，不完全在于先说后说，让这一个个或能干或草包的男人先摆话去吧。

那天在长旺市场上她截住张局长后，张局长噢噢了两声，说我想起来了，你看这正忙呢，先跟领导参观，明天上班再说吧。可是第二天她去班上一找，哪里有踪影？一问，才知道下乡了。到后来，段解放才打听出来，原来这张局长跟花源头贺乡长是连襟，贺乡长对董天的态度大为不满，说不考虑他和统战部曾部长提的投资企业也就罢了，再怎么，也不该连举行个仪式的建议都置之不理啊。还说矢秀白和段解放两口子，好像有了董天投资就大功告成了，就可以把别人一脚踢开了。之后她自然是遇上了一路红灯。

正想着，县政府秘书急火火来通知，说市政府阎市长来燕平调研，知道燕平正开这个会，要过来听情况。与会人员当然都知道阎市长，只是谁都没近距离接触过，不由得理头发、抻衣服、擦眼睛、挺腰身地紧张起来。

大家还没定下神儿来，阎宗品已经带着秘书小黄进来了。

大家别忙，接着说，接着说吧，我随便听听，随便听听。阎宗品连连摆着手说。

但刚才发言的那人却怎么也说不成套儿了，不好意思地划拉着手：说完了，说完了，别人说吧，让别人说吧。

乡镇企业局长看看大伙，说：下边谁还接着说？别不好意思，阎市长等着听呢。

阎宗品笑着说：各位还接着说吧，别把领导看得多神秘。就说我吧，我只是有机会到了这个位置上，要让我干你们这行当，未必如你们干得好呢。

大伙虽然知道领导在哄大伙高兴，可心里毕竟舒服啊。

矢秀白心想，这个人就是有水平，只几句话就能把这帮"家"们哄高兴了。其实他心里未尝不知道这"家"们都什么货色。

刚发言的人，又接着说起来，虽说还有些紧张，但比刚才强多了。阎宗品一边听着一边还在笔记本上记着，还时不时地提个问题。提得认真仔细，眼睛一眨一眨的，很入迷的样子，似乎发现了一个天才帅才。大伙极其受鼓舞，又一个接一个地说了起来。

矢秀白终究等到了最后，她说我们那个小摊子，也没什么说的。听了大家的，真是长见识。哪个厂都值得我好好地学习。希望以后大家对我多体谅，多支持，多照顾，少了各位的照应，解放厂寸步难行呢。

魏县长注意着她呢，知道她厂子情况不错，更知道澳籍华人给她刚投了500万，忙翻出乡镇企业局整理的材料递给阎宗品。阎宗品迅速看了一下，脸上没什么表情。不过，阎宗品已经知道这就是孟正律说的解放厂"指望"的女人，是个县政协委员。

回市里时，阎宗品一路看着，这小镇子他以前来过，虽说比别的小镇子不错，但也没有太大的区别，现在可是大不相同了。无论民宅还是厂家，一律新房，一律装修，只是有的大方，有的粗俗。忽地，一家门楣字让他吃惊不小。上边的字是清代一个妓院的字号，这房主无疑没文化，可是写字的人难道也不懂么？

外边，淅淅沥沥飘下了毛毛细雨，车窗上的雨刷有一搭无一搭地晃了起来。

忽然车窗里映进一个高挑的女人身影，女人正朝前走着，穿一件雪花呢大衣，头缩进大衣领子，因为走得快，裤脚和大衣下摆有节奏地朝后一下一下地甩着，重要的是这女人长着一头卷曲的栗色头发，浑身上下还有一股气，一股不同于一般的气。在这半土半洋的小街上，在这有点怪异的文化氛围中，居然有这样的女人。车子又往前走了几米，雨似乎紧了一些，雨刷呼呼地忙了几下，车窗外女人才清晰了，他一下便认了出来，原来是她——刚才最后发言说自己开"小摊子"的女人。

女人听见汽车声一回头，惊异地说：呀，阎市长，是你们啊？

阎宗品微笑着点头，说：是我们。汽车缓缓地停了下来。

你们要走啊？

要走了。

天不好。女人看着天空，一边说，一边还往前挪动着脚步。

会上女人坐得靠后，他知道是个漂亮而洋气的女人，但没看得太清楚，在这细雨蒙蒙下，才看清这女人漂亮得各色呢，个子竟是这么高，还这么挺秀，眉毛、睫毛和头发都是棕色的，还都粘着一层细细小小的水珠，连那纤细的小汗毛上也都挑着一个晶莹的小水珠。这女人面对他，既没有拘束惶恐，也没有巴结讨好。另外，怎么像个混血呢？这女人绝对有外族血缘和基因，否则绝不会长成这样。糟糕！一个官员如此盯视一个女人，显然不妥，正好车行至解放厂门前，他忙有点掩饰地指着"解放毛纺厂"牌子，问：这是你们厂？

是。

规模不小嘛！这话自然针对她在会上有关"小摊子"说的。

按一般企业主习惯，尤其是乡镇企业主的习惯，这时应该请领导到里头视察视察作作指示了。可她没有，甚至连站都没有站定，脚下还一蹭一蹭地准备往前走呢，一点要往里请人的意思都没有，只拿细长的手指一下一下地抹着眼睛和额头上的小水珠。

我们走吧。他对司机说。

哦，阎市长，走啊？

走了，再见！

再见！

往前走了十几米，发现路边几个男男女女正说笑呢，他不由得又是一惊，在这小镇上，一个副市长，半路上进了一个漂亮女企业家的门里，不弄出一条爆炸新闻，才怪。

7. 只有解放厂留了排污渠道

阎宗品去燕平那天，孟正律正赶写材料。这一阵子处里的大材料一般都由他写。的确常常累得晕头转向，他虽然经常抱怨累死了，累死人了！但明白人都知道，那是显摆呢，向人们昭示自己已然是挑大梁的了。

不过最近他心情也郁闷呢，跟他一起来的小温刚提副科长了，比他还小两岁，而他还是副主任科员呢。一块儿出去时，人家介绍小温是温科长，介绍他时，嘴甜的说是孟科长，不嘴甜的说是小孟或老孟。说小孟或老孟他害臊，说孟科长他更害臊。

阎宗品这次去燕平，他没要求跟着。凭感觉，要不了多久，阎宗品和矢秀白就能联系上。这本来是他的愿望，可阎宗品走后，他心里立时像进了一群跳蚤。

下班时，那群跳蚤跳腾得就更欢了，阎宗品那车，还一直没影子呢。莫不是住下了？

一直盯到晚饭后，他就实在站不住脚了。打开抽屉，拿出一只高级水晶石烟灰缸和一块软缎料子，那是他舅去韩国回来给他和范东红的礼品。范东红对所有东西放进不放出。何况国外来的稀罕物？他干脆把东西放在办公室里。

给他开门的是一个长着红柿子脸的女孩。领导在么？你是谁？阎市长部下，姓孟。等一下。柿子脸进了一下屋，回来才开了门。

同事们都给关晏梅叫姨或叫婶儿，但他就叫大姐，他说：按辈分，我该叫您姨或婶儿，可我又觉得别扭，您那面貌，离着姨和婶儿，还远着呢。

关晏梅在水利局当科长，人长得干瘦，一脸的皱纹，可是孟正律的话让她也受用，她说：看你，小孟，我有那么年轻么？

有啊。女人老，一方面是体态变形，另方面是面部肌肉下垂。您的体形一点都没变化，您的脸又瘦，看不出一点下垂。让谁看您有四十多岁？说着，递上那件韩国软缎说：大姐，这是我舅去韩国带回来的，您做个旗袍吧。

布料在灯光下更显得油光水滑，眼见着关晏梅脸上就溢出了水光，但还是说我都四十多了，还穿什么旗袍？快让你爱人做去吧。

哎呀，她呀？她哪有穿旗袍的身材和气质？让她穿了，还不糟蹋了料子？正说着，卧室门开了，阎宗品穿着睡衣出来了。小孟来了？

心头的跳蚤才哗一下四散落地，他忙站起来说：来了，来了。说着递上水晶石烟灰缸，阎市长，我舅去韩国带回来的。

那时即使厅级干部也没有几个出过国的，阎宗品就势便问你舅在哪工作？孟正律说在航天部，这次出去带回几样东西让我选，我特意给您选了它，图个新鲜。

阎宗品不由得心生感动，他在省领导家里见过这种烟灰缸，这种东西在中国市面上还真没见过呢，这小孟，鬼精。也不是多值钱的东西，可却比一件贵重物品让人喜欢。便说：人事上的事，有时，欲速而不达，好好干吧，有的是机会。

孟正律会意地点点头。

接着，两人又说起燕平。

燕平的乡镇企业，上来得还真快。

快是快，不容乐观。

您说的是？

最主要是污染。

我也听说污染很厉害。我还听说，长旺那一片村子里有的新媳妇不怀孕，猫狗不下崽呢。

是么？

是啊！都这么说呢，今天白天大伙还说这事呢。

阎宗品的脸眼见着就严肃了起来，这是个非常重要也亟待解决的问题，可解决起来，又谈何容易？污染，不单是燕平有，其他地方都有。

孟正律立时有所领会，忙说：排污是个大问题，不是一时半会儿能解决的。当初规划市场时就应首先考虑整体排污。现在治理起来，困难太大。

阎宗品面色好了些，叹口气说：那么多厂子，只有你说的那个解放毛纺厂建厂时留了排污渠道。

您去了解放厂？

没有，县里汇报的，汇报说解放厂的管理模式，也不同一般。

这个厂我熟悉，那个矢秀白，跟我们村有亲戚。他还想说，要不要哪天咱们去看看，抓个典型，总结个经验。可是话在嗓子里拱了几下，到底被他咽了回去。

大街上一片寂寥，路灯，显得很昏暗，使街上的一切扑朔迷离的，近处还好点，到了远处简直什么都看不清。在这忽明忽暗的马路上骑车，心也随着一下轻松一下沉重，很累。

走到一个拐弯处，忽然发现一家门口种着几棵芭蕉，花已经开败了，叶子也闪着油光大大咧咧地耷拉了下来。正这时，传来一串脚步声，一看，是翁联合。翁联合脸上被路灯照出一层隐晦的浮光。从他出来的方位看，便知道他去打麻将了。手气怎样？

能怎样？正倒霉呢。

孟正律心里一热，忽然觉得人这东西就是自私，这一阵光顾了想自己，却忘记了翁联合也不痛快呢，前不久办公厅还提了一个副主任，这位置，翁联合自然也想着呢，便一脸气愤地替翁联合鸣起不平——他也委实愿意让翁联合上去，上去了，他的位置也就好找了。

实际上，翁联合也侥幸和孟正律的关系理性了。小邓由工人转干才两年，从哪方面都没法和孟正律相比，还是和孟正律融洽了为好。年度考核时，孟正律还帮他拉票弄了个优秀公务员，三年优秀能晋升一级工资，两人说好，翁联合够三年，下来再全力帮孟正律争取三年。更重要的是，阎宗品威信一日高于一日，前不久在安宁开了全省乡镇企业交流会后，省长在会上对安宁乡镇企业工作充分肯定之后，人气就更旺了。弄不好哪天阎宗品能攥着翁联合的政治生命呢，他还得指望孟正律在阎宗品面前多美言，前一阵，孟正律就领他去阎家串了门。实话说领着人到领导家串门也非同小可。这年头，关系是财富，是地位，是金钱。当然，孟正律把他拉到阎宗品跟前也会有附带意义，别看他这小科长子，在市府一盘棋上，大小也是个子儿呢，早点晚点也得是一方诸侯。

孟正律把翁联合送到家，又往自己家走。

第十章 各行其是

1. 有些事，不能太死心眼

张局长一上班，矢秀白就进来了。

张局长一见，就下意识地挺下身子，把手边的铅笔拿起来，在食指和大拇指间捻了两下又放下。矢秀白一看就明白头天晚上给他夫人悄悄送去装了1000元的信袋起了作用。

张局长说我们真不是不给你办，你看我这成天忙得臭死，好几个事都聚在一块儿了，再说市里把得严着呢。这么着吧，你也别老跑了，我们一半天开会研究一下。

第二天，她就接到电话让去拿手续。

许森林又专程来了一趟，带着一位高级工程师，对提前来的工程师和技术员又教练了一番，还反复嘱咐矢秀白和段解放，从设备技术到人员培训一点都不能含糊，一定要打出自己品牌，最后商定再选一批人员去北京光明毛纺厂学习。

矢秀白看着许森林还真不愧是国有大企业的领导，考虑问题的周到缜密，让她和段解放不得不服，段解放像敬财神一样敬着他。

但许森林他们走了没几天，安宁土地执法大队的车就来了。车上下来三个人，为首的瘦子一下车，一张瘦脸就沉得要滴水，后边跟的两个人，也把脸耷拉得跟瘦子脸差不多。

瘦子先拿眼睛前后左右丈量了一下土地，然后就把眼睛往上撩起来，对前来招呼的矢秀白和段解放说：出示一下审批手续。

段解放连忙掏出烟递上去，瘦子把手一推说：拿手续吧。

段解放说：老兄先抽颗烟，这是工地，手续在家，一会儿咱们到家就看见了。

瘦子又把烟一推说：回家拿去。一点商量的余地都没有。

矢秀白忍着反感厚了脸皮凑上去说好话，说让他们回家坐坐，说天气干燥先回家喝点水解一下渴吧。瘦子口气还是没有一点松动。

段解放骑着摩托车把手续拿来递给瘦子，瘦子看了一眼，从包里拿出单子刷刷几下就开了罚款通知。在甩出通知同时还甩了一份文件。

两口子一看文件，不得不紧张起来，原来按新文件规定，这块地皮面积已超过县土地局审批权限的一倍多。

段解放手脚慌乱地拉着瘦子说：老兄，老兄，别着急，咱们好好说说。

瘦子把手一扬一扬的，不让段解放拉住，说：我才不着急呢，我只管送通知。说着就要往回走。矢秀白倒没有特别着急，实在没办法，还有张局长呢。

说曹操，曹操到。

张局长不知从哪儿就笑眯眯地出来了：哎呀，兄弟们，你们来，怎么也不提前打个招呼啊？你看让我这措手不及的，要说我们这办公室主任还真是个主任的材料，不知他怎么闻着几位的消息了，就跟大火上了房一样给我报了，我就忙着赶了过来。

瘦子把文件往张局长面前一递，张局长接了一看，立刻就无辜地喊叫起来：这文件什么时候出的？我们没有，我们真的没有哇！

瘦子显然认为这老狐狸在跟他打马虎眼，就说：张老兄，你可真能逗，文件已经三个月了，你能没见？

都仨月啦？真的没见，真的没见啊！说着对办公室主任一挥手：快查一下，看咱文件窝哪儿了，是谁窝的？看我怎么处理他！

办公室主任吓得滴溜溜转着打电话去了，一会儿就哭丧着脸回来说：局长啊，这文件来是来了，但让咱那宝贝内勤压在文件筐里忘了给您呈报了。那不，内勤吓得正哭呢。

张局长怒不可遏地说：告诉她，让她先写着检查反省着，回去听候处理！又说：队长兄弟，你看这事闹的，下来我一定狠狠地处理，决不轻饶，这么马虎？还了得他们！说着连推带拽地把瘦子弄到自己车上，一溜烟地朝着燕平大酒店去了。

把几个人安排进雅间，张局长就给市局一位科长通去了电话。科长只一下子就打听来了，科长哈哈大笑着说：没大事，没大事，执法大队几个小子去省城回来，正好在燕平路过，一看天气还早，就去燕平打小秋收去了。张局长也大笑着说：那，早说呀，看让我这一顿着急？

张局长回到雅间又接着喝了几杯酒，一个一身香气的俊艳女孩就进来了，张局长夸张地把女孩往瘦子跟前一搡：这就是我们内勤，就是这臭丫头惹的祸！又朝女孩儿黑着脸说：还不快给领导赔不是？女孩连连朝瘦子鞠躬作揖地说：我错了，我错了，对不起领导，对不起党，对不起毛主席！这么着吧，我先自罚三杯，然后我再敬三杯，最后为了说明我悔过自新的决心，我再喝三杯，最最以后，我再听从首长们发落。

九杯酒下肚，女孩便粉面桃花地搂住瘦子要跳舞。

舞厅自然是去了。

最后瘦子把手一指段解放说：快点抓紧补办手续！

几个人走后，张局长咕咚一坐，指着矢秀白和段解放说：你们，快带着人家刘领班买两身好衣裳去吧。矢秀白两口子这才知道，原来那香艳女孩是燕平大酒店的。

2. 他感到那不是一般的对视

去找孟正律吧。她没有别的办法了。

坐在车上，她不时地从反光镜里看着自己的脸，这张脸皮，是越来越厚了。

有点发福的孟正律，看上去更成熟，也更漂亮了，他那脸没准也在变厚呢。她看着他的脸说我没办法了，真的没办法了。

孟正律看着她，他说别急，别急，先说说是怎么回事吧。

她一口气从头到尾说了一遍后，又说：我原以为权力在县计委，后来以为在市计委，现在才知道权力原来在市政府呢。我的腿跑细了，嘴皮都快磨破了，市计委才给出了封同意报市政府的信。听说下一步还要找管项目的副市长。找计委我就费了这么大事，再找副市长，还不把我难死啊？我谁也不找了，就找你吧。说完，端起水杯咕咚咕咚一气喝了一整杯水。

孟正律心里悠悠地泛起着热浪，说我和主管计委的平市长说不上话，不过，没事，咱们找阎市长帮帮忙，阎市长和平市长关系不错。说去就去，阎市长在呢，什么时候一出去，就不好找了。

他们下了主楼，走进一道长廊，经过一个小花圃，孟正律指着一座绿树掩映下的小白楼说那就是市长楼。她一看，小白楼虽说不大，但却让人感到肃穆庄严，她不由得有些紧张起来，用余光看看，孟正律的表情也变了，一种郑重从嘴角流出漫延到整个脸上。

小楼里很静，每个门里一点声音都没有，偶尔出来一两个人，也都庄重严谨，提着脚步，挺着腰身。她又看看孟正律，发现孟正律和这里还真挺匹配。

不知走了几层，也不知经过了几个门，孟正律一指不远处的一个门小声说到了。她一看，那个门和别的门并没有区别，可是走到跟前，他却向对面虚掩着的门里抬抬手，里头一个三十多岁的男人朝他点点头，他便虚着声音说谢谢啊！然后才敲响了那个门。

这是一间很大的办公室，阎宗品坐在大型的办公桌前，四围放着一套黑色真皮沙发，阎宗品从文件上抬起头，示意坐下。

阎市长，这就是我那个远房表妹，也就是燕平解放厂的矢秀白。

阎宗品一眼就认定绝非表妹，实话说，在孟正律第一次向他提到解放厂时，他就觉出了什么。

阎宗品说：小孟，给客人倒水。口气里有些活泼。

矢秀白也有点活泼地说：阎市长别客气，一客气，我就更胆小了。

可不是客气，还指望你们给燕平给安宁作贡献呢。阎宗品说着看看孟正律。孟正律忙嗯嗯地点头。

接下来他们便说起解放厂项目的事。

阎宗品仔细地听着，脸抬着，有点深陷的大眼睛定定的。这个白女人刚一进来时，他还以为她或许会提到以前见过面的事，这个见过面，自然指的是在长旺小街上那次。可她没有，这让他很熨帖。他又随便扫她一眼，从头发、鼻子、眼睛和睫毛看，肯定有西方血统。

解放厂，不是吸纳了外资了么？

两人同时说是，是吸纳了。

按照文件，是可以照顾的。

矢秀白心里呼地一震，哎呀，这段时间到处碰壁，到处都不认可引资的事，让她自己都淡忘了，另外她还一直理亏着没听人家贺镇长和曾部长的建议，没让县领导剪彩，这引资的理由就更不好强调了。没想到，阎宗品竟然知道这事，还以这为理由，她连忙说：我们是有引资，可我们引资没通过县里。

实事求是，一切从实际出发，没通过县里，就不是引资了？

哎呀，阎市长，多亏您，这事都愁死他们了。

项目是平市长管，我可以给他说说。

阎宗品又接着问其他情况。矢秀白先说了厂子要改扩建的计划，看阎市长还有听下去的意思，就又介绍了厂子的生产和管理。

阎宗品说这厂子的模式有参照吗？她又介绍怎么参照北京光明毛纺厂和津西建业毛纺企业的模式。说起工作，虽然立刻有些正规和严肃，但阎宗品也不失关心和体恤。

接下来，看着领导不怎么问话了，孟正律看看手表说：阎市长难得您今天不太忙，找个地方吃点便饭吧。阎宗品说不行，还有好几个事要办呢。说着拿起电话说：可以了。随即进来两个人。矢秀白和孟正律本来计划的一点"意思"自然是放不下了。

矢秀白当天就返回了长旺。

孟正律在楼道口来来回回地走了几趟后，就见阎宗品从楼上走下来了，他紧赶两步，说：阎市长，您回去？

回去。

两人对视了一下。凭本能，他感到那不是一般的对视，是俩男人的对视。他心里轰然打了个天大的霹雳。

3. 一下子变了身份似的

晚上，范东红想要他。他说明天吧，太累。范东红扭着身子说都好几天了。他把大手在范东红扭动着的腰上拍了两下，夸张地打个大哈欠，翻身朝里去了。范东红冲他后背攥拳咬牙地发了几下狠，也把身子朝了另一面。

范东红已经老练了。在外人面前，已经找到了夫人的感觉。轻而易举地就给一个亲戚补办了身份证。在这时，补办个身份证本来要半年，但她两周就办了下来。同事的摩托车被交警扣了，孟正律一个电话就要了出来。她的一个领导要通过微机考试，可领导对微机一窍不通，她便主动要求给领导帮忙。在几天后她把证书交给领导时，领导惊得张口结舌。以前领导话都不怎么给她说，眼下领导都请她吃饭了。

然而，她不但不感激孟正律，她还恨他。因为她明白了，他跟她结婚，一点都不是因为喜欢她，完全是为了留城。那次她和他在大街上碰到了他大学女同学，虽然只说了几句话，她就发现了他和女同学说话的口气和跟她说话的口气是那么不同。他对女同学，是一种平视或者仰视，而对她范东红，那是一股平视或者一股俯视啊。但这恨，她却从来没有表现出来，甚至有时还哄着他，因为她要指望他。最首要的是指望他提拔范家人，指望他把她弟弟从小厂子里弄出来。

那天，矢秀白也知道孟正律不想让她走，孟正律热切地看着她，一种心心相通的感觉，一家人的感觉，就像当年一块儿掘自留地，一块儿买家具，一块儿刷房子，一块儿商量考学时的样子。可是她坚决没有留下，这一点，她丝毫不能马虎。哎呀，人这东西是多么微妙！一种利益让他们分了手，另一种利益让他们又走到了一起。她在走投无路时，她找到他，他二话没说就答应帮她，还是他对她真心实意。可是在跑事的过程中，凭女人的直觉，她发现她找他正中他下怀，他并不是单纯地在帮她，还有别的意图。可要命的是，这一点上，她自己似乎已经默认了。

在孟正律冷淡范东红的时候，矢秀白对段解放却像一块面团，她说解放啊，下来咱俩得再去市里。

我不去。

你为什么不去？

我不愿意答理他们。

那天天气特别好，天格外蓝，云彩格外白。这种大蓝大白的天让她心情非常好。但她到了市政府大门口时，却看见孟正律拿着手包正在着急呢，一见她来了，忙说：你可来了。一个国有企业的职工们闹事呢。现在是稳定压倒一切。工业科会同相关部门全体出动。她问：那咱还找阎市长么？找啊，阎市长不去。我刚才给他说了，你自己去找他。我自己去行么？行啊，怎么不行？都熟了。说完匆匆地走了，走着还说车等着呢。

看着他的背影，她忽然觉得眼前有一根稻草，不知该不该拉住。

为了稳住心，她忙去了趟卫生间。出来，洗着手，看看镜子里的模样，定定心，朝前走去。

走廊里很静，静得怪异生硬，见秘书小黄办公室门关着，她就径直上去敲阎宗品的门。敲了两遍，才听见让进。

阎宗品正在聚精会神地批阅文件，对她，没一点反应，好像刚才让进的声音不是他的。她看看屋里没别人，犹豫一下，才坐了下来。在她刚刚坐下，他才迅速看她一眼，然后又低头看着文件说：今天不巧，我要去开个紧急会议，马上走。你的事，下来再说。她愣一下，问：阎市长，那我，什么时候再来？他说：再联系。

往外走着，她的心像变成了铅块，坠得胸口生疼。一出门忽地发现天色很暗，抬头一看，天上白是白蓝是蓝的天气已然没了，不知什么时候已经糊上一层阴云，没想到这天色竟和自己的心情一样。

孟正律一知道阎宗品没有接待矢秀白，心一下子像进了没底的轿子里。阎市长嫌让矢秀白一人去了？他的确是下企业去了，这事，阎市长也是知道的。他早晨联系时，明明白白地说让她自己去的，可又为什么突然不接待了呢？各种可能推翻了无数次，最终，还是觉得阎宗品不愿接待。

第二天，他去阎宗品办公室时，后背的凉气还依然冒着。但没想到见他进来，正在批阅文件的阎市长拿起手边的一个信封朝他一递说：平市长在呢，你现在就去，一会儿他得出去。

接住信封时，他的心咚咚直跳，手也有些发抖呢。

到了平市长那里，事情便更加简单，平市长接过材料只看了一眼，就在上面写了"同意"。

堤外村去解放厂做工的越来越多。

考不上学的姑娘小伙子们，有的直接去找，有的通过家长找，有给矢秀白说的，有给她娘说的。早点的晚点的反正差不多都来了。小蕊和小凤都是两个孩子的妈了，也都来了。来前心里还有些忐忑，秀白把两人一搂说别说才两个孩子，就是有五个孩子，也得让你们来啊。两个叽叽咯咯地笑着说还五个呢？才两个就快累死了，要五个，还不累得吃屎？到了厂里，小蕊搞卫生，小凤在食堂帮厨。小蕊她爹高大根也来做了库管员，郑三叔看大门，王大成、陈臭子他们也都来了，王大成当了保安组的组长，陈臭子下了车间。周围村的也来了，有的人还是辞去大城市的活转回来的。

这天又有一大拨人要走，先集中在一个场院。庄稼人头一次出门都新鲜，这是去当向往了多少辈子的工人啊。虽说是个体，可也是工作人员啊。女工们戴个小白帽，穿着白兜兜，看着大排的机器，来回走着接接线头，就跟电影上一样神气。男人们大都是维修工，一点都不累，有的当搬运工，累是累点，可是挣得多，再说也比在家干农活轻巧呢。有的还说去了发本发笔、参加培训，还要考试，感到一下子变了身份似的。

忽然传来两下咳嗽声，声音虽不大，嚓嚓的，有些发空，有些憋，但到底是把七嘴八舌的说话声打断了。

是怀子，怀子从上次被那个团员说了，还没怎么说过人呢。这是他的老习惯，人还没到先送来咳嗽声，人到了也就鸦雀无声。大伙都尊他，当年他当治安员时比支书还唬人。他的理论水平高，别说是庄稼人，就是上边干部，也很少有人能比过他。可他现在当支书了，说话倒不顶事了。他走到大伙跟前，有人低下头，有人往后靠，有的人扎墙根儿。他一个个地扫一遍，却说：大伙愿去就去吧，我是来看看你们，去了，也别光闷头干活，我听说秀白那里新去了工人要培训，每天有工间操，还定期考试，有杂志，有报栏儿，这就好哇。我是来嘱咐嘱咐，去了每天要看看党报，听听广播。你们还年轻，要及时了解国内国际形势啊。

这些人都不说话，听了他这一番话，心上不同程度地蒙上了一层柔软。

4. 那叫榨取剩余价值，懂吗？

放走大伙，怀子又朝蔡小忠家去了。

蔡小忠是党员又是副村长，不能轻易让他去。他再一走，村委会就更开不起会来了。这年头，人们经不起穷了，前些年那么穷，人们都不怕，都是一心儿地跟着党干，跟着村干部走。可眼下，别说是村干部，有的人提到中央领导嘴里还不三不四呢。一召集党员会，总共来不了几个。有事的，有病的，外出的。人家来不了，你能开除人家党籍？还是能扣除人家工分？蔡小忠生活上确实困难，他娘有病，孩子上高中，说是考大学希望不小，想挣点钱供大学生呢。村干部本来工资就不多，又经常不兑现。村民们还有一大堆意见，说村干部把村里钱财都贪了。贪？村里还有什么可贪的？可无论如何，共产党的副村长，也不能轻易出卖劳动力啊！再说了，还在人们眼皮子底下。

蔡小忠的儿子老远看见怀子来了，忙跑着报了信，蔡小忠噌地从后窗户跳出去了。

蔡小忠当天下午就去了解放厂。这是秀白她娘张秋花促成的，张秋花也是用心良苦，说拉上个村干部，日后有个什么事，好歹有个替矢家说话的。解放厂的钱让谁挣了不是挣？再说，人家蔡小忠对矢家有恩呢。

矢秀白当然也愿意让蔡小忠到厂里，先熟悉一段，然后让他接一个车间主任，这车间的工人大都是堤外村人。段解放也认识蔡小忠，说他人实在，堤外村这么多人，也该有个当主任的。

蔡小忠果然只几天就掌握了技术，又有组织能力，很快就带起了一个车间。怎么也是受党教育多年，把对组织的忠诚还真是融进了工作里。

段解放说这蔡小忠真是不错，得多让他担任些事，要不，让他管着全厂的学习和质量检测吧。矢秀白说要是那样，上来就让他当个副厂长吧。

在蔡小忠第一次回家时，终于被怀子堵住了。

场院里就他们两个人，怀子蹲在碌碡上边，蔡小忠蹲在碌碡下边。怀子说：还行么？

蔡小忠嗯一声。

怀子眯着眼，把嘴唇叼着的半截烟，用牙咬住，张开嘴，把烟雾喷出来，又吸回去，吸回去，又喷出来。

蔡小忠不错眼珠地看着怀子。

上边提倡一部分人先富起来。可这是一部分人吗？按堤外村来说，不就是富了个矢家吗？有的人富了，有的人就相应地穷了，剥削行为也就随着来了。别人，去就去吧，可连你这共产党的副村长也被招走了，好说不好听啊。我听说，那边的事儿，越闹越大了，连外国买办也进来了。

怀子哥，我看文件了，是允许的。

允许什么允许？文件上明明说雇工三人以上就是剥削。这样下去，有矢家好瞧的，哼！

不瞒你说，我也请示了乡领导，乡领导请示了上边领导，都说行。

怀子扭头看蔡小忠一眼，发现蔡小忠去了这一阵，脸变白了，头发变黑亮了，衣服也干净了。一下就想起电影上意志不坚定被敌人拉下水的小白脸儿，心里猛地一抽，脸上肌肉就跳了起来，他说：听说，最近矢家和外国买办挂上钩了。

怀子哥，那是吸纳了澳籍华人的资金。

怀子深恶痛绝地说：她那钱，经过镇党委了吗？经过县委县政府了吗？经过县政协统战部了吗？没有，都没有！镇党委和各级领导的气儿，大了去了。说着，把头使劲一甩一甩的，腰也一挺一挺的。蔡小忠眼睛跟着他，头也不由得来回甩着，腰上也一下一下地揿着劲儿。

怀子看看蔡小忠，又把手在空中挥了两下。蔡小忠仔细地看着他手。他以为蔡小忠听进去了，心里的气有些平息。没想到蔡小忠看看他，却说：矢秀白那钱经过谁没经过谁，我不知道，我反正经常看见各级领导去她厂里了，包括副县长县长都去呢。

怀子脖子涨得老粗，眼睛也鼓鼓地往外突着，说：小忠啊，一个党员，你怎么就不为眼下的光景痛心啊？堤外村都成什么样了，尤其是那些去矢家厂子的人，满脑瓜子都是钱，口口声声地说挣钱，把钱看得比亲爹还亲呢！还有那一身的打扮儿，哪里还像正经人家出来的，一个个男不男女不女，小子留着长头发，闺女倒剃个短头发；小子穿着长裤，闺女倒穿着短裤，还把大胸脯子露出一大截子。听说大姑娘大伙子，还凑到一起搂着抱着跳舞呢！你说说，这好端端个村子成什么了？乌烟瘴气！妖风四起啊！资本主义复辟啊！这眼看着就要走回头路、吃二遍苦受二遍罪，说不定哪天人头还要落地呐！怀子猛力地拍打着自己瘦瘦的胸脯。

蔡小忠忙去捉住他手：怀子哥，消消气，别这么激动，这是大气候，上级让发家致富，说贫穷不是社会主义，我下次回来，把《经济日报》拿给你看看。一边说一边掏出烟来给怀子点上。见怀子不说话，又说：怀子哥，不怕你不愿听，实际上，矢秀白就是个人物，你说当年咱村里怎么对待人家了，现在人家又怎么对待村里人……

村里怎么她了？怎么她了？她给村里又有什么好处？你说，你说！

蔡小忠不说了。

同志啊，她那叫什么？那叫剥削，那叫榨取剩余价值，懂吗？！不要叫那几块钱的利益遮住眼呐！

怀子哥，你就忘了，当年村里还把她……在小布袋屋里押了两天呢。

押了两天？她那是自找！谁让她动机不纯、用心不良？说到底，她不是想让人家王小池给她找工作么？她不就是想逃避劳动么？

我还听说，赵大女让她还囚过一宿羊圈呢？

我怎么不知道？

蔡小忠就把当年囚羊圈的事说了一遍。

那跟咱们有什么关系？赵大女让她囚，她就囚哇？再说了，那也是为了她娘。跟咱们任何关系没有！同志啊，我看你的立场有问题啊！咱们是共产党员，是村干部，要保持冷静的政治头脑哇！历次政治斗争中犯错误的人，都是因为学习不够，立场不坚，头脑发热呀！

怀子哥呀，你就别老说我了，你看我娘都病成那样了，我孩子眼看就要上大学，我光指望土里刨食儿不行啊。再说了，我在厂里管着学习和生产质量呢，经常组织大伙学习，政治上，我一直把握着呢。

怀子猛吸了两口烟，呛得咳嗽起来，一边咳嗽还一边说。蔡小忠忙去给他捶背。

他不让，蔡小忠执意要捶，怀子便像小孩子一样扭着膀子，越扭越咳嗽越气短，眼泪鼻涕也都下来了。蔡小忠忙掏出手绢给他，他不要，自顾自掏出自己又黑又破的手绢擦，可是擦了两下，竟哭了起来。蔡小忠有点手忙脚乱地扶着他。他不让扶，他说：想当年人爱人、人帮人，路不拾遗、夜不闭户啊，眼下这是怎么了？祖祖辈辈种地的庄稼人都跑了，都跑到资本家那里挣钱去了，土地可是庄稼人祖辈的命根子啊……

这时已经招来了好多人。见人们来了，怀子擦擦脸，干脆像开大会一样讲起话来。

人们不敢说什么，只上一眼下一眼地看他哆嗦的身子和蜡黄的脸。他的情绪却极佳，口才也极好，可是讲着讲着，话就不成套了，身子也趔趄了。蔡小忠一把抱住他，朝大伙说：快送医院！快！

人们慌慌张张送到半路，怀子嗓子里吼了几声，就咽气了。

5. 王小池变得更不是人了

王小池把拳头举过头顶：人先停着，任何人不能动他！这是政治事件，纯属政治事件！我要去乡里县里汇报去！我要向党汇报去！

乡里没别的领导，只一个副乡长在，副乡长说：依我看，这不是什么政治事件，真不是。

王小池呸了一口，就又往县里赶。

县委值班的年轻人说：死了就死了，回去看着料理后事吧。

王小池自是喋喋不休地要捍卫毛主席路线，和错误路线作斗争，向坏人讨还血债！

什么是错误路线？谁是坏人？年轻人说着从文件夹里拿出一沓文件说：看看吧你，都什么年代了，还要搞政治斗争呢。

王小池拿起文件看了看，火气顿时消下大半。但还是赖着不走，说老支书死了，怎么也得开个追悼会吧？

追悼会以后也不提倡开了。

不让开追悼会有文件吗？见年轻人拿不出文件。王小池的精神劲儿又上来了，说我要找领导。

主任下乡了。

我要找书记。

书记开会去了。

王小池是个人来疯，见各办公室的人都纷纷出来了，就一蹦一跳地吵得更欢了。他从上午闹到中午，又从中午闹到傍晚时，办公室主任才回来，他一纵一纵地忙喊：你们不答复，我就去安宁！安宁不行，我去省委！省委不行，还有党中央呢！

主任脸上虽没显出什么，但从心里有些急，他刚去市里开了稳定会，哪个县不稳定，就追究哪个县一把手的责任。你如果非坚持开追悼会，那你就回去开吧。我回去开？上级不去人？你看我们挺忙的。那？那你们就通知花源头乡党委，让他们去人！

主任马上就给花源头乡打了电话。

追悼会上，王小池一看悼词上没说怀子死时发生的事，坚决不干。

王小池说：乡亲们，咱们支书走了。支书说的话咱们不能忘啊！眼下咱们走的道路不是革命道路啊，是……

乡党委书记没让他说几句，就上去拿了他的话筒，说：怀子同志，为党的事业，为堤外村工作做了一定贡献，让我们怀着沉痛的心情向他一鞠躬，二鞠躬，三鞠躬，再鞠躬！

王小池还想继续说，乡党委书记把手一挥，说：起灵！

一派稀稀拉拉的呐喊和呼叫声后，怀子一辈子算是做了最后交待。王小池没再往下闹，他忍住了，他主要还想着接怀子的班当村支书呢。

王小池有个亲戚在县里工作，他想让亲戚帮他活动活动。亲戚知道他的为人，也听说了他最近大闹县委，就说：按目前形势，这村支书你当不了，还是想法找点活，挣点零花钱吧，你看这几年你那家成什么样子了？

王小池说我要是当不了，谁当了也别想痛快。

亲戚说：你可别办那傻事，改革开放，发展经济是大趋势，谁瞎闹，谁倒霉。

从亲戚家回来，王小池一气儿睡了好几天。他的真正心思，大兰子一般看不透。见那么多人都去了解放厂，大兰子说家里也没多少事，咱也该找点事干。她不敢说去解放厂，就拐了个弯儿：要不，我就去矢秀青柳编厂，她那边也在要人呢。

王小池噌一下从炕上蹲下来，朝她亮着巴掌说：放你姥姥的屁！你他妈这娘们儿，就是短见，你他妈当一天王小池媳妇，王小池就一天管你吃管你喝。你他妈给她们去干，那不是朝姓王的头上抹屎么？大兰子自然不敢了。

时间不长，王小池就跟了邻村一个盖房班去省城干活了。他没什么技术，这些年筋骨都团住了，干活没力气，嘴却练出来了。到了盖房班上拼命巴结当头儿的，把头儿哄得高兴了，赏了个伙食管理员。他便成天穿得干干净净，叼着烟卷儿，戴着太阳镜，骑个新车子到处跑采买。有人问他干什么去？他一扬手说采买！后来人们一见他就说采买去呀？他说是！然后把车铃铛摇得山响，一溜烟地跑了。见他一回来，人们又说王小池采买回来了？他说回来了！那段时间，他出来进去的身影，成了那个盖房班的一道景致。可是好景不长，那道景致就没了。原因是伙食费扣不上盖儿了。经查，伙食费被他贪污了五分之二。

他说什么叫贪污？不过是先借着花花么！此处不留爷，自有留爷处！

长旺果然是燕平的小香港啊，也是高楼大厦、灯红酒绿、红男绿女呀。一下车，他先住进一个旅馆。

这次，他是让一个女工把玉仙叫出来的。开始，玉仙都没看出来，王小池戴个玻璃片的墨镜，穿一身崭新的劣质时髦衣裳，看上去整个一个土流氓。王小池也没看出玉仙，这玉仙可真是越活越年轻了，冷眼一看，还真有点像仙女儿呢。

玉仙，玉仙，是我！

玉仙一看清，眉头一皱，扭头就走。

王小池上去就拽。玉仙闪了几下，怕硬走让人看着不好，就停下了。

玉仙，看不上我了，是吧？

你有事吗？要有事就快说，我忙着呢。

没事，就不兴来呀？

你到底有事吗？

哎呀玉仙，今儿个，一是看看你，二是想从你这儿拿个钱儿，也算是考验考验你吧。我出门让小偷偷了。我要给别人借，让人家还以为我没混出个人样儿呢。咱相好一场，还是你借我吧。

你要借多少？

还挺义气，算我没白疼你一场。其实呢，这些年，你吃我喝我也不在少数，你就拿给我千儿八百的吧。

玉仙扭头就走。

王小池把她一拽，说：不方便，五百六百，也行。

我没开着银行。

王小池把手一挥，冷笑几声：哎呀呀，我都忘了，你玉仙，怎么也是给人家资本家扛活呀，我也不能张口太大，那你就，有多少给多少吧。

玉仙把身上的一百多块钱丢给他，忙走了。

6. 一边理疗一边做功课

从安宁拿了土地手续回来后，矢秀白就和孟正律商量去看望阎宗品。

现在不行，阎市长马上要去省委党校学习四个月，等回来吧。

如果说矢秀白在长旺市场取得了成功，除去她的精明睿智以及许森林在技术上的帮助外，还有很重要的一方面就是原材料，从北京光明厂弄来的原料基本上都以等外品价格来的。其实那些材料问题特别小，有的不过是一点半点的残次，有的是包装不够规则。到了解放厂，设专人把残次的精心挑捡出来，之后和正品一模一样。包装不好的，去掉包装，里头的货物全部是好的。因此解放厂的成本大大低于周围厂。

这天矢秀白又给许森林夫人买了个裘皮大衣，这位女技术员穿了对着镜子一照，登时两颧红润，眼睛放光，自然是喜欢得不得了。要说这女人也还算是挺会办事，在矢秀白回到长旺不几天，就打来了电话，说秀白呀，我也想给你送个礼物呢。

哦？你送我什么礼物？

你不是让我给你找学习资料吗？你不是说做梦都想上大学吗？我给你办了一个大专录取通知书，北京一个经济管理学院函授班的，是内部照顾的指标，免试的。

矢秀白感激得举着话筒半天都说不上话来。在这个时期，能上函授大学还是非常不容易的事呢。现如今她也接到了入学通知书，虽然不是什么正规学院，也不是自己亲自考上的，但也足以让她兴奋得一宿没睡。

如期去北京报了到，取了课本。回来后，她把所有业余时间都用来学习，也可谓是如饥似渴废寝忘食。

她和段解放分了工。段解放主管生产和财务，她主管销售。又聘了个能干的生产副厂长，蔡小忠管安全稳定和质量检测，段解放的亲戚做总会计，玉仙做现金会计。矢秀白销售上把得很紧，透明度高。几个车间主任也个个负责任。

段解放一省心就沾上了麻将，一来二去又上了瘾。没事啊，打就打吧，已经到了全民打麻将的时期了。

解放啊，你就总玩啊？

有了钱，干什么？不就是为了享受吗？

那，也得差不多，我看你有时两三天都不进车间一次，你起码对你那摊子事也得每天过问一下啊。

谁说我没过问呐？

这天，段解放又打了一宿麻将，一进家门，见矢秀白还在床上，玉仙正给她热敷，便忙问怎么回事。

矢秀白说腿又疼，原来只是关节疼，这次又加了肌肉疼。

段解放打了一宿牌自觉理亏，不由得格外殷勤，忙要接了毛巾帮着热敷。

玉仙把毛巾递给他，说：膝盖都肿成这样，估计又有积水。

从递毛巾的劲头上，段解放觉出玉仙跟他带着气儿呢，这小女人，别看弱巴巴的，还有股子吃红粮保红主的义气劲儿，忙说：赶紧去医院检查检查吧，光这么热敷能顶多大事？

矢秀白说车间里还有好些事，今天有两家老主顾过来，一家武汉，一家山东。接待上一点不能马虎。尤其是山东的，销量又大又讲信誉。

段解放一想，今天的确应该在家等着。不过，嘴里还是再三强调，要抓紧治疗。

当天，山东的就来了，武汉的没到。这样第二天还是没能去医院，到了第三天，矢秀白还是不想去，可是一走还瘸呢，段解放和玉仙就硬把她弄上了车。

到医院检查了好几项，还是说风湿性关节炎，医生说：你这么年轻，又没有生过孩子，怎么有这么重的关节炎呢？

到了第二天，段解放谁都没告诉，就开着客货车到安宁置办了一套子，什么"神灯""远红外线""激光治疗仪"都搬回来了。

矢秀白说解放你胡闹，你真是胡闹！你把家都弄成理疗病房了。说是说，可她从心里还是特别感动。

车间里的事有蔡小忠、宋多子、玉仙他们，秀白也就不去了，反正车间里也能正常运转。她就一边做着理疗，一边看功课。

还别说，折腾了几天，腿还真见轻了，疼痛虽没完全消除，可起码能正常走路了。

7. 我怎么也不能在你身上学艺

安排了一下车间的事，段解放就又没了踪影。玉仙弄完账，来看秀白，一见秀白在看书就想走。秀白把书放下说：玉仙，别走，咱们说会儿话吧。

玉仙坐下，说了几句别的，又说：我看你的腿和我娘当年那腿差不多，我娘那些年也这么个疼法。你娘那不是挺好的吗？是啊，那是我爹给针灸好的。我爹的针法还不错呢，不过，他那针法和传统针法不一样，不少内行人不赞成，说是歪理，可我爹坚持，把他的道理写成稿子，还往北京医学会送过呢。后来还没什么结果时，我爹就得了病，几个月就过世了。咽气前还指着盛稿子的箱子不肯合眼呢。

说到最后，玉仙流泪了，秀白也很难受，说：你爹那书稿还有么？有呢。老人一辈子不容易，我看，你不能眼看着老人家的稿子成了废纸，有机会，得带着稿子找有关部门给鉴定一下，看看能不能得到认可。

玉仙眼泪流得更欢了，说：秀白，不瞒你说，我前些日子做梦还梦见我爹回家了，一进家，就指着箱子流泪。我觉得我爹是在给我托梦呢。

秀白拿块毛巾递给玉仙，玉仙接了擦擦泪，又说：我家几辈子就信奉"传男不传女"。我爹的针灸是跟我爷学的，我爷是跟我太爷学的，到我这一辈，上边有个哥哥，十岁上掉到白龙河淹死了。我爹娘一辈子都不敢提起我哥。后来我爹也想传给我，可一想教我，就想起我哥。娘就劝我爹说等过些年头再教吧，反正医术在自个手里攥着呢，没想到，我爹命短，不到五十岁就回了寿。

难怪这玉仙看上去文静秀气，原来有这么好的基因呢。看着玉仙伤心的样子，秀白就说：别难受了，想办法把老人稿子推出去，能把几辈人的成果推出去，比什么都强呢。

几年前，我就让牛庆柱给往外送送，可他哪是办事的人呐？这不，一翅子又飞到外国去了。

两人又说了几句牛庆柱，然后秀白问：你爹的针法，你会么？

我爹给病人扎针，我常看着，时间久了，也就会些了。我娘腿痛时，我爹天天给她扎，有一天，我爹出门没能回家，我娘就让我给她扎。我娘还说我扎得挺好呢。我爹回来，看了看，还夸我取穴取得准呢。

秀白忙说：那，说明你会呀，那你就给我扎吧，咱也算做做实验，要好了，不也给你爹的理论找一份依据么？送稿子时，我还可以现身说法。你以后也还多一门生存的本事。玉仙连连摆手：可不行，可不行，我怎么也不能在你身上学艺呀。

说着话不知不觉就到了深夜。秀白看看表说：这解放，恐怕又不回来了。玉仙眼里露出不满。秀白知道玉仙瞧不起段解放。心想，段解放这样，知情的人谁瞧得起呀？就说：玉仙，我看你今晚也就别走了。

两人越说越深。矢秀白把从来没提过的得病原因也告诉了玉仙。最后，她说我在羊圈里待那一夜，正好赶上刚下过雨，里头太潮，虽然铺了两层褥子，可出来时还是感觉两条腿都不是我的了。从那之后，我这腿就开始疼。还有，那次从月州回来在卡车后斗里，下身一直潮着，又被风吹了一路，整个结了一坨冰，在那一千多里的路途里，我都觉得刺骨的冷风钻进我的骨头缝里了，最冷时，都觉得要死了……

玉仙拿毛巾给秀白擦泪，然后咬咬牙，终于掏出了那段窝藏多日的话，说了她和王小池的关系。

我一个人，难事多着呢。唉，我一辈子都不能饶恕自个的是，我还帮他把大兰子弄到我娘家。一想起这事，真狠不得扎茅坑淹死啊！

天亮后，玉仙就去娘家拿了爹的手稿，回来忙完了白天的事，晚上两人就看了起来，段解放看着她们入了迷，就又去了牌场。

矢秀白仔细看着书稿，问：玉仙，你爹认为肌肉疼痛，是由风寒湿邪侵袭出现的粘连所致。通过针灸调理肌肉，促使肌肉顺畅，打破传统疗法，用快针刺激肌肉，辅以刺激穴位，打通经络，解除疼痛，恢复肌肉功能。我虽然不懂医术，但我看着真的很有道理。

我爹的手法不同于别人的是调理肌肉，说白了，就是直接扎肌肉再配上相应的穴位。

那实际上怎么摸出来呢？

疼痛的肌肉摸上去手感和正常肌肉不同。

那你摸摸我的腿哪疼？

玉仙把手搭在秀白大腿上，仔细摸了一会儿，就说出了几个疼点。

玉仙说一个，秀白感觉一下，玉仙再说一个，秀白再感觉一下，最后秀白一脸诚恳地说：玉仙，你行，你真行，你说的都对，玉仙，你就给我扎吧！

秀白的感觉鼓励了玉仙，玉仙用肥皂仔细地洗了手，把她爹用过的那包银针仔细消了毒，然后深吸几口气，让自己把气喘匀，然后又仔细给秀白的腿消毒。

但前几针玉仙的手还是不停地哆嗦，针下去找不到疼点。秀白虽然再三鼓励她别紧张，可玉仙还是扎不下去。

你就放心地扎吧，我一点都不疼呢，真的。

你说不疼，可你在紧张呢。

秀白一摸自己大腿，又硬又凉，还生了一层鸡皮疙瘩。哎呀，玉仙，咱俩这是在互相传递紧张信号呢，你看你？

玉仙伸手一摸，自己果然是满头大汗。

两人哈哈笑了几声，便一起走到院里。

清新的上弦月安静地挂在天边。车间里传出有节奏的机器声，这声音在夜里显得有些高远又有些空洞。巨大的广告牌在月光下泛着如水的波光。广告牌下，几种鲜花开得正旺，还没走到跟前，一股清香就涌进了肺腑，两人不约而同地深吸了几口。

再回到屋里，果然有了许多的淡定和默契。玉仙学着当年爹的样子，把银针快速地插进秀白肌肉里，巧妙地提插捻转，大胆探索着疼点。秀白随时向玉仙反应着感受。对了，对了，是这里，就是这里。不对，还差一点，差一点。到了，到了，就是这儿！

在扎到第三天时，秀白就像小孩子一样喊叫起来：我轻了！我明显地轻了！

就在两个女人欢欣鼓舞时，玉仙接到了北京长途。

你丈夫牛庆柱出了问题，需要你来办理相关手续。玉仙立时带了哭腔，以为牛庆柱死了。一追问，才知道原来牛庆柱失踪了，还惊动了中国驻新加坡大使馆，经大使馆调查，是逃逸。

玉仙把身子重重地往墙上一靠，出了口长气说：他这人，早就迷恋国外生活，觉得一到国外就进了天堂，这次到底是去了，也算是死了吧。

我跟你一块儿去北京吧，有什么事，好有个照应。

不用，我自个去，多一个人，多一个跟着现眼。你说该死的东西，也就是这年头，不回来也就是不回来了，这要搁在前些年，就他这点事，还不给弄个叛国罪啊，我们一家老小一辈子就别想翻身了。

第十一章　靠山

1. 咱不是有的是法儿吗？

王小池到麻杆儿厂里当了警卫。

王小池嘴上天天讨好老板娘，可是从心里对老板娘却一百个看不上。说这女人长得跟猴儿似的，既没胸脯，又没屁股，谁跟她睡觉，还不把谁硌死啊。王小池这些年跟女人打交道，从来都看长相，可这次不能看了。

嫂子，我看你们两口子不光不比他们差，还比他们强多少倍呢。要说你们差呢，也就差在白妮子那张脸上，眼下人们待见外国人了，她那张脸也看着像张人脸了，就她那脸，在先前，啊呸！恶心！

见麻杆儿近觑觑地盯着他，便指手画脚地说起来，说她怎样的家世，怎样被县农展馆开除，怎样偷了棉花在村里待不了，怎样跑到北京当保姆，怎样让许森林离婚和定婚，许森林怎样看见她爹又退了亲，怎样和孟正律定婚，孟正律又怎么扔了她，统统添油加醋说了一遍。最后说这所有的事，哪样不是因为她那张脸？

麻杆儿一听就炸了，撇嘴拍屁股地说：敢情啊？敢情是这么个骚货呀？我说她怎么什么都行啊，风头都让她出了，钱也都让她挣了！

她？说不让她挣了，她就挣不了！

兄弟，你有什么高招儿？

招儿有的是呢。嫂子，说实话，你恨她不？

麻杆儿一抱窄窄的肩膀，又细又高的鼻子耸出一层皱纹，说：我？我恨她干什么？我跟她，一没仇，二没怨。

王小池一听，啪地点颗烟，叼在一边嘴角上，眯着眼睛，把话从另一个嘴角露出来：那，就省事了，我跟白妮子乡里乡亲的，更不恨她。

女人一见王小池要走，也就顾不得许多，忙说：兄弟别走呀，快坐下坐下，不瞒你说，我也不是平白无故地跟她过不去，你是不知道哇，我这几年吃她亏吃大了。我原来的主顾都让她给挖走了。她个死白妮子不来时，我的厂子是数这个的。说着一抻大拇指。她来了，我都快数这个了。又一抻小手指。

哦，要这样的话，我就帮嫂子一把，她那进货渠道不是谁也比不了么？我就帮嫂子把那渠道揽过来。麻杆儿一听，说好哇好哇，那敢情好哇！

我就不信许森林就光认那白妮子不认钱财，再说那白妮子已经跟了姓段的，他老儿，还想着她干什么？嫂子，你准备准备，咱去一趟！咱就说是堤外村的，一提这，那老脸必然羞臊，怎么说，那年也是他个老儿对不起堤外村人。之后，再给他下点粮食儿。嫂子，我看，咱给他来个大粒粮食，我就不信哪有不喜欢罕粮食的家家雀儿。

　　麻杆儿眼睛一瞪，说：得多大？

　　王小池说：反正粒小了，不好动心。

　　我家厂子，出去送礼，都是土特产……

　　不行，不行，这是跟白妮子夺阵地呢！没点真东西，根本顶不上事。

　　麻杆儿瘦脸一耷拉说：王小池，你去可着长旺镇打听打听，有几个不是送些香油花生核桃大枣什么的？

　　王小池一捂肚子说：哎哟！我得去趟茅厕，我肚子疼啊！

　　麻杆儿把他一扯说：肚子疼也别去，我看看会不会拉裤子里。

　　王小池便一边揉着肚子，一边讨价还价。最后商定带10万块。

　　但是到了北京，麻杆儿才知道，许森林哪是吃这一套的人呢？在听清他们来意后，许森林就毫不客气地把他们撵了出来。

　　麻杆儿喷着唾沫星子说：你他娘的王小池，想的这是狗蛋法儿呀！让那死老头子跟撵野狗似的撵出来，又花路费又花工夫又丢人现眼呐！

　　嫂子别急，咱不是还有的是法儿吗？

　　麻杆儿耸着细高鼻子，把嘴一撇，呸地吐了一口：王小池，别吹得跟蛋儿似的那么圆，做出点实着儿的看看呐！这天，雨下的虽然不算大，但也有一场秋雨一场寒的劲势。

　　段解放从厂里一出来，就碰上了王小池。知道他是堤外村人，段解放就礼节性地打了个招呼。王小池说：解放，今儿天冷，哥请你喝酒，暖暖身子。

　　段解放说：我还有事呢。

　　王小池说：下着雨，能有什么事？你是瞧不起哥，怕哥掏不起酒钱。

　　段解放忙站住说：可不是那么回事。

　　王小池说：要不是，就跟哥去吧。说着，拽了段解放就走。

　　段解放见实在走不了，就想应付一下。

　　可王小池还挺会劝酒。左一杯右一杯的，几个来回，两人就喝兴奋了。王小池说：妹夫你，瞧得起我，我高兴！说着，又连喝三杯。然后就短了舌头，直着眼睛，说：解放，你可是个男子汉，以后，你必须得拿我这妹妹当人看。

　　哥你就放心吧，风风雨雨这些年了。

那就行，你只要不跟她分心，别翻小肠儿，别提旧事儿，我这当哥的就放心了。

嗨！那些旧事儿，我都知道，没什么！

知道就好，其实啊，她跟老许，也不过半年，跟孟正律，也没几回，真的，嘻嘻……你可别嫌哥没出息，哥去听房根子，也是让人们生生拽去的……

你说的什么屁话？

屁话？我说的是屁话？那，那你就问问堤外村别人去，看是不是也得给你说这样屁话！王小池说着，把手往窗外指划几下，趴在桌子上打起呼噜。

虽然一再想沉住气，可是段解放脑子里到底还是如同被扔进了一包炸药，他使劲地控制着，他得接受上次听秀青传闲话的教训。于是他就强压着怒火去找玉仙，他说你给我说实话，你说矢秀白和许森林是怎么回事？

你和谁喝酒去了？

你别管我和谁喝，先告诉我，要不，我回去了轻饶不了她！

我不知道。

你只告诉我她和许森林是不是说过对象？

你别听坏人挑唆。

你说还是不说？

一家女儿百家问，你和秀白结婚前，就没说过别的姑娘？

解放一下像知道了天大的秘密，哈哈！我这就知道了。走着瞧，走着瞧啊！

矢秀白还等着段解放吃饭呢。这些日子厂里事多，他们在厂里吃住，开始老公公也来，后来老公公说麻烦，这儿媳妇最不招人待见的是不给他生孙子，老爷子一见她心里就长气，还不如在自个老房子里痛快呢。秀白也不劝说，让大师傅给他送些吃的，剩下她和段解放倒也落得清静。可是这天饭都凉了，段解放还没影呢。

玉仙找到王小池说：王小池，你要干点好事，你觉着死了冤呐？

玉仙，瞧你那样？觉着攀上高枝了？可别摔下来啊，攀得高，摔得可疼啊。

就是摔死了，也跟你没关系。

好哇，好哇，那你就等着摔死吧。

那天，玉仙是在舞厅找到段解放的，段解放正酒气熏天地搂着小姐跳舞呢。玉仙一进来，先是觉得有点像澡堂，紧接着，又有点像进了魔幻之地，眯睁了一会子，才从一个打扮得跟狐仙差不多的小姐怀里拽出了段解放。

小姐以为是段解放的媳妇打上门来了，细腰一闪，说：你快走吧，快跟嫂子走吧！说完，忙跑了。

小姐的话，一下把段解放那根神经吊了起来，大脸盘忽一下闪起了红光，厚嘴唇连连张了几下，就顺势把玉仙揽了过来。

玉仙一边拍打他一边喊：解放你疯了？你是疯了！你就不看看这是什么地方？

段解放说：什么地方？这地方不是亲嘴的，就是搂腰的，要不就是往小间儿里钻的，要不，咱俩也去钻小间去？

玉仙也不理他，只拼命地往外拖他，好不容易从舞厅拖出来，可到大厅他就实在走不了，眼睛红着，身子塌着，酒劲更浓了，嘴里还一个劲儿骂街呢。这个样子弄回去显然不妥，玉仙就叫服务员开个房间，得让他歇会儿再走。

没想到，一进屋，段解放就把玉仙搂住了。

玉仙急了：解放，解放，你可别胡闹，可别胡闹啊！

解放也不说话，只死死地把脸贴住她头顶，倒也没有别的动作。

解放，你放开我，咱们好好说说话，我有好些话得给你说说，你松手，你松开手啊。

我没喝多，也不糊涂，我清楚着呢！反正我得报复她，我得报复她个白妮子！你不跟我，我就去找小姐。可是我得给你说清楚，玉仙，你听着，我从上次找了小姐以后，我还一直老实着过日子呢。没想到她矢秀白背着我又是跟老的，又是跟少的！我段解放又有力气，又有钱，我干吗不找？我不找，我才是傻王八蛋呢！说着眼珠子就红了，人也发起疯来，把玉仙一甩就往外走。

玉仙又拉又拽又拖着，不让他走。

段解放就又急了，把玉仙一甩，就要往外走，没想到，他这一甩把玉仙甩了个趔趄，衣裳扣子就被揪下一个，玉仙白皙的一抹胸脯就露了出来。段解放先是一惊，就把玉仙扑在了床上。

玉仙使劲反抗着，可解放把她压得死死的，她起了几下起不来，段解放的眼泪就把她的脸啪嗒啪嗒地打湿了，同时把她的脑子也就激活泛了。反正，解放要找人，要找了那脏乎乎的千人骑万人跨的小姐，他自个得病，也得把矢秀白传上病，要不，就先应付一下。脑子刚一生出这个念头，心里就乱了方寸，眼里也含了烟雾，那不争气的身子就随着化了——这水性杨花的女人，也有一年多不挨男人了……

2. 说不定500年前是一家呢

读了一段时间的大专她就知道了，上学和不上学果真是不一样，书上都是经验，都是真理。这些经验和真理用到厂子里，还真是受益呢。

但不久，她在一则报道里就感到了一种危机，报道说私营企业的平均寿命5～7年，其倒闭的主要原因，是私营企业的增长形式，往往主要依靠扩大生产、圈地、盖房、招工、引进生产线，而忽略技术升级、技术拓展、人才整合。

从这个意义上说，真得感谢许森林夫人，人家让她上了这个大专，真是比给她1000万块钱还让她高兴。圈地、盖房、招工、引进生产线，这不正是包括她在内的乡镇企业正走的路子吗？必须悬崖勒马。真的，辛辛苦苦整来的家业可不能出问题。

她把想法和段解放说了，段解放嘴里嗯嗯地点头答复着。可她却觉得他压根就没听明白。她又给玉仙说，玉仙倒有同感，蔡小忠和其他两位副厂长也同意加大管理和科技投入。同时玉仙还提出建议少采取北京光明的做法，多吸收津西陈振国建业毛纺厂的做法，因为建业毛纺厂也是乡镇企业，共同点多。秀白觉得真是有道理，说去就去，咱们这次多去几个人。

她也想让解放去，可是解放说有事，还说身子不大舒服，我看着家。秀白就带着蔡小忠、玉仙和另一个副厂长几个去了。

陈振国热情接待了他们，带着在厂子里里外外参观了一遍。几个人感触非常多，觉得建业厂从规划核算到机器设备，再到工人操作，以及员工风貌和环境卫生等等，无处不在体现着精细化管理。

一行人感叹之后，陈振国就毫不犹豫地让她在两个年轻技术骨干中选一个带走。秀白说：带就带，我们那里太缺少这样的人才，说到底我们和建业毛纺厂有缘分，这也是命，我也算是有福气，也是祖上修来的福呢。

陈振国一愣，也调侃地说：说不定真的有点什么事呢，在许厂长那里，第一次和解放厂接触，就没觉得生分，或许哪辈子真的有点什么瓜葛呢？

同去的副厂长说：是啊，说不定500年前是一家呢。

矢秀白心里一激灵，觉得说远了。

陈振国也顿一下，又说：大家有缘分是一回事，再说，也都是北京光明的关系，是许厂长把大家聚在一起的，大家如果不相互照应，也对不起许厂长啊。

矢秀白觉得这个陈振国真是够聪明的。

秀白选了建业厂一个姓谷的技术员。几个人从建业厂回来，有针对性地把学来的经验吸收了进来，从机器设备，到工人操作，再到员工风貌和环境卫生等等，该进行调整改造的调整改造，该精细化管理的精细化管理。使厂子很快出现了转机，经营果然明显提高，几个大客户在外地设的专卖店也日渐红火起来。解放厂的人气眼见提升了许多，人们愿意和解放厂打交道，说别看解放厂是两个年轻人开的，可是干得还挺好，人们说到这，还连连举例说明呢。说一个吉林客户刚把一批线弄到站，就接到他们电话，说这批货有部分线捻度大，可能影响手感，可以弄回来退货，造成的费用由解放厂承担。那客户打开一看，果然有部分捻度大的，客户非但没退货，还自己承担了所有的损失。但解放厂也坚决给予了补偿，双方的关系也因此更加地铁了。还有一户路上遇见雷击，本人受伤，货物大部分也被烧毁，解放厂不但去医院看望了客户，还主动免了20%的货款。另有一个事让人们传得跟报纸上的好人好事似的，说一个客户母子俩来解放厂上货的路上让小偷偷了货款，解放厂分文不取地让母子把货拉走了，说那母子当场就给矢秀白和段解放跪下了。

段解放和矢秀白关系也融洽了许多，当然是段解放在心虚，一心虚，话头就软乎了，语气也好听了。

再说矢秀白那边还完全被蒙在鼓里，心里还暗暗为段解放这一阵子的表现高兴呢。

心里一高兴，就又想起了要孩子的事，三十三岁了，年龄差不多的人都有两三个孩子呢，解放他爹早就指桑骂槐过好几次了。娘家老母亲更是常常地嘟囔。可她最近几个月，经期一再拖延。从十天到半月以至二十多天，还经常伴随着尿急尿频尿疼呢。

3. 连白的都有可能生不出来了

经过一溜八开检查，女医生摇着头说：卵巢囊肿。卵巢囊肿？我怎么是卵巢囊肿？她惊异地盯着医生说。还比较严重，需要手术。女医生见得多了，依然公事公办地像给她下通牒。她紧张起来，说我还要手术？我怎么一点感觉都没有啊？女医生看着她，答非所问地说：你是开毛纺厂的吧？我在电视上见过你。你等一下，我叫主任来。

主任是个四十多岁的女人，也是先上上下下打量她的容貌，才看检查结果，之后才说：建议你去安宁医院检查，应该手术。她急着说：主任，我还没明白我到底是怎么回事呢。主任这才掰着手指说：女人有两个卵巢，你的一侧卵巢需要切除，另一侧，也不好，但不严重，打开看看，看能不能留一个。她一下子就蒙了，她说：卵巢切除后会怎么样？我还能有孩子吗？切除一侧，生育能力打一半折扣。那，我的另一侧，要是也切了，就完全没了？抓紧时间去安宁检查吧，否则，继续延误，怕一侧也保不住了……

矢秀青见妹妹的一霎，心尖子一扭，一种热乎乎疼乎乎的劲儿就上来了，眼窝一红，就有亮亮的东西要渗出眼眶。她把秀白胳膊一拽：白妮子，打开后不管是做一侧还是做两侧，给段解放都说做的一侧，知道不？见秀白不说话，她又机警地看着门口说：白，你听清了，段家就一根独苗，这根苗要再扎不下个根儿，就是解放不说什么，你那老公公，也不定闹出什么稀罕儿呢。

......197

秀白也湿了眼睛说：姐，要真做两侧，就苦了段家了，这也不是瞒着的事，瞒住一时，瞒不住一辈子啊。

秀青把牙一咬说：瞒到什么时候，算什么时候，知道不？

话音未落，段解放就进来了。秀青一劲儿给秀白使眼色，让她别说。但她对姐姐的意思像是一点都不知道似的。她直直地看着段解放。段解放一脸灰暗地走到床边，说：怎么样？她咽了一口，说：嗯。声音很小。她自个也不知道这"嗯"是什么意思。他清了一下嗓子，脸色更加地暗淡，他说：我给我爹说你出门了，这事，没给他说。

解放的话，如同一把碎玻璃片揉进了她的心上。在社会大环境转变了，人们对她相貌不但能面对、能接受、还有许多人在羡慕时，她自己却可能要失去生育能力了。这种病，要生在前几年还行，却偏偏生在眼下，让她怎么是好呢。

解放看着她，又说：别着急，先养病。

她又嗯一声。人家段解放要求过生孩子。她说急什么，忙过了这阵就要。可是上一阵忙过去了，又忙起了下一阵，孩子的事就一拖再拖着，还从来不着急，好像那孩子，就在前边等着呢，她什么时候想去领回来就能领回来，可眼下，那孩子连个影子都很难看到呢。老公公还怕她给段家生出白孩子呢，这下可好，连白的都有可能生不出来了。老公公知道了，还不知会怎么着呢。

手术做得很利索，麻醉师的技术真过硬，手术刚完，人就醒了。但她的眼睛却只扒开了一条缝，说不了话，浑身的骨头像被剔去了，段解放在忙着收拾手术用过的东西，唐梅一边叫她一边帮她捋着两腿和腰背，她想应一声，可是在她把一个细细软软的声音送出来后，连她自己都听不见。护士提着个塑料袋，说让段解放拿去做病理，里头血肉糊糊的，她知道那是从她身上割下来的东西，她想看一下，是一个，还是两个。她把眼睛拼命地睁了一下，那东西歪歪扭扭的，一下合在一起，一下又分开，是两个！天爷！

她终于拼命从丹田里提起一口气，送出一个含混的声音。人们才知道她醒了，医生弯下腰，眼里融着温情以及对一个绝望病人的怜惜，说：一侧全切，一侧多半。回去养养，抓紧时间要孩子。说着，看看段解放，又补充说：没事，卵巢这东西神奇，只要有一层皮就能怀孕，就能做妈妈！她感激地看着医生使劲点点头，似乎那半个卵巢是医生赐给她最后的救命稻草，她忙扭头看段解放，那眼神有点像惹了事的孩子看家长。段解放脸有些红，厚嘴唇抿着，脸上没什么表情。

龙院长进来了，矢秀白欠起头想坐起来，龙院长说别动别动，段解放忙端过来一个小凳子让龙院长坐，龙院长把凳子往边上一放说不坐，然后就说起话来，龙院长对手术看得比较重，对孩子的事却看得比较平淡，先说怎样配合治疗，怎么保养，最后才说：至于孩子，下来能生就生，不能生也没什么，大城市不少年轻人还做无子女的"丁克"呢。

正说着，许森林带着夫人也来了，他是听厂里技术员说的。那个话少事儿也少的夫人礼节性地问候了几句，就带着多少年一贯制的表情站到一边去了。许森林便和段解放说话。龙院长一见来人，便说有事走了。这时段解放更加地不自然起来，一股又酸又麻的感觉登时从许森林握过的手上延到全身，表情有些怪，把眼睛看着墙，不想看那张松弛下垂的老脸，也不敢想这老脸怎么贴在那俊美的脸上，更不敢往下想别的。为克制住自己，他只不时机械地点个头。

见他心不在焉，许森林心想这小伙子心还挺重，就停了话，段解放趁机说我去一下护办室。实际是咬牙攥拳地回长旺去了。坐在公交车上一而再再而三地嫌司机开得慢，最后急了，走到司机旁边竟然塞上一百块钱说：兄弟你给我开快点，求你了！

一见玉仙，人便疯了——矢秀白我叫你好瞧，我叫你好瞧啊！

实际上，这些日子，玉仙心里一直在揪扯着。一会儿觉得对不起矢秀白，一会儿又觉得是为了矢秀白。心里一会儿放松，一会儿又紧张。放松时，心安理得地享受男人；紧张时，发誓和段解放了断，了断，一定了断。到傍晚，段解放才给矢秀白打了个电话说我回来了，厂里有事。

矢秀白忙问：有什么事？他信口便说有客户说这批线，断头太多，要退货。

退了吗？

没有，降价，让别的户带走了。

到第二天，两人一块儿到了医院。可是玉仙毕竟是玉仙，走到矢秀白跟前时，眼泪早就收不住了，矢秀白拉着她手说：没事，没事，我挺好，挺好，手术做得挺好。

为了掩饰自己，玉仙拿盆出去打来热水给秀白擦脸擦手，然后又换尿袋，换垫子。做得认真仔细。秀白说：你们回去看厂子吧。

玉仙还是不走，秀白再多说，玉仙便不说话，只哆嗦着身子一下一下地抹眼泪。

秀白拽住玉仙说：不是说了没么？别哭了，你老哭，我心里也不好受。回去吧，厂里的事，耽误不得。

玉仙这才忍住泪说了来后的头一句话：我不回去，我就在这儿伺候你。

4. 哪个当官的不找个体户做靠山？

市政府办公厅一个科长提副县长走了，严丝合缝的中层干部架构出现了一个空缺。哗啦一下，凡是符合升迁条件的都涌了过来。

按公务员条例，副科长、主任科员、副主任科员的升迁方向，都可以是科长职位。副科长自然想当科长，因为是实职。主任科员也想当科长，因为已经是正科级了，比副科级不是还高一级吗？可是副主任科员也觉得有希望，如果没希望，公务员管理条例上何必要列上这一条呢？

办公厅领导有些招架不住了，经反复考虑，决定这个职位还是通过民意测评、组织考核产生。孟正律算了算，想着这个位子的有十几个人。他虽是职务最低的几人之一，但却是其中学历最硬的两人之一。另外，在所有人中，他认为他知识面最宽，材料写得也最好。所以他必须得争，只要争就有两种结果，不争只一种。

谁都知道他是阎市长的人，可阎市长别看在公众面前又能组织、又能协调、又能前冲、又能善后，可是和他一起时，却很少有轻松的笑容。不过，也好，说明领导没拿他当外人。然而这种情态，却让他总也放不开。领导神色好时，还能说点什么，沉着脸时，他连大气都不敢出一下。他找了三次，每次都没说话的氛围。后来硬着头皮说出来时，却只答应帮着争取，一句有把握的话也不说。闹得他就像吃了生柿子，满嘴满舌满肚子的生涩。

想起来，这种感觉，是从领着矢秀白跟他见面后开始的。

厅里这几天气氛暧昧，一双双眼睛，入木三分、生动无比，恨不得一眼看到对手心里去，更恨不得一眼看到领导心里去。

每个领导心里都有自己的人。阎市长心里那个人是不是孟正律？一位关系较好的科长说：小孟，你很有希望。他忙追问为什么，那人支吾一会儿，说你不是阎市长带过来的吗？对桌小邓也说他有希望，也说阎市长得帮他，可是阎市长到底怎么想的，他是真的闹不准啊。

厅里话越传越多。说不少人在请客送礼，有的还送了钱，还送了不少。人们便说的确是送了不少，因为人家家里做着生意呢。还有的没做着买卖，人家送得也不少，因为人家背后有做大买卖的支持着呢。这年头，哪个当官的不找个户儿做靠山？哪个户儿又能不找个官员保护着？

他后来想起一门远亲做生意赚了，但他不想找，那亲戚，要肯帮忙还好，要是不肯，他还不把祖宗的脸都丢了？

胡思乱想了半天，觉得还是应该找矢秀白。

正烦得不行，市委办的老乡打电话来了，说燕平几个老乡来开会，一块儿吃个饭，认识认识吧。他问都谁呀？回说几个土财主开工商联会来了。实际他最不喜欢土财主，嫌他们暴发户，嫌他们小人得志。可是再怎么不喜欢，也得去啊，能来市里开会的，也不是一般的户。

这种场合，大家一见面，就像前生后世都是亲人。哥呀弟呀，亲呀热呀，推杯换盏，醉话连篇。说着说着，他就像很随便地问起了解放厂，说我们去解放厂搞过调研，知道那个厂子，现在他们怎样？

有人说挺好。

有人说就那样。

最后一个说：是那个小洋娘们那儿吧？见有人点头，那人又说：那小娘们儿可是个人物，听说，勾着好些大人物呢。

嗬？你还挺知道？

看你说的，咱也不是吹牛，她的事，咱知道的多了去了，就连她犄角旮旯的事，咱也弄个门儿清。

你倒说出来，让大伙听听啊！

那就说点你们更不知道的吧，这女人啊，前几天，把女人产崽儿的一套家伙什儿，割了去啦……

他终于打通电话时，已是深夜。

他说你怎么不告诉我？

她说你能救我么？

他说至少，我去看看你。

她说那，你后天来吧。

度日如年地过了一天多后，他终于见到了她。果然那时只有她一个人。她情况看上去比想象的要好。胳膊上输着液，衣襟下边伸出两根管子。虽然消瘦憔悴，但精神不错。见他进来，她欠起身子。他赶上两步，轻轻端住她肩膀，慢慢往下放。她眼睛看着他眼睛，身子由着他端着往下沉。这是这几年来他们身子离得最近的一次，他热热的鼻息扑在她脸上，有点热还有点发痒。他那两只大手端得特别有力，脖子上的青筋暴涨着，锁骨凸出着。放下后，他又给她围围被边，才坐在床边小凳上，说：你应该告诉我。

她那眼泪就义无反顾地冲了下来，哗哗的。他一张一张给她递着面巾纸，直到流够了，她才拿出病例递给他。

一侧全切，一侧切去三分之二。他虽然来时有精神准备，但真的得到验证，他那心，还是被猛力地搓了几下。他又给她掖一下被角，拿去被边上一个小线头，他说：一个优秀的人，上帝在给她创造财富的能力同时，也就给了她应对变革和抗拒困难的能力。你说对么？

她微微点一下头，心里呼地一宽敞，人也好像一下子站到了高处。

他又说：我给你拿来了几本书。说着，掏出了三本经济管理方面的书。

她接了，贴在肋下。

他又端起小桌上那个小水碗，一小勺又一小勺地喂她，她就安静地让喂，一口，又一口。

他忽然觉得自己又很绅士起来，从当年一见到她，他就有这种感觉，平静，深沉。

她又问：阎市长早回来了吧？刚要去看望人家，就住院了。出院后，咱们得赶紧去。不能办完事就不理人家了。

他软软地看着她。

这样吧，我先给你拿点钱，你去准备一下，我想咱怎么也不能只给人家一块玉就完事。况且那块玉质量不是特别好。人家连杯水都没喝咱的，就给把那么大事办了。这样的事，就是花几万，也得认便宜呢。

两人商议的结果是买一套上好的家具，阎宗品最近要搬家。

最后，在她又问他忙不忙时，他就说了竞争上岗的事。

她果然非常急切地问：怎么个竞法？

他说了几个程序。

那得早下手。她急着说。

她出院没回家就直接去了安宁。为了遮挡病态，她化了淡妆。一下就又恢复了往日风采。两人在商场买了一套6万元的家具，本来没想买这么贵重的，不是还有孟正律竞职的事么。

孟正律说既然办了，就留下吧。

矢秀白说只是一点心意。

阎宗品让他们去退了。

他们把发票放在办公桌上忙走了。

5. 三个人的关系完全微妙起来

这一阵子，她还是没怎么回村里的家，在厂里住着也方便，再说也是躲着老公公呢。

身体真是伤了元气，像被抽去了筋脉。

走时，院里的树叶还绿得闪眼，眼下，树叶在秋风中已经瑟瑟地泛黄了。这让她本来就发紧的心情，又加了一层沉重。

想出去转转，一出门，看见老公公转过来，忙叫声爹。公公嗡了一声，算是答应了。她想再说句什么，应该问问公公身子结实不结实，话还没说出来，老公公摔下个脸子，拧身走了。看来他是知道了。看那样子，好像儿媳妇是故意把给他造孙子的家伙什儿弄丢了。看着公公的背影，她心说，你要不这样，我心里还愧疚，你要这样，我还不愧了，是你的孙子，还是我的儿子呢。

得先换换床单，都这么些日子了。

但她忽然发现床单上一片淡黄色花瓣上浮着片深蓝，仔细一看，原来是半个深蓝色商标粘在那里。用指甲刮了几下，还粘得挺结实，一会儿洗吧。然后又一寸一寸检查着别处。这个解放，不会把什么人带回来吧。长头发没有，化妆品味也没有，半个商标应该是把什么东西放到床上粘下来的。

心里一放松，便想躺下歇会，可是这些日子躺得太多了，还是走走吧，想着，就朝玉仙屋里走去。

门没锁，她就进去了，坐在床边，随手拿起一本《会计法》。可是翻了两页，困意又涌上来，便随手拉开玉仙的被子想眯一下，没想到，被子底下滚出个东西立时烫了她眼睛——一条内裤，一条粘着一片深蓝色的内裤！她抓起内裤风也似的回了自己屋，两片深蓝颜色一对，恰恰是一个整整的商标！在她的心一抽一抽地打挺时，又发现了内裤上糨糊样的斑渍。

女人和女人之间，容易沟通，也容易隔膜。中间往往连一句简单的话都用不着说。

玉仙认定内裤是矢秀白拿走了，也认定矢秀白知道她和段解放的事了。

如果他们疏远了，或许会好些，但他们没做到。那是第二天傍晚，矢秀白看见段解放进了后院一个小库房，进去之前，解放还鬼祟地看了看四周。她便轻着脚步跟了上去，在她把耳朵贴住门缝时，一团干柴烈火的炸响，险些把她击倒。

三个人的关系完全微妙起来。

但是，厂子还要开，生意还要做。

虽然她不多在乎他，可她也不甘心让别的女人偷他，更何况，这个人是玉仙，她觉得他找了玉仙，还不如找个卖淫女。找了卖淫女是一朝一夕，找了玉仙，可能是长期的，说不定是一辈子。

她突然接到一个电话：是矢秀白吗？她说：是，我是，你哪位？对方说：我姓阎，你到我办公室来一趟吧。她立刻从座位上跳起来说：阎市长！是您？是。我？去你办公室吗？有时间吗？有啊！什么时候去？明天上午，十点钟吧。

放下电话，她才坐下。叫她去干什么？她像不知道，又像知道。他直接打电话叫她去办公室，而孟正律明天要去安宁北部的一个县调研去。

她在第二天上午十点钟准时踏进了市府办公厅。

只敲了一遍门，里面就应了。

他形象一如以前，有点沉陷的大眼睛清澈有神，胡茬青白光洁，头发浓密一丝不苟，衣服整洁得体。

只是，以往深沉郑重的神态，加了和蔼。

她叫了一声：阎市长。

他说：坐吧。指指沙发。

她坐下，还算放松。

他又说：喝水吗？

她说：不喝。

他看她一眼，从抽屉里拿出张发票，说：去把它退了吧。

那种紧张又翻腾起来，她说：别，阎市长，说好了只能换不能退。这只是一点心意，不过是个心意。

他说：现在服务质量改善了，能退。他眼睛也不怎么看她，像看着文件，又像空着眼在想事。

她急着说：商家好容易出手了，人家肯定不退。

他微笑着走过来，把发票往她手里递。她当然不接，他就还递，反复了几次，他的手一下就挨住了她的手。有些暄软，心里一睉睁，一下想起当年许森林的手，身子不由得缩了一下。她立时意识到这一缩的不妥，忙把身子挺起来。这时，他已经把发票放到了她面前的茶几上。她想快说句话挽救一下，可还没有想起来说句什么，他就又像上次那样，拨通了电话：可以了，进来吧。放下电话，一双眼睛不容置疑地盯她一下，指着发票说：收起来。之后，便深沉郑重地看着房门。在她也顺着他眼看房门时，敲门声响了。她只得把发票收了。她明白他在逐客，忙说：阎市长您忙着，我走了。

到家，她就把身子扔进了沙发。

天还没全黑，段解放还没回来。是不是又和玉仙在一起？她不由得往车间望了一眼，发现玉仙在，正拿着张纸和蔡小忠说什么。虽然，段解放没有翻看她东西的习惯，但她还是把那张发票放到一个鞋盒的鞋子里。这事，不能给段解放说，可是给孟正律说吗？事情是孟正律经办的，退还时却赶在他外出时。是怕等他回来，发票时间太长不好退了？可为什么不在他走前给？再说了，怎么不让他给她打电话？她心里又睉睁了几下，一层细汗芽，拱了出来。

接下来，心里紧张了几天，以为阎宗品会再找她，但是没有。

孟正律给她打了个电话，告诉她他顺利地当上了科长。

她说哦？太好了！

之后，她心里别扭了两天，但两天之后，那种心情就下去了。阎宗品没准压根就是好心。领导成天不说是日理万机，可也非常繁忙，况且领导仕途正如日中天，没多少心思考虑乱七八糟的事情。

6. 张狂什么？野蛮什么？

那个黎明，经过一阵撕裂的疼痛，一个男孩终于从她身上下来了，这可真是她的儿子呀，白脸、高鼻子、栗色眼睛和头发，栗色的眼珠上隐隐地闪着一股灰色。她一下就把孩子抱住了。我的儿子啊！我可把你盼来了，谁也别嫌我了，你爷别嫌我，你爸也别嫌我，大街上的人们都别嫌我了。可是就在她刚抱了一下时，一种唧喳的鸟叫声就响了起来，孩子一惊，噌一下就逃了。

尽管已经明白是在梦里，但她仍紧闭着眼睛，又一点点地努力拼接着梦里的残片。已经起床出去的段解放又进来了，带着野外的湿润。

自从知道他和玉仙的事后，虽然没有挑明，可是两口子从心里已经抵着劲了，像拔河，有时他劲头大一点，有时她的劲头大一点，但谁也没服输呢。不过，有事还能够商量。

陕西的退货来了。

退多少？

四吨。

前几天她就听说武汉和山东提出货不好走，说弄出去的货在架子上愣摆着，一天卖不了一两份，有时整整一天，连问价的都没几个。

库房门口已经乱七八糟地堆了一堆货，蔡小忠也在库房门口呢，不远处技术科的门关得很严，几个管技术的都在里头猫着呢。

蔡小忠也看一眼技术科说：厂里虽说有几个搞技术的，可也不能完全指望他们，有些事他们做不了主，再说他们那技术也有过时的时候。我给你打了几次电话，你都让我找解放商量，解放是堤外村的女婿，再怎么，也和跟你说话不一样。你知道么？眼下，人家许多厂都在使着内功，有的已经引进了中科院的新技术，还有的请了纺织科学研究所的专家搞技术革新，人家的毛线和毛织品，都增加了含毛量，还引进了抛光技术。眼下，有好几家的货都超过解放厂的货了。

她心里咯噔一下，没想到问题会这么严重。

尽管采取了车间停产、工人放假、降低现价、降低留用人员工资等等措施，但积压产品还是装满了所有库房，又在院里码了一片。

本来四个车间主任工资还是原来的工资，只是取消了加班费，自然是想留住他们，可是有两个还是找借口跳槽到地毯厂去了。还有一个说家里有事，也请假回家了。

段解放看着蔡小忠，蔡小忠说：你一天不辞我，我就一天不走。

段解放感动地紫涨了脸，说：小忠哥……一句话没说上来，把两只大手攥得啪啪直响。

蔡小忠说：有退货的，不是也有不退的吗？

矢秀白说：我看给这些留下的户一些优惠条件吧，把价格再降点，还可以签个合同，无论到什么时候，这些客户们都享受2%～3%的优惠，你们看行不？

都说行。

蔡小忠说：还有一些专跑偏远地区的户，含毛量高点低点，抛光不抛光的，影响不大，咱们再一降价，对他们吸引力也不小。

矢秀白看看段解放说：走到这一步，是我和解放的责任。按市场经济理论分析，市场出现疲软，根本原因是产品经不住市场考验，也就是质量不行。我记得上次去北京光明，许厂长建议让我们上一台新型纺纱机，形成一梳多纺，这种机器纺出来的毛线条股均匀，手感柔滑，产量也高，还能使用多种原材料，我看咱们现在就一鼓作气上这种纺纱机。

两个技术人员互相看看，程工把几个指头一块儿捻两下。

矢秀白说：钱的事，别发愁，咱们还有个不大不小的谱儿呢。大家只要觉得该上，钱不成问题。

实际上，这个谱儿是指孟正律答应给办的贷款，孟正律已经给桂平县工行行长基本说妥了，还领着她一块儿去了行长家，给行长夫人送了套首饰，把夫人哄得挺高兴。

一听说钱没问题，几个人的情绪就都上来了。

段解放心里自然不得劲，可又不想表现出来。

有客户要来让我等着，再说车间也还有别的事呢。段解放说。他是真的不想去，也不怎么吃她劲了。前两天，他又找了燕平一个医生问了，医生说没有卵巢的女人不光生孩子打折扣，床上功夫更是打折扣。哼！难怪这些天来，像根木头桩子。他又偷偷给安宁医院打了电话，主刀医生答复的跟燕平医生大致相同。你个木头人、胶皮人，跑去吧你！不过，他到底还是很难过，心里像卡上了一块儿尖利的冰块，又凉，又硌得生疼。

估计矢秀白走远了，他就去了玉仙那儿，可是不在，传呼一遍，没回复，又呼一遍，还没回，又连呼三遍，照样不回。他就让传呼台连呼十遍！二十遍！可是还不回。

在他如热锅上蚂蚁样一问蔡小忠，才知道玉仙和秀白一起走了。他都没说话就回了屋，只一下子，屋里就传出打碎茶具的声音。

蔡小忠早就知道他和玉仙的事，有好几次想去冲撞他们，又忍住了。玉仙跟秀白去安宁他知道，是玉仙非要去的，他知道，玉仙这是在躲解放呢。

从反光镜里，秀白已经发现玉仙朝她看了好几次了，这是想找着说话呢。可她却无论如何没心思说。她捂住嘴打个哈欠，把眼睛闭了，靠住后座。

玉仙也知道秀白不想理她，但也给她留着面子呢，要不，打那个干干瘪瘪的哈欠干吗？可她必须得给她说，她必须得旗帜鲜明地表示个态度。

实际上，玉仙也觉得实在该离开解放厂了，可她又没个去处。回家，没法跟娘和乡亲们交代。去别处，人家哪里要她呢？她知道矢秀白和孟正律定过亲。王小池说他们有事。她说狗嘴里吐不出象牙来，你以为人家都像你？王小池说你这娘们儿就缺魂儿，你把矢秀白看成神了，矢秀白干这事干得欢了！还别说，玉仙倒盼着矢秀白真有那事，那才报复段解放呢。今天跟着来，她的确是想先躲一下段解放，有机会也和秀白说说话，另外还保护一下矢秀白，他们没事便罢，就是有，哪怕让她亲眼看见，她也不会告诉段解放，真的。

见了孟正律，矢秀白介绍说这是玉仙，厂里的会计。孟正律和玉仙都礼貌地说了几句话，几个人就奔桂平县了。

到了桂平宾馆，玉仙说要上街买点东西。

秀白说不忙，一会儿再去。

玉仙就等着，但去了两趟洗手间，去的时间每次都很长，让秀白很不舒服。更让她不舒服的是桂平县工行行长和信贷部主任来后，孟正律介绍说这就是矢秀白。行长忙抢上去和她握手，一个当行长的，握手时竟有些拘束，之后信贷部主任再和她握手，更加拘束，甚至还有些紧张呢。让她意外的是，行长和信贷主任答应痛快得出乎意料。

她们拿到200万贷款时，玉仙腰里的呼机已经响了几十遍了。就是不回，呼烂了，也不回！她狠狠地咬着牙想。然后，便有了一种悔过自新、重新做人的感觉。

吃饭时，玉仙喝酒很主动，还替矢秀白喝了好几杯。喝得醉意蒙眬时，主任说你对你老板可真忠心。她摇头晃脑泪眼汪汪地说主任，你信不信？你就是让我替她去死，我也去，你信不？信不信？

主任知道她醉了，看看矢秀白，忙说信，信，特别信！

秀白赶紧去夺她酒杯。她不让，扭着身子，举一下酒杯，指着主任，又说：我能替她去死，真的。

第十二章　暴发户

1. 要敢闯敢冒敢为天下先

新产品试生产成功，是在几天后的一个深夜，几个人眼睁睁地看着程工部署着一切事宜，程工也真行，什么酸碱度、黏胶的比例、毛料的搭配、机器的调试，哪个环节都做得一丝不苟，大家既兴奋又新奇。

经过日夜苦战，试生产的毛线一出来，大伙都像看着自己新生儿出世一样，哎呀，出乎意料地好啊，孩子是个漂亮的孩子，聪明的孩子，大伙能够指望的孩子啊！

几个核心人物一起到长旺最高级的饭店喝了个痛快。

秀白啊，马上就该批量生产了，我看咱真得琢磨一下设点的事。解放趁着酒兴说。

你说从哪里设点？

我看先扩大武汉西安门市。武汉一直卖得很不错，西安最近也在回升。前一段市场不好，不光咱不行，腈纶线普遍都不行，咱们增加了毛质成分，又改进了工艺，扩大市场份额不成问题。

矢秀白觉得段解放好长时间不说出息话了，这一说也还行呢，就说：你说得对，我同意，事不宜迟，那咱就抓紧吧。武汉和西安也是文明古城，人们的品位比北京的一点不低，我看咱们产品在北京也该有市场。

是这个理儿。

我看咱也应该启动北京的门店。

北京门店你说能启动起来吗？

能啊，我看能。

那咱找谁去经管合适呢？

我看，就让玉仙去吧，她熟悉。说着把手往外一推。

矢秀白心里一顿，真的，怎么就没想到玉仙呢？看一眼段解放，段解放迎着她目光说：让她走吧。矢秀白一下就明白了，那是想把玉仙打发走呢。这还真是个三全其美的好办法。倏地，一股感动涌上来。让玉仙去北京倒真合适，她对北京比较熟悉，也会弄账，再说对厂里也够忠诚。

之后，她问玉仙，你走了家里行吗？

玉仙说没事，我那地已经租出去了，我娘带着孩子们看着家，也行。再说，我娘还不知道牛庆柱逃跑的事，我去了北京，她倒也高兴呢。

两天后，就让玉仙去北京办手续去了，手续也繁杂着呢。矢秀白和段解放先跟去接洽了一次，后来就矢秀白一个人跟着，还找了矢秀白一个亲戚帮着，然后又在北京找了两个营业员，一个是牛庆柱当年的一个同事，眼下也没工作了，另一个是让沈兵兵给找的。

玉仙一走，秀白不光觉得心里静便了，屋里院里也觉得宽敞明亮了，连院里飞鸟的叫声也悦耳动听了。她把心思整理了一下，觉得下来的日子就该过得相对消停了，只要消停就行，她对婚姻并没有多高的要求。

一大早，她就带着车间主任和唐梅去了安宁。车间主任去换零件，唐梅跟她去了医院。

一项项检查都汇集到主治医生那儿，主治医生看完说不错，不错！手术不错，恢复得也不错！再休养一段，就可以要孩子了！

医生的话，把她身上所有的物件都搅和得活跃了起来，连着深呼吸几口，心里便像打开了一条胡同，似乎看见一个孩子正朝她跟前跑呢，妈妈——妈妈——我长得和你一样，哪都一样呢！唐梅也很兴奋，说厂长，您的孩子我一闭眼睛都能想出来什么样，长得一定像你，漂亮得不行，聪明得不行！

秀白兴冲冲地刚一出大门，意外地看见不远处有个人像矢秀青。

秀青也喜出望外地喊叫白妮子，白妮子，你也来了？你干吗来了？

她说姐，我买机器零件来了，你干吗来了？

秀青说办贷款来了，说我也想上几台机器呢，柳编厂现在机械化程度越来越高哇。

秀白也为姐高兴，看来柳编厂也红火起来了，姐这说话办事，也比以前大方多了，这些日子不下地干活，整个面目也更加清秀白皙起来。她这五官极像太奶，面色却比太奶还白，那白，定然是西方那股血液的缘故。

白妮子，看你，发什么愣呢？

姐，我看你越长越好看了。

你呀，还拿姐开心呐？谁不知道矢秀青有个漂亮妹妹叫矢秀白？哎呀，白白啊，难得在这儿碰上，吃饭去，姐请客！今天一准是我请客，反正我也说好了请银行的人们，就安排一块儿吧！秀青说着，朝宋多子头一甩，手一挥，让宋多子快去准备，见宋多子有点迟疑，秀青嗔怪说还傻着干吗？还不快去？那样子像是秀白要是吃不了这饭，就是怨宋多子行动不迅速呢。秀白便说吃就吃吧，也真难得在这里碰上。

这是一家大饭店。秀青把秀白领到一个双桌间，把秀白他们几个人安排在一桌，她和银行几个朋友在另一桌，然后说白妮子我知道你不爱应酬，你就和你的人在一起，我和银行们在一起吧。秀白说一会儿我过去和你的客人们打个招呼敬个酒。秀青说我知道你不愿意热闹，酒就不要敬了，你又不愿喝酒，招呼打不打都没事，我跟他们都挺熟了，不用客气。

秀青说完就去照应那些人了。那桌人还都体面，宋多子过来说了几句寻常话，就又回了那个桌。秀青一边和那几个人说着话，也不时地朝这边看着，那几个人也不断朝这边看，眼神自是又惊异又神秘，无疑在惊异她的洋面貌，心说看看去吧，看一会儿就不看了，她索性把头一埋，自管吃了起来。早晨出来得早，还真是有点饿了。吃了半饱时，才端起酒杯朝那桌走去。

没等她走到跟前，秀青先自迎过来说白白，其实你敬不敬酒都行，要去也只简单敬个酒就行了，也不用多说什么，这些人都不是外人。秀白心里正不想和他们多说呢，便走到桌前说：敬各位！

几个人都忙站起来，礼貌地诺诺两声，举起杯来。

秀白刚回到座位上，几个人就在秀青引领下过来敬了个酒，还是很客气很礼貌。

秀白这些年在外头吃饭，难得这么散漫着不用谈什么事情，也不用招待别人，便又漫不经心地想起了要孩子的事，心里越盘算越觉得神清气爽，也越感觉到一桌子美味佳肴很上档次。看来，姐姐对饭菜还真是挺有眼力了，有飞禽，有走兽，有天然生长，也有人工培植，荤素搭配，色香味俱全呢。

2. 喊！商品流动规律？

段解放时常纳闷，像玉仙这样的女人，牛庆柱怎么说放下就能放得下呢？

不知这小女人身子怎么回事，从第一次后，他就跟抽大烟一样，无论身上多么疲劳，只要一粘她，就云里雾里神魂颠倒，有了这一次，想着下一次，有了下一次，想着再下一次，无休无止。都这么长时间了，他每次一想还是那么特别，先是一痒，又是一酸，再是一热，就恨不得插双翅膀飞过去。

玉仙去北京后，他偷偷去了两次，第一次没得机会。第二次，连哄带骗把她带去了一家高级宾馆。宾馆是老乡开的，甩个红包，老乡便给安排一间又舒适又安全的房间。玉仙虽别别扭扭的，但还算让他尽兴。

部分放假的工人回来了，厂里宣布，大批量生产后工人的记件工资再增加两个百分点。两个百分点，对员工也算个不小的收入。大伙都在心里打起了小九九，预计着自己下一步可能的收入，于是有些原来借故走了的人，又在想着往回走呢。这几天整个解放厂都忙开了。刷房子、擦机器、扫院子，培训新技术，到处喜气洋洋、热火朝天。

但就在全面投产的前一天晚上，在上上下下正忙着试车时，程工忽然接到家里电话，说老母亲病重让他赶紧回家。程工急忙找段解放和矢秀白请假，两人一听立时说老人有病刻不容缓，快点回去吧，叫司机小吴赶紧去送！

程工自然知道厂里正关键，就朝跑过来的小谷说我走后，你看着启动全面生产。小谷却紧张地把脖子涨得比脸还粗，连连说我承担不起来，我真的承担不起来。

矢秀白打断小谷说先让程工回去看老人，其他事我们再商量，老人病要紧。

程工满头大汗地上了车，段解放让再等一下，把一个信袋塞给程工说带上点钱，有事再来电话。程工没客气接了就急着走了。

可是程工走后，任凭几个人再三鼓励，小谷还是不敢上手。

到第二天，小谷心里更加地发虚，吭哧了半天说为稳妥起见，还是等着程工回来再开工吧，这些日子都耽误了，就别在乎这一天两天吧，要不，万一有个闪失，损失就大了。

段解放就要急眼，说这么多工人都等着呢，不开工耽误事就大了！

小谷还是坚持他的意见。

小谷一只手使劲地攥着另一只手，上牙也使劲地咬着下唇，他说程工老母亲要是没多大事，看看就回来了，如果不回来，开车把他接回来，也就几个小时。

矢秀白一听，觉得也该去看看程工那边的情况，不好呢，也看望了，好一些了，就接回来调试好机车再送回去。

几个人就去了北京，可是一看，老人鼻腔里进出的气息细若游丝，谁都没好意思提别的，只说了些安慰话，放下补品，回了长旺。

小谷也觉得自己耽误着大事呢，就悄悄地给津西建业集团的师傅打电话，说想把他师傅接来指导开工，但师傅哪敢贸然前来？

这一下，厂里只能学习培训，给工人们每天发着生活费，反正不能放假，说不定哪个早晨晚上的就能开工呢。

傍晚，出去跑了一天的段解放进家就一惊一乍地喊叫：歪打正着，歪打正着哇！矢秀白放下手里的事，忙问怎么回事？段解放说：没开工对了，这是天意，该着咱们发别的财了，咱们先去内蒙弄趟南麻吧！

矢秀白也听说南麻的事了。燕平的三大支柱产业是毛纺地毯和服装。目前毛纺业大部分下跌，服装业也不够景气，只有地毯业越来越强盛，于是许多毛纺厂转产搞起了地毯。这一下，地毯原料南麻出现了紧缺。有些人就去内蒙弄南麻，去的回来都赚了，只几天时间，就出了好几个南麻大户。但她不同意，她说：咱一大摊子

……211

白妮

事还没理顺过来，去弄南麻，既没工夫，也没资金。

程工回不来，小谷又不敢下手，这些人大眼瞪小眼地天天死吃白嚼，我去跑一趟，弄点钱来，不也是个进项吗？有钱不挣是傻子！那头两块钱1斤，这头25块1斤，稳赚！哪有这等好事啊？没看见，人家几个跑南麻的回来都买上小汽车了？

矢秀白说是盲目。

段解放说什么盲目不盲目的？人家都说稳赚。说着拨通了矢秀青电话，不信问问你姐。

那头的矢秀青正处在兴头儿上，说：白妮子，是啊，我刚刚回来，赚，稳赚！

矢秀白不想和秀青往深里说，只应付了几声，就放下电话。段解放见她还没有同意的意思，就有些不耐烦。秀白说：这燕平县不定多少人有你这想法呢，大伙都跑过去了，还不把那头价格抬起来。那头一抬，这头肯定就降，这是商品流通的规律。

段解放一甩头出去了。嗨！商品流通规律？上了个破大专，又显摆书本上那点破玩意呢。盲目？什么是盲目？想当初段解放弄器械回来盲目吗？弄毛衣机回来盲目吗？嗨！就显你能耐！

第二天，段解放回来得很晚，已经睡了的矢秀白，依然闭着眼睛，耳朵却发现段解放有意提着脚跟走路，呼吸也屏着气呢，她就断定他有事。

转天早晨他很早就又出去了，到中午，电话就来了，说：我在去内蒙的火车上，回去再给你细说。

放了电话，她半天没动。她后悔昨晚只想男女的事，怎么就没想到他去干这事？他这是想证明自个呢，证明自个有用呢。她立刻找来了新聘的女会计。女会计说解放是头天晚上从她那里支走钱的。

什么？他支走了多少？

只剩下几十万，其余都支了。

你怎么不告诉我？

段厂长不让。

再说他也不该支那么多呀，去弄南麻也要不了那么多钱！

段厂长说这次去了如果不弄南麻，没准弄别的呢。

弄别的？他要弄什么？

我也不知道。

你？他不让也得告诉我啊！

段厂长不也是厂长？

她心里一沉，就想到了玉仙，要是玉仙当会计，绝对不会有事。

3. 想起一出就是一出

玉仙到了北京本来觉得挺好，不用成天面对矢秀白，也可以躲开段解放，那该死的王小池也就找不到了。

这人也真是命，稀里糊涂地就经历了三个男人，直闹得她像钻进风箱里的老鼠，前不得，后不得。牛庆柱个半死不活的东西，跟他结婚就没过上真正欢乐的日子。去单位找他，只晚上在一起，白天他去上班，自个带着孩子也不愿出去，去哪儿都让人瞧不起。虽然可劲捯饬着打扮了，但一出去还是遭人白眼。回村里，更是过着没男人的日子，背背扛扛拉拉拽拽的活计，要么一人干，要么求人，求女人干不了，求男人就要生闲事，该死的王小池也就这么钻了空子。再后来，又阴差阳错地粘上了段解放，从一开始，就是为了矢秀白，真的，连老天爷都能证明这一点，可到后来，就愣愣地弄到这步田地。

这段解放，想起一出就是一出，突然要生个孩子，他说玉仙你得给我生个孩子，我怎么也不能绝后哇。不可能，绝对不可能。怎么那么绝对？你就眼睁睁地看着老段家绝后？老段家早就几代单传了，到我这一辈，连单传都不传了，你说有可能么？我那老爹早就逼我打离婚呢。打离婚？那可不行，你要打了离婚，就成燕平头号新闻了。要不，让你给帮忙生一个呢，总说矢秀白能生能生，就是能生，也不定哪个猴年马月呢，眼看就要四十岁了，她还生得出来吗她？见她不说话，他又说：你要答应了，也是功德无量呢。实话给你说吧，我是豁出命也得要儿子，你不给我生，我就和她离婚，离不了，我就找别人生，市场经济了，我听说有人专管干这营生呢，不就是多费点事，多拿个钱么？为了要孩子，多少钱我也认了。

解放说到最后就激动了，厚嘴唇一扁一扁的，想哭。

玉仙先自流出泪来：解放你以为生个孩子那么容易？你以为那是母鸡生蛋呢？那得十月怀胎一朝分娩呐。我知道，我怎么不知道？你知道什么？要是仨俩月能了事，我就给你办了，那么长时间，你让我个没男人的女人，怎么好坚持呢？解放啊，别闹了，以后咱也分开了，你就好好和她过日子吧，你们天天在一起，我就不信老天爷不让你们有个孩子。

在一个天气降温的下午，他们先拉来一车毛线和毛衣毛裤毛背心。刚一卸车，就有附近的几个老太太围了过来摸手感，看光泽，还拽出线头来拿牙咬。到第三天就有人开始买了，有买现成的，有买毛线自己织的。这一带动，门市上还真有了风水。玉仙怎么也是个精明人呢，先前又在北京住过，操着多半口的北京话，把话递得诚恳得体，还弄来几副毛衣针，供人们选用。时间不长，就和周围人们成了朋友。

可这时，王小池却幽灵一样冒了出来。

你，怎么来了？

怎么了？你不想我，还不许我想你呀？

……

这他妈的矢秀白，让你个傻娘们儿给她干，真算聪明。玉仙哎，别看你这娘们儿看起来软塌塌的，可是你干起活来，手里又利索，心眼又实在，有你这么忠心不二地给她卖命，还不把她美死。

玉仙不答理他，到一边干别的去了，他就厚脸厚皮地说得更欢了：玉仙，你也忒他妈傻王八蛋，在她这儿管着事，弄个零花钱还不手到擒来？你把笔尖一动，钱不就出来了？再说，你出去买东西，花10块你说15块，毛线卖18块一斤，你说15块怎么了？她又不天天跟着。你跟她那么实在，她跟你实在么？那一年，不是她，你能丢那么大人吗？其实，你那男人也是听说了那件事，才跑到外国不回来的。

你别胡呲了，你快走吧，快点走吧！

我才不走呢，你把他们那钱弄出点来分分，我就走，反正他们那钱也不是好来的。

你再不走，我就给矢秀白打电话！

你以为他们是谁？她在长旺是个角儿，在这大北京，她狗蛋不是，她这小破门市，更狗蛋不是。

人家不是？你弄一个试试啊！

王小池一听气坏了，呼一下扑了过去。

你干什么？你干什么啊？！玉仙大喊起来，两个服务员闻声跑了进来。

王小池不得不往外走。

哼！你以为你和段解放那点事我不知道？等着瞧吧，我这就回去，把你们那点西洋景儿，先抖搂给长旺人，再抖搂给堤外村人！

段解放事先猜着到内蒙会遇见燕平人，但没想到会遇见这么多燕平人，更没想到一个南麻基地就满满地让燕平人占领了，而且把价格也愣愣地抬了起来，每斤南麻已经由2块涨到14块。不过，这边涨了，燕平也应该涨，仅仅他知道的，就有十来个毛纺厂改成地毯厂了，那么燕平的南麻价格也应当涨，应该涨到了30，甚至更高，就是到不了30，25也能赚，可以多上一些，薄利多销呢。

但五天后，他押着50吨南麻回来时，万口镇的南麻已经降到了10块，即使10块，也难以出手，这里的南麻已经饱和了。

他那大批南麻，不得不搁置起来。

这其中，矢秀白没有埋怨他一句，只在他找地方搁置南麻时，不动声色地说：拉到老院去吧，那里，不碍事。

老院，是他爷爷留下的，已经破落得不成样子，多年不住人了。她这句话，让他心里实实在在地打了个大寒战，她这是瞧不起我呀，这是把我看完了。我段解放完了么？我倒要让你姓矢的看看我姓段的完了没有。

三天之后，他又毅然去了大连。他就不信有了这白妮子，他就没了面子了！

又五天后，他就拉回了一车上好的貂皮，每张平均350块，他总共上了200万块的货。

他把货直接就送到了留存镇，这是邻县的一个皮张市场，号称是天下第一皮张市场。

这次，他还真抓住了时机，货物也对路，谁都说货是好货，给他450块一张，但他要500块一张。他坚持，人家也坚持。一家坚持，两家坚持，整个留存镇市场没有一家给的价格让他满意。他说没事，俊女儿，不愁嫁！他就把货拉回了长旺，因为有消息说过皮张价格马上还要涨。

这次他把货直接拉回了他爹住的院子。他爹可是有事干了，知道儿子弄来的是宝贝，一刻不停地看着，还盖了一层又一层，到了晚上段解放也过去守着睡觉。

4. 拿她当诱饵钓国家的钱呐

这时程工处理清了母亲的丧事，已经回来开了工。开工就出产品，出产品就能进钱，但进钱更要进原料，一拨压一拨地滚动着，但是流动货物也是在流动钱呐。其次还有不少用钱的地方，工人开支，工人吃饭，还有用电、用水、优化环境，解放厂的钱眼看着吃紧了。

但秀白没多着急，坚持几天，解放那车宝贝一转手，就能变成钱。

这几天里，段解放手里拿着几张样品，天天去留存市场，在他把价格撑了又撑，终于撑到560块一张时，才决定出手。

但在他回家把大货拉到留存市场一打开，买主的鼻子紧抽几下，眉头就皱成了死疙瘩，在他还不知怎么回事时，那人抓起皮张先一划拉，再哗啦一抖，一根根的针绒就天女散花一样散了一层，所有人都目瞪口呆。

内行一看就明白段解放犯了个大忌——在存放生皮时，没有在皮上搓上一层盐！在这个季节，生皮如隔夜存放必须搓上一层盐，如不搓，一天影响不大，两天出事，三天出大事。但段解放到底是段解放，在他看见哗哗散落的貂皮针绒时，只微微打了个趔趄,就稳住了自己,他说:皮,捂了,捂了。没事,咱再说,再说。

俊女儿,变成丑女儿了。可是,女儿再丑,也得嫁啊!

最后,他不得不以每张 80 元出手。

他想给秀白说说情况,秀白也觉得应该劝劝他,可两人还没说呢,小凤就进来了,小凤前一段当了食堂管理员了,来说食堂该买油了,问这次买公家的,还是买私人的?秀白想说买私人的,可又想起上次明明给小凤说了以后要买公家的油,说私人油又有杂质,吃着又不香,可是公家和私人的差价很大,当下钱又紧张……小凤也看出秀白的心思了,吞吐了两下又说:食堂,只有一千块钱……没等小凤说完,秀白就忙把她迎了出去。

虽然把小凤迎了出去,但解放那根敏感的神经也被挑了起来。等着秀白再回来时,他就变了,就由原来恨自己,变成了也恨矢秀白了——段解放走到这一步,分明矢秀白闹的!她假如不给他上课,不说什么"规律"什么"盲目",他或许去弄南麻的劲头不会那么大,从内蒙回来,她要不说南麻碍事,不那么一百个看不上地让他把南麻弄到没人住的闲房里去,他没准不再去大连呢。说得再有道理,他也看不惯她那样子,更听不惯她那口气。段解铤而走险都是她矢秀白逼的!

他不说话,她也不说话,她就那么坐着,他的火一下子就蹿了头顶。矢秀白!我知道你心里正想什么,看不起我是不?笑话我是不?跟着我不够本儿是不?呸!我还不够本呢!有什么了不起?才几天不是"特务"不是"大洋马"了?老子也不是没赚过钱,老子赚钱的时候,人们也他妈眼儿红眼儿绿的。你他妈看不上我,我还看不上你呢,明天离婚!

矢秀白知道他窝着气呢,知道他会说难听话,可没想到他这么拿着不是当理说。她不理他,她不想让他说出更难听的来。矢秀白什么事没经过?能为别人顶替罪名,能跟牲口一样钻羊圈,还有什么不能忍受的?反正我不能和你离婚,眼下,不是时候。我不能把肚里的肠子掏出来当众揎。

但是厂子还得开,资金还得有,找了几个人都说难,段解放银行那个亲戚也退休了,实在没办法了,她只得再去找孟正律。

孟正律听完,额上的青筋突突地跳了几下:实话给你说吧,眼下贷款可不比前一阵了,都快难死了。她拍拍包说:我带着呢,咱再去趟桂平。孟正律把一桶饮料啪地打开,放到她跟前,他自己也打开一桶喝了一口,才说:听我的,别埋怨段解放,真的。她看着他,不知什么意思。他显然激动了,无奈地把头摇两下说:秀白你别不信,在你这样的女人面前,真的很不好做男人。所有男人都有自尊,都想做事，都想让人高看一眼，特别是想让自己女人高看一眼，可哪个男人没自己的局限呢？她听着。他又咳两声，说：秀白，实话说了吧，上次贷款，我骗了你。她瞪大眼睛。上次，我给行长说你是外商，说你做的是中外合资企业，款才贷得那么容易，否则，也贷不出来。反正眼下一说中外合资企业，就好贷款，而且目前对这种企业还没太严格的审批手续，我就那么说了，因为我实在没有别的办法。还有，再给你传点闲话吧，我听说，你姐矢秀青，也是打着和外商合资的旗号贷的款，听说还把你弄到了现场。尽管你那么聪明，可你，还是没有识破。

她脸上的血都退净了，两手使劲攥着，瘦瘦的指关节一个个惨白着。难怪上次在安宁秀青出现得那么突然，也难怪那天秀青桌上的人看她的眼神那么特别，还有上次在桂平贷款，原来都是拿着她招摇撞骗，拿她当诱饵钓国家的钱呐，就连孟正律也这么做，也把她蒙在鼓里。她看着孟正律，她那栗色的大眼睛眨了两下，一串密集的泪珠就挂了下来。孟正律过来，把她揽在怀里，给她擦眼泪。她挣扎着，鼻子狠狠地抽了几下，把身子一挺，扯着自己头发又拍着自己脸蛋说：这款，我不贷了，我就是不贷了！孟正律看着她，不怎么动声色，像在看小孩子打滚撒泼，直到看得她不闹了。他才大幅度地点点头说：是，你说的是，但是就我目前的能力，不是那种办法，这款，我还真是弄不出来，真的，秀白，原谅我。

从他那儿出来后，她想找朋友拆借一些先支应着，朋友们还不错，能出多少出多少，可是眼下银行贷款一紧，手里的钱都不宽裕，两三天时间才凑了50万，这对眼下的需求，实在是太少了。

她把自己关在屋里整整想了一天一夜，最后她把自己的手捂在自己脸上狠狠地揉搓了几下子，拿起电话就给孟正律打了过去。

三天后，解放厂的账号上进了300万，款向注明为"中外合资"。

5. 好像我就是慈善机关呢

夏季的天气昼长夜短，矢秀白醒来，一看表才六点。

刚要穿衣服，就听见外面有人说话。这些日子经营上虽然顺了，可是胸口里总是绕着一股气儿，动不动就往上涨。

一看来的是大兰子，心里那股气儿就又撞上来了。她来干什么？这女人也老了，比实际年龄大了有十岁，头发焦黄，脸糊着层土气，本来就包不住的牙齿，人一瘦，露得更多了。可是没想到，大兰子是来找工作的。她想不安排，又怕显着没城府，就让蔡小忠去处理。

最近堤外村和周围村又来了不少人，大都是蔡小忠招来的，蔡小忠说去吧，去

白妮

这里，比去别处强，挣得多，又省得为讨工资打吵子。人们来了真的觉得不错，原来有不少给别处干的，也纷纷过来了。蔡小忠也不拿自个当外人，一个副厂长该做主的做了，不该做的主也常常做了，他说我必须一手托两边，大伙不好好干活我不干，秀白亏待大伙我也不干。

一会儿，大兰子又回去了，皱着眉毛纵着鼻子说蔡小忠让她打扫卫生，她不想干。

你想干什么？

我就去管仓库吧。

……

行不？秀白？

不行。

哟？怎么不行？

仓库有人管。

哎呀！秀白，你怎么改了脾气了？我不就给你要个管库员吗？你能给玉仙个会计，能给小凤个伙食管理员，你就不能给我个管库员呐？

秀白心里那股气儿拱了上来，可是大兰子那边还说呢，两片紫嘴唇一张一合，一口牙露得更多了，牙上还粘着一缕像蛋青的东西。秀白站起来想往外走，可是大兰子挡住了。秀白，人家都说你这人不赖，说你不记仇。可我看着，你像是给嫂子记着仇呢？记着当年棉花的仇呢。秀白呀，其实那时，我真是想让你小池哥给找个工作来着……

去！你先去吧！

大兰子没明白，往跟前又一凑说：秀白你让我去，让我管库么？因为说得急，刚才粘在牙上的一缕东西不知怎么就喷到了秀白的脸上。

哇的一下，秀白胃里的东西涌了上来。

大兰子还不知道是怎么回事，忙给递水杯让她漱口，她不接，可人家还递，还是被进来的唐梅解了围，唐梅才把大兰子又哄又拽地弄了出去。

秀白擦一把憋出来的鼻涕和眼泪，心想我这几年把人们惯坏了，好像我就是慈善机关呢，我就活该给人们办事，活该大人大量，和我好的我管，和我不好的我也管。我招谁惹谁了我？想当年，怎么坑害我了？越想越有气，便把唐梅打发了出去，然后啪啪地摔了几只茶杯，又摔了一把茶壶，心里那股气才算平了下去。

事情常常是赶溜儿，好事赶溜儿，坏事也赶溜儿。又过了两天，矢秀白正和段解放商量事，唐梅又领来一个要求工作的小伙子。唐梅说：厂长，你的亲戚。矢秀白以为是段解放的亲戚，可又看着小伙子面熟，就问：你是谁家人？

我娘叫翠姑。

翠姑？谁是翠姑？

我娘也叫大女。

原来是当年让她睡羊圈的赵大女，这个赵大女跟秀青婆家有点亲戚关系。唐梅说这小伙子高考只差几分，不想再考了，想在乡镇企业找份工作。家里就让他来这儿了。小伙子插言说矢厂长，从报纸上看到你的情况，我就非常崇拜你。看着小伙子和他娘一模一样的脸，秀白心里的气就有点压不住了，她说唐梅，你们先去吧，我有事。

晚饭没吃，一夜失眠。第二天早晨，她浑身疲劳地走出房门，问唐梅那小伙子呢？唐梅说昨天留下电话回去了。她说你通知他，说厂里不缺人。唐梅点头说是。

然后她又去了食堂，食堂正好蒸熟了一锅包子，两个大师傅刚抬出一屉，见她进来，一个师傅说厂长尝尝包子好吃么？要是平时，她可能要说句什么，但这回什么也没说，这时两个大师傅又抬了一屉走过来，一屉包子很沉，又有腾腾的热气直冒，两个大师傅眯着眼歪着头憋得红脸粗脖子的，而她这时正好挡在路上，刚说话的大师傅就大声喂喂喂地喊叫，意思让她躲开。她躲是躲了，但心里的气却不由得往上涨。我是喂喂喂呀？跟轰个猫儿狗儿似的那么轰我呀？这时两个大师傅还没意识到什么，还在忙自个的事，她便上一眼下一眼地看包子，也是赶巧，正好有一根头发一截在里一截在外，像根小旗杆一样在包子上招摇呢，她拿起那个包子就出去了。

唐梅，通知会计，扣两个大师傅一周的工资！

见唐梅瞪眼看着她不走，又说强调过多次，上岗要穿工作服戴工作帽，可就是不听！通知食堂，以后饭菜里发现一根头发或者一根笤帚苗等杂物，罚一周工资！唐梅正要走，她又补充一句：也通知各车间，有违规操作，一律按制度处罚！第一次违犯，按制度罚，第二次加罚一倍！第三次加罚两倍，以此类推！

紧接着便处理了几个工人，无故旷工的，出次品的，不戴工作帽的，还有两个吵架的。

人们说她像变了个人，架子端起来了，刻薄话也多了，动不动就发火，发起火来没完没了，闹得人们都躲着她。

段解放倒觉得挺有趣，从南麻和貂皮的事后，他一直灰溜溜的。两个人也不怎么过火，只在几个能有孩子的日子例行一下公事。矢秀白这些年来一直是成器的、光彩的、有出息的。一双栗色大眼睛，总是稳重着，大方着，行为也总是标准的、榜样的。现在一双眼睛常常斗鸡一样，人也风风火火地没了稳重。

还有很是上穿戴了。女工们在这方面眼睛最尖，看见吗？知道那衣服多少钱吗？哪件哪件几百块，哪件哪件一千块，还有两千、三千的呢？你以为两千三千是钱呢？给你说吧，人家那皮衣还两万多块呢。有的女工说了，说穿去吧，指不定哪天碰上劫道的呢！那天穿着两万块的皮衣从街上一回来，正好遇见对面厂子女人，女人说你这皮衣跟我的皮衣一样，一个厂儿出的吧——这里人常常给乡镇企业叫"厂儿"，她说不是。声音脆响也不客气，还拽出皮衣商标让女人看。可是女人根本不认得她那商标。

心里正不是滋味着，一进又见一个小伙子眼熟，细一看，像赵大女那儿子。拦住一个工人一问，说是新来的统计员。又问一遍，那工人还是说在车间当统计员呢。一股火噌一下就撞了脑门，便让那工人去把蔡小忠叫来。

是你安排的赵大女儿子？
是。
为什么安排他？
看他不错。
你知道我不愿意用他吗？
不知道。
那你现在知道了吗？
还是留着吧。
为什么？
文化好，也本分，不像他娘。
那也不行！
蔡小忠不说话。
她又说了一遍。
蔡小忠却说：要这样，我也不干了。
她说：不干了？你是，对着我？
蔡小忠说：也算是对你。

6. 我们就要这一溜儿

阴了好几天的天气忽然晴了，工人们急着洗衣服刷鞋子晾被子。

高大根一边夸着天气好，一边给矢秀白和段解放说你们该去北京看看了，我和王大成上次去送货，看着门店有点小，新产品销得挺好，旧产品也能下些货，上次去了，玉仙说要是能把旁边小吃店盘过来就强了。我看也是，玉仙说那小吃店生意不行，有意朝外租呢。

解放一听很兴奋，主张快去。

秀白琢磨着解放是想去看玉仙呢。上次出去给山西定合同，一去去了好几天，肯定拐弯去找玉仙了，另外从他回来的种种迹象看，也像是去过了。便说北京是该去了，咱们一起去看看吧。

第二天，两人就真的去了北京。玉仙一见这次来的是两个人，心里很是痛快，忙给他们又是找座又是倒水。动作很大，有些慌乱，动作的指向多是对着矢秀白，但又明显不自然。为了缓解气氛，秀白便把注意力放到了货物上。说这门市让玉仙经营得还真是不错，高大根他们送货来才几天，就又卖下去这么多了。玉仙便也忙着介绍具体事项，哪种好卖，哪种不好卖，哪种需要进行些什么加工和调整，解放听了一会儿，就转到前边去了。秀白又问旁边小吃店的事。玉仙说小吃店的生意一天不如一天，他们也愿意转租给咱们，秀白就问他们谁做主，玉仙说做主的过几天才能回来，安徽人，回家秋收去了。秀白就说过几天回来了，你就和他们谈吧，反正这边的主儿你也做得。

玉仙心里有些发热，知道除去和解放的事，秀白还是信任她的，心里一感动，嗓子就有些发涩。秀白也知道玉仙这人泪花浅，就不往下说了，可是再说些什么呢？两人真的是找不到原来那种亲如姐妹的感觉了。唉，所有感情，还是男女感情最自私。这时顾客又多了几个，小屋子更挤了，秀白便把解放叫过来上街去了。

到王府井转了一圈，每人买了两身高级服装。秀白把衣服穿在身上还算得体，解放那身衣服就有些不合适，人和衣服看上去两张皮。可服务员又在不停地夸张着说好，解放也认为真好，就买了。最后服务员说先生穿着走吧，省了脱脱换换的麻烦。他也就真的没脱，

穿着新衣服走出来，解放看看手表说好容易来了一趟，便大大咧咧地要吃一次大餐去。秀白说好哇，吃呗！平时她不大愿意到大饭店吃饭，可这些日子的心思不是在发飘么。

这一发飘，说话也就两样了，她娘问她挣那么多钱干吗？她说花呀，享受有钱的劲儿啊。娘愣愣地看她，说我听说你又赚大了？她说不忒大。她娘说有多少衣裳也是穿一身，有多少饭也是吃饱一个肚子，有多少房子也是睡一条炕。她说娘你说的倒对，可是穿衣和穿衣不一样，吃饭和吃饭不一样，睡炕和睡炕也不一样呢。她说着，她娘听着，她娘那身子有点像坐在秋千上一荡一荡的，还把头歪着报了眼睛看自己鼻尖。听她说完，她娘把她给的一摞票子推给她。她又推回来，她娘又坚决地推了过去。她知道娘的脾气，不要，就是不要。她就把钱收了，然后就去了小蕊家。她和小蕊她娘定了个协约，说婶子你有空就上我家，和我娘做做伴、说说话、一起做顿饭吃吃，这事咱也不告诉我娘，你也岁数不小了，让你白辛苦，我也不忍，

我每月给你开工资。

心里一边想着心事，一边就到了国际大饭店。

两人噌噌地随着电梯转，也不知转了几圈就又下了电梯，矢秀白走在前边，段解放走在后边。一位高挑的服务小姐一欠身子，叠放在腹部的手伸出一只做个请进的手势，后边的段解放便也跟着往里走，小姐却把他一拦：请问先生是不是吃饭？

段解放说是。

小姐说先生如果吃饭请到楼下，这一层是外宾餐厅。

段解放说：外宾餐厅怎么了？中国人吃不得？

小姐又欠欠身子说：先生，不是吃不得，主要是外语菜单不方便，建议您去下一层。

段解放扯过小姐手中的菜单说：你以为我们不会看呐？说着就把菜单往矢秀白手里一塞。

矢秀白知道段解放这是想着她那点英语单词呢，可她本来就不懂多少，何况菜单这么专业的外语。

小姐看看矢秀白才知道他俩是一起的，便问：这位女士，您？不是外宾啊？

段解放看出矢秀白不认识，便把菜单又扯过来，指着最上面一横行说：我们就要这一溜儿。

小姐礼貌地说还是请你们到楼下方便些，段解放不去，还划拉着那一横行这一溜儿不卖么？

小姐咬一下嘴唇：先生，对不起，那些都是汤。

还是那句话，要在平时矢秀白就劝阻他了，可眼下她那脑子不也在发涨么？她就有点赌气地拿指头竖着往下一划说：那，就要这一溜儿。

服务小姐又看一眼矢秀白，眼神冷了不少，但还是弓一下身子说：这位女士，对不起，那些都是主食。

暴发户！周围人哄地笑起来，服务小姐掩一下口鼻，终是哧一下喷出个轻轻的笑声。

矢秀白刷地冒出一身冷汗，拽着段解放慌忙逃了出来。

第十三章　我不是交换

1. 拖延一天加罚 10 万

两人刚一进大门，就有几个穿环保制服的人给他们出示了勒令停产罚款整顿的通知。

我们厂这几年一直不是环保先进单位吗？段解放着急地说。

为首的毫不客气地说：那是哪辈子的事了？

段解放忙拿烟，那人把他手一挡，段解放把手回个弯又递上烟说：我们厂环保真是达标的，不信你查查你们底子。

那人说：你见过黄历一本管几年的吗？再说，你去看看你们排出的污水臭味有多大？那人说着，便风一样朝厂房后边走，几个人也急忙跟着，那人刚一拐弯便皱着眉头一指说：你们看一看，闻一闻，你们这是什么颜色，又是什么味道！

印染车间流出的水确实呈褐色，还带着气泡发着臭味呢。不过在长旺，污染到这程度的确不算严重。两人刚想说什么，那人把手一摆，便又往回走。他们颠颠地，还没走到跟前呢，就发现门口已经贴上了封条。两人傻眼时，几个人一开车门噌地一上，车子就旋风一样出了大门。封条虽然贴得很紧，但有一头还是掀起了一个小角，风一吹，一掀一掀的，像个小鬼舌头。

两口子只得分头找人，但事情还是不能解决，都说是有人举报，举报人来头还不小，但到底是谁说法不一。

环保的事还没办出头绪，国税局的就又来了。段解放忙向来人提起国税局的熟人，来人说：这次谁说也没用，市里要联合检查，燕平税收亏空太大，你们一直欠着税款，这次必须一次性缴清 125 万。

这么大数目是怎么来的？矢秀白问。

怎么来的？反正不是凭空捏造出来的。我们来时领导交代了，说你们要不服从，就让把你们账带回去详细审核去。税款员说。

没想到，第二天一大早，国税局的几个人就来了，二话没说，把账就收走了。时间不长，就又电话通知女会计去。

厂里的气氛立时更加地紧张起来。

两口子倒是从这一阵混混沌沌的浮躁中拔了出来。

白妮

女会计问矢秀白怎么办？

这个时候，矢秀白不想给女会计多说什么。这女会计是段解放亲戚介绍的，是个学财会的大专生，从外地回来，正式工作联系不成，就来了这里。秀白就挂了脸，解放也气得难受，可眼下又不是要规矩的时候。两人就又兵分两路去活动，解放去了环保局，秀白去了国税局。

厂里几个核心人物也都慌了，都和厂子粘着连着呢，都说有人出人，有枪出枪啊，快，快去找人啊！厂子要是罚去125万，就别转动了。有的打电话，有的亲自出去跑。

也该着在矢秀白面前争口气了，段解放只两天时间就把环保局的事摆平了。他还真是沾了打牌的光了，正好牌场里一个哥们在环保局工作，他给那哥们弄了十条"三五"牌香烟，一箱茅台酒，那哥们在第二天就来把封条揭了。这让段解放突然感到自己本事原来不小呢。

矢秀白这边却办不下来。人家告诉她说这回正赶上风头了，市里在统一组织税务大检查。说要把所有企业的账目都检查一遍，可是她打听了好几家企业，人家都说没什么事，有的说也到他们那儿去了，不过打个晃就走人了。

段解放说：纯粹欺负人，咱们就是不缴，看他们能怎么着！

矢秀白也很生气，也说拖着，就拖着！

但在第二天，税务局就来了通知，说如在三天内缴清，可缴120万，如不缴，拖延一天，追加10万！

他们基本找遍了县里所有熟人，回来都说不行，一点宽松的意思都没有。矢秀白去找乡镇企业局长，这人对她倒很尊重，但说已经为好几个企业说过话了，怕再说话也不会灵了，还说，在税上解放厂不是一直没拖过后腿么？她说是啊，就是查也不该查我们，燕平乡镇企业偷漏税的有的是，怎么单单来查解放厂呢？她又去找了主管乡镇企业的魏副县长。魏副县长从心里还是高看她，知道这是税务局有人故意拿捏她呢，他要帮她说句话，肯定能够起些作用，但他不说，这女人眼里太没人。就说阎宗品来县里开会那次吧，会后，他本来想再问问她那里的情况，可她背起包就走，从他身边走过时，只点个头就过去了。哼！一副贞节淑女派头。

都跑两天了，可是一点收获都没有。

办公室主任提醒说：明天就是第三天了，说三天交不够120万，拖延一天，加罚10万，听说这次要动真的。

段解放说：咱们去县长书记那儿告他们，问题比咱们严重的有的是呢，非拿咱们开刀，咱们得给他们辨扯辨扯。

矢秀白说：放心吧，县长书记不可能为咱们得罪税务局。实际她也想找县长去，可他听说这位胡县长是有名的打鸟专家。她怕跳到黄河洗不清。可她又不能找县委秦书记，这次税务大检查就是秦书记亲自挂帅的，秦书记比胡县长还年轻，是个政治上急着要求进步的人。他不可能在这种时候为这事说情。

蔡小忠就是这时回来的，他是接了矢秀白电话回来的，矢秀白一张口就说小忠哥，你快回来吧，我们招架不住了！实际蔡小忠在家也正小猫爪子抓着心呢，在他待到第三天时就想往回走，可他媳妇让他挖个菜窖，菜窖还没挖了一半，矢秀白的电话就到了。

到底还是蔡小忠查到了实情，那天蔡小忠是后半夜才回来的。王小池，他个王小池要是不干这事，他就不是王小池了。蔡小忠说。

实际上，王小池在长旺跑了一阵，认识了县环保局一个合同制工人，这人是前些年闹运动闹上去的。是在一个酒场上认识的，两人越说越投机，说到最后，论了论，原来在运动中两人还属于一派呢。王小池就问那人有没有权力处理事？那人就问是哪个地方的事？王小池说是长旺的事。说话没几天，就赶上了市里税务系统联合大检查，两人就连蒙带骗地举报了解放厂偷漏税问题严重。当时燕平税务局正愁完不成任务，税务局长是个刚从外县交流来的年轻干部，正在烧上任的三把火呢。局长一上手就摆得铁面无私，这次检查一定要杀一儆百。

底细是摸出来了，没有一定影响力的人是绝对办不成的。还能有别的办法么？没了，真的没了。

2. 我不是交换

矢秀白给孟正律打电话时，孟正律刚被抽到省政府帮忙去了。省委一年一度的市级领导班子考核，每年都要抽人。孟正律能被抽上非常高兴，这无疑也是一次联系上层的绝好机会。

孟正律说：考核组刚下来，时间安排得很紧，我实在回不去。再说，就是回去了，这种事，我说话也顶不上事，还是找阎市长吧，我给他打电话说一下，你就直接去找吧，没事，上次，也已经有些铺垫了。

矢秀白虽然想到他会有这种想法，可一旦真的说出来，让她心里很不是味道。她想了片刻，就把电话给许森林拨了过去。

许森林说你先别急，我找人试试。

电话先拨到了中组部的战友，可战友说他在三个月前就退二线了，这种事二线干部说话根本不起作用。商务部工作的战友，开始兴致勃勃地答应了，可是联系了几次，便回说不行，不行，说税老大太牛了。最后他给矢秀白说：咱谁都别找了，重金收买吧，我帮你。她说：不行，已经试过了，没人敢要，这次是拿解放厂当靶子，这在县里已经是公开的秘密了。

到了第三天中午，女会计接银行一个电话，说解放厂的账号已经封了。几个外地专卖店的钱再汇过来，怕是要被划走呢。

段解放忙去给几个专卖店打电话，说这几天千万别汇款，可西安店和北京店说已经有款汇出来了。

找的税务局的熟人虽然帮不上大忙，却一个劲地给报信息。到中午，信息又来了，说税务局长这次真要开刀了，说今天一天要是真不来缴税，就真的要按通知办了。

几个人沉默了几分钟后，矢秀白给段解放说：咱们去趟安宁，找阎市长吧。

段解放出口长气，说：还是兵分两路，我出去找找人，看能不能把西安和北京的货款转移一下，安宁你去吧。

矢秀白想了想，说：也行。

世间的故事凑起巧来，往往都是千篇一律的。接下来，她刚出门不远，突然觉得身上有些凉，就想回去再拿件衣服，但走到了门口，正好听见段解放在屋里打电话呢：没事，你就放心大胆地说吧，她，刚走了……

衣服没拿她便扭身往外走，她知道，解放这是给玉仙通电话呢。

阎宗品听她说完，就拿起电话往外打，虚着眼睛盯着前方，很专注。

她不知他在给谁打电话。她看看手表，已经10点了。她后背上的汗珠一劲儿往下淌，她一下一下地拽着领口扇着风，同时还不停地拿手擦着脸上的汗珠。

阎宗品还是一脸的平静，把电话拨了几次，又放了几次。那头占线。她一边想着，脸上的汗一边流着。呼机响了，是段解放——怎么样？家里情况紧急！

呼机又连着响了两次——家里情况紧急，你那头到底怎么样？！

她赶紧找电话打了过去：别急，正在想办法。

她刚放下电话，就发现手边多了一条毛巾和一杯凉白开水。她心里一惊，当然知道是阎宗品放下的，她没犹豫就拿起毛巾哗哗地擦满脸满脖子的热汗，又端起水杯一饮而尽。然后才觉出毛巾上有一股特殊的香皂味。

电话终于通了，他说：小高，有个事给你说说，你们燕平的解放厂……

她的心呼呼地往上蹿了几下，就蹿到了喉咙，她使劲收了几下却难以收住。

他不容置疑地对着电话说：这是合资企业……是……对对……象征性地收点算了。

她头上和背上的汗水终于止住了，心也悠地一下落了地。

他放下电话，又过来给她续水。他端的是一个高脚凉杯，凉杯里的水缓缓地倒进水杯里，发出清凉的哗哗声。她忙站起来，说：我来，我自己来。她的一根小指就正好搭在他手掌上。而他，不知是没感受到，还是有意体尝那股劲儿，他把凉杯就那么悬着，眼睛盯着房门，两三秒后，才把眼睛收回来，回到自己座位上。

他那脸往上抬一下，眼睛看看房门，又看看她，低声说：以后，会后悔吗？

她轻轻地摆下头，很坚定。

他一双大眼睛又牢牢地盯她一下，然后说：你先走，去建兰小区×号楼×单元×号。说着，把一串钥匙轻轻地放到她手上。

这是一套三室两厅，里头还有些许油漆味呢，屋里一套绒面沙发，花色和质地很讲究。迎门墙面上是个兰花造型，淡雅大气。桌上一个花瓶，瓶里也插着一束绢质兰花，一眼看去，跟真的没什么两样。迎门镜面上，也有两朵本色的兰花。

门响了，他进来了，脸上公事公办的官场表情还没收尽。她站起来，原地不动地看着他，脸上和身上带着一半羞涩，还带着一半心安理得。他回身又推推门，确信门锁已经锁牢，然后走过来在她对面沙发上坐下，两手奔在扶手上。这个姿势已经有些平民，这时脸上和眼里也溢出了平民的温和。几次见面都是在办公场合，眼下这种风度让她很受用，但她的确有些紧张，咚咚的心跳声她听得清清楚楚。

他那胳膊还在沙发扶手上架着，八个指头交叉在一起，两个大拇指肚顶在一起，眼睛定定地看着她，说：你如果想走，还不晚。解放厂没事，小高已经交代下去了，刚回了电话。

她心里猛一摇晃，一脸一身的羞涩倏地撤了。这是尊重她，还是小看她，或是侮辱她？她知道，她现在要走，他什么都不会说，他甚至会给她打开房门，和蔼地嘱咐她慢点。而她现在要不走，那么下边的事，傻子都知道。

我不走。她把包从肩膀上放下来。

他俩谁也没有动。她觉得他会过来，过来抄起她抱到床上，刨乱她衣服，然后如老牛犁地一样喘息。可他没有，他还那么坐着看着她，倒是眼窝里闪着亮泽，胸脯略有起伏。而其实他也在猜她，猜她会到他这边来，扑到他怀里，枕住他肩膀，最起码也会拉住他手。可她也没有，她清一下嗓子，说：我不是交换。

我呢？

也不是逼良为娼。

两人都悄悄地长出口气，觉得把话算是说清了。

到底是他先走了过来，拿过她手，握握，然后贴到嘴边，轻轻地把她拽到怀里。她顺着他。不过，在她觉得他该热烈的时候，他还慢条斯理地做着准备；在她觉得他该暴发的时候，他照样四平八稳着；在她都有些急不可待时，他还在按部就班地走着程序；在她有些焦躁时，他才显得有些急迫……

3. 还不如让我死了呢

像是玉仙，像是玉仙呐！老天爷！怎么会像玉仙呐？！

段解放看着北京台屏幕上一具女尸发疯了，那尸体的身材、发式、衣服，都像，都像啊！肇事逃逸！请知情者认领尸体。

他这一阵子正天天看北京台一个电视剧，故事有些和他的情况相近，也是一个男人和两个女人，男人许多心理都和他一样。那则认领启事是在两集剧中间插播的。说是车祸事故发生在昨天凌晨，肇事地点也在"解放毛线毛织品门市部"附近！

他给北京门市上打了个电话，是个服务员接的，说玉仙没在，他问干吗去了？那人犹豫了一下，问你是谁？他说是亲戚。她不在。她干吗去了？串门了吧？今晚回来么？对方说不知道，然后放了电话。后来他又打了一遍，还是那么几句话。

他像无头苍蝇一样瞎撞到天亮，他想去北京，可是当天八点半县电业公司的人要到，最近县里修路的规划线正好压住解放厂的变压器，解放说让他们绕一下，还浪费了几条好烟几瓶好酒呢，可无论如何说不下来，只得移变压器。

那尸体肯定是玉仙，那件方格上衣还是他给她买的，那双半高跟棕色皮鞋也是他前不久给她买的。应该错不了，再怎么巧，也不会既有那么相似的身体，又有那么相似的穿戴，再说还正好在门市部附近呢。得赶紧去看看，可是和他走得最近的副厂长跟矢秀白去西安了，其余的都是矢家方面的，唐梅倒是沉着干练，可是一个年轻女人也不行，再说了，这事得先瞒住矢秀白呢。

最后想起王小池，王小池这一阵还在长旺呢。没办法，先让王小池去一趟吧。他恍恍惚惚听说王小池跟玉仙也不错。

他找到王小池后，王小池也急了，问了好几次是不是看准了。他说我还希望没看准呢，要不说先让你去看看呢。王小池乜斜他一眼说：我去倒是行，可我手里也有一大摊子事呢。段解放就掏出1000块钱说你先去，看看是不是。王小池扫一眼钱，说解放，钱不钱倒是没事，我是真的没工夫，我也是应承着人家好些事呢。解放就又拿出1000块，说你先去，不够花了，你添上，回来我还给你。王小池把脸一噗，说解放你小看人不是？别说你这2000块，就是20000块我姓王的要眨眨眼睛，算我眼皮子浅！

两人你来我去地交涉了一会儿，眼看电业公司的车就要到了，解放一咬牙，给了他5000块。

王小池上路后，段解放给矢秀白打了个电话，问合同签得怎样？矢秀白说还算顺利，再有两天就回来了。

　　其实，段解放是一个星期前刚去了北京的，他又叫着玉仙去了那家宾馆。玉仙不想去，可是拗不过他，最后去是去了，但整个过程慵懒松散无精打采。
　　他说玉仙你怎么了？不咸不淡的，跟喝凉水儿似的。玉仙说是不好，以后别来了。他说不来了？那你就先把我脑袋从我脖子上揪下来吧。说着，把头伸到玉仙跟前。
　　玉仙扑通一下朝他跪下，把头碰得咚咚响：解放，你就饶了我吧！你以后别找我了，你要找人，你就在燕平找吧，求求你了！我要再做对不起她的事，还不如让我死了呢！
　　段解放一下子跳了起来，说你这是干什么？你起来，你快给我起来，你这是疯了！
　　玉仙不起，还是一口一个地说你饶了我吧，饶了我吧，你以后就别再找我了，别再找我了啊！
　　他说玉仙你好好听我说，你别这么疯折腾了，我还有正事跟你商量呢。
　　见玉仙开始平静，他便拿一只大手扶住玉仙虚弱的肩膀，说我看秀白她生不出孩子了，这普天之下，谁能甘心到世间空走一遭？我想了个三全其美的办法，反正你那口子也不回来了，我和矢秀白也已经分了心了。咱几个就这么凑合着过吧。说实话，我把你弄到北京来就是为了不让你在她眼皮子底下转悠了。你下半辈子的生活我都包了，吃喝住行、孩子上学、老人养老，我都包，我只对你一个要求，就是给我生个儿子。儿子在北京生下来，我再抱回燕平去，就说是我在北京医院抱来的，我保证让孩子吃最好的饭，上最好的学，参加最好的工作……
　　玉仙急赤白脸地把他一推：段解放！别再说了，不可能！
　　段解放并不着急：我说的这事，你要同意呢，我就和她过下去，你要不同意呢，我就只得和她离婚，我就娶个年轻的给我生，我怎么也不能断子绝孙。再说了，我也不能让我的老爹想孙子想疯了啊！说完，竟然嗡嗡地哭了。
　　玉仙这是第一次看他哭，看着看着，身子就瘫在了那里，也呜呜地哭了起来。

　　屋里很静，段解放一直盯着电话，他嘱咐了王小池，让他到那儿看清楚了就打电话来，可是电话没来，屋里的响动倒很邪性。先是大衣柜嚓嚓地响了几声，后来一个茶杯盖子又掉了下来。开始他还没在意，以为是柜子木板爆裂，杯盖子没有放稳，可后来他突然就觉得那是玉仙，是玉仙的魂儿惊动他来了，玉仙她死得冤呐！

一分一秒挨到后半夜时，他就哭了，眼泪鼻涕哗哗的，他确切地记得，他给他娘坟上烧纸时都没流过一滴眼泪，他一直觉得流泪是女人和没出息的男人的勾当，没想到他也没出息了。玉仙呐，呜呜——

矢秀白是在第二天下午回来的，一见段解放低头耷脑，两眼也变成了两口枯井，她就吓了一跳，忙问：出什么事了？

事儿到这一步了，我也就不能瞒你了，玉仙，她，可能是死了。

秀白猛地打个激灵，让他再说一遍，他就把电视上的情景说了一遍。

矢秀白说：那你还在家里干什么？你怎么还没去呢？

他说我在家里看着倒变压器。她说倒变压器让别人看着不行么？我怕人家电业公司不依咱，也怕你……

电业公司不依咱？都出人命了，他们凭什么还不依咱？你还怕我？你怕我什么？要真怕我，还出不了这等事呢！

虽说看着她鼻子不是鼻子脸不是脸的，但他却非常地感激起来，就说我是没去，我先让王小池去了。她说亏你想得出啊！王小池是什么东西，你不知道啊？！他便更加地激动起来，把两只大手使劲地攥了两下，呼地抽了自己两个耳光。

4 她死了是遭到报应了

矢秀白不能不承认，在她震惊和恐怖的同时，还当真听到心头上的一块石头轰然落了地，那种钝刀子割肉的感觉再也没有了。这样想注定是缺德的，虽然玉仙做下见不得人的丑事，可玉仙不也是矢秀白请来的？别人不知道，矢秀白自己还不知道？玉仙有极仗义的一面，也有极软弱的一面。既把她领进家来，就不该埋怨她出这事，要想让她不出这事，就得提前防范着！

一路颠簸着，一路跳腾着乱七八糟的心思。

临到北京时，她的自责就到了极点，玉仙走前，还到她屋去了两次。她虽然一次是说厂里的事，另一次说店里的事，但她分明还想说别的。可她终是没让她说出来。你有脸面说，我还没脸面听呢，你把要说的话咽到肚里带到坟里去吧。没想到，她那句话，竟成了谶语。

她把手指插进自己栗色的头发里，把头皮使劲地掐了几把，脑袋还是生疼。扭头看看段解放，段解放的眼睛肿胀着。她想和他说句什么，可又觉得说也没用，他那心，像已沉到了深井里了，凭她几句话是捞不起来的。但她还是关切地注视了他片刻，伸手帮他拿去了肩头上一片小树叶。

几个人拐过了好几条胡同，绕过了一个散乱的建筑工地，最后才找到了那个地方。

还没进去,他们就都感觉到一阵无比的凄凉。段解放似乎闻到了玉仙身上的气味,立时觉得两腿一短,嗓子里就硬硬地哽了一坨。矢秀白压根儿就觉得尸体是玉仙,虽没什么切实的依据,但她心里一点都没疑问,她的鼻子喉咙也很堵,她很想大声哭一鼻子。相比之下,蔡小忠自然了许多,他先向工作人员说明了来意,又出示了解放厂和堤外村的证明。

工作人员是个白净的小伙子,拿出一本卷宗查了一下说:死者的表哥来过,已经把事情处理了。

矢秀白问:谁是死者表哥?叫什么名字?

小伙子看看卷宗说:叫王小池,办了手续就走了。

什么时候办的?

昨天。小伙子说着把卷宗递了过来。几个人一看,卷宗里夹着村委会开的信,还盖着大红的印章,信上写着死者表哥王小池前去接洽相关事宜,还有王小池的身份证复印件和玉仙男人单位的证明呢。

小伙子又说死者出事后,是清洁工早晨清扫大街时发现的,说他们领导很重视,通过对那个时段的录像反复核查,死者是在凌晨横穿马路时被撞的。还说那表哥说怕尸体弄回去,死者老母亲不能承受,同意当地处理。小伙子说完,又出示了当时的记录。

段解放哆哆嗦嗦地问:那,尸体呢?

工作人员说:已经处理了。

段解放的脸又紫又黑,反着亮光,两眼眦裂得吓人:烧了?就烧了?然后人就傻在那里。在当时,燕平还没怎么实行火化呢。一说把人烧成灰,都一时难以接受呢。

矢秀白喉咙突然也难受得要命,又憋又疼又酸涩,对了,就像有根浇了醋的棍子攮进了喉咙。玉仙死了他这样,要是矢秀白死了,他肯定不会这样子。兀地,心里的悲伤一下子减了大半。

蔡小忠又提议见了这里的主任。主任说肇事逃逸的汽车正在追查之中,蔡小忠问一般多长时间能追查到?主任说我们也着急,有消息肯定会及时通知你们。

从主任屋里出来,段解放似乎清醒了许多,他说咱们还得找找什么人,看看有没有别的说法。矢秀白让自己也冷静了许多,她说我也在想这事呢,本来想说找找许森林,临时又改口说找找兵兵吧,说着就给兵兵接上了电话,兵兵一惊一乍地问了几句就说她在外地出差呢,说她马上就找人。几分钟后回了电话,说熟人答应帮忙,说一定争取早日破案。

白妮

村支书刘新房和几个村干部都等着呢，段解放这时已经基本清醒，一下车便强打着精神拿出了堤外村女婿的架势，从后备箱里提出了上好的烟酒。

刘新房说这几天村里没电，谁都没看电视，秀白打电话之前，大伙还一点都不知道呢。刘新房问几个村干部这几天谁见过王小池？几个人都说没见过，管公章的村干部也说根本没见过他人，他拿去的介绍信绝对是假的，章在我家躺柜里锁着呢。人们一听都气坏了，骂王小池不是东西，既没党性也没人性，这样的党员早该开除了。

接下来，人们正商量着下边的事，王小池却自己打电话来了。

矢秀白说她和解放还有村里人们都在等着呢，你回来吧。

王小池一听矢秀白先把段解放摆出来，就明白这白妮子是不想在人们面前承认段解放和玉仙那点丑事。心里冷笑几声，说有些事，我回去再说吧。

矢秀白知道他回来得好好地唱一出儿，没理他，就把电话挂了。然后说：新房叔，咱们先商量一下怎么给玉仙她娘和孩子们交代吧。

蔡小忠的意见是如实给她娘说，刘新房也说玉仙她娘倒不是想不开的人。矢秀白就流下了眼泪，也知道老人会想得开，可毕竟是老来丧女。在场的人们也都抽抽搭搭地哭了起来。

刘新房说让小蕊她娘和蔡小忠先去，等说得差不多了，别人再过去。

没想到，只一会儿蔡小忠就回来了，说玉仙她娘早就好几天睡不着觉了，她说这几天一到晚上就听见玉仙在窗棂上叫娘还叫儿子北北和女儿京京，断断续续、凄凄惨惨。在叫到第二天时，她就不猜好理儿了，到第三天时，她就知道她闺女出事了。

秀白忙赶了过去，这时玉仙的儿子北北和女儿京京已经被人领出去了，老人家盘腿坐在炕上，秀白进门叫了声婶子，泪水就夺眶而出，玉仙她娘眼睛红着，泪水如泉，但老人一直把哭声死死地阻隔在嗓子里，以至脸憋得青紫，身子直哆嗦。老人一手攥住秀白的手，一手朝蔡小忠扬一下，说：大侄子，婶子没事，我有话给我秀白说说，你们先忙去吧。秀白心里一劲打鼓，不知老人要给她说什么。

玉仙她娘两手撑着炕沿往秀白跟前挪挪身子：丫头，我那闺女死了，我这老婆子，以后就没了闺女了。秀白忙攥紧老人手说：婶子要不嫌弃，以后我给您老当闺女，我给您老养老送终，到您老人家百年之后，我给您披麻戴孝。婶子，这事我给新房叔已经说了，为让孩子日后心里有数，让新房叔他们看着，我给签个协约。秀白一边说眼泪一边汩汩地流着。

老人定定地听着秀白说完，枯干的老手擦一把混浊的泪水，押一下蓝布大襟子，朝秀白欠着身子说：丫头，我老婆子，替我那死鬼闺女，给你赔个不是。

秀白一下子蒙了，上去抱住老人，以为老人神经错乱了：婶子，别太难过，都是意外，你千万得挺住啊。

老人推开她手，说：不意外，我的闺女我知道。见秀白瞪大眼睛看着她，又说闺女啊念你为人不浅见，这事，我就给你说开吧。

我的闺女我知道，她死了，是遭到报应了，是老天爷把她收走了。

老人说完，才哦哦地哭了个天昏地暗，秀白也哭了，也哭得掏心掏肺。

秀白听到有人敲门，出去一看，是刘新房他们几个。自然都是说些劝解的话，另外，几个人商量了一下，决定还是由秀白把牛庆柱出国的事给老人说了，但没说出去不回来了，说出去两年就回来了。最后秀白当场给老人出了赡养老人抚养孩子的手续，还让刘新房他们签了字。

如同人们预想的一样，王小池一回来，果然就说段解放给的5000块钱让小偷偷了。

蔡小忠说钱偷不偷的，谁也没看见，我几个去了都看见你开的村委会的介绍信了……

刘新房把蔡小忠一拽，小声说这事下来再说，眼下先说当紧的。蔡小忠没把话打住，知道刘新房太软，这些日子村里工作上不去，都是因为他太软。

王小池虽然听不清他们说什么，但也知道刘新房是在制止蔡小忠呢，就越发地嚣张，说：要不，人家谁也不愿意去帮这忙呢，凡摊上这事，没有不跟着倒霉的，我这去一趟北京，不光解放的钱让小偷吃了，连我自个的钱也让小偷吃光了，我也有几千块呢，都是长旺朋友托我办事的钱，这还不知道怎么给人家交代呢……

矢秀白不客气地说你还是快说说你去了怎么办的事吧。

嗷，你是说玉仙那尸体啊？哎呀，也就是我啊，要是你们去了，根本不敢睁眼看呐，整个人早就烂糊糊的看不出模样了，吓死人呢。这样的尸体要是让她娘看了，铁定要了老命呢。一边说一边挤出两滴眼泪。

段解放不想让他往下说了，打断他说：我不是让你打回个电话吗，你怎么连一个都不打……

王小池挂出一脸的无赖相说哎呀，解放，我知道啊，我知道玉仙死了，你比谁都……

矢秀白知道王小池要拿脏水泼人了，眼下要不截住他，指不定说出什么混账话呢，就说：骨灰盒还在灵棚里放着，老人和孩子都哭得死去活来的，死者为大，咱们还是先说办丧事吧。

5. 我俩也离了吧

孟正律发现，范东红变了，很少追问他的事情，比方去哪了？和谁在一起了？也很少东家长西家短地说闲话了，对电视上的泡沫剧也不感兴趣了，开始玩洋的，炒起股票来了，手里成天看股市报，拿个直尺，在报纸上横一下竖一下地比画着又写又算。

紧接着，这女人居然也就赚起钱来了。孟正律也不管她，她那个单位经常放假，工资自然不能按时发放。起初总嚷嚷着让孟正律给调到事业单位，他不说不办，说正找人办呢，等等吧。其实办公厅不少同事都在办呢，都在拐弯抹角地找关系把媳妇从不好的单位往好单位调，可他不想给她找人，他如果死气白赖地找找，也不是不能办。可是让她去哪呢？不熟悉的地方去不了，熟悉的地方，就那一身的小家子气，还不把老祖宗的人都丢尽呢。好在，这些日子她一头钻进股市里，也不嘟囔调动的事了，他也难得痛快。

可是没痛快多久，事儿就来了。那天他们去宏达化工厂调研回来的路上，眼睛忽然像被马蜂蜇了———个女人和一个男人正在并排骑车上地道桥，男人把手搭上去推着女人后背，两人一齐弓腰，一齐弓背，一齐用劲，配合默契。男人不知是谁，女人毋庸置疑是范东红！

他就是从这天起开始注意范东红的。范东红脸上的护肤品换了味道，由原来的大众型，变成了高档型，脸也滋润了不少。同时身上的衣服在不断更新，以前总嘟囔着要他跟着去买，现在不了。说你不是不愿意逛么，你就别跟着我去受罪了。但拿回来的衣服仔细看起来，已经提高了档次。以前跟她去商场，只要一见了处理专柜就挪不开步子，只要买了折扣商品便像拾了个金元宝。现在买回的衣服眼见着大方文明了许多，而且还主动地，似乎也很随意地跟他说价格，价格也不高，和以前衣服的价格差不多少。但偶有一次，他跟机关事务局的朋友去商场买办公用品时，正好穿过服装柜台，他有意看了看范东红穿的那个牌子，却发现实际价格比她说的要高出三倍！

紧接着，他又发现一辆崭新的轿车送她回家，而开车的人，正好是那天推她上地道桥的男人。车子崭新，身上的穿戴也火暴了不少，看来人家有钱了。

再后来，他终于获得了确切信息，那男人也是一个停产企业的工人，这两年炒股炒火了。

他惊异兴奋之余，立刻决定成全范东红，也成全他自己。天意！

这天他给范东红说：我去山东出差，两三天回来。

他是跟主管领导考察山东乡镇企业经营模式去的。当天夜里他从山东打回个电话，打电话时他正在和一个山东人有说有笑，电话里还传进了几声山东人的粗门大嗓。

他是在第三天回来的。当夜，他就给范东红摊了牌。

录像机一打开，范东红只看了一眼，就以传统的这类女人的方式，往下跪。他双手使劲托住她身子，他毛着腰托着她，说：东红，对不起，对不起，我借这东西是想咱们自己解闷的，想给咱自己录下自己看着玩的，没想到偏巧那天我刚刚放在这里，领导就让我出差，我就忘记关了，而你呢，又偏巧出了这事，我真的没想到，没想到啊——这套瞎话的笨拙，使他自己在以后多少年里都后悔不迭。

听他一说，范东红本来极度羞愧自责的心理一下子缓解了。她爬起来，坐在沙发上，眼睛直直地盯着墙角，撩起散乱的头发，擦一下泪水，说：录了就录了，谁叫我做下这事呢，谁叫我没想到你能放下这玩意儿呢，就这样了，你看着办吧。

人就是这么有意思，孟正律一看她这样，鼓鼓荡荡的胸脯似乎一下子就被扎了个洞，噗一下，人就瘪了，同时也感觉到了自己的不光明，甚至还有些下作。也是，干吗非这么着，那晚可以回来，可以假装不经意地把他们摁在床上。哎呀，简单的事情复杂化了。出乎他意料的是，范东红清清嗓子，又说：我俩也离了吧，我听说，矢秀白已经离了。

他说：你说什么？说什么呢？

范东红就又说了一遍：我俩也离了吧，我听说，矢秀白已经离了。

哦？他一下子有点被打昏了，没想到这离婚的事倒让她先提出来了，更没想到，她还知道矢秀白离了，她消息怎么这么灵通？他磕巴了两句，说：离婚？你说离婚？好哇，离啊！她矢秀白离不离，我不知道，我一点都不知道。

范东红圆圆的眼睛朝他晃一眼，说：谁知道你知道不知道呢？反正，我知道。

正经轮到孟正律不知所措了。这女人把矢秀白的事抬出来压人，招数够损，什么时候学会阴毒了，她自己想出来的，还是股票大腕点拨的？

之后，两人有疏有密地对峙了一段时间，到底还是孟正律做出了一个姿态——把范东红弟弟从小企业调到了市水利局一个下属事业单位。孟正律把手续一递，说：清了，这个事，算是一个结局吧。我知道，你疼你弟，给你弟办了，比给你办了，你还高兴。

范东红点点头。

范东红把孩子留给他，和股票大腕一块儿去海南发财去了。范东红每月按法律规定给孩子付生活费，但实际上，范东红每月给孩子寄来的钱，都超出规定数目。

段解放心里一直觉得长了一块病，这块病让他时时刺疼不已。

他觉得是他杀了玉仙，他天天想念玉仙，想玉仙的温柔善良，更想玉仙对他的依附，玉仙一死，他觉得他的男人作为大大降低了，再说，他在这个家里也没有任何底气可言了。

那是个晴朗的天气，他在院里一只小马扎上眯眼坐着，一身的无聊。按说早该去车间看看，可他懒，筋就像团成团儿了。他干活少了，烟瘾却大了，原来每天抽一包，眼下每天抽三包。烟抽多了，火柴却用少了，常常一根顶着一根的。才早晨九点，烟盒已经空了，可是他那烟瘾还没过呢，他想进屋去拿，可他不愿进去，她在屋里呢。

烟瘾像小火苗汹涌地燎着他每一寸皮肉，让他浑身难受，无精打采，实在想立时抽一口。

他又隔着门缝看一眼，她正看财务报表呢，津津有味。一只小黄蜂不厌其烦地围着他耳朵、脖子和头顶嗡嗡转，他轰走了几次，又飞回来几次。他呼一下蹿起来，抓条毛巾追着抽打，可小黄蜂前后左右地和他周旋，既不跑远，也不到跟前，就那么一下一下地逗他。他心头的气一下就上来了。矢秀白瞧不起我，莫非你个小黄蜂也瞧不起我？他跳起来，挥起蒲扇样的大手掌，啪啪两下就把小黄蜂拍烂了，然后带着呼呼的风就闯了进去。

矢秀白！我和你离婚！

矢秀白看他一眼，没理他，继续看，神情像一个有涵养的母亲看一个正在捣蛋的孩子。

矢秀白！我和你离婚！

她把报表放下，看他片刻，才有点夸张地说：离吧。嘴唇张得老大，后一个字出来后，嘴还大张着呢，眼睛也还在夸张地大睁着看他。

他说：这日子我过够了！

她看着他，知道这次怎么也维持不下去了。

第三天，他们就去县民政局办了离婚手续。

这是燕平最早的一例协议离婚，很简单，又没有孩子，这让矢秀白既欣慰又难过。

他们跟民政局的人说好，让帮着保密一段。那人说没问题。

这件事，是在段解放去山里开了矿，找了个女大专生要结婚时才公开的。着实让周围人们大吃了一惊。说可没见过这样的，人们离婚都打得鸡飞狗跳的，人家这可好，不显山不露水地就把婚离了，人家离了婚还能和和气气地商量事呢。

矢秀白看上去还是没什么变化，有人问她就说上两句，没人问，想都不去多想——天天要想的事情太多，想了这事想不了那事，周围该做的事情那么多，让自己车轮一样天天转个不停，倒也图个心里净便。

段解放结婚后，她接待了他们两口子一次。那女大专生真挺适合他，才几个月时间，就把段解放滋润得变了个人儿似的。大专生一米六五，身材苗条，细细的丹凤眼，说话声音细小，走路也杨柳经风似的，矢秀白一下就想起人们常说的"小鸟依人"。

6. 建议引进澳毛生产加工

时间已经匆匆忙忙地进入了一九九〇年，矢秀白给她姨家建的两层小楼已经装修完，所有房间里的摆设也都安置妥当。

这是孟村第一座小楼房。房子从外头一看和长旺、燕平的小楼房没什么两样，但内部装修和设置却极讲究，图纸是请安宁市城乡设计院设计的，做得既实用，又大方。

董天又要来了，这天，秀白她娘先来帮着给董天做棉袄棉被来了。还是秀白她娘想起来的，说买的那棉袄棉被，一点都不暖和，秀白买的那棉袄棉被她拆开看过，里头那东西既不发暖，也不柔和。说人家董天能缺什么？咱给人家做个小棉袄再做两床薄棉被，棉袄穿着，棉被一床放在这里盖，一床让他带回去盖，也算咱们的一点心意呢。

秀白说那倒也是，澳大利亚虽说一年没太冷的日子，但是到了冬季也是十几度的温度，穿个薄薄的小袄，盖个小薄被子，也挺好的。

她姨夫说还没看出我这外甥啊，回到老家，反正得给家乡企业做些赞助，赞助谁都是赞助。这样的人，看重的是才能和心眼子，没才能的不行，有才能没好心眼子的也不行，咱秀白这两条都占。就说这盖房子，董天也没提这要求，这把房子一盖，咱们也住上好房子了，董天回来也宽绰了，他叔养老的事也解决了，老乡亲面前也体面了。你说秀白这多会办事？要不董天就放心大胆地给她钱花呢。

她姨说是呢，这么多日子，董天把钱放在她这儿，总共没回来几次，那是放心呢。她姨夫说一方面是放心，再说，眼下科学发达，联系方便。

她娘咯咯地笑了几声，说看你们俩，一对一地夸她，说半天要不是你这当姨夫的在这儿摆着，她再怎么折腾，也到不了人家跟前，到不了人家跟前，没人家那么多钱铺垫，她也没有今儿个呢。

白妮

　　董天是两天后回来的，董天的两间房是格外装修的，房间里装了上下水和抽水马桶，还有夫人的梳妆台，另外床罩、窗帘、枕头、被褥都是现代标准的。董天虽然说太客气了太客气了，但脸上的兴奋还是明摆着的，尤其一试抽水马桶，更是兴奋。他舅说原本说把我和你叔的房里也盖上这种茅房，我和你舅母不习惯，我们蹲在这样的茅坑上解不了手呢。一边说一边笑着，又领着董天看了给他叔预备的两间房。这两间房，里屋一个小火炕，炕上放个小炕桌，桌上摆着烟灰缸、水杯，还有棉的单的两季拖鞋。董天显然很感动。他舅说难为秀白想得周到，我和你舅母那屋也是这么装备的。你见了你叔，再劝劝他，一天比一天老了，早点过来住吧，也和街坊四邻们早点熟悉，以后我老几个一块儿做个伴，也省得惦记他了。

　　董天说那也是，我父亲在世时惦记我叔叔，我母亲在世时惦记你和我舅母，我祖父母、外祖父母都是我叔和你们侍奉的，还有呢，这些年你们一直管理着祖宗的坟墓，我父母说亏了有你们，要不然，我们日后连个根都寻不来呢。

　　第二天，矢秀白把董天接到厂里。

　　转了一圈，董天对厂子发展很满意，最后又说你给段先生商量商量，建议解放厂引进澳毛生产加工。矢秀白说，没事，不用问他，他同意。又接着说她上次去北京展销会上见过澳毛织品，澳毛比国产羊毛手感、观感和保暖性能都好，选质也极精细。

　　董天第二天就给澳洲一个澳毛厂家电话联系了货源，第三天就去了南方。临走又给秀白说资金如果紧张，他还可以支援一些。秀白说不用，厂里已经进入良性循环。

第十四章 做政治

1. 人家说的外商不是指她

矢秀白给阎宗品说她和段解放的关系，是在半年之后。

见她真有些犯傻地盯着他，他说：现实生活中，其实没有多少真正恩爱的夫妻，名存实亡的婚姻有的是，能维持还是维持，你也算是社会知名人士了，一离婚，你一夜之间就成了众人谈话的资料。谁都有权利指责你，说你对的，说他错，说他对的，说你错，反正你俩就成了众矢之的，人们一定要给你论出个是非来。

矢秀白听得很仔细，眼睛看着他，手从包里掏出一包开心果，慢慢地，剥出一个给他手心里放一个，他不吃，她也不吃，一会儿，手里就聚了一小堆儿。

他拿另一只手指点她眉心一下，说你看真正懂人情世故的，有几个离婚的？过上来就过，过不上来也得做到神离貌合，前一段，南方一个城市的副市长，也是我的一个多年朋友过来考察，晚上没事闲聊时，说和夫人就搞了一个中心两个基本点，一个中心是保持婚姻，两个基本点是互相尊重，互不干涉。

她又把一个开心果放到他手心里说：你放心，我肯定不会让你离婚，我离婚，也不是因为和你。

他说小气了不是？这话，是一般妇人说的，然后又想点她一下，她把头一偏说我是妇人我就是妇人，可我必须给你说清楚，我离婚真的不是为你，也不是想和你结婚，再说你也不想离婚，即便你想离我也不让你离，再说你就是离了，你要想找我，我还不跟你呢。

见她不高兴了，他忙说是我不对，不对，在这时候不该给你讲政治，我相信你能够把事情处理好。咱们这就讲实际讲生活好吗？你不是想扩建厂房吗？

见她还没从刚才的不快中拔出来，他就把头往沙发上一靠，说你个小东西气死我了，你气死我吧，我死了，看谁着急？说着把头无力地往一边一耷拉，做出断气儿的样子。

她心里一惊，像是他真的要死了似的，忙上去扳着他的头说你敢？你敢？你敢死！说着眼泪哗地下来了，很汹涌。那眼泪，一是想到他要真死了难受，二是还在为他刚才那番话生气，三是也为自己离婚伤心——到底是个女人，一个女人谁愿意失去婚姻？一边哭一边又说已经离了，早离了，早半年了，是他提出来的，协议的。

我有什么办法啊?

他睁开眼,把头挺直,看她一眼,把手心里一直还攥着的开心果抖在桌上,说离了?真离了?什么事都有个过去,人总得往前看,我还得给你说点正事呢。说着,朝她后背又轻轻地拍了几下,像拍婴儿。她果然就忍住了。

他说你不是要扩建厂房,再上两条生产线吗?你可以去找一下县土地局的方局长。是新上任的方局长吗?是。

她对县里的政要也基本熟悉了,土地局越来越是个肥缺儿了,原来的张局长要退休了,抢这个位置的有十几个人,有几个是重要乡镇的党委书记和主要科局的科长局长,剩下的就是一些大部门有实力的副职。经过五关斩六将,角逐到最后,只剩下了两个人,一个有省委组织部的关系,一个是县里有名的大户。可到最后宣布时,却是农委一个叫方元兴的副书记,整个燕平,一片哗然。

她说是你,给方局长办的?

他微笑地看着她,她明白是他办的。这阎宗品话少,关键时话更少,这可真是搞政治的。可她有时也为此不快,搞政治跟她也搞?

这天,他们在这里住了一夜,反正她也自由了,他给家里打了电话,说到省里开紧急会议,明天回来。

第二天回了燕平,和方局长电话上一提姓矢,那头就说矢经理啊,你在哪儿?她说我在燕平,你什么时候方便我找你一下。方局长说那你现在就过来吧。

一个小县城也没多大,不过五分钟就到了。方局长一见她进来,就给办公室主任交代说再有人来你先接待,我这儿谈一宗外商占地。办公室主任上上下下看看她,方局长便说:外商不是她本人,是她的一个姓董的亲戚,澳籍华人。她一听才想起董天来,可不是么?人家董天虽说没有外国人的相貌,可人家是地地道道的外籍华人呢。她心里猛地一震,又想起以前几次冒充外商套钱的事,不过,这次不同,人家这位方局长极是聪明,人家说的外商不是指她,人家是指董天呢。

不谈这事她还不知道呢,原来每亩15万的土地,如按外商合资占地,每亩才2万。她说可不可以多征一些?方局长说可以,目前不是大力提倡兴办外商合资企业吗?外商有资金有项目,有独到的管理模式,把企业办红火了,一方面增加财政税收,另外也好解决本地大量人口就业问题。不要说解放大量的农村劳力,单说目前咱们的县办企业已经全线崩溃,大量下岗工人和待业青年没有饭碗端呢。你没听说过,有的工人背着白面去农村换粗粮呢,还有的工人去承包农民土地去了呢。上次县长办公会着重提出,要鼓励城镇待业青年到乡镇企业就业呢。

她心里不禁一震,这个方元兴有口才,有政策水平,阎宗品的眼力还真是蛮不错的。可不是吗,就说解放厂,光堤外村工人就有大几十个,目前厂里已经400多口人了，这完全可以说是解决了400多口人的吃饭就业问题呢。如果再上三条生产线，还可以招收200来人，再多上，就业人数可以更多。她说方局长，照你这么一说，我扩建的劲头就更大了，这样吧，咱们上来就把厂子多扩大一些，到镇子外头再建一个分厂，这个分厂完全按照现代企业模式去建，咱们还可以大量招收人员，争取容纳1000人，怎么样？

方元兴自然对矢秀白又大加赞赏。之后，一脸轻松地说时间过得真快，我认识你时，你还是小姑娘呢。她说我小姑娘时你认识我？他说我听过你讲解。那时我不上学了，没事干，天天到处跑着玩儿，那天跑到农展馆你正在讲呢。我们当时见了你都很纳闷，不知你是哪来的，后来才听说你是地地道道的堤外村人。后来再去了就听说你回村了，说是有点什么小问题。嗨！那年头，一说有海外关系，能把人吓个半死，哪像现在？

最终，确定帮她征用200亩土地，50亩用来扩建厂子，其余也以与外商合资办厂的名义征用。

两人具体谈了三次才谈妥。里头的潜规则，矢秀白自然认真遵循。

2. 你肯定是因为一个人

孟正律提出和她结婚，她说不行。

他说，人生一世，草木一秋，不趁着好时光合到一起，还等到什么时候？咱们眼看都是不惑之年了，人家别人可以享受生活，享受爱情，咱们为什么不能？再说了，范东红离开我，是她自愿的，段解放离开你，也是他先提出的。话又说回来，就算是人们笑话，笑话笑话去，听蝼蝼蛄叫还不耩地了？

可她还是不动心，而他必须让她同意，他再不能失去这次机会了。

趁着一个星期天，他回了堤外村，那时那当娘的正为闺女发愁呢，说这孩子眼瞅着奔四十了，不光没孩子，连男人也没了。孟正律一来，老人便感到像见了亲人，心想两人要一直在一起，日子一准会稳当，也早就有了孩子的了。两人的分离，她开始觉得怨孟正律，后来又听说秀白和段解放结婚时，连话都没给人家孟正律说一句，就又觉得怨秀白。老人一听孟正律的来意，高兴得直抹眼泪，说天意，天意！老天爷有意成全你俩呢。我一准劝她，一准好好劝劝她。

可是过了几天，他又见她，在他试着和她亲近时，她虽由他抱，由他亲，但再往深里探究时，她却坚决拒绝。

他脸色更加难看起来，说你这样，你肯定是因为一个人，一个你想敬重的有地位的人。

她心里一打战，知道他在说阎宗品，她想说他句什么，可是话还没出口，他像受了天大委屈，拔腿走了。

不过，几天后，还是他先服了软，觉得上次过分了。眼见阎宗品地位越来越显赫，原来只管乡镇企业和几项不显眼的工作，这次市长分工，把原来于市长分管的土地和城建也给了他。听说于副市长意见好大呢。这样的人，哪是一个小人物所能得罪的？昨天说话伤了你，是我嘴欠，怨我，怨我太放不下你，老觉得你一直在我命里。真的。我敢对天发誓，从那天躲雨见了你，你就生生地刻在我心里了……

这话杀伤力太强，只"躲雨"一个词，就把她击中了，好比雪球哗一下见到阳光，她人一下子就化成水了。眼前立时又晃出了那件灰的确凉褂子，那个平平的后脑勺和发软的腰背。

紧随着，他又展开了后续攻势，先说前些年的不易，又说眼下的是是非非、风风雨雨，说他们两人要是在一起，能够一起抗风雨抗冰雹抗地震呢。说咱们都四十岁的人了，就是活八十岁，也已经一半了，别闹了，还是好好一起过吧，咱们还能一起过四十年的好时光呢……

矢秀白刚送走孟正律，许森林电话就来了，他说秀白，文件到了。

到了？这么快啊？不是说还有两个月么？

他沉吟一下，说是挺快。

她忙说到了好啊，这就超脱了，总算能好好地休息休息了。

他含含糊糊地说了声是。

秀白心里隐隐地替他难受，但顿了一下，还是说：这，你就有时间到我这儿真正履行你顾问的职责了。

他也顺着说是。

又说了几句没滋没味的，许森林便切入了实际，说：有件事我得给你说说，我那儿子许东晨大学毕业了。给他找了几个地方，不是人家不愿收他，就是他不愿去。折腾了好几个月，还没个合适的地方呢。一赌气，想到你的工厂去。

你还别说，他要是到我们这里来了，还真是大有作为，这里还真就缺他这么个人呢。

许森林说：我看，就按他说的，先去试试吧。

她说：行啊，这是瞧得起我们，我巴不得让他来呢，就怕他来不了几天就受不了了。我看这样，还是先找一份托底的工作，然后在我这里来做个兼职，那天我和陈振国还说过这事呢，我俩也想做点贡献呢。又说了几句企业上的事，就放了电话。

3. 没有办法也得有办法

矢秀白拨通了陈振国电话。陈振国也为许森林委屈，说这许森林也是不顺利，正好赶上退休了孩子毕业，像他这样的，这些年卖力不小，贡献也不少，就是没能捞下什么钱财，再说他这几年又赶上事了，老父亲尿毒症，儿子上大学，夫人魏娜也不太会经营家庭，这两年炒股还赔了。

矢秀白没想到许森林的事陈振国也这么清楚，连连说是，接着又说这孩子也是初生牛犊不怕虎，说他好多同学都不愿意去政府机关和事业单位工作呢，还提出"出生入死"的论调，说是海南人的提法，意思是"出"了党政机关就"生"，"入"了党政机关就"死"。

陈振国说难得这孩子有志气。

矢秀白说孩子们毕竟正血气方刚，但要想凭自己力量在社会上闯出条生路，不是件小事，这孩子在性情上和他父亲有些相像，其实还是适合端个铁饭碗。

陈振国就说他姥姥家一个亲戚在国务院办公厅工作，可以找这人帮帮忙。

矢秀白说好哇，好歹是亲戚，有个论头就好说话，我先给你打10万块钱过去，你先蹚蹚路子，咱们多花点钱，给他找份好些的。陈振国说不用，钱用我的。

亲戚姓彭，是陈振国舅母的娘家侄子，论辈分，陈振国叫他哥。

第二天陈振国就找到了彭姓亲戚家，这哥哥听完，眉间就抽成个"川"字，说哎呀，你别说去物价、海关、工商和税务这样的部门，就是去个一般政府机关也不容易啊。陈振国一听，简直觉得干脆一点希望都没有。不过，陈振国也是生意人，说是啊，谁让我有个亲戚在国务院呢。你怎么也得费费劲成全成全，人家只要给咱把事办了，咱们不怕花钱。

说到最后，那彭哥才勉强答应了，意思还算给了老弟一个老大的面子。

接下来陈振国去找他时，本来先打了电话，彭哥说在家等着，可到底还是出去了，说是有饭局推不过，让他在家等一会儿。可他从8点等到了10点钟，他就又打电话，回说快了快了。可是人家家属眼看着该睡觉了，就又打电话，说哥你要实在下不来，我明天再来吧。彭哥却说，哥儿们又唱歌来了，要不，你有话到这儿来说吧，也认识几个新朋友。他心想，去就去吧，当面把事说说，心里也就有个底了，去了也给他们把账结了。

他万万没想到，在他去结账时，服务小姐朝他递过一张三万九千多的票据，他问怎么这么多？小姐说彭哥让把以往的，也一起结了。

接下来，他怀着一团的疑问一打听，才知道这彭姓亲戚哪是什么国务院的，原来是畜牧局下属一个饲料场的。

之后，陈振国便接受了教训，说看不见摸不着的关系万万不能指靠，他把所有可能帮上忙的关系理了一遍，四处跑动。

一晃，从动议到这时，已经好几个月了。矢秀白就急了，没有办法也得有办法，再说，在这事上，不能天桥的把式——光说不练。当天，她把手头的事情处理了一下，便把阎宗品约到了建兰小区。

她把窗户打开，先通通空气，房子虽说时间不短了，有些日子不通风，少不得还有些装修的味道，在她收拾得差不多时，他进来了。他穿着她给他买的那件T恤衫，国际大牌子，比国内大牌子价格要高出两三倍，看上去虽没多豪华，但非常舒适，而这牌子，估计这市里没几个人能够认识。她不喜欢一个身居高位的领导，出来进去地穿着人人都能认出的梦特娇老人头什么的。

你可是越战越勇了啊！

什么叫越战越勇？从来就没有不勇过呢！

是呢，三十如狼四十如虎五十如金钱豹！

那些狼虎豹的，说的是女人。男人，早着呢，别说五十，就是七老八十也没事，只要能够迈过脚尖，就毫不含糊！

她心想，多精明的人也怕老呢，还八十？这才跨入五十，败阵的势头就显出来了。不过，她从嘴里还是不停地加以赞美。夸几句吧，又不上税。

两人吃了些东西，她便说许东晨的事。

他说非办吗？

她说非办，人家老爹帮了我，不然，我就没有今天。

他说那就试试吧。

她又少不得从心里赞叹，还真是大家啊，就这件事，搁谁，也得问问长短曲直，考虑考虑她和孩子老爹的关系，可人家就没问。说明什么？说明人家自信，人家觉得有他这样的优秀人物在身边，她不会再跟别人，再说，她也不是那种水性杨花的人啊。

又过了一个星期，他就让她带着许东晨去见面，他说办事的是他同学，在国资委当主任，说让同学对孩子有个认识，看看是个什么材料，用在什么地方。还特意嘱咐不要带任何东西，她说那怎么可能？他说听我的。在她又要坚持时，他说不用就是不用！这老阎，平常事上也随便，也开朗，但遇到重大事情，一下就严肃起来，说话也非常简短，从来都丁是丁，卯是卯。

没想到见面回来的第三天，许东晨就接到了面试通知。所有人都万分意外。

更意外的是，面试之后还没一个星期，许东晨就接到去国资委报到的通知了。

原来那边正在筹备一个大型会议，正缺人手，而缺的人手正好是学国际贸易的。

4. 夫人的关系不容你不同意

这天，两人高高兴兴地吃完饭，孟正律的手机就响了。一看号码，脸便立刻郑重起来，说大姐您好！您说吧，我这儿方便，方便！

只听了几句，他脸上肌肉横横竖竖扯几下，就扯出了一脸的怪异。

他终于放下了电话。她看着他问有事么？他犹豫一下说没什么事。她觉得有事有大事，便说是不是又要提拔一批？他说可能。她说不顺利么？他说是。她心想，这次，怎么也得再给阎宗品说说，这提拔的事情，宜早不宜迟。她说要不，我和你一起去找找？

他说不用，先不用。说得极干脆。

他走后，她还真给阎宗品打了个电话，说完几个琐碎事，便有点随意地问最近有人事变动吗？他说没有，你有事？她说没有。

他再来是三天以后，她发现他脸蛋上凹进去了一个坑，眼圈也黑了。她说你病了？他说没有。她说你怎么一下子这样了？他说有点感冒。她抬手摸摸他头。不烧。待了还不到一个小时，电话声就又响了，一接，又叫大姐，脸先端起来，一下子，就端出了几缕怪异。主要还是那头说话，他听着，间或也嗯嗯啊啊几声，而且脸色愈发地难看。

她便知道，他有难事了，不便给她说的难事。

放下电话，他把身子往沙发上一靠，松松垮垮的，眼睛虚着，嘴半张着。

她说，是在给你介绍对象吧？估计是夫人的关系，不容你不同意。

显然说到他心里去了，他不说话，还那么松松垮垮的，像刚跑了长途。

她说我认命，答应人家吧，答应了，没亏吃。

他嗵地坐了起来，说你就那么看我么？

她说不是我那么看你，是你必须得那么做，这个关晏梅我听说过，说她手伸得很长，你答应了她，省得让她不高兴。你禁不得她折腾。

他胸口一下下起伏着。

她又说不能低估夫人们的能量⋯⋯一句话还没说完，他手机就又响了，这次是办公厅通知回去开会，他只得又匆匆走了。就在他走后的第二天，她接了一个电话：你是矢秀白呀？

是，你哪位？

我是阎宗品爱人。

她的头皮嗡一下发起麻来，别是，夫人打上门来了。她说大姐，您？有事？

哦，也没什么，想请你帮个忙。

我能帮您什么？

常常听说你，在电视上也看见过你，又漂亮，又能干，佩服你呀，女人的骄傲，为广大妇女争了光啊……

大姐，您可别这么夸我。

不是我夸你，是真的呢。要不，有点事找你帮忙呢。是这么回事，我有个外甥女叫关小彩，在市煤气公司工作，今年二十六岁，还没对象，有人给介绍市政府办公厅的孟正律，说他最近离婚了。你能帮帮忙，给孟正律做做工作吗？……

她忙截住她说大姐，你放心，我一定帮忙。

那头声音又高了几度，说好哇好哇，小矢你果然爽快！

原来，关晏梅说的侄女，就是那个红柿子脸姑娘，从山区来的。关晏梅给孟正律明确地说按自身条件显然差些，可这孩子比你小十几岁，再说也绝对是个好姑娘。这年头，好姑娘不说是凤毛麟角，也稀有了。再说，谁让大姐这么看上你呢。你可就不能给我叫大姐，得叫姑姑，给你领导呢，有人时是领导，没人时就是姑父了。小孟啊，世间没有十全十美的事啊，本来你们领导对你就那么信任，这要一下子成了亲戚，他怎么也得让你更加地出息起来，我们以后还指望你们呢。

一个月后，孟正律和关小彩回老家举行了婚礼。

人们对这件事有多种看法。知道的，说是关晏梅施的招数；不知道的，认为是孟正律为升迁不惜委屈自己；还有的认为是阎宗品在建立政治联盟。

阎宗品在这件事上，说起来没参加意见，是关晏梅一手策划促成的，实际他心里比谁都清楚。关小彩是个好姑娘不假，但对孟正律，只配做保姆。他开始也不想让关晏梅说这事，他说非找孟正律干什么？找别处的吧，在人们眼皮子底下，有时要被动。关晏梅不听他的，关晏梅说我这么做，一方面为了小彩，更重要的是为你。

阎宗品就不说话了，其实也算默认。儿子在温哥华读硕士毕业后，本来说好了要回来，可是儿子又说再工作两年找些工作经验再回来，可是工作还不到一年时就交了女友，女友已经举家迁到了温哥华，这一来老两口便觉得儿子回来的可能性几乎没有。无形之中，关晏梅便把关小彩当成了在国内的指望。

5. 咱们不能不把自己当人看

孟正律和范东红在一起时总要下厨房，尤其是刚结婚那一两年中，做饭常常以他为主。但娶了关小彩后，他连进厨房的意思都没有，洗衣擦地买菜的事，他也连问都不问。

关小彩穿着大红睡衣出来进去地手脚不停，一会儿搞卫生，一会儿做饭，一会儿洗衣服，一会儿又打毛衣。

孟正律窝在沙发里，看书看报纸。

两人好像是两重天的人，一句话都不说。关小彩有时也拿眼角扫他一眼，但从来都是在他背后，孟正律看她从来就那么直接看，反正她也不知道。

他常常纳闷，这个关小彩长着一副大红柿子脸，脸蛋和身上的红衣服几乎一个颜色。他弄不清她那血色怎么就那么重，一根根血丝丝在脸皮上漂着，鲜血时刻要从里头渗出来。要说五官单看起来也不难看，眼睛不小，还有个双眼皮，嘴头也不大，眉毛也挺黑挺细，可是配到一起，一看就是个山里妞。这女人怎么能跟矢秀白相比？

矢秀白又见到孟正律时，整个人又瘦了一圈，眼睛也干干的发着红。见了面也不说话，一副受苦受难的样子。矢秀白先往沙发上一指，然后才说快把脸拾起来吧，省得一会儿掉下去，砸坏了地板。

孟正律像没听见。

矢秀白又说说你呢。本想他会好些的，可那脸却更加地难看，鼻子里的气也更粗，胸脯子里像跑着千军万马。

矢秀白就不看他，自管看着窗角上戳着的一只鸡毛掸子，风吹进来，鸡毛呼呼地抖着。

实际孟正律是带着激情来搞动作的，这个动作之前需要铺垫，可矢秀白一劲给他调侃，他就有点生气，一生气，动作就提前了，他噌一下就从手包里掏出一张白纸，咯吱一下咬破了食指，一串晶莹的血珠就滴了下来。秀白这才知道，人家敢情要写血书呢，才慌着去拦他，可他正激愤着，根本拦不住。但他在纸上才写了一个红艳艳的"矢"字，血就有点供不上，他又要咬，她才死死地抓着他，他不让抓，她非抓不行，他就把她摁着靠在墙上，便迅速地咬了一口，血就流大了，几个红艳艳的血字很快出来了——矢秀白，孟正律爱你，到死！

他把她撒开了，他手指上还滴着鲜血，耀眼的红字散发着令人心悸的血腥，她脸一下就泛了白，他脸也更加难看，他把字放下，呼一口长气，说你心里在笑话我？

她绷住脸。

他说你肯定笑话我。

她说王八蛋！

他说你？为什么，不笑话我？

她说因为我愿意让你这样，不这样，你不会安宁，你不安宁，大家就不会安宁。说着，找出一条创可贴，把他伤口包上。他的手还在抖，她双手把他双手握住，他手不抖了，他就势把她一揽，两人胸脯都感受到对方惊天动地的心跳。两人谁也不说话，安静得只剩下心跳声。

不知过了多久，他先抬手擦自己泪水，又给她擦泪水。她就直着脖子任他擦，栗色的大眼睛朦朦胧胧地看着别处，长睫毛上的小泪珠一颤一颤的。他给她擦干了眼泪，又给她整理头发，然后又整理衣领。整理着整理着，伸手抄起桌上一瓶酒咕咚咕咚就喝了几口。她受了感染，抢过来也咕咚地喝了两口。两人登时就都觉得血管扩张，心也一纵一纵地炸起欢儿来。他就把脸贴到她脸上，她也把脸贴到他脸上。她搂住他脖子，他也搂住她脖子。之后，他就一手摸索她的头发，一手摸索她的衣襟，在他摸索到她腰间时，她便轻轻地却也坚决地挺起身子，说不行。

他说怎么不行？

她说人不能没有底线。

你跟谁学的这？

她看着他，知道他话里又有话。

他嘿嘿冷笑着，眼里生出了两支冰冷的箭头。你以为我不知道？你在为谁保持守贞？

她厉声问他你说谁？

哼，肯定不为那个段解放，你？还不是为了姓阎的！

一双栗色大眼睛瞪他片刻，猛然把一记耳光朝他甩去。

6. 走上了政治舞台就得做政治

接下来，孟正律果然有光要沾。

首先是吃的喝的用的，基本不用置办。关小彩再往这边倒腾水果香油山货毛线毛织品以及小工艺品时，他连问都不问，关小彩也不跟他卖功劳。

更大变化还有呢，首先是办公厅人，有的干脆直说让他多美言多照顾。有人还叫他吃饭叫他打牌叫他到家去串门。阎宗品分管的部门有两个副职，还给他下了实着的，一个给他送来一台大型电视，说是给的结婚贺礼，说不喜欢可以退啊，有票。他一看，票上是8000元。还有一个给关小彩送了个白金钻戒，吊牌标价12000元。至于小一些的礼品就更不必说了。连市领导跟他说话口气也变了，以前见面，他上赶着问领导好，领导有的回个短语，有的只是点点头，现在要跟他说话，像对待晚辈。

那天清晨，他还没起，关小彩就拽他被角，他一睁眼，关小彩说有人，他说谁？关小彩拿头朝门口一摆，关小彩知道来的人除去她姑姑，一般都是他的人。孟正律穿着睡衣隔着门镜一看，是他一个老亲，心里就有些不快。

他说来啦，有事啊？

老亲说有点事。然后便磕磕巴巴地说事，他听着听着，才想起来，这是他父亲姥姥家的同族，论辈分该叫叔呢。

这叔说他家有块宅基地，毛算4亩，实算3亩半，十几年前让邻居霸占了，这邻居仗着他一个表亲当乡长。那时还有他爷，他爷把这块地当成命根子，托人往回要过几次都不行，后来反映到乡里和县里，但都没能起作用，他爷因生气得气鼓死了。后来眼看着他爹也快不行了，他妹妹就自作主张私通那家儿子怀了身孕，最后把事闹明了，他妹就提出让那家娶过去，那家倒是娶了，妹妹还给人家生了个儿子……老亲说了一溜八开，到最后，才说原先咱们没人让人家欺负，这会子咱有人了，你得帮叔讨回公道啊！

他把牙花子一嘬，说叔，这都几辈子人的事，一时半会儿能解决得了吗？话音没落，那叔咕咚就跪着抱住他腿。他连忙又拖又拽，可那叔说什么也不肯起，抱着他腿说大侄子啊，这事你可得管啊，以前知道你岁数小，官位也差些，怕你斗不过人家，没让你为难，现如今，不光你官大了，还跟更大的官家成了亲了，这事你管了，我家世代记着你的恩情，世代为你上香保你平安保你升腾啊！

他只得答应帮忙。

那叔走时硬扔下了一个老旧的信袋，他不让扔，可是那叔不干，说着说着，膝盖就又要往下塌，他便收了。后来一看，里头装着1万块蔫票子。

这叔是燕平邻县中阳县的，县长姓白，比较豪爽，就打了个电话。

白县长一听是他，忙说小孟啊？你在忙什么呢？他说都是日常工作。白县长嘎嘎大笑几声，说小孟啊，你可真幽默。也对也对，只是你可得悠着点，新婚蜜月的日常工作，辛苦啊！

哎哟，他没想到，这白县长也知道他新近结婚的事了，就随着说了几句笑话，然后就提出老亲的事，白县长一边听一边刷刷地做笔记。之后，说你放心，我明天就安排下去，你要不放心，就下来督督阵，哥们也好喝两盅。

没想到，事后三四天，白县长就来了电话，说事情有眉目了，他自然是表示真诚感谢。接着老亲家的叔就又来了，这次来，领来了他的一个妹妹和三个子女，一进屋，呼啦一下跪了一地。

在不到一年时，一纸任命，他就成了建设局的副局长。这让同事们自然是望尘莫及。虽然是个副局长，可这单位的副局长，比别的单位的正局长还重要呢。再说，报了到，分工时，局长就把不少实权工作分给了他，其原因是一把手局长也是阎宗品的人，另外局长再有一年多就要退休，他提前把事交给孟正律，一是为了讨好阎宗品，再说也在孟正律面前落个人情。

关小彩自然不用从姑姑家往这边拿那些水果香油山货了，而他家的东西，也需要时时往外疏散。

一转眼，就到了两年，而局长退休又延了几个月，因为局长手里正进行着一个大项目，项目涉及好几个部门，主要是省部里的几个关系不认别人，只认这个局长。在几个月时间一到，正好孟正律也凑够了两年任职时间。没有两年的任职时间，是没有资格提正县的。

他很顺利地扶了正，自然又任命来个副局长。但让他万万没想到，这个副局长是翁联合。孟正律就去找阎宗品，阎宗品也在琢磨这事呢，说原来的确没听说有翁联合，翁联合一定是和什么重要人物拉上了关系，不然，不可能突然安排，而且还安排到了这里，提醒孟正律不能轻举妄动。

不过，翁联合不光很快就进入了角色，还配合得不错。这让孟正律还觉得自己有些小人之见呢。在他和矢秀白又和好之后，把这事还给矢秀白说了。矢秀白说政界的事我不太明白，我只提醒你，既然走上了政治舞台，就得做政治，上班做，下班也做，白天做，晚上也做。免得你不做，人家做，你被动。

7. 矢家闺女白让你玩？

矢秀青说我是燕平人，我有点事麻烦你。

阎宗品打量一下，说你是哪里的？有什么事？

我是矢秀白的姐姐矢秀青，我妹没给你提到过有个姐姐？

他果然一振，又看她一眼。

阎宗品好像听矢秀白说过有个姐姐，矢秀白说话一般很少涉及谁。阎宗品对矢秀青这么直白、这么平静，还带着点理直气壮，生出一种本能的反感。心想，矢秀白这臭丫头，怎么能把这样的关系告诉给别人呢？亲姐也是一样。可他还不能对矢秀青表示不耐烦，凭直觉，这个矢秀青不好对付。

他说你有事？

她笑笑说也没什么大事，我不是弄着个柳编厂么？今儿来，一呢想麻烦你给外贸打个招呼，给下点计划，再呢想弄点钱扩大一下厂子规模。

这女人还真不识时务，两件事能办一件就不错了，还"一呢""再呢"的，银行的钱现在一天比一天难贷了，外贸计划比贷款更难，目前外贸滑坡，计划指标正在紧缩呢。一边想，一边伸手拿起文件夹说有急件等着传阅，我得先批一下。说完，把眼盯住文件去了，好像旁边根本没她这号人。这中间进来过几个人，有的送份文件，有的简短地请示问题。每个进来的，都要扫她一眼。每被扫一次，她就像被一个小刮板刮一遍，最后进来的是个中年女人，人样不错，大胆地和阎宗品说话，说完看她几眼，一点顾忌都没有，险些要把她刮下一层皮，这女人跟阎宗品应该有关系，要不，在他面前不敢这么看另一个女人。而阎宗品对她完全是尊重和放任的，这阎宗品和秀白到底有事还是没事？应该有事，不沾亲带故的，一下子就给办那么多事，再说了，一个五十岁的大老头子，见了秀白那样的白馞馞能不动心吃两口？对了，想起来了，在她刚进来一说是矢秀白的姐姐，他那眼神就闪了一下。哼哼！别装了，矢家闺女，白让你玩？

阎市长，要不，你先忙着，我就到办公厅吧，我去了就说是你让我去的，就说我是矢秀白的姐，他们应该知道我妹矢秀白吧？说着就站起来。

阎宗品的头不经意地抬了一下，发现了两束带毒的芒刺，他说：就好了。

他有点神经质地把手里的笔捻几下。

她便打了他的七寸，更知道，他把矢秀白真的是那个了……于是她又赶了一句：阎市长，我知道你忙，这事不该来麻烦你，可我实在没有办法，我是骑了葫芦下不来了，我那么个小柳编厂，关了吧，以前投进的钱就算打了水漂，不关吧，去拉折了套，也拽不出来了。说着一滴泪花滚了下来。

阎宗品听着，头摆过来摆过去地转了几下，像在活动颈椎。

秀青知道，他在拿主意，还往下说。

她又说了有三两分钟，他就拿起了电话。

第十五章　失盗

1. 双方都看到对方长处了

段解放这次是去山西开铁矿去。

说来偶然，这里有个半拉子矿，矿主要去印尼，也是去开矿，是被一个印尼华裔投资商请去合伙的。走前，找了几个买主都没成，主要原因是山脚下一个村里的老百姓不让进去。老百姓不让进，矿就开不成，开矿要用人、用水、用路，同时还要和工商、税务、电力、环保等等部门打交道，而这些部门好大程度上也跟当地是连着的。这一来，这里的形势就被这村的主事人控制了，主事人是一位杜姓老人。

段解放先跟杜姓老人见面。原来老人有老人的眼力，老人看上边几个买主都酸里吧唧，有个臭钱就摆他娘的臭架子，这个解放好啊，有点当年解放大军的架势，一双厚厚的嘴唇，还有一脸的坑洼，一看，就憨实可交。

矿山盘下之后，下来的事情果然顺利，杜老人给他撑着腰杆，先帮他找来了几个技术能手，又帮他找了几个有经验的中层管事，然后在方圆左右招了普通工人。他有这些年经营毛纺的经验和教训，既知道怎么敬着杜老人，也知道怎么依靠几个中层管事的，对待工人也有张弛，有时像他们的神仙，有时像他们的哥们。尤其把杜老人打发得熨熨帖帖，实际上，他从心里也真的感谢老人，又加上这些年家里的老爹虽然很疼他，但一直没当出个爹的样子来，他这一辈子还不曾有一个山一样坚强有力的男人帮过他，眼下这杜老人准他入山，帮他经营，给他尊严，他就不由得把老人当成长辈了。在经济上，又把高出以前矿主几倍的工资按月交到老人手里，而对其他人员的工资也明显高于以前的矿主。这一来，全矿上下便形成合力，又正好赶上那一年铁矿粉缺乏，只一年，他就净赚 800 万。

他一直侥幸找了钱瑶，小他 8 岁，大专生，学文秘的。这个钱瑶在性情中为人的大方和对一些琐事的寡淡跟矢秀白有些相像，但与矢秀白最大的区别，就是对他的依附和崇拜，在所有大事面前，她永远是配角，从来把他放到顶天立地的位置。

钱瑶第一次和他一起吃饭，他问她吃什么。她说随便什么都行。他说你别说随便，怎么也得点两个你喜欢吃的菜啊。她说你想吃的，我就想吃。他就有点逗弄地说我想吃辣椒炒鲜姜。她说那就炒吧。他说你能吃辣的吗？她说以后要跟你过日子，我不能吃也得锻炼着吃。

　　时间不长，段解放就总结出了一个结论，他说矢秀白是人群中的人精，而钱瑶是人精中的人精。不是吗？钱瑶能让男人把钱给了她，把力气给了她，把精血也给了她。而她手里像抻着一根线，男人无论走到哪里，都要想着她、惦着她、疼着她，都要急着往家奔。有一次他外出三天后的晚上，说什么也睡不着了，褥子上有针扎着似的。他噌地起来就奔家走，到家就已是第二天的黎明，他开门一看，钱瑶正一个人打毛衣呢。一见他，一头就扑了过来。他死死地搂着她说瑶瑶怎么还没睡？怎么打起毛衣来了？现成毛衣不是有的是么？钱瑶却说我想你，一想你，就给你打毛衣，一针一针地打着，就像一下一下捋着你的身子似的。一边说着还一边抹泪呢。

　　钱瑶怀孕后，段解放几天几夜没有合眼，他说钱瑶啊钱瑶，你就是我的救命稻草啊！

　　他这次回长旺，没让钱瑶跟着，他得让她好好地保着胎气。

　　在他走到长旺时，天色已近黄昏。虽然事先已经听说长旺有的厂子不行了，但一真的看见眼下的一片萧条，还真大吃了一惊。就着黄昏的日光，仔细一看，是三强毛纺厂，这个厂子比解放厂建得还早呢。

　　段解放离开三强厂，就给矢秀白打了个电话。她说这么快就到了？他说这还不快？你不是让我一路顺风吗？

　　一进解放厂，眼前的情景便和三强厂形成了鲜明对比，各种招牌和厂房像刚刚粉刷过的，各车间井然有序，一前一后两辆货车拉着货在往外走，老远又看见高大根正在看着给另两辆挂车装货。不远的原料区还建了两个新库房。

　　两人一见面，秀白就觉得别看段解放在山里待着，可是身上脸上倒还挺干净，衣服穿得比以前也时尚了，人看着也神清气爽。便笑着说我也就别问了，打眼一看，就很幸福啊。

　　解放说先别说幸福不幸福呢，咱们先说说三强厂吧，才这么短时间，三强厂一下就变成那样了，看了叫人心里打哆嗦呀。秀白说不光三强厂不行了，长旺有一半的厂子都不行了，好几个厂子被冻结了账户，讨债的天天上门，有的厂被拉走了库存和机器，还有的厂被拍卖了厂房和车辆，有的要债的看着实在弄不出点油水，拉走了住宅的家具，有的家连老人的寿木都被拉走了。

　　听着，解放就激动了，说秀白想起来我也真沾你光呢，别看这几年我俩磕磕绊绊的，但我也受你不少影响呢。秀白说嘿！没想到跟钱瑶过了一阵子，你还变得嘴巧了？解放一脸正经地说我可是真心话，要是我当初不跟你生活这些年，一开始就跟钱瑶这样的在一起，任我整天随心所欲，没准我比他们趴下得还早呢。秀白觉得解放能说出这样的话,也实属难得。还别说,这一离婚,还离对了,双方还都看到对方长处了。

过了一段再回来,解放就带着钱瑶和儿子来了。

秀白看着钱瑶笑着说:男人身上带着女人的手呢,钱瑶,你真行!

钱瑶笑着说:我不行,我真的不行。

秀白说:怎么不行?都是明摆着的。说着又看孩子,孩子也打扮得干净利索,这孩子可真是个小解放啊。她一下就把孩子抱了过来,没想到孩子一点都不认生。到了她怀里,看着她还咧嘴笑呢,厚嘴唇憨憨的,脸蛋上似隐似现的嘴坑一颤一颤。看着看着,心头就袭上了一股亲亲的感觉,不由得把孩子脸一亲,眼睛就湿了。

站在一边的段解放知道她在想心事,忙说要是不嫌弃,就让他认你做干妈吧。

秀白便看钱瑶。

钱瑶说好啊,姐姐要喜欢他,就认了干妈吧。说着便朝着孩子说哦!我宝宝有干妈喽!叫干妈,叫干妈啊!

孩子当然不会叫,但是孩子看看妈妈,看看爸爸,又看看矢秀白,然后小身子连着纵几下,就咯咯地笑了。段解放和钱瑶便说宝宝同意了,宝宝同意了!几个人同时哈哈大笑。

又说了一会儿别的,解放就拿出了一个300万的存折,说矿上情况不错,最近的钱比较富余,我们带来了一点心意。秀白接了一看,说我可不要你们这么多钱,解放说这点钱多么?不多,你一定得收下。秀白说这还不多啊,看来解放也是财大气粗啦。说着把折子装到了钱瑶手包里。

没想到,在她送走两口子刚回来,就接了钱瑶电话,说姐姐你枕头底下放着一个东西,不要掉地上。

她忙掀开枕头一看,发现那个折子在那儿放着呢。

2. 安宁天空一盏灯

不知不觉中,孟正律到建设局工作已经近五年。眼看着,皮下脂肪起来了,脸上也油光光的,外在形象变化的同时,内在能力也随着变了,对建设局的全面工作也已经全面掌控了。

有他自己的人气,再加阎宗品的影响,他很快在安宁市形成了一股不可小觑的势力。

紧接着,成就出来,规划了一条主要街道,顺利地搞了拆迁,拓宽了两条主要干道。还在两处交通岔路的瓶颈地段建起了两个地下交通道,建起了安宁市第一座高层建筑，从外形、质量到实用性都是一流的。几乎三天两头电视上有影，报刊上有名，电台上有声。再接下来，便被列为副厅级后备干部。用他自己的话说，孟正律即使算不上安宁天空的一颗星，也能算安宁天空的一盏灯了。

这让关晏梅着实得意，她导演的剧目，总归是越唱越有味道了。可就在这时，一件意料不到的事情发生了。

关晏梅的堂哥家星期日要娶儿媳妇，关家姑侄女俩和孟正律一起回去。

要去就得头一天动身，因为村里是凌晨接亲，要在天亮之前把新人接进宅子，免得让不适合相见的人等冲了运气。同时，还要在太阳出来之前拜完堂，而拜堂时至亲好友都得接受新人的礼拜。

路上要走一个小时，在车上，孟正律反正和关小彩也没什么话说，就找话题和关晏梅拉呱，但说了一会儿有点泛困，就迷迷糊糊睡了过去。是一阵电话声把他惊醒的。是顺县建设局办公室袁主任。孟局长，你来顺县了？孟正律睁眼一看，便埋怨自己大意了，本来想绕过县城，主要是不想见顺县建设局的人们。他说有点事去关庄。袁主任说孟局长去关庄有事吗？他说有点私事。袁主任又问，他才说去关庄参加一个婚礼。

因为孟正律的到来，关家格外热闹起来，原来没想参加的一些亲戚，也都赶了过来。不大一会儿，县建设局长也来了，这位杨局长又高又胖，穿着一身名牌服装，说话还是个大嗓门，就更多了几分热闹。

堂哥堂嫂本来就有些发蒙，一见来了县干部，更不知如何是好。堂嫂便忙着叫厨师格外做一桌酒席，要招待孟正律和县领导们，然后又差人去借被褥，说得给这些人安排住处。

袁主任忙说大嫂不用忙，我们是说着玩的，我们凑一会儿热闹就回去了，说实话，不光我们不在这儿住，还得把孟局长他们也接到县里去住呢。

表嫂表哥说那可不行，拜堂时，亲戚们都得在场呢。孟正律也说不行，早晨不能缺席，我们还得等着拜堂时接受新娘礼拜呢。杨局长说没事，保证没事！不是早晨6点6分拜堂吗？我们保证在早晨5点6分就把领导送回来！

到了县宾馆，弄了一桌上好的酒菜吃了，便安排两位女宾去洗澡按摩做头发，然后又找了几个人陪着孟正律打麻将。

孟正律不想打，可又不愿意硬拗着杨局长，但在玩了两把时，便明显地感觉到几个人有意让他赢钱。这个杨局长包工头出身，一身的农民意识，好像所有事情都可以随意通融。正想着心事，再一看眼下，手里的钱已经赢到了几千块了。他把肚子一捂说不行，得去方便一下。说着把牌放下。

从厕所出来，他说不打了，早晨还得早起呢。

白妮

杨局长见他态度坚决，也没再坚持，几个人也都没回家，一起睡在宾馆里。

早晨，一行人赶到关家时，新媳妇正在进宅，几辆贴着大红喜字的汽车已经停在门口了。虽然那么早，但依然有孩子在门口哇啦哇啦喊叫着，刚刚燃放的鞭炮还在空中飘扬着纸屑和炸药味，人们身上头上不停地落着纸屑。

前头有两个穿红戴绿的利索女人搀扶着新娘，新娘穿着红衣服、顶着红盖头，摇摇晃晃地走着，新郎有点得意也有点羞涩，一边往里走，一边对付着随时"袭击"的顽童们，新郎前头走的是一个中年女人，女人端着半簸箕麦麸，一边走一边一把一把地把麦麸撒在地上，新娘踩着往前走。"麦麸""麦麸"自然是"迈"进"福"里的意思。然后进洞房，新郎刚拿秤杆把盖头挑下来，婆婆就拿来一条蓝裤子说要"入库"了。然后把门关了让新媳妇换裤子。这自然又是让这"蓝"裤子，把新人"拦"住，"入"到"库"里。

杨局长说新媳妇"入库"，咱们也沾沾喜气儿吧。说着到礼桌前掏出200块钱上了礼，其他几个也随着效仿。这一下便惊了村子。村里最大的礼钱才达到了50块，一般都是20块10块，有的还5块2块，还有个别1块的呢。

在这一带村子里，遇有婚丧嫁娶时兴"掰权儿"，就是吃完酒席让新娘新郎的长辈再掏钱买喜酒喜糖，一般庄户人掏个10块20块罢了，有掏多的，也就50块钱。一个黄头发小子，说有个事给表姐夫商量商量，说人们想进来"掰权儿"，不知道表姐夫舍得舍不得？孟正律还没表态时，杨局长便抢先说没事，我今天高兴，我替孟局长让你们"掰"，小伙子你想"掰"多少？小伙子咬咬牙说我"掰"100块！话音未落，杨局长说你这家伙真他娘的小气，张了那么大嘴巴，才"掰"100块呀？我给你添上个0，说着从口袋里一下就甩出了1000块。

在所有程序进行得差不多时，孟正律便要回去，可是关晏梅还没待够，亲戚一挽留就又留下了。

3. 存折已经送到纪委了

就在他们的车快进安宁市区时，孟正律的手机响了。

请问是孟局长吗？

是，我姓孟。

我是安庆里派出所。

你们找我有事吗？

是这样，昨晚你们家失盗了。

哦？！是我家吗？

是，你家的楼房和小房都被盗了。你们什么时候能够回来？

他后背立时冒出了一层汗水，又问你怎么知道我家被盗？

小偷交代的。小偷说把你家里的壁橱、书柜和抽屉都撬了，把小房的东西也都拾掇了。

他的脸刷地黄得像个死人，他说小偷现在在哪？

关着呢。

见他脸上的汗珠一串串地滚下来，关小彩的红柿子脸一下也变白了，她把脸朝着孟正律说嗨，怎么了？

他说家里失盗了。壁橱、书柜、抽屉都撬了，把小房里的东西也都拾掇了。

嗨？你那锁着的壁橱书柜和抽屉里有什么？

他没理她。

她翻他一眼又"嗨"了一声。他还不理她，她一看他低着头，十个指头微微地颤抖着。她想问问到底怎么回事。可她不敢，结婚这些日子，无论多急的事，他们两口子都没商量过。从婚后她就一直叫他"嗨"。眼下她问他壁橱书柜和抽屉里有什么，见他把嘴抿得死紧，她就不问了，闷着一张红脸喘着粗气看窗外。

小房里你都放了些什么？他还没回答她呢，他反倒问起她来了，而且一边问，还拿食指硬硬地戳一下她肩膀。她用手捂住被戳的地方，还是不说话。这死东西，常这么戳人，生疼，姑嫌我不叫他，他什么时候叫过我？东西反正是丢了，急也没用，她捂着胳膊把嘴也抿死，吭吭地喘着粗气看窗外。他就不理她了，反正她也放不了什么值钱的东西。

没进家，孟正律就直接去了派出所，所长和两个民警正在说什么，一见他进去，几个人就停止了说话，另一个民警忙出去了，所长有点客气地让座倒茶。

他认识所长，但不是很熟。一接过所长的茶水，他便从两个人脸上看出事情不妙，心里禁不住有些发慌，但脸上还是很镇定地说让你们受累了。

所长说孟局长您也别急，您先想想家里都有些什么可以偷走的东西。

他反问一句说可以偷走的？

所长说是，比方房子和家具这些东西是不可能偷走的，比方小东西和存折什么的都属于能偷走的。

他便把家里柜子和抽屉里的东西说了一遍，比方一个电话机，一个相机，一个计算器，还有一对瓷瓶和一只陶瓷马，对了，还有两双皮鞋。

孟局长，您还没说存折呢。

他皱着眉头眼睛往上看着做着想的姿势。

孟局长，你也别急，钱，小偷没支走。

白妮

所长这话一出来，他浑身一振，嗓子提了一下，想说句什么，可到底还是没说出来，一双大眼看着所长。

银行的人还说呢，说您家还很有现代意识，目前刚刚提倡使用密码您家就用上了，这还真顶了大事了。

他的头皮开始发紧，没支走？还不如支走了呢。银行要想知道存折里的现金数目，还不简单？他看看所长问存折，在哪？

所长说原来在所里，后来把小偷弄走时，一起带走了。

他的心呼啦呼啦又往上蹿了几下，险些跳出喉咙，他问小偷弄到哪去了？

所长说：小偷弄到公安局了。所长说着，对身边的民警说我这屋没茶叶了。民警站起来出去了。所长看看门口压低声音说孟局长，您是领导，我们虽然打交道不多，但我很佩服您，所以给您透露一下，存折已经送到纪委了。

他说谢谢！声音微弱得所长几乎都没有听到。

他从派出所出来，给阎宗品打了个电话，说您在家吗？他说在家。他说我过去一下。他说行。自从和关小彩结婚后，他给阎宗品既不叫市长也不叫姑父，一直说"您"。

虽然路灯昏暗，但他还是想掩盖一下脸上的紧张，他把眉毛扬了几下，让眉头舒展一些，又把胸脯挺了挺，深呼吸几口。

但是一进阎宗品的家门，还是被看出来了，阎宗品盯着他的脸问有事？

他说有事。

阎宗品看着他，好像要从他脸上看出究竟。

他无力地在沙发上一坐，说这回应该惹大麻烦了。

他一边说着，一边觉得自己的舌头发硬，也不知道嘴里的唾液都上哪里去了。

阎宗品的脸也凝重得像要结成冰块，他下意识地看看门口，又看看窗户，这时孟正律的手机响了。是建设局一个副局长打过来请示周一下乡的事，等他强装镇定说完后，阎宗品不容置疑地指着他手机说：先关上。他有点不明白地看看他，他便又说了一遍：先把手机关上。这次口气更加坚决，致使他关手机时，手指都有些发抖。

存折上的钱数有多大？

具体，我没算。

高于100万吗？

他把眼往上翻着，说没有。可能，大几十。

阎宗品顿了一下说你赶紧回家，连夜把家收拾一遍，把可能惹事的东西统统转移出去。

他看着阎宗品，为了控制住自己的情绪，他把两手用力地握在一起。

阎宗品又说：把一些值钱的东西以及记载性的东西，包括日记，包括一些买贵重物品的发票等等统统弄走。说完把手朝外一扬说走吧。不要显出慌张，说不定，已经有盯梢了。

在他回到家里时，关小彩窝在沙发里，刚忍住了哭，这女人从来不在他面前哭。见他一进来，挺了一下身子，说警察照了相走了。

他们问你什么了吗？

说让我想想都丢了什么。

你说什么了？

我说心慌，不记得。

他便直接进了书房和卧室，书房卧室里的几个抽屉和柜子都开着呢，再仔细一看，哪还用收拾什么？好东西，基本都没了。

他捏住傻在那里的关小彩衣袖，把她拽到卧室，说你平时买东西有没有账本什么的？她说怎么了？他把牙一咬说别问怎么了！快说！她头一晃，身子哆嗦着，她知道大事不妙。她说有。他说拿出来。她从抽屉里拿出一个旧本子。他拽过去扫了一眼，无非是哪天买了多少肉、多少菜、多少米面，哪天又买了什么衣服，衣服也不过百八十块、一二百块。他说还有吗？她说还有什么？他说贵重东西。她说贵重东西不都是你买的么？他这才想起来了，平时买大件，从来都是他做主、他出钱的。自己是真慌了，这可不行，还没干什么呢。他忙又深呼吸了几口，让自己平静了一些，缓和着声音说没事，你收拾一下房间吧。

关晏梅被接回安宁时，孟正律已经被纪委叫去了。关晏梅是孟正律的司机接回来的。出发前阎宗品打了个电话说一会儿车去接你。关晏梅说还想待两天。阎宗品说别待了，有事。她问什么事？阎宗品说先回来吧。

一听是孟正律的事，关晏梅悬了一路的心才算放松了一些。

阎宗品说事情一经纪委就不好办了，估计得查巨额资产来历不明。你去问一下小彩，看看家里到底都有什么，然后嘱咐她一下，要是传她叫她怎么答复。

关晏梅脸色一顿说还得问小彩么？

阎宗品脸色更加沉重，说弄不好得问她。说着沉思一下又说还是把她叫过来吧。

关晏梅上去就要打电话，阎宗品把电话一摁，你说你不舒服，让她买点药来。

关晏梅照此说了，脸色刷地青了：你是说电话有人监听？

阎宗品说没准。

一会儿关小彩提着感冒药一进屋就问姑姑你怎么样？关晏梅说没事，这几天来来去去的,手里都得拿着点东西。关小彩点头,然后看看姑姑姑父跟前的水杯都空着,便起身去倒水,关晏梅只让倒了一杯放到阎宗品跟前,示意她坐下,压低声音说小彩你说说你们家到底都有些什么?也就是说小偷偷去了什么东西?

关小彩有点费劲地摇摇头说我不知道。关晏梅又说你什么都不知道?关小彩咬着嘴唇点头。关晏梅又说我不是嘱咐过你么?你怎么什么都不知道?

阎宗品把手一划拉说先说有用的。

关晏梅才又说那你知道什么?小房里的东西你总该知道吧?关小彩又点头。关晏梅就说小彩呀,你倒是说呀,正律叫到纪委了,下来就要叫你了。

关小彩才说家里所有的抽屉和柜子的钥匙她都没有,她也给孟正律要过,孟正律说里头有相机、计算机和一些资料,那些,你都不用。

关晏梅说存折呢?

关小彩说我只有一个。

上头有多少?

有,三万多块。说着眼圈红了。

知道他有多少么?

他没给我说过,他的,是不是也丢了?

关晏梅看看阎宗品,阎宗品紧紧皱着眉头,她便说要是丢了,小偷偷支走了,倒好了!眼下是小偷了存折没支出来,原因是你们设着密码呢。

关小彩说没有,我没有密码。

关晏梅说你?你那点顶什么事?要紧的是他的。存折上的钱数,纪委肯定知道了,这一知道,就得查巨额资产来历……

4. 打狗要看主人

阎宗品没等关晏梅说完,看着关小彩问:小房里没放别的吧?

关小彩在这个家待了几年,总共没跟姑父说过多少话,一见姑父直接问她,脸色一下红到了耳根,磕巴了几下,说有20条烟,十几瓶酒,还有三盒脑白金。

原来她看着孟正律总抽几百块钱一条的烟特别心疼。开始,她一盒一盒地悄悄拿了给娘家弟弟。后来就一条一条地拿。反正那烟也没数。再后来,觉得都给了弟弟抽了也没用,就试着卖给街上收旧烟的。虽说是便宜得过分,可毕竟也能卖个钱。后来她还把酒也拿了去卖。接下来还常常趁孟正律不在家时,把找孟正律办事的人送的礼品藏到小房里一些,攒一段时间处理一次,一部分给弟弟,一部分卖了。她说那存折上的钱就是那么攒下的。

其实，关小彩还有一部分钱已经给了娘家，说来说去不是娘家穷吗？当初出来给姑家当保姆，就是为了让姑高兴，一来缓解姑和娘多年的不和睦，二是让做官的姑夫给她找份工作，然后再找个对象。她不想找城里人，城里人瞧不起她。后来姑给她介绍孟正律，她听说也是从农村来的，觉得行，可一听说离过婚，就不同意了。接下来是经过姑一顿挖苦她才勉强答应的。

关晏梅知道孟正律从心里看不上关小彩，可她没想到所有钥匙他都不肯给小彩一把。她原来教过小彩，可这孩子又笨又拗。孟正律也太不是东西了。可再不是东西，在这个当口也不能不管。

阎宗品看关晏梅一眼，显然觉得关晏梅总说不到点子上，又看一眼关小彩说：你记着，纪委如果叫你去了，一般事都要说不知道，再说你本来也是都不知道。然后又回去转向关晏梅说：当务之急，得弄清他家抽屉和壁橱书柜里都有些什么，小偷供出了什么，还有孟正律到纪委都说了些什么。

纪委叫孟正律是失盗的第二天下午两点。一接到纪委电话通知，他心里一搅，小腹随着也一搅，心头就涌上一个可怖的画面，他忙像赶苍蝇一样在太阳穴那儿扇了两下，才往外走。

和他谈话的是两个中年干部，一个姓姜的是科长，一个姓邢的是副科长。

姜科长说了两句寻常话，便微笑着摇了下头，直奔了主题：孟局长，赶上了，谁让小偷偷到咱了呢，我们也不愿查，况且咱们这么熟悉，可是不知道谁把事捅到省里了，省里很重视，盯着要结果呢。领导交代，让你先把丢的东西说一下。

他脑子里第一个信号是被人盯上了，他稳了一下心思，便顺着事先想好的层次往下捋：一个电话机，一个相机，一个计算机，还有一对瓷瓶和一只陶瓷马，对了，还有两双皮鞋和我老婆的衣服以及几件不值钱的首饰。看着姜科长脸上不以为然的表情，他顿了一下，拍拍脑门又说：对了，好像还有一只手表……

姜科长话语里的客气虽然还有，但明显地带了追问的口气说：孟局长，你再想想，手表几个？什么牌子？

他沉吟一下，用力撑住平静的表情，说：手表，一个，忘记什么牌子了。

手表不是你买的？

是亲戚给的。

能记住是哪个亲戚吗？

记得，是我舅给的。

姜科长扭头看了一眼记录的邢副科长，邢副科长认真地写着。

看着他们，他那心一抟一抟的。

进来一个人，把姜科长叫了出去。

他赶紧趁机在脑子里搜寻，是谁端着一支乌黑的枪口对着他呢？没觉得得罪过什么人，最多是和翁联合当初有些不愉快，那也是翁联合对不起他，再说后来也已经好了。一个局工作后，他一直有意识地照顾他，把最好的办公室给他用，把最好的工作给他管，把最好的车给他坐，分房时，也把最好的位置给了他，要说按资格，那套房应该给一个老副局长的。虽然他来得最晚，但实际已经把他当成二把手了。还有他父亲去世，他一直跟了三天，还上了5000块钱礼呢。他应该满足，孟正律怎么也不能把局长送给他吧？在眼红眼绿地瞪着他位子的人里，他野心最大，心眼又最小。再说，自己的年龄也比他小，如果按正常工作走下去，他是最等不得的。

姜科长回来时，脸色似乎比出去时缓和了一些，看来刚才出去是有人做了交代，应该是阎宗品的作用。阎宗品从昨晚就开始联系省里，看来是找到合适的人了。心里一放松，便主动说起这些年的不易，几年来怎样渡过重重难关，怎么样给市里做突出贡献。

姜科长表示耐心地听着，眼睛随着他的动作，上下左右地晃动着。

刚才出去，的确是主管领导佟书记叫他，让他悠着点，说孟正律是安宁市主要部门的主要领导，也算是安宁的中坚力量，市委培养一个干部不容易，在弄清问题的同时，要注意把握分寸和方式。姜科长是老科长了，知道领导是无意往下进行了。所以他就不往下问了，免得弄出问题来被动。他一边听着孟正律展示，一边心想你就说吧你，反正这一步有人替你说话了。下一步怎么样，那就再看了。一般涉案人员都有这个过程。从急赤白脸地硬扛，到急赤白脸地说情，到放下架子运作，再到心平气和地接受。但也有上来就硬扛，而且能扛成功的，可也有的吃了大亏。看这个孟正律吧。省里签字查处的是个主要领导。但这领导也很聪明，签字同时还跟了道口谕，说鉴于孟正律的特殊情况，案子要摸索着进行。他当然明白"特殊情况"指的是"打狗要看主子"。孟正律这"狗"是谁家的，大家都明白。办案人员遇到这种情况，办法只有一个，就是等着听话茬儿。

孟正律滔滔不绝地讲到将近12点才止住了。

姜科长抻一下腰身：孟局长，我们平时天天瞎忙活，和你们接触较少，你这一说我还真挺开眼界的，希望以后常联系多交流啊。

孟正律心想平时没事哪有时间和你这层干部联系？但嘴上却说感谢姜科长理解。然后一看手表便真诚地要请姜科长去吃顿便饭，可是姜科长坚决不去。孟正律似有醒悟地一顿说对了，你也是要避嫌呢。姜科长说主要是今天没时间，这样吧，下来有机会。

又客气了几句，孟正律就回家了。

一迈进家门，他才觉得浑身像散了架子一样难受。关小彩一见他回来，异常高兴，好像他是从天外回来的一样，竟有点踉跄地围着他转了一圈，然后红了眼圈问他：你？你想吃什么？他把头无力地靠在沙发上，他看看她，把脖子转了几个弧度。这女人脸上的红色褪了不少，应该是这两天揪心揪的。还别说，脸上红色一褪，这张脸，还真是顺眼了不少。

关小彩见他看着她，把眼睛往下一垂，两手忙去押自己衣襟，同时有点慌乱地摸了自己身子一下。

这个带着村姑味道的动作，让他的心有些碎的感觉，蓦地生出一股柔情，他说：小彩。

关小彩的头下意识地动了一下，准确地说是把耳朵朝着孟正律转了一下。

小彩。

是真的叫她呢，从认识到现在，他只叫过她两声。一次去阎宗品家路上，两人一前一后，忽然遇见关家一个亲戚，亲戚问小彩呢？他往前一指说在前边。亲戚想和她说话，可她已经走过去了，孟正律就嗨嗨地叫了两声，把别人都叫得回头看，可关小彩还是听不见，他便大声叫关小彩！关小彩！而这次孟正律叫的不是全名全姓，是叫的"小彩"！她本想响亮地答应一声，可她嗓子里像堵了棉花，声音怎么也冲不出来，可眼泪却出来了。

这女人还没当着他面哭过呢。他说别哭，过来。他拍拍沙发扶手。她像胆小的学生见老师，双脚蹭地，朝他走来。他又拍下扶手，她靠了过来，虚虚地坐下，他伸手握一下她胳膊，发现她在微微地打哆嗦，脸上的血几乎全褪了，这种白让他同情、让他爱怜、让他一时性起，他兀地就把她抄起来抱进屋里，胡乱地拉上窗帘，放到床上，扯开衣服，把自己结结实实地栽到她的身体里。尘封着的感情闸门一下子被冲开了，她先是呼呼哧哧，后来是吭吭唧唧，再就呜呜啦啦地哭了起来。他知道，她终于失控了，忘了自己，忘了羞涩和执拗，之后，她的身体便出色到了比天下所有女人都精道、都饱满、都滋润。哎呀，这么好的去处，他竟然耽误到如今才进驻。

5. 你和你夫人说的不一样

在他和关小彩还没完全平静时，电话就又响了。是姜科长。

孟局长，还得请你过来一下。

不是上午说清了吗？

有地方再做一下补充。

姜科长的口气明显地变了。

他猛地朝着自己的脸扇了一下,混账!本来想好到家换一下衣服就和阎宗品联系,可却神使鬼差地把时间耽误在了关小彩身上。他又扫一眼蓬头乱发的关小彩,唉!平时,这女人天天摆在床上,他半月二十天地不会性起一次,可今天……

姜科长虽然还是客气地叫孟局长,但脸上笑容已又僵又凉,眼睛里也多了内容。姜科长拿出一张纸说:孟局长,你还得亲自把被盗的东西拉个单子。

不是已经说了么?

说是说了,还没写呢。

还得写?

得写。

事态变了!对方肯定又找了大人物。要不,一个小科长,不会给他这么说话。他心里自然是凉了半截,他不得不接了纸,照他说的拉单子。

局长,还得写小房里的。

他说:小房里我基本没有去过,东西都是家属放的。

姜科长又给他一张纸,说:还有存折情况。姜科长此时已一脸的公事公办了。

他在纸上写了大约10万。

局长,还是再想想吧。

就这些了。

局长,你说的和小偷偷的,可是对不上啊。

姜科长,看来你们宁愿相信小偷,也不愿意相信我啊?

局长,我们也愿相信你,可小偷偷的存折上明明写着你的名字,你的身份证号,同时你还设着密码呢,而那密码,通过手续,银行是能解开的。

他狠狠地咽了一口,把心稳住,又说:科长,我写的都是真的。现在时兴家属当家。具体情况,我还真的弄不太清楚。

姜科长嘴角微微一抽。

屋里非常安静,稿纸下面是桌面,笔头在桌面上发出空洞的笃笃声,这声响让他有些尴尬,忍不住又想起上学考试,姜科长在他身边站着,完全像个威严的考官。

他把单子递给姜科长。

姜科长翻来覆去地看了几遍,说:孟局长,还有什么要补充的么?

我知道的就这些。

那好,局长你先喝水。

手上这杯水是他本能地接过来的,杯子里的水还在晃动,一种屈辱感倏地从手掌传到心里。不行,得先出去!出去!

他朝外头走去,但一直坐在门口的邢副科长立时跟了出来。他进了厕所,邢副科长也进了厕所。他进了一个小间儿，邢副科长也进了一个小间儿。他听了听，邢副科长那边既没小便，也没大便。为了证实自己判断，他从厕所出来就朝楼门走去，邢副科长紧走几步超到他前边，把两只胳膊一夹：孟局长，还有事呢。

他脸就变了：还有什么事？

领导说还有事。

什么事？

我也不清楚，还是等一会儿吧。说着指一下刚才办公室，然后闪身子站在他后边。

他想不回去，又怕这个生瓜蛋子再做出什么过激的动作，他便摆出不与他一般见识的姿态又朝回走去，但脚下分明乱了方寸。

姜科长回来了，手里还拿着那两页纸：孟局长，不行，还得再写。

看来姜科长又得令了，从面色和口气上明朗地有了司法感觉：是这样，孟局长，你和你夫人说的不一样。你俩的材料怎么也得能对上。

他心里猛地一抽，关小彩还能登这样的台面？可是，上得要上，上不得也得上。

他挤出一层笑意说：姜科长，看来情况复杂了？

也没什么，只是招对一下情况。小偷说的，夫人说的，你说的，都得对上。说着，指指椅子，意思让他坐下。

他就势坐下了，他也很想坐一下了。他的腿在瑟瑟地抖动。

我家属，她在这儿？

在。

我能见见她么？她身体不大好。

暂时不行。她要身体不行，这院里有医务所。

他很快确定了一条路线，就是拖延时间，等着阎宗品疏通。可是关小彩，知道么？刚才说三方面都要对上，可是他不知道小房里有什么，关小彩不知道壁橱书柜和抽屉里有什么，而小偷都知道。根据关小彩的表情，小房里应该有点值钱的东西，当然也不会太贵重。他必须咬定壁橱书柜和抽屉的钥匙关小彩拿着呢，可是关小彩又说不出里头有什么东西。也不知道这女人说了些什么，更不知道她能不能帮他承担。中午完事后，他倒是给她简单地说了两句，说纪委的事不知道完了没有。他这是第一次给她说正事。她憋着泪水说你把事往我身上推吧。他说应该没事了。她说万一呢。他说要不，就说钥匙在你那里。她说嗯。

局长，你得再想想。

他便使劲拧起眉头，做着用力回忆的样子。有时间就有希望。反正阎宗品不会不管。

其实，关小彩被叫到纪委的时间是和孟正律一前一后。

自打中午之后，她脸上的血色就有点恢复，主要是眼睛里有了根，有了根的眼睛闪耀着光芒，这光芒让一双原本就突出的圆眼睛，有点像两个小钻头。这两个小钻头一眨不眨地看着纪检女干部。

女干部也是一双大眼睛，大眼神一直盯着她，露出职业的冷静和审视。她说你把你家小房里的东西如实写一下，说着指一下桌子上的纸笔。

二十多条烟，二十多瓶酒，还有三四盒脑白金。她知道，这些东西，小偷肯定都供出来了，不承认也没用。

还有么？

没了。

女干部眼里的审视加重了：关小彩，你可得如实向组织交代实际情况，这样对你，对你丈夫才有利，否则，将来有什么后果，你会后悔。她把两眼死死地抵住女干部，女干部狠狠地盯着她：实话告诉你，小房里不止这些。

她的汗珠眼见就淌了下来。中午还想把怀孕的事告诉他，可一句话走了千山万水到了嘴边时，姜科长的电话就来了。这孟正律也是，女人肚里有了五个多月的孩子了，怎么就一点都发觉不了呢？也是，几个月里总共也没几次，就是有，也都在关灯之后，这次虽是白天，可又那么地慌乱，还拉着窗帘，再说肚里的孩子也是小一些，人家和她差不多月份的，比她的大多了。

6. 巨额资金来历不明

女干部见她走神，更加严厉地说：关小彩同志，据我们掌握的情况，你家小房里的东西还有呢，你要有意隐瞒不报，你就等于在害他。

心里一咯噔，她又想起了一个东西：对了，还有一个小壶呢。

什么样的？

蓝花的。

知道那小壶是干什么的吗？

喝茶的。

那你把它放到小房里干什么？

想给我爹捎回去喝茶。

女干部笑了一下，说：你为什么把小壶放到小房里？

等我兄弟来了，给我爹捎回去。

怎么不给孟局长留着？

他还有的使呢。

实际那小壶她是前两天才放到小房的,一块儿放下的还有两盒茶叶。那是孟正律不在家时,来了个五十来岁的男人找孟局长,她说回不来呢。男人说我等他一会儿吧。但她不愿意让等,因为男人抽的那烟实在忒呛,就说不定什么时候才回来呢。男人只得走了。男人放下了一只小壶和一幅字。那天孟正律回来时,她只把那幅字给了他,没提小壶的事。她是看着孟正律用着的小壶和这一把差不了多少,就想给她爹捎回去。这几年里,她总不习惯在大屋里放东西,总觉得大屋是孟正律的,小房才是她的。

女干部咳了一声,掩一下口鼻,真是个缺魂儿的女人,一个至少能值2万的古董,拿回老家去给她爹喝茶。女干部又接着问壁橱书柜和抽屉的东西时,关小彩说抽屉里有存折。女干部问上边多少钱?她说有十几万。这点她是知道的。不说也不行,小偷的存折已经交了公了。女干部又问别的东西呢?她说有手表。这手表她知道,有一天孟正律打开时她看见了。女干部问别的呢?她说记不清了。再问还是记不清。女干部就说你得想想存折上的钱数。她说想不起来了。再问就不说话了。关小彩本来就不善言辞,娘说过,只要不开口,神仙也没法。

关小彩回到了姑姑家里,一听姑姑说小偷偷的存折加起来有80万呢,脑袋险些要炸:我不信,我不信有那么多钱!至多不过十几万,撑死也就二三十万。

关晏梅阴着脸说你不信?我还不信呢!我倒不是不信你家有这么多钱,你觉得这点钱多呀?像他这样的干部,比他多的有的是呢!我主要不信你对家里的钱财就一点都不掌握?连个大数都不知道哇?

关小彩的脸青一阵,紫一阵,她真没想到孟正律藏着这么多的钱呢。她知道姑姑事儿多,就没把孟正律的事给姑姑说,包括自己怀孕的事也还没说呢。

关晏梅盯着她说无论怎样吧,反正孟正律也没把钱放在外头,先说当下吧,你在纪委说是你掌管着钥匙,那就好,他也是说钥匙你都拿着呢,他不知道里头都有什么。明天还得叫你,孟正律交上去的单子上写着你家有存款大约10万,另外还应该有两块手表和一个男士戒指。你也就咬死了这么说,记住了么?

关小彩硬硬地点点头。

他们肯定要问10万之外的70万怎么来的。你就说是你大舅和你的那个叫远亲的,是拿来准备到长虹啤酒厂集资的,还没来得及送去呢。不是你有个表哥在长虹啤酒厂当会计么?长虹啤酒厂也确实正在融资。我也给你表哥说了,让他应着这个事。只是还有弄清楚小偷的供词,但只这80万块存折,也够戗啊。据说那该死的小偷交代从你们家偷了160万的存折,支不出来,就把存折扔了。说有的扔到臭水沟里,有的扔到下水道了。眼下两个贼人还叼着不放,还领着派出所指认了好几个地方。看来有更大阴谋。所以你一定要担起这个事来。你担起来，才好择出正律。纪委拿你没办法。你懂么？

关小彩连连说懂。看姑姑说得差不多了，便问姑父呢？关晏梅苦着脸看看卧室。关小彩就不敢往下问了。她知道这事不光冲着孟正律，还有冲着姑父呢。又仔细一听，姑父在书房里正在打电话，忙大气都不敢喘了。

当晚，关小彩住在了姑姑家。姑姑出来进去都哭丧着脸，说的一些话，有的她能听懂，有的根本听不懂，但都和这事有关。到这时姑姑和姑父都没怎么吃饭呢，就又去厨房做了两碗葱花面打鸡蛋，姑姑吃了半碗，姑父只吃了两口。关小彩便偷偷抹泪。天一亮，有人来了，跟电影上特务一样。来也悄悄的，走也悄悄的。说话都是趴在耳根子。

来人和姑姑姑父在里屋说了一会儿，姑姑就出来又叮嘱关小彩，还是刚才那些。关小彩带着几分紧张默记着。姑姑让她说出声来重复了两遍。然后有些恶狠狠地说：打死也这么说！她说知道。也狠狠的。最后姑姑又说：记住，说话越少越好。你越不说，他们越觉得你行；你越是说，他们越觉得你傻。关小彩圆睁着眼睛一字一顿地说记住了。

一上班，关小彩果然又被叫去了。关小彩就如此这般地说了。

孟正律已经待了一宿，前半夜是姜科长问，后半夜是邢副科长问。他还一直坚持最初口供。天刚亮他上厕所时，搞卫生的老头把一个纸团呼地一下扫到了他跟前。他忙捡起来，上面写着：第一坚持钥匙在关手里；第二坚持关家亲戚拿钱来长虹啤酒厂准备集资；第三因关表哥在长虹啤酒厂当会计，此事均由关经办。

把字条冲走回到屋里，一个小白胖子就换走了邢副科长。小白胖子说：你还是再写一次吧。又推给他一张纸。他装着一边想，一边写，把字条上说的写上了。

小白胖子拿走单子后，有两小时没来人，食堂的大师傅还给他送来了两个菜，他便明白又有了转机。他不时地看着表，下午两点他到这里就二十四个小时，在这个时间之前，不是放人，就是拘留。根据纸团情况，外边应该疏通好了。但不能放松，经过将近一整天时间，他的锐气已然有一定削减，真正感到政治生涯的险恶。

忽然，门口进来一辆警车。顿时，脑浆子像一下子就被掏净了，思维立时出现了一下空白，在他还没怎么醒过劲来时，门口就响起了嘈杂的脚步声，接着就进来了几个人，为首的看他一眼，两只眼睛像两只乌黑的枪口。然后，没有任何语言，就向他亮出了拘留证——孟正律涉嫌巨额资金来历不明被拘留。

第十六章　水落石出

1.无论如何得想法扭转

当天傍晚，矢秀白拨通了关晏梅的电话：大姐，我去海南弄来了些新鲜东西，给你拿去尝尝？

关晏梅立刻就明白了，她说：好啊，那就谢谢了。

放下电话，关晏梅盯着关小彩说：矢秀白来了，你不能显得小家子败势的。

关小彩说嗯。经过这几天的历练，关小彩更沉得住气了。其实，她有几次想问问孟正律，都没问成。你和矢秀白怎么回事？他一准说我和她没事。有事？你有根据吗？她的确没根据。也的确说不过他，他忒能说会道。姑那意思，是让她以后听到什么，别大惊小怪，姑的另一层意思，还是让她知道姑姑给她找的这男人，是从一个什么样的女人手里抢过来的。

小彩，我刚说的话你听见了吗？矢秀白马上就到。这矢秀白已经不错了，她要勾住孟正律，神人也夺不出来，更别说你。

门铃响了，但进来的是办公厅郝副主任，就是前几年农村科的郝科长，也是阎宗品一手栽培起来的。阎宗品把他让到了里屋，只几分钟就出来了。

矢秀白就进来了，背着个很大的棕色背包，还是神情自若，一件乳白色风衣，一双浅棕色皮鞋，一条淡蓝色丝巾，身材显得更修长，只是脸颊有些苍白，不过看上去更加高雅。相比之下，关小彩就更柴火妞儿了，因为刚哭过，不但脸蛋红，眼睑还又红又肿。可人们无论如何想不到，关小彩这时不但没气馁，反而奇迹般地生出优越感——矢秀白有这么好的相貌都没捞到孟正律，而没有好相貌的关小彩却捞到了。你矢秀白就是长成天仙女，你和孟正律最多不过偷偷地待会儿，他在我面前看见你，也不过咽口唾沫了事。而关小彩就是个丑八怪，和孟正律也是正大光明地在一起，再有几个月，孩子一出生，你就更没的比了，况且听说你还是个半拉子人呢。如此这般地想着，就大大方方地倒了杯水，递给了矢秀白。

矢秀白接过杯，朝她点点头说别忙了。看来这女人不会给她下不来台了。

一边的关晏梅，也呼了口长气。

屋里很安静，矢秀白觉得阎宗品应该在书房跟人说话呢，便对关宴梅说：有人提醒让注意电话监听，这是几个手机卡，大家说这事时，还是换一下卡吧。关晏梅说是呢，要是有人监听就麻烦了。矢秀白每人给了一个。

阎宗品走了出来，还有秘书小黄。

小黄出了门，阎宗品才问矢秀白你怎么来的？

关晏梅说秀白想得还很周到，每人弄来一个手机卡。

阎宗品没说什么，这矢秀白能不显山不露水地在几个人间游刃有余，实属难得。这样的女人一般不会弄出什么乱子。当下官场，不要说他这层领导，就是县乡级领导身边围着想献身的女人也多了去了，有几个不是追逐利益的浅薄之辈？又有几个官员在被拉下马时没有吃了女人的亏呢？

秀白把一个新手机递给阎宗品说：阎市长，您也多带一个吧。

阎宗品接过手机，也没说话，端详一下，便试着用功能键。

另外两个女人捏着手机卡，不由得涌上一种庄重和伤感。矢秀白又从包里往外掏东西，一沓一沓掏出四沓，说出了这事我也帮不上别的忙，这点东西放在这里，找人时带个礼品吃个饭什么的。

这时又有人敲门，矢秀白连忙把东西往卧室里一扔，说我先回去吧，有事再打电话吧。

来人是办公厅副秘书长蒋文，矢秀白知道这是阎宗品的铁搭档，忙打声招呼便走了。

阎宗品和蒋文也不客气，蒋文是他从市书店调过来的，来前是副经理，有阎宗品的帮忙，蒋文又是个聪明人，进市府一段显得很出色，对各系统的人也已经熟悉了，对阎宗品一直心存感激，孟正律出事之后，阎宗品没告诉别人，一直让他帮着协调。

蒋文说孟正律已经到了看守所，说他已经给看守所队长打过招呼，队长会想办法照顾，这个案子移交了检察院，具体办案的史科长也已接触过了。史科长先尽他所能拖住，让这边抓紧活动。史科长强调不活动上边不行，此案是安宁人写的检举信，检举孟正律贪污受贿、巨额资产来历不明，主要根据是小偷偷的存折上的80万，以及小偷扔了的几个存折，信上说孟正律存折起码在300万以上。领导就是在这封检举信上签的字。

阎宗品知道不会草草了事。这件事，一方面对准孟正律，另一种可能是对准他，就是不对准他，起码是没把他放在眼里，或许干脆冲他来的。他进而又想起翁联合突然去建设局任副局长，也实属蹊跷。所以他得十分谨慎。

他又给北京国资委老同学打了电话，自然用的新电话。老同学那天刚应酬了一个酒场下来，说话时还带着些醉意。说你别急啊，比这问题大的案子有的是呢。你那侄女婿我见过，一个蛮不错的人呢。没问题，我肯定帮忙。最后说：中纪委和高检我都有朋友，我让他们一层一层往下压吧。应该问题不大。

阎宗品说我明天就让人过去，不能让你两肩膀扛着嘴去给人说空话。

老同学哈哈大笑着说你还要贿赂我吗？

他说主要问题不是你本人办事，找别人，怎么也得吃顿饭，拿点礼品吧，要是你手里的事，我才不给你呢。

随着那头哈哈大笑，他也随着笑了两声，这一笑，心情放松了不少。便也觉得问题或许不会太大。

见蒋文走了，里屋的两个女人出来了，刚才她们也听了个大概，心情一时也轻松了些。心里一轻松就说起使坏的人，好多人都说是翁联合，说周围这些人里就数他阴毒。昨天有个科长还说看见他和纪委的人在一起吃饭了，说他们说话时神神秘秘的。关小彩也说那个翁联合，一看就不是个正经人。

阎宗品一般情况都不参与议论，哪怕在家里。不过在这件事上，他也已经认定是翁联合。这人在办公厅里的名誉不好，所以提拔得晚。不要说孟正律了，就连自己当初刚来政府，他都能不放在眼里，可想这人的心劲有多大。

2. 完全属于政治派系斗争

一大早，关晏梅就派一个小亲戚开车去北京。

第二天一整天没新消息，只是看守所传出信说孟正律还好，有人照顾。几个人便耐心等待，觉得两三天时间就应该有消息。

两个女人从第二天起就每时每刻做着迎接孟正律出来的准备。关小彩把他该换的衣服已经拿出来好几次了，还擀了好几次面条，不是这一带讲究"出门饺子，进门面"么？

第三天下午，孟正律用看守所里队长的手机给关小彩打了个电话，说别着急，告诉家里人，我挺好。这里的事招对清了就回去了。关小彩只是嗯嗯地答应，她也想说句什么，可是眼泪鼻涕已经把她塞住了，她一句话也没能说出来，电话就放了。她知道，"家里人"，指的是她姑姑姑父。

当晚，北京回了话，老同学有些为难地说问题有点棘手，正在协调，还得等。

从第四天开始北京来的消息就不太好了。

一直努力到第七天，老同学就嘬了牙花子，说没想到这事这么多头绪，看来中纪委和高检的朋友是有些鞭长莫及，要不，再想想别的办法。

关小彩偷偷哭了好些次了，关晏梅又气又急，正流着眼泪，突然看见关小彩提着暖壶从她身边一过，她一下把小彩拽住说：小彩呀！我的闺女啊！你这是怎么了？小彩一愣忙拽衣襟，鼓鼓的肚子随着显出形状。关晏梅说彩呀彩呀，你什么时候怀上了？小彩扭捏一下说有，有五个多月了。关晏梅又问正律他知道吗？关小彩说也没给他说呢。关晏梅就抽抽搭搭地哭出声，一边哭还一边拍打着沙发，你不说他就看不出来呀？天爷呀！搁别家女人早就折腾着让男人宝贝呢，可我关家姑娘不光没让宝贝，还跟着遭这罪哟！孟正律他凭哪呀！有钱不让我关家姑娘知道，有祸却让我关家姑娘挡哟！

阎宗品不耐烦了，说算了算了，现在不是说这话的时候！

关晏梅忙刹住哭，给关小彩披上件衣服，又拿出几样吃食。然后一眼一眼地盯着阎宗品。

阎宗品的脸阴沉着，事情已明朗，完全属于政治派系斗争。从出事后翁联合就精神亢奋，出事后一周时市委明确他主持建设局工作。之后，便是一副小人得志嘴脸。蒋文派的人，还发现翁联合找过于副书记好几次，于副书记就是原来管城建和土地的于副市长。那一年他接了于副市长的城建和土地之后，于副市长表面没显什么，其实就生出了成见，目前应该是他支持和纵容翁联合呢。

再说那边的矢秀白心里的熬煎是所有人都比不了的。这之前，两人隔三差五地通个电话，多是孟正律主动，他娶关小彩她虽说同意，但毕竟是取代了她。不过她也懒得多想，反正好好歹歹地两人就这么撕不开扯不断的。不见面时，她想起他常常有些生气，但往往刚刚生完气，就又想他。

那天从阎家出来，就着夜色，她那眼泪就下来了。至于对两个女人，还得不时地安慰着，并且得把握好安慰的程度，让她们感觉她是因为和孟正律是老乡，还因为感恩阎宗品对她生意上的帮助。所以她得拿出几沓钱来堵住她们的嘴。这件事不能替代，要能替代，她真想去替他。听说每个进去的人都要穿上黄马甲干活，不干活时就要像小孩子背书一样报告涉嫌罪行。虽然听说他在里头不用像别人一样报告，也不用干活，但是再怎么着，也是在里头呢，就那环境，他可怎么受得了哇。

阎宗品终究给他的正部级女同学窦秋桐打了电话，她正在广州开会，还有一周才能回来。一听是他，窦秋桐一时激动得有些语不成句。她问他怎么想起来打个电话，是不是有什么事？他话到嘴边又改了口，觉得还是等她回来再说。便说刚刚知道你的电话，随便打个。紧接着，又给航天部同学打了过去，但同学说和检察机关没打过交道，不过可以找找人试试。

矢秀白又来了，发现阎宗品明显瘦了，关小彩的眼睛还是跟水桃似的，关晏梅的嗓子也已经说不出话了。

她说我看不要犹豫了，咱们就找董天出面吧。

两个女人不知道董天是谁，但从矢秀白的口气和眼睛里知道，这是一个比他们找的所有人都有手段的人，就一齐看着阎宗品。

阎宗品承载着三个女人的目光，待了片刻，无力地叹息一声，微微地点下头。

3. 你推我？

其实，找董天，这已是矢秀白给阎宗品第三次说了。第一次他坚决不让，第二次他说，跑跑再说，这是第三次。还有四天就到了十五天了，如果再出不来，就意味着转捕，一转捕，就意味着判刑，一判刑，就意味着阎家势力彻底崩溃。

阎宗品嘱咐矢秀白，给董天要说得婉转，不要面面俱到，能把人先保出来就行。董天虽然是中国面孔，但毕竟是外国人呐。说完，面色已然变成使了多年的抹布。

矢秀白立时就奔了上海。

她果然说得婉转，说孟正律是她的一个朋友，说朋友遭了小偷诬陷，同时又遭了别有用心的人借题发挥，被状告贪污，司法机关便以涉嫌贪污刑事拘留。这种误会又一时难于解释清楚，而这朋友身体又确实有病，请他出面先保释出来就医。

董天问她这位孟先生到底有没有问题？

她说没有，只是误会。

董天又追问一句，果然没有么？

她一咬牙说我以人格担保。

董天当场就给中澳投资中心主任打了电话。

主任从董天的口气中，知道董天的心思。主任的使命是什么？主任对董天投资的意义认识得太深刻了。董天正在和北京和上海谈着项目，这项目对中国这个行业的发展有着非常重大的影响，所以主任立刻请示了他的上司，上司很重视，再怎么也是国际上的经济合作人提出的问题，国际关系无小事，经济发展更是重中之重。也正好，上司跟上边有个直接关系，于是十几个小时后，省检就通知安宁检察院对孟正律进行了取保候审。

一家人突然有一种拨开黑夜见太阳的感觉。天明了，天亮了，太阳出来了。

关小彩打着出租车把孟正律接了回来。按关晏梅的吩咐，先把他接到了宾馆休养几天，让他长长头发，恢复恢复身体。十天多的时间，他熬得极像囚徒，虽然当时理光头时给他理得比较长，但那毕竟是光头，再说他面容也憔悴得厉害，整个人瘦了一圈，怎么也得恢复个差不多才能露面。

这时孟正律才看出关小彩的身孕，他说：你？你怀孕了？一张红脸又密实地加了一层红色。他忙攥住她的一只手说：怎么不告诉我？我怕跟上次似的，再保不住。能保住，能保住！她的手还在他的手掌心里攥着呢，她手心里的汗把他的手掌都弄湿了。

五天后出了宾馆，关小彩想让他再待几天，关晏梅说差不多了就得出去，让人们好知道他真的出来了，阎宗品也觉得该早点出来，孟正律心里虽然有些发憷，但觉得这一关早晚要过。

到了家，关小彩打开被子说让他先躺一会儿。

他便顺从地把身子半躺在床上，关小彩给他盖被子。

关小彩一边拿壶烧水一边激动，既激动孟正律终于出来了，又激动通过这件事倒跟她好了。她从心里嘱咐自己，不能跟他提在里头的事，要多提他高兴的事，眼下高兴的事就是肚里的孩子，想着，忽地就有了话题，便一踠一踠地走着鸭步到了他跟前，把身子歪在床边，带着羞涩，有点学着电视上的嗲女人样子指着自己肚子说：他动呢。

孟正律一看，那衣角果然在动，无疑是儿子动呢，这一下，让他阴冷灰暗了十几天的心里忽地一热一亮，不由得就把手抚在了那片肚皮上——这是他这辈子第一次摸她。虽然隔着衣服，可她也像触电一样，泪如洪水，脚下一软，身子就倒在他怀里。这个因为怀他孩子肚子大了、脸更难看了的女人，也实在可怜，他捯手就揽住了她。这一揽，让她又更加地激动，激动得她就缩着肩膀挺着肚子一耸一耸地哭出了声。这一下她那不干净的牙齿就露出来了，带着妊娠斑的肚皮也露出一片。牙齿肚皮实在太难看呐，他忽一下就想起了矢秀白，想起了矢秀白那牙齿和皮肤，想得他一恍惚，他就下意识地把她推了一下。还没弄清怎么回事，她一个跟跄就仰在了地上，不过她一只手还本能地搂着肚子，因为笨重，她一时还起不来，她就那么喘着粗气，夯着头发，上牙咬住下唇，一双发红的小钻头样的眼睛瞪着他：你推我？

几天的牢狱之灾使他有些反应迟钝，他一时也忘记了赶紧去扶她，他就有点傻子似的看着她，而她就那么瞪着他，一种要把他瞪出个口子、瞪出个窟窿地瞪着他。

他终于被瞪醒了，上去就要抱起她，可她却母狮一样把他一下推了个趔趄：滚蛋！孟正律滚蛋！滚到矢秀白那里去吧！我把心掏出来叫你吃了，也暖不下你的心呐！你？怎么？不死里头？！一边说，一边爬起来，搂着肚子猛地跑出门去。

他急着追，她急着跑，她一出门就上了一辆出租车。出租车走了一截，她就没了人色。司机掉头就往回开，可是孟正律已经坐到另一辆出租车上追这辆车呢。两辆车互相转了两圈停下来时，关小彩的身下就流出了一片血。

一小时后，关小彩生了个儿子，才三斤多，紫红紫红的一个小老头儿，把奶头放到嘴边，两片青紫的嘴唇只把奶头挨一下又挨一下，根本裹不住，护士只好用专用的饲养器给孩子往嘴里打点牛奶，然后就给孩子扎根管子放进了氧箱里。关小彩从孩子下来之后，身上的血就没有止住，那张红红的柿子脸，变得比刚刚出锅的馒头还白。

医生护士像遇到战争一样来来回回跑了几趟，就下了病危通知。

孟正律原来看电视上有人离世，亲人抓住医生大喊：医生救救他（她）吧，我求求你啦！觉得那是导演在让演员矫情，可这回，他知道那是真的，因为他这次也不假思索地抓住医生，大喊：医生救救她吧，救救她吧，我求求你啦！医生拍拍他肩膀，劝他冷静些，快点准备后事吧。

他才哆嗦着身子，倒抽着凉气，请护士把那个紫红色的小老头儿从氧箱里抱出来，抱到关小彩怀里。关小彩一只手艰难地搂住孩子，另一只手艰难地抓住他手，然后往自己嘴边送。他以为她要亲他的手，就由着她。没想到，她一下就咬住了他手指，死死地不放。他疼得钻心，却不说一句话。关晏梅急了，一手抱着关小彩头，一手捏着关小彩下颌骨说：彩啊，彩啊！你松嘴，你松嘴啊！你有什么话你说啊，姑姑在这儿呢，你给姑姑说啊！我那闺女啊！小彩还是死死地咬着，直到孟正律的血一滴滴地流了出来，才放开。这时她嘴里已经含了一口血水，她一伸脖子，咕咚，咽了。又伸出舌头，把嘴唇上的血渍也舔了进去。然后，看着孟正律说：你以后……娶谁……

4. 我只想建学校和敬老院

矢秀白给唐敏说：咱们回堤外村吧。

唐敏把车头转向了堤外村。

前几天，她让蔡小忠和郑三叔一起回了趟堤外村，让他们去给现任村长张永革商量建村小学和敬老院的事。张永革说了一堆表扬话，什么致富不忘党恩，致富不忘村民，然后就狮子大张口，提出铺路、修水管、建学校、建老年基金会，再扶持村办企业。等他一溜八开地说完，矢秀白就毫不客气地说：我只想建学校和敬老院，别的先不考虑。张永革一听忙说好好好。

她娘越来越不爱动弹了，每天只是太阳好时在院里坐一会儿，可是坐在院里也是不停地打盹，也不知道先前那精神气儿上哪去了。以前，每次回来都说要接着娘走，可她娘基本没跟她走过。娘说你要想我了，你就回来看看我，我哪也不去了。后来，她就不接了，隔几天回来看看。原来让小蕊她娘每天来给娘做顿饭，再和娘做会儿伴儿，这两年觉得小蕊她娘年龄也大了，就又找了后街的赵寡妇每天做顿饭，也做些零活。开始她娘不让来，后来她也不管了，街上人们都在传说小闺女要盖学

白妮

校和敬老院。盖学校盖敬老院都是积德行善。那钱花到哪不是花呢，反正看着她是在过挣钱和花钱的瘾呢。

秀青有日子不来了，一点准头都没有。高兴了能天天来，不高兴了一两个月不露一面。这闺女是让她奶奶惯坏了。她奶奶就看着她好，还有走了的老大秀红，更是她奶奶的心尖子。正想着，一股云彩刮了过来，云彩又带来一股粉红色的风，绕来绕去地围着她转。转着转着婆婆就出来了。婆婆问媳妇，怎么样啊？好受些么？她说好受，好受哇。婆婆说好受什么？我还不知道你？报喜不报灾的脾气。她说娘啊，真的过得好呢。婆婆说别糊弄我了。

娘，娘。

有人叫娘呢。听了一下，才听清是白妮子回来了。这闺女怎么不叫奶奶啊？还给奶奶记着仇呢。都这么多年了，给全村人谁都不记仇，干吗非给奶奶记仇哇？

秀白说娘这是给谁说话呢？一边问，一边给娘擦把口水，又把耷拉到脸上的几缕白发撩起来。娘这才见是白妮子真的回来了。就说我梦见你奶奶了。我给你奶奶说咱们日子好过了，她不信，正给我抬杠呢。秀白就跟娘说奶奶，可是娘又合上眼了。她就看着娘睡。娘刚才的话她都听见了，给村里人记仇？她才不呢！要那么记，还记得过来？奶奶死了，要是活着，她也不记恨她。

娘睁开眼了。

娘你醒了？

娘说醒了。然后还盯紧了看她。

娘你干吗这么看我？

这些日子，好些人说你好看呢。

我都四十多了，还有什么好看不好看呢？她把脸往娘跟前一摆，说娘你觉得我好看么？

我早就看着我白妮子好看，打小就好看。娘说着嘴角抖了几下，轻叹一口气。

她知道娘是想起伤心事。也真是的，一个社会一个时兴啊，同样是这张脸，前些年如老鼠过街，现如今人见人夸。有人夸得还很离谱，还有更离谱的呢。她刚在安宁设了办事处时，一天刚出来，一辆小车嚓地停下，下来个时髦女人。女人说女士您好，我是"天娇美容院"的。说着递张名片。她说对不起，我没时间。女人很有耐心地跟着她说我想请您到我们院做定期护理，不但不收服务费，还按月给您工资。她已经明白几分。女人又解释说不瞒您说，您的形象太好了，我高薪聘请您做我们的形象大使。她一听忙说对不起，甩下女人逃也似的走了。

她娘说孩儿大不由娘啊，娘老说让你成个家，可是你就是把娘的话当成耳旁风。这么大岁数了，家也没有，孩子更没有，图个什么？唉！以后娘也不管你了，还有秀青呢，俩月不来了，也不知道干什么呢。她说我一会儿就去看看，我也有些日子不见她了。

赵寡妇做了一锅白菜熬粉条贴饼子，她吃了一脸一头的热汗。然后和张永革看了小学校和敬老院选址。位置在村南，地势挺开阔，两个地方相隔300米。张永革问她行不行，她说只要乡里批了她没意见。老人和孩子们离得不远，可又没有紧挨着，倒也不错。

5. 原来秀青她是吸上白粉了

一到宋家门口，就见出来进去的不少人，宋多子一个本家一见她，就说：你知道了？

我知道什么了？

秀青不见了。

原来，秀青头一天出去没回来，宋多子以为她去哪里歇着了，反正平时秀青有事也不怎么给他说，他也没在意。电话是当天后半夜打来的，说要50万赎人，而且还加了一句别报警，报警肯定"撕票儿"。宋多子一下就没了主张，想找矢秀白商量，可是又怕秀白主张报警，一报警，绑匪要是"撕"了"票儿"就麻烦了。他虽说不喜欢秀青，可他也不愿意让她死。他先找了一下家里的存折，平日里存折都是秀青掌管，他觉着家里最少得有三四十万。给绑匪降降条件，要是少给些行，就给了钱，也省得出闪失了，但他把存折找到一看，上头的38万块钱，只剩下了2千块。他在第二次接绑匪电话时就说麻烦老总儿问问我那当家的，问她我家那钱上哪里去了？我是真的找不着哇！绑匪说我才不管你家那蛋事，一天之内不把钱送来，就等着南天门外收尸吧！

秀白一脸焦急地问：报案了吗？

宋多子甩一把白毛汗说：电话里说要是报案，就"撕票儿"。

她拿起电话要打，宋多子忙拦住问秀白你不是给公安局打吧？她说不是，我先打听打听情况。宋多子说你认识这样的人么？她说姐夫你就放心吧，我不认识，有认识的。

半小时后，回了电话，说是查清楚了，是周边几个混混儿干的，说这几个混混儿还不太难对付。秀白问那么这事您老兄说怎么办？那头说这事你就别管了，我想法把人找回来就是了。

秀白写了个支票给了唐敏，又写一个电话让唐敏去联系。唐敏接支票时，宋多子看了一眼，10万。

宋多子说秀白你先拿了,以后再说。

秀白也不回他话。

宋多子也就不说了,周围人自然一阵歇歇。

正和乡亲们拉着闲话,堤内村的村长也来了,村长说这事是刚刚听说的,打听了几句秀青的事,接着便夸奖矢秀白有本事有能力又仗义,秀白不咸不淡地应付着村长,眼睛不时地看表,心里一时比一时地焦急,这些年来绑票的事她只听说过,还从来没有经历过。

秀青回来时,天已经黑得伸手不见五指,秀青好像是从天上突然掉下来的。一个本家小子惊异地喊叫:我婶子回来了!我婶子回来啦!

大伙一看,秀青果然进了院子,人像一片影子,飘飘忽忽、磕磕绊绊,一个本家妯娌上去就搀住了她,秀白也过去扶住她,这时她就有点支撑不住了,脚下更发起虚来,人有点想离开地皮。勉强进了屋,身子刚一挨炕沿,人便栽了下去。村长也很识相,便说大伙回去吧,回去吧,人已经回来了。

才一天时间,秀青就跟霜打了一样,浑身上下又是土,又是油腻,脸上也涂了一层黑气,一双杏眼也没了光泽。一见秀白在家,秀青就知道自己是怎么回来的了。嘴唇和喉头动了几下,送出来的声音人们到底没有听清楚是什么。

宋多子做了碗面汤让她吃了,面色虽然好了些,但精神还是上不来。

秀白这时接个电话,是市政协袁副主席打来的,说让她明天参加一个海峡两岸座谈会,说有她一个书面发言。她便给秀青说姐,你歇歇吧,我有事回去看看再回来。说着就往外走。秀青想送送,可刚下地又闹了个趔趄,然后眼看着就起了一层鸡皮疙瘩,冷汗也流了下来,人也开始抽搐起来,眼睛也在往上翻。秀白上去扶住她问姐你怎么了?秀青不说话,只忍着劲儿地拿手往外指着,意思让她去忙吧。秀白又犹豫了一下才往外走。

走出几步又一回头,见秀青已经团成了一团,秀白忙给送她出来的宋多子说:姐夫,你别离开她,一会儿都别离开她。好好问问,我看着她有些不对劲,像是上了什么瘾似的。我等你电话。

到了第二天,宋多子哭丧着给她回了电话,他说秀白呀,原来秀青她吸上白粉了。秀白啊,你说可怎么办啊?怎么办啊?我还以为她把钱弄去压了货呢,敢情家里存折上的钱,她早都耗完了。宋多子说完,牛叫一样哞哞地哭了起来。

秀白说我这就过去。

到家时,秀青相对平静了,但看上去还真像个大烟鬼,人瘦得不行,衣服在身上飘飘挂挂的,一对眼睛如同两粒算盘珠子一样,懒懒地,连动都不肯动一下,还有两道死蛆一样的鼻涕挂在鼻子下面。见秀白进来了,才拿手拧一下鼻涕抹在鞋底子上,眼角扫一下秀白,既不说话,也不抬眼皮,一副听从发落的样子。

秀白也不忙说她,心想到了这地步要是在家待下去,无疑是废人一个,忙把宋多子叫出来商量,说咱们得把她送到戒毒所去。宋多子自是同意,说事到如今,只得去,可……秀白说没事,钱你不用管。宋多子说听说要花好些钱,还不容易戒了。秀白说花费没事,就看她有没有恒心受罪了。宋多子说她倒是个说到做到的人,再说她的毒瘾也不算大。

把矢秀青扶到车上,他们直接就去了北京一个戒毒所。

车子走了一截,秀白问秀青说姐你心里明白吧?

秀青点头。

秀白说为了你和孩子,为了咱娘和我姐夫,你得咬牙坚持啊。

秀青又点头。

秀白说肯定要受些罪,凡是有这种瘾性的人,一般的都戒不掉,不过,姐我相信你有毅力。

秀青眼睛眨了一下,才算有了点活人气息,然后吸一口气说:没事,我已经是死过一回的人了。

秀白鼻子一酸,心便更加地柔软起来,姐俩又好长时间不说这样的话了。秀青心里也有股暖流开始涌动。

秀白办完手续回来,她便终于忍不住地说:秀白,你怎么不问我是怎么吸上的?

秀白说:姐,咱们不提那事了,你只要下狠心戒了就行。一个人只要下了狠心,哪怕是天王老子也管不住啊。姐,这一点我也相信你。

你看姐下了狠心吗?

我看,下了。

秀青很感激地看着秀白,眉眼里也有了些颜色,说:秀白啊,看来你还把姐当人看呢。姐还是给你说了吧,你知道,我从小有心口痛的病根儿。有次我痛得厉害,吃了好些药都不管用,后来我一个业务员说他亲戚那里有大烟膏子,说吃了准好。我开始也不同意,可是后来眼见着疼得我眼冒金星浑身出汗,又找了好些药吃了还是不管用,我就同意让他去拿了试试。当时宋多子不让,可我这人就这臭毛病,有了事,宋多子要说同意,我可能不办,可他要说了不同意,我还非办不行。我吃了点那人拿来的烟膏子,我就当真的不疼了,还忽忽悠悠地像要上天一样舒坦。可那股劲儿一下去,就又疼,我就又求那人去找。人家说没了,我就出钱买。一连吃了几次,我就放不下了。后来人家不愿意给了,我就买人家的,再后来人家不卖了,人家说自己还得留着一些呢,我就出高价,直到把人家的买完了,我又让人帮忙给找。

后来那人就帮着打听到了白粉。也真是怪了，你说我平时那么舍不得吃舍不得喝，可在我大把大把的钱递给人家时，好像递出去的不是钱，像是废纸……

秀青脸色一点点地难看了起来，大汗珠子随着也哗哗地淌了下来，但她还是断断续续地接着说：这次绑我票的，就是那帮卖白粉的，他们知道我没钱了，可是他们知道你，他们是在吊你的钱呢。

护士把她抬上担架时，她已平静如水，神情像个经了一个世纪的老人：秀白，你记住，你和你姐夫，谁都别来看我！

6. 人微言轻啊

在半年前的那个傍晚，翁联合推了外头的饭局，他说不行，实在不行，老岳父来了。今天得在家陪着老岳父吃顿饭。

翁联合是本市人，媳妇章田田是安宁东边通市的。实际老岳父根本没来，他是不想去，去什么去？一个无关紧要的饭局。

回到家，他说让章田田熬一锅稀稀的绿豆小米粥去去火。他便拿起菜盆想去择菜洗菜，章田田却把他往外推，说：快歇歇去吧，看你那面容，难看得还像个人样吗？

他出来便进了洗手间，对着镜子看了看，也觉得自己带着一副苦大仇深的样子。从到了建设局的第一天起，他就嘱咐自己要低调、谨慎、夹着尾巴做人，而且每日还要"三省吾身"。当初孟正律在他手下时，不也是成天装孙子么？可是人家装着装着，就爬到他的头上去了。自己装到什么时候才算熬出来？

厨房里绿豆小米粥的清香飘了出来，他深吸了两口，感觉心里的烦乱便平息了许多，他从小就爱吃这一口儿，无论上多大的火，只要吸溜吸溜地喝上几碗稀稀的绿豆小米粥，喝得满头满身大汗，再上两次厕所，心里的火就能去了一半。

他知道，这次上火主要是因为屋里的一幅画。其实他原来不怎么喜好书画，如果一幅字画和五千块钱让他选，他甘愿要五千块钱，可是后来他到一些有品位的人家去了，人家墙上都挂着名人字画呢。官职越高，作者名气越大，这一下他才上了心计。可他要了几次总是没能要来理想的东西。到目前，他墙上挂的，还是市里三流画家的作品，他把三流字画收了起来，挂毯也收了起来，可是一看墙上，却有一圈黑黄印子，他不得不把那三流画又挂上去。可他每每看见这画，心里都像有条毛毛虫在搆他。

人微言轻，人微言轻啊！一股失落又从两肋升起，涌向心脏，心脏笃笃地慌跳起来，最近他为这已经吃了好几盒丹参滴丸了，他真不知道，他这种日子还得过多久，只怕日子还没熬够，他人，便先倒了下去。他捂着心脏，摇摇头忙站起身子，为了转移注意力，便往阳台上走去。

这时，正好是屋里能看见外头，外头看不见屋里的黄昏时刻。这时天边还有一抹残阳，残阳还很红，红得夸张，还带着优美的水汽，把西边的楼群也抹上了一层光晕。他看得有些惊心动魄，觉得自己这时看残阳很是不吉利，忙收了眼睛，把目光顺了下来。

他的窗户正好斜对着孟正律的小房。孟正律的小屋门开着，新媳妇关小彩正从小房里往外搬东西，外边一个男人一边点着数，一边往一个蓝格子蛇皮大兜子里装。这时，如果关小彩大大方方的也没事，可是关小彩慌手忙脚的，一边装，一边左右看，就跟偷拔了谁家的萝卜或揪了谁家豆角似的。翁联合一激灵，便注意起来，他拿手掌把窗户上的水汽擦了擦，把头挨在玻璃上，把眼睛凝成一点聚在那两个蛇皮大兜子上。

一个兜子装的东西四四方方、支支架架的，但重量却不大，是先装好了，由那个男人提到三轮车上去的。另一个兜子就是在没装满时先提到三轮车上，才又继续装的。这一兜子也是四四方方、支支架架的，但看上去却比前一兜重多了。是烟酒，烟酒啊！轻的是烟，重的是酒！没错。他又急着换了角度，发现小房子里还有不少呢。

章田田熬熟了绿豆小米粥见翁联合还在阳台上不过来，便也走了过去。章田田顺着翁联合的眼神一看，就咋咋呼呼地说：哎呀，那小娘儿们是在装好烟好酒呢，这是要给谁去送礼啦？

翁联合把她一拖说：别嚷嚷！

章田田忙住了嘴。又看了两眼，翁联合一溜小跑就下楼了。走到大门口正好跟上那个带着大兜子的男人，翁联合打了个的士就跟了上去，没走多远，男人就进了一个小屋，小屋门口赫然写着"收旧烟旧酒"。

回到家，翁联合也不说话，把眼搭在对面的画上，但那眼睛根本没看画，而是迷离着，迷离着作深层次思考。女人章田田坐在旁边看着他，一块儿过了这么多年，女人一眼就看出了男人的心思。女人说：告他！男人没说话，却喘了口长气。女人又说：看他前些年，在你面前跟个哈巴狗儿似的，整天跟在后头舔屁股，看这会儿他能耐的！

翁联合终于说话了：我来建设局后，他虽然什么事都跟我商量，可那都是面上的事，都是可以公开的事，那是做给我看的，做给大伙看的，实际内幕怎么样，我真还没有摸清过。

私下找人问呐。

问？问什么问？你还没问出事呢，早有人传到姓孟的耳朵里头去了。

那怎么办？他比你还小呢，除非他调走，要不然，他得压你一辈子。

有两分钟之后，女人突然揪过翁联合耳朵说了起来。

7. 男人的风头让他占尽了

王小池在打证时才知道偷的是孟正律家。

王小池眼睛里一下就伸出了两根蛇信子，他把牙一咬，就把本来要交代的80万，增加到了160万。哼！这就叫"冤家路窄"！王小池这回要不报仇，王小池就是傻王八蛋揍的！他姓孟的怎么那么有运气，大学他上了，城市他留了，官他当了，城里女人他沾了，洋女人他也早沾了，尤其是那白妮子，不要说后来，就是当年在村里窝着时，也是顶顶招人眼目的闺女儿啊，可惜我跟她住街坊，却连手都没摸过一下，而他孟正律，却着着实实地睡了她无数回了，可恶的是这白妮子还真生生死死地跟他贴心贴肺呢。他妈的，男人的所有风头让他孟正律占尽了！

派出所干警拿着几个存折问他：这些加在一起是80万，你说从他家拿了160万，那另外的80万在哪呢？王小池说：去银行支不出来，就扔了。干警问：真扔了？他说：真扔了。干警说：扔到哪里了？他说下水道里。干警说：你说话可得有依据。他说：有啊。

结果，他带着干警东碰一下、西撞一头地找了好几个地方，哪有半点迹象？

蔡小忠把郑三叔叫到一个小饭馆里。

几杯酒下肚，蔡小忠说：三叔，咱就打开天窗说亮话吧，王小池的事你也知道了，我找你就是想让你当个证人，王小池的德性你最清楚，他以前做过的缺德事你心里有数。眼下孟正律家里出这回事原来都是他捣腾的。他从孟正律家里偷出了80多万块钱这是事实，但这些钱纪委已经招对清楚了。这事也是赶巧了，那钱里的大部分都是亲戚拿来去长虹啤酒厂入股的，可这钱刚拿来长虹啤酒厂就失了火，这事电视上也报了，长虹厂的效益一下滑，亲戚就想观望一段，就让关小彩把钱先存到银行，这80多万里有70万是亲戚的。

郑三叔说：小忠，我明白你的意思，你是想帮帮孟正律，让我证明王小池那年在公路上偷秀白腈纶原料的事。

蔡小忠说：三叔，你老人家本来就是个正直人，再说秀白这些年对咱们都不错。

郑三叔说：这里的山高水低，都是明摆着的，就按我这把年纪，人家哪儿的厂子能让我去每天磨会儿洋工，到月底就给几百块钱啊。人家秀白总说我当初帮过她爹，唉，就算我帮也是应该的，人家她爹她爷也帮我不少啊。再说当初王前进把枣红骡子和灰驴硬从老矢根手里夺了给我使，我正经觉得对不起人家呢。还有呢，王小池那小子也该吃点苦头了。

蔡小忠说：要不说你得出来作证呢，这一半天里，公安局和纪委少不得要找你。

郑三叔说：那年，秀白把腈纶原料弄回堤外村时，王小池领着人跳上去往下扔货的事，是我亲眼看见的。那天我背个粪筐出去了有四五里路，秀白拉货的车一下那个大高坡，几个人就蹿上去了。打头的就是王小池。他那身手，我一看就能看出来。不瞒你说，那天我闪到那个老树墩后看他们把货弄走后，我背着粪筐回来就转到他家门口，正好大兰子出来抱柴火做饭，我还问当家的呢？她说他个不着调的货，从昨个死出去，还没着家呢。这不就对上茬儿口了么。

两天后，郑三叔就被传去作了证。

接下来，孟正律的案子就结了，总共80多万的存折里有70多万的存入日期正好是长虹啤酒厂失火的第二天，而且关小彩的舅舅、表姐和姨夫也都签字画押打了证明。

按说此案到这时该偃旗息鼓了，让所有人都没想到的是，这个案子最后又牵出了一个蓄意栽赃陷害案。

这案子的发生，归根到底得从玉仙的死说起。

玉仙死后，王小池从心里也当真十分难受了一阵，在他揣着段解放的钱和大哥大去北京时，本来还想见到玉仙尸体哭一鼻子呢。可是一真的见到变了形的玉仙，他就不愿往跟前站了。高价找人私刻了印章，伪造了介绍信，说尸体不要了，让工作人员负责处理。

从北京回来，先回了堤外村，想给矢秀白和段解放使点坏，可他们又不吃他那一套。他就去安宁游荡了一阵儿，把段解放那5000块钱就花去了一多半。之后便为自己后路发了愁，觉得这年月，地里的庄稼种好了还有点剩余，种不好还赔钱呢。像他这样的，要想手里能有个钱花，不行就指望无本生意吧。先在安宁偷了几户，倒还得手了，可是后来一次在大街上偷钱包时，让人察觉惊动了警察，被逮住劳教一年，出来后便又流窜到了通市，认识了一个外号叫大虫的人，这是个有10年狱龄的刑满释放分子。出来后，只老实了一年，就又重操了旧业。王小池跟大虫入伙后，觉得还不错。可有一天大虫突然叫着他去安宁，他觉得在安宁犯过事，不想去。可大虫非叫他去不行，他又有点惧怕大虫，只得跟着。到安宁当天夜里，大虫就领他直接进了一户人家，以前他们从来不要存折，觉得存折容易出事，可这次大虫偏偏就拿了存折，他拿了几块手表几个戒指和几个金质伟人像章，然后又跟大虫去楼下小房里弄了些烟酒。第二天大虫又让他去银行取钱，他说不能去，说我看了，存折上设着密码呢。大虫说没事，我早看好了，那存折上夹着个纸条，密码就写在上头了。说着大虫给了他一串数字。为让他放心，大虫还跟他一块儿去了，但他刚输入了一遍那串数字，他就被摁住了，大虫早没了踪影。

在人证物证面前，他才像老牛反刍一样倒腾明白了，原来他被大虫利用了，大虫被别人利用了。

到后来，再审他的就换了一个姓伍的女干警，伍干警又胖又高，一双又大又黑的眼睛，看上去比男干警们还要威严。伍干警一上来先问他路截矢秀白货车的事，他开始也是坚决抵赖，但伍干警把堤内村和堤外村两个拾粪老头的证词拿给他，又把问讯大兰子的笔录给他看了，他一下就变成了一条蹦到岸上的鱼，只张嘴不说话，但张了几下后，终究又跳了起来，说我要和两个老头子对质，更要问问我家那拙笨烂的死女人，凭什么那么说我？凭什么？伍干警拿手一指他说：坐下！你把态度放老实点，你要想有出路，你就得把你所犯罪行一一交代清楚！

伍干警真够干练，连审了三次，王小池的精神就几近崩溃，就承认了以前路截矢秀白腈纶原料和几次入室偷盗。伍干警心里正庆幸，没想到王小池为了立功，也为了报复，又把惯偷大虫供了出来，大虫怎么叫他来安宁，他怎么不想来，大虫怎么逼他，又怎么偷的存折，他把拳头举过头顶，做出个宣誓的样子说：报告政府！大虫百分之一万跟祸害孟正律的人合着把呢！这事要是错了，我就把我脑袋削下来给你当蛋夹裤裆里！

伍干警把桌子一拍说：王小池，你放老实点！

他把身子一挺说：哎呀，报告政府，我忘了，忘了您是女的了，我以为您是个大老爷们儿呢……

根据王小池的口供，立刻捉拿大虫，但大虫却已经逃得无影无踪。

大虫是通市人，经过侦察，发现大虫的母亲姓章，和翁联合妻子是亲戚，很快便把视线锁定在翁联合夫妇身上，再说在此案审理过程中，翁联合一直在指使人供材料要求严办，这一点，已经是有目共睹的。

审讯翁联合和章田田，也是每人在一个房间里进行的。

翁联合表现得非常沉稳，一问三摇头，什么都不知道，说这个大虫他根本不认识，连听说都没听说过，更没和这个人来往过。

审讯章田田的也是伍干警。

章田田一开始就自作聪明，觉得说不认识大虫不大可能，因为她娘家周围人都知道章家和大虫是亲戚，但绝对否认有来往，而且还反咬一口，说为什么放着孟正律的案子不弄，却要转移目标，说我倒要问问你们，孟正律家那些存折和贵重物品算不算巨额资金来历不明？别的别说，就那几块国际大牌子手表得值多少钱呐？这样的物品，能是自己买的么？再说买也不买好几块啊！

伍干警说：章田田，你怎么知道孟正律家被偷了存折和国际大牌手表？你听谁说的？

章田田这才知道失言了，一捂嘴，忙又想往回拾，可是伍干警一路穷追不舍，只用了半天时间，章田田就不得不把全部事情招认了。

第十七章　血裔

1. 有问题的不靠边站谁靠边站？

经过两次婚姻、几年做市领导的至亲、几年局长、十几天在看守所的揉搓，孟正律实在觉得自己可真是个全活人了。这天，他起得很早，从家里出来时，安宁市还沉浸在一片灰蒙蒙中。他是门口小吃摊上的第一个吃早点的。他吃了几根油条，喝了碗豆浆，天才大亮。

他随便走进了一个街心公园，他平时很少来这个地方。一个老人对着一棵芙蓉树正在练功，看那样子除去惊雷暴雨，什么也不会惊扰他，什么钱财物质，什么功名利禄都不在话下。……

往前走去，一片灌木丛，密集的枝条交叉覆盖，遮天蔽日，连日来发生的事情又涌了上来。他郁闷地叹息一声，看看手表离开了。

他出事后还没有去过单位，有好几次想去拿点东西，再说也该看看办公室里的东西动了没有。可总发憷。他的工作先由翁联合接了，翁联合拘留之后，又由另一个副局长接替，说是临时代理。他的事情已经澄清了。一个立过案，进行过刑事拘留的人，如果没有平反，那么党籍和职务就都没有了。好在他已经平反了，党籍和职务都有。但职务如何安排就看领导了。阎宗品也帮他运作过恢复原职务，但刚有个眉目时，就有人举报，说孟正律的问题根本没有弄清楚，说办案过程中有人包庇袒护、营私舞弊，孟正律问题还大着呢，要求再次审理。事情便搁下了。

他看看时间才七点，离上班时间还早，去吧，早晚都得去。

他心里很急，但样子还从容。拿了点东西就出来了。办公室还是原样，只是已经落了一层尘土。往外走时，虽然走得不快，但还是免不得发慌，他这才感觉到了自己的怯懦。有人给他说那个临时主持工作的副局长似乎有些来头，有人说孟正律已经是有瑕疵的人了。虽然平了反，明眼人谁都知道那是怎么一回事。小偷明明在你家偷出百十万的存折，你说是别人的就是别人的？他还是找过好几次领导，领导们没一个能正面答复他的。只说等会上研究。

从关小彩死后，他一般不愿到阎家去了。家乡有句老话：死女儿断亲戚。人家闺女死了，跟你就不是亲戚了，人家看见你了，心里难受啊。他找阎宗品一般都是把他约出来，毕竟是政治上的同盟军。阎宗品从来不爱一五一十地说事，只简单说事情有难度，他也不多问。他知道，阎宗品也着急，孟正律总安排不了，他也不光彩。

阎宗品早就开始有白头发了，但从孟正律的事后哗啦一下就基本全白了。原来白发只在鬓角和头顶，染发时只注意染一下有白发的地方就行了，最近染发时却要全部着色。不知是心理作用还是身体有了什么毛病。最近这两次染发后，头皮总有些发疼发紧。理发师看了看说：领导，是过敏，咱们换换品种吧？他点点头。但又换了一种还是那样。后来又换过两种，也那样，有一种用了头皮还肿了，最后落了一层血痂。不能再染了。黑发之下很快顶出一层白茬儿。办公室没人时，他常常拿出一面小镜子照一照。镜子很小，先照在鼻子和嘴还有两个脸蛋，鼻子还算挺，嘴巴还算方，脸蛋还算饱满有光泽。可再往上移，到了那白发茬的地方，心里就一抽，白发茬太亮，把上边染过的黑发映得更黑，把下边原本还比较白净光亮的额头映得发暗发锈。他本来就不佳的心情更加不济起来。

关晏梅说不行不行，给你买个假发戴上吧。他说不用，不过在关晏梅真的买了回来，他还是试了试。可是假发一上头，头皮不适不说，单说发根的生硬和发稍的做作就更让他觉得有点像戏台上的演员。白就白吧，老了还能不白么？他嘴里一边这么说着，心里却像被野猫咬了一嘴。

他也注意过人们对他的感觉，有的人表示惊讶，有的人不表示什么，但也要在他头上愣愣地看几眼。还是童言无欺啊，以前街上孩子见了喊伯伯，现在喊爷爷了。他突然觉得自己应该想开些，老了就是老了，谁能长生不老。再说了，人要懂得解劝自己——你多老都有比你老的，你要六十了，你比七十的不年轻么？你七十了，你比八十的不年轻么？你八十了，你比九十的不年轻么？到你九十时，你还很高兴，因为别人都死了，你还活着呢。

为孟正律的事，他找过管组织的领导。人家回答说：想着呢，建议再放一放，怕引起负面影响。

这天，他到了建兰小区时，矢秀白已经把屋子收拾一新了。

几处的玉兰花和玉兰饰品都仔细整理过了。她每次来，都要先整理玉兰花。每整理一次，心头就感动一次。头一次她没太在意，接下来她才知道，屋里的玉兰花和玉兰饰品，原来都是他特意摆放的，塑料的，皮质的，蜡制的，绢绣的。他说他第一次见她，对她的玉兰花胸针印象太深。后来，又见她戴过一条淡绿色丝巾，上边也是白色玉兰图案，再后来还发现她有不少小东西都有玉兰图样。之后，他仔细观察玉兰，觉得玉兰花果然高雅清丽。他便对玉兰也有了格外情怀。他曾带她一起去云南专门赏过玉兰花。后来又给她买了玉石玉兰、翡翠玉兰、玛瑙玉兰以及黄金玉兰和白金玉兰的饰品，甚至有一次他管的部门搞一次大赛，他还特意提名为"玉兰杯"大赛。本来想养几盆真的玉兰花，可因为来得少，养不到好处，再伤损了玉兰的气质，才打消了想法。

　　他进来时，她穿着淡粉色睡袍，刚把那束玉兰花洗净插进花瓶里。听见开门的声音，她有点像小女孩一样掩到门后。他进来，先看了看四周，便不动声色地把手伸到门后把她拉出来，拥入怀里。她便甩掉拖鞋把光脚踩在他的脚面上，把双手吊在他脖子上，把身子猫咪一样乖巧地缩进他身子里，任他把她带到新鲜亮丽的玉兰花前。他伸出指尖逗弄一下花瓣，抖出一些水汽和一层细密的水滴。然后又用湿手一下一下抖着她的脸蛋。她那原本粉嫩的脸蛋便被他抖出两团娇嫩。他定神看她几秒钟，一波潮水便浸润了全身，两人很快便进入了交流。

　　孟正律的事，总办不了，就不好了。他伸个懒腰，把一只手垫在后脑上，把另一只胳膊让她枕上，眼睛盯着天花板。这是他进门后的第一句话。

　　她说：嗯。这也是她进门后吐出的第一个字。她知道他是让她努力呢。

　　目前在有些领导面前，她出面，比他和孟正律出面效果都好。从面上看，她毕竟和孟正律没有什么关系，再说她在当了市政协常委和省政协委员之后，在政治这个天平上她的分量明显重了。前一阵，省政协会上，她作了典型发言，发言的风度，发言的材料组织，发言的逻辑性，一下就成了会议的亮点之一。成为亮点的一个元素，注定有相貌的缘故。那次省政协会后，一位当过常务副省长的政协副主席来安宁，提出去解放毛纺有限公司看看，陪同的有市政协主席、常务副市长、副书记，当然燕平的书记县长都陪着。午饭时，市长又赶去一起吃饭。就是在这次饭桌上，她承诺出200万捐资助教，出300万赞助一所图书馆。这可以说是她跻身主流社会的一个拐点。从此，再进出市领导门槛就有些随便的意味了。在孟正律的事上，她想稍过些日子再说，刚认识领导就提要求，显得不禁招惹。

2. 你俩也是天生的一对

　　阎宗品着急，她何曾不急？但前几天她看了看孟正律，孟正律一句求她帮忙的话都不说，当然她也不需要他说，但他那种矜持，让她难过。在这方面，他真的不如阎宗品。人家最大的特点就是大气，她和孟正律的事，人家铁定知道，但在孟正律问题上，人家没表现出一丝狭隘。当然，细想起来，阎宗品心里也应该有些什么吧，毕竟是男人，男人有征服社会征服江山的本能，更有控制女人的天性，阎宗品能把事情做到这份上，实属不易。

　　怎么不说说我的头？阎宗品把眼睛从天花板上收回来说。

　　她扭头看他一眼，说：你说白发？

他点一下头。

她说：其实我早想劝你不染了，年纪不太小了，弄着一头黑发，反倒让人看了不舒服。在我看来，有了些年纪，一头花发或白发，倒自然、诚实，而且是美德呢。另外，也免得总染，身体受伤。

他把她的手握在掌心里，长出一口气，说：真这么想？不嫌我？

你看我，像糊弄你的么？她把脸朝他仰起来。

倒没觉得你糊弄我，只觉得你是越来越会说话了。

不是会说话，是明摆着的道理。

半月后，市委任命孟正律为市政协文史委主任，也是正县级。别看这么个位置，也是把好几个想来的人挡住，才任命的。

孟正律报了个到，说身体不好，委托副主任代为主持文史委工作，然后在医院开了三个月的假条，就回了家。

关小彩留下的儿子又瘦又弱，好几个月了，脖子还支不住头，脸色嫩紫，额头的皱纹，还没有脂肪能填充上，抱他一下子，他那身子就软塌塌地贴在你身上，一双酷似关小彩的眼睛一眨一眨地朝上扒着，还得拿手帮他把头托住，不然，脖子一晃一晃的，时刻要折下来。同时还三天两头闹病住院。

从出事后，孟正律就把父母从老家接来了。好在，大儿子已经被范东红接走了，当初范东红走后，他把大儿子送到老家跟爷爷奶奶住了一段，后来在一次孩子奶奶闹病时，范东红就趁机把孩子接走了，说带着去玩几天就回来。孟正律也没硬拦着。可是走后，范东红就没送回来，他这边就赶上了一连串的事，根本顾不上去接，关小彩一死，就更顾不得了。

关小彩死了，关家人也没说什么，主要是关晏梅这人还算明白，再说还有阎宗品呢。他为此特别感谢阎家人。关小彩死后，他私下哭了好几次。为纪念她，他给孩子取名叫孟关。小名关关。父母对关关非常怜惜，但再怎么也是七十多岁的人了，俩老人累得不行，他好几次都想找个保姆，可是一提起有个保姆在家里，心里就不是味道，总觉得像关小彩回来了似的。后来索性不找了，反正自己也不怎么上班，就先凑合着和老人们一起带起孩子了。

孟正律的事，老人不完全知道，只知道儿子有麻烦事，单位不顺心，家务更不顺心。原来那媳妇离，说是因为媳妇不走正道，散了。老两口对那个范东红，压根就没看上，但也不说什么，知道儿子娶她也是为了留城。儿子又娶的那个关小彩，倒挺好，是个过日子的脾性，到了家，能跟婆婆公公说说家常话，也能洗洗涮涮、缝缝补补的。有一次回去了，给公婆把被子都拆洗干净了，又翻开炕褥子一看，见那炕褥子被炕洞熏得又黑又脏，二话没说就又撤下来拆洗了。公公婆婆高兴得眼热心疼啊。可好人不长寿啊，关小彩一死，公婆的心被硬生生地撕走了一块，说儿子这是命里克妻呢，好在孙子保住了，前头的大孙子也有个做伴的了。

  孟正律每天要抱关关好几次，关关的头在他的大手掌里托着，软软的头顶呼嗒呼嗒地跳着，似乎那片薄薄的头皮下边，就是一罐稀稀软软的脑浆子。儿子每次巴巴地睁着和关小彩一样的眼睛看他时，都把他看得心发紧眼泛潮。这孩子除去眼睛之外哪都像他，宽额、方嘴、长脸、高鼻子。从面相上看，像个有福气的样子，真不知道这孩子下一步的命运会怎样。这一段，虽然自己到了政协这样没钱没权的单位，但依然有人关心他的事，介绍的女人里头还有两个未婚大姑娘，这两人还都有意见面，反倒把他吓得不敢见呢。也不知道这年头的女人们怎么了。

  那天，他刚开手机，关晏梅的电话就打了进来。

  怎么，正律？也学得睡懒觉了？

  哦，姑姑，昨晚睡得晚，早晨就一时起不来了。

  关晏梅也还认这个侄女女婿呢，说：你吃点东西到姑这儿来一趟吧，有事和你商量。

  孟正律答应一声忙吃了点东西就赶了过去。

  关晏梅一人在家，见孟正律进来，就说：老阎四川考察去了。

  孟正律知道这件事，前两天和阎宗品通过电话。

  趁老阎不在家，咱俩先商量商量，他要在家，又得嫌我事多呢。

  孟正律看着她拐弯抹角的，也不问，自是耐心地听着。

  又说了几句别的，关晏梅便潮了眼睛说：正律，你看这些日子我也没去过你家，我听说你父母来了，我早该过去了。看看老人，也看看关关。说着含在眼里的一串泪滚了下来。我这人泪花浅，去了看着老的老，小的小，一流泪，叫老人心里不好受。

  孟正律低了头，把两只手使劲地绞在一起。

  我就直说吧，我想你还是早点组织个家庭吧。人我也给你想好了，不是外人，咱大家也算患难之交。

  孟正律两手还在使劲地攥着。

  我看，还是和矢秀白吧。

  在她当真地一说出矢秀白来，孟正律还是一震，把颗心震得欢欢地直跳腾。为了掩饰，他把手指在膝盖上敲打了几下。他明白关晏梅早就知道他和矢秀白的事。

  姑姑，再建家的事，我还没想过呢，至于和谁更不敢想，这事以后再说吧。

别以后再说了，把事办了，大家也就放心了。再说矢秀白也单身了这么长时间了，你俩也是天生的一对。我下来就去找她说去。

孟正律还想再说什么，关晏梅把手一甩说：这是我的意思，给谁都说是我看上的。就按我说的，趁孩子还不记事，办了吧。

下来，关晏梅就去找矢秀白，声泪俱下地提出为了孩子，为了死去的关小彩，也为了让大姐这份良心有所安宁。

矢秀白说：大姐，你的心意我领了，孩子我带着一点问题都没有，我见过孩子，那孩子我很喜欢，您和孩子的爷爷奶奶还有孟正律他们商量吧，如果舍得，我很愿意办个领养手续，如果不舍得，我肯定也帮忙把孩子养大，让他接受最好的教育，其他的，咱们不说。

关晏梅抖着嘴唇说：秀白，你们这事我本来想给我家老阎念叨念叨，可他这几天心事重重的，我问他有什么事，他也不跟我说，人也瘦了好些，我就没再让他分心，不过，对这事我觉得他也该同意。

矢秀白才不会因为她提到阎宗品就表示同意，倒对她提到的阎宗品有心事人也瘦了很在意，可也没好说什么。

关晏梅见矢秀白的态度没多大变化，心里便又有了别的办法。

关晏梅又去动员孟正律父母去了。这关晏梅也真是猴精猴精的，早就知道这老两口对矢秀白有感情。

老两口果然十分同意，孟正律他娘一听就兴奋得不行，说我俩打心眼儿里也愿意娶矢秀白，就是不知道我老孟家有没有那福气。

孟正律的母亲找到矢秀白，情急之中，自然是声泪俱下，孟母说：秀白啊，看在我和正律他爹这么大岁数的分上，你就答应了吧。别说让凡间人说了，就是让老天爷评判，也是你俩做一家子顶顶合适啊。

矢秀白一把一把地给老人擦着泪水，自己也哭得泪人一样，但自是不肯答应。

到最后，孟母就不压抑着了，一下子放开声地哭开了：我那儿啊——我那儿们呐——哭着哭着，就矬了身子，腿也软了，朝着秀白弯下腰去：秀白啊——我那儿啊，你，天生就该是我孟家门里的人啊——我老婆子求求你啦——

秀白一下把老人架住，也哭出了声音：您起来，您快——起来啊——

儿啊——我那儿啊——你要让我起来，你就行行好，答应我这老婆子吧——

我答应——

两个女人抱在了一起。

3. 自己把自己灌醉了

秀白离开孟家就去了戒毒所，因为已经到了接秀青的日子。秀青可是在戒毒所出了名。给她治疗的主任说她毅力之大、时间之短在所里都成典型了，说她有好几次自己把自己嘴唇都咬破了。秀白也为秀青非常感动。

把秀青接回家后，秀白说让秀青和她一起做事，秀青却说她想办个家庭农场。秀白心里又欣慰又酸楚，说姐你要建农场，我出钱。

秀青却说不用，不用。

秀白说姐，我有钱，我有钱给你用。

秀青说秀白真的不用，我自己还有钱。

秀白说：不是你没……姐，就用我的吧。有钱放着不用，钱是王八蛋；有钱用了，钱还是王八蛋。钱，总归是个王八蛋。

秀青说秀白实话给你说，我还有10万个王八蛋放着呢。

秀白瞪大眼睛看着秀青。

秀青说：从奶奶那时就说我有心眼儿，其实也是有呢，那时，我虽然吸上了那东西，但我还留了一条活路呢，我把10万块钱存在了一个瓷罐里，那瓷罐是从奶奶那里传下来的，奶奶说那个瓷罐是个宝罐。说年景不济时她在罐里装过半罐猪油，埋在风箱底下，每天夜里烧半锅开水，掏出罐子给每人挑一筷子头儿猪油搅在半碗开水里喝了，才让咱们一家子没有一个饿死的。秀白那时才四五岁，也记得喝猪油水，可没想到就是这个罐子盛着的。

秀青当天就在窗台底下把罐子刨了出来。一边刨一边说：在我顶顶困难时，也没拿出来花，这会儿是拿出来的时候了。

秀白说：那钱，你用来干别的，建农场还是用我的吧。

秀青执意不同意，坚决要花自己的。

秀白也就不强坚持了，问农场建在哪儿？

秀青说就建在堤内村，堤内村和旁边的村里有好些人去城里打工了，家里的责任田都没人种了，我都转包过来，把分散的换到一起，大体摸了下底，能有二百多亩。

接下来，秀青就真动手干了起来。

人也是真怪，在秀青想方设法要花秀白的钱时，秀白总想方设法不让她花，但在秀青不想花时，秀白却扯心扯肺地难受起来。

回到家里，她站不是坐不是地过了一会儿，就自己把自己灌醉了。

醉了之后，眼皮一劲发黏，扯开被子想睡一会儿，可一躺下脑子反而清醒了。

先想了矢秀青一会儿子，就又想到了玉仙，玉仙她娘前一阵心脏不好，她带人送到北大医院做了个支架手术，回来好了。老人涕泪哗哗地说秀白给了她一条命，就是她那闺女活着，也不见得能给她治好了。玉仙那儿子北北和女儿京京功课都很好，都考上了县一中，所有花销都由她管，闹得孩子的同学和老师以为她是孩子妈妈呢。

最近她又请人帮忙整理了一下玉仙她爹那手稿，整理出来后，送北京去。许森林和兵兵在海军医院找了一个人，兵兵说这个人你认识，而且一说是你的事，这人非常愿意帮忙。她问谁呀，兵兵先嘻嘻地笑了几声，后来就说，只告诉你，这人姓金，到底是谁，算是保留曲目吧。她猛然想起了兵兵当年的同学金岩，心里难免七上八下地翻腾起来，一问兵兵，兵兵卖了会儿关子才承认真的是金岩。

前几天段解放来了电话，说想请她抽空去矿上看看，说你来了也换换精神，到了山上，你会有一种回归大地回归自然的感觉呢，不信，你来试上几天，说不定你就不想回去了。她听了还真的想去。

让她进退两难的是关晏梅。为孟正律的婚事几乎一天一个电话地打，她虽然没有干干脆脆地说多么同意，但自从孟正律的母亲给她鞠了一躬后，她还一直不敢说不同意呢，但要让她真的和孟正律结婚，她还真难下决心。

这天，小凤来找她，小凤说在省城工作的小妹妹要生孩子了，说她娘去不了，小妹妹的婆婆也去不了，想让她当姐姐的去帮忙。她问得去多长时间？小凤说一时半会儿回不来呢，说孩子生了要侍候月子，出了月子，还得帮忙带着，不带了，还得帮着送幼儿园呢。

她便知道这是小凤辞工来了。

小凤又说秀白咱们不是外人，我不来了，我想给你推荐个顶替我这份工作的，说一个表妹想来，你看行么？

她不假思索地就说应该不行呢，这份工作你不干了，有个人得安排。

小凤问是谁？

她说这人你也知道，是大兰子。

小凤重复着问了两遍，她又答复了两遍，小凤才知道自己没听错，小凤问你让大兰子来，你放心么？

她说正因为放心我才让她来呢，你表妹要来，先干别的吧。

大兰子上了一段时间的班，第一次歇班就去看王小池。

小池呀，你也别惦记着家，也别惦记我和孩子们。人家秀白一点都没亏待我，真的让我当了管理员了。你就好好地改造吧,不是里头还能学点手艺么?你都这岁数了,该学点了。前些年在村里瞎跑着,不会什么也能吃口饭,可到了这年头就不行了。这些年,你老想发财也发不了。到头来又进来了。做人还是老实本分沾光啊。一个人,落个好名誉就是发财的本儿啊。你看人家秀白,走一步赢一步,可你,走一步败一步。这么下去,你自己不说,也得为闺女和小子想想啊。你以后改了,孩子找个对象也省了人家嫌你这当爹的不成器呢。

栏杆里头的王小池不眨眼地听着,娶了大兰子这么些年,从来没这么仔细地听过她说话。今儿个听着她说话,看着她面容,还真觉得这大兰子倒真是有点模样了,身上的衣服也干净整齐了。自打进了王家门,这娘们儿还从没这么好过呢,一年到头黑糊糊皱巴巴的,脸上那麻子坑儿也不那么汪着一坑黑气了。转而又想起玉仙,那玉仙要不是和段解放有了那事,要不是他王小池死死活活的纠缠,也该是好好地过下去的。想着,叹口气,两手来回搓了几下子,便含混地嗯了声。

关晏梅又催矢秀白和孟正律结婚的事,矢秀白说她得赶紧去一趟澳洲,说也要不了多长时间。关晏梅劝她把事办了再走,起码先领了结婚证。矢秀白说这次去澳洲是签署一项供货合同,不能拖延。关晏梅说领证也要不了多长时间,还是领了证再走吧。矢秀白说何必那么仓促,回来再说吧。关晏梅真不明白这女人心里到底怎么想的,明明真心爱着孟正律呢,可又不肯同意和他结婚。不过关晏梅心里也有数,矢秀白一旦答应的事,是不会变的。

4. 她身上炎黄的血脉在沸腾

澳毛和澳洲毛纺技术的引进,使解放毛纺有限公司的产品又迎来了新飞跃。解放牌毛线已经是远近闻名的牌子,公司也已经集洗毛、制条、纺纱、染色、团绒、成衣于一体,解放毛线和毛纺织品已经远销新加坡、俄罗斯、巴西、新西兰、美国等十几个国家。

矢秀白是带着许森林的儿子许东晨来的。许东晨到国资委工作后,很受领导重视。自然安排的工作又实惠又比较自由,常常能有时间到解放毛纺有限公司来,来后也的确能给公司帮不少的忙。矢秀白每次来澳洲都带着他。他的英语好,又懂得涉外经济,矢秀白说每次出国带着他,就像多了一条胳膊。再说,矢秀白也有意多给他一些锻炼机会。许森林常为这事感慨不已。

合同签署得很顺利,本来董天计划和矢秀白一起回国,但临走前一天,董天法国的公司有事,又临时改签机票去了法国。

5. 我爷爷明天 100 岁寿辰

她刚回来不久，就接到陈振国的电话，她连忙拾掇起散乱的魂魄按下接听键。陈振国给她说澳洲进货的事，但刚说了几句，那头忽然传进一个声音：寿桃放在哪里？

陈总，家里有人过寿？

那头兴奋地说：哦，我爷爷明天 100 岁寿辰呢！

哎呀！祝贺，祝贺！说着，原本不济的心情又加了一层悲伤。陈振国五十多岁还有爷爷呢，而她，别说爷爷，连爹，都走了二十多年了。登时，心里有根筋儿狠狠地一抽，生疼。

得去一趟津西，给老寿星拜个寿，也商议一下生意上的事情。

第二天一大早，她就赶往津西。

进村的小马路是陈振国捐资修的，路面虽说不算太宽，但看上去质量极好。

刚下小马路，突然发现陈家门口一棵苍老的槐树，几百岁的样子，简直和矢家门口的老槐树一模一样，在老树下停留了一下，她才进了陈家大门。

这是一套仿古建筑的三进大院，还没走到跟前，唐敏就啧啧称道：陈家就是陈家，和暴发户就是不一样。矢秀白觉得也是，不要说房屋院落与众不同，就连门口停放的车辆和来往的人等，仔细看起来，车辆既高级又干净，人也显得文明。

陈振国把他们迎进大门时，正好上午 10 点多钟。

矢总，谢谢，谢谢！真的没想惊动你啊，昨天电话上一时高兴，就说了出来，大老远的，让你惦记了，我还真有些不好意思呢。

陈总，说哪里去了，我也是想来沾沾老人的福气呢，快带我去见老寿星吧。

陈振国一边说笑着，一边便把矢秀白带着往后院走。

一个细眼长脸的老寿星在太师椅上坐着，老人皮肤的陈旧，皱纹的深密，表情的淡定，让矢秀白觉得，这可真是经过世面的老人。

陈振国把嘴凑到老人耳边大声说：爷爷，矢总，给您拜寿来了。

老人混浊的眼睛看一眼矢秀白。

矢秀白礼貌地弯腰呈上寿礼。

陈振国替老人接了礼盒，把嘴伸到老人耳边，又说：爷爷，矢总，给您拜寿来了。

老人这次听清了，眼里生出一束光亮，嘴唇扯一下，又扯一下，发出一个苍老的声音：姓嘛？

陈振国扶住老人肩膀，把嘴唇几乎贴住老人耳朵说：爷爷，姓矢！

老人闪一下身子，把脸正对着孙子，紧盯着：可是，河北，燕平的？

陈振国显然非常惊异和兴奋，忙问：爷爷，您知道河北燕平？还知道燕平有姓矢的？

老人没理会孙子，肿胀的眼睛用力往大里睁着，一只老手簌簌地擦几下眼睛，把身子往前凑过来。

矢秀白也很惊异，也把身子往前探一下叫了声：爷爷。

陈振国用力握住老人手，把嘴又贴近老人耳朵说：爷爷，您怎么了？怎么了您？爷爷？

老人还不理会孙子，还盯着矢秀白，下巴和脸开始哆嗦，头也摇晃起来，一双老手慌乱地抓住太师椅扶手。

矢秀白下意识地往后闪了一下，心里一激灵，猛然意识到老人应该是因为她的相貌。

陈振国扶住老人，像对婴儿一样，拍着老人肩膀，抚摸着老人后背，说：爷爷，有话一会儿再说，让客人休息，矢总她，一路，累了。

老人身子猛地纵了两下，一双老眼死死地盯着矢秀白：你？你可是，燕平……堤外村人？

矢秀白又下意识地朝后撤一下身子，说：爷爷，是，我是堤外村人。声音虽然不失镇定，却也发起涩来。

老人又猛力摇晃几下，脸一下变成了一张老旧的黄表纸，一双老手哗哗地抖。

陈振国和在场的人们都紧张了起来，知道老人身子出毛病了。

陈振国用力扶住老人喊叫：爷爷，爷爷，您怎么了？您这是怎么了？！

老人拼命推一下陈振国，嗫嚅几下，继续说：你爷爷……矢群？你爹……叫……矢根？

矢秀白的脸骤然红了，脖子也红了，抓住老人一只手，说：爷爷您怎么知道？您怎么知道啊？

老人摇晃一下，把陈振国一推，眼里光芒猛跳两下，眼睛铁钩子一样钩住矢秀白的脸，一只枯老的大手扯住她衣襟，另一只大手摇晃着指着她说：你？你可是矢家老三？

矢秀白本能地往后躲了一下，看着老人说：嗯。

老人一蓬雪白的胡子甩几下，待宰的牛羊一样，身子一梗一梗的，参着手，像要摆脱她，又像要抓紧她，嗓子嗝嗝地响了两下说：一百年了，你……你怎么……又长成这……一句话没说完，身子一挺，倒了下去。

人们乱成一团……

矢秀白雯时傻了。

陈振国一边惶恐地喊叫着爷爷，一边让人把矢秀白请到另一间房里。

冥冥之中，她从开始就料定老人在前世应该跟她有一段解不开的缘分，是她的相貌，把老人戗着了。

她看看周围，怎么没有小吴和唐敏？对了，她让他们到车上去了。

院里像打仗一样乱。一个中年女人咣当一下推开门，提进一只暖壶，倒了一杯热茶递给她，说：振国兄弟让我给你沏上茶，还说让我陪陪你。

她接了茶，说：不用客气。

女人放下暖壶，坐在对面沙发上看着她。

她感觉像受审，她把身子扭了一下。

女人想和她说话，又一时找不到合适的词，把刚才的话又重复了一遍，说着，眼睛像两把刷子，刷得她浑身上下发麻。

不用，暖壶放下吧。她想把女人支出去。

女人还真走了。但往外走着，又回头剜了她一眼。

外头比刚才更乱了，脚步声已经由原来的快步走，变成了咕咚咕咚的奔跑；压低声音的催促，已经变成声嘶力竭的叫喊。看来，老人是缓不过来了。

司机小吴和唐敏慌慌张张地进来，说：矢总，怎么了？老爷子怎么死了？咱们怎么办？

你们先到车上等我。

6. 百年时光隧道那头的事

他们刚出去，一位八十多岁的老人让人扶着进来了。

她想上去扶一下，一想到刚才，又把手缩了回来。她紧张地判断着老人是谁，老人比陈振国爷爷要低一些，但从面部轮廓上看，应该是陈家至亲。

老人并没有和她说话，也坐在她对面，一边喘着粗气，一边直直地盯着她。

她看老人一眼，想上去扶一下老人，但把手伸到中途，又缩了回来。忙端起茶杯给老人递上去。老人不接，让她放到桌子上，又让跟着的中年人出去了。老人肩膀一高一低地喘息着，又扫她两眼，长叹一声，说：你，果然是，果然是啊！

她战战兢兢地问：老人家，您说什么？

老人蹾一下手杖，红着眼睛一指门外：你大爷爷，他是，你大爷爷，亲大爷爷呀！说着，一行混浊的老泪，吧嗒吧嗒地打在花白胡须上。

正这时，那个中年男人又跑进来说：三爷爷，我叔，叫您商议后事去。

老人又蹾一下拐杖，颤颤地走出去。

大爷爷？大爷爷就是爷爷的哥哥，也就是太奶奶的大儿子，这位三爷就是爷爷的弟弟？她脑袋里咔嚓咔嚓地连连响着惊雷，她不信，天下真能有这么蹊跷的事？她隔着窗户朝外看看，她想找到陈振国，可是外头一团一团的人们忙乱着，根本看不见陈振国的影子。

老人再进来，便穿过100年的时光隧道，讲述了隧道那头的事情。

陈家是方圆百里有名的大户，只是陈家几代男丁有些单，到了这一代，陈家少奶奶宁氏生了个儿子，陈老爷给这孩子取名陈耀祖，陈家上下把陈耀祖看做掌上明珠。在陈耀祖一岁多时，宁氏又怀了身孕，陈家上下自是又盼望再生个儿子，陈老爷提前就给二孙子起名陈耀庭。

到宁氏生产这几天，陈家上下欢天喜地，又推磨砸面，又杀猪宰羊，还预备好了东西准备搭喜棚，贺大喜。为了不出闪失，还从天津卫请来一位有名的接生婆。

但到陈耀庭一落草，接生婆一看，便慌了手脚，忙给孩子遮了脸面，让打下手的丫头快请出陈老太太。老太太跐着一双小脚进来，只看了一眼，就捂了脸面——这孩子，不光不是陈家的种，连中国人的种都不是啊！高鼻、黄眼、黄发、白脸！陈家祖辈没有一个这样相貌的人啊。陈老太太盯一眼虚弱的宁氏，好生纳闷，这女人自打进门，一直遵守妇道、贤德雅致，可这白孩子又是怎么来的？难道那次回娘家……陈老太太蜡黄着脸，掏出几锭银子给了接生婆，让她封住嘴。

当夜，陈老太太把儿子叫到上房。

但母子相对，坐到灯里的清油快要见底时，谁也没说出一句话。

又一会儿，儿子看看天色，才叹口气，说：娘，要不，把他扔到十里口去。

母亲看看儿子，胸口里的气呼呼地喘着。十里口是个专扔孩子的地方。这里人们生了养不起的或是怪模怪样的孩子，都要扔到那里。到了那里一般就看孩子运气了。运气好的，兴许会被人抱走。运气不好的，一半天里，不是冻饿而死，就是被野狗野猫祸害了。

母亲定定地空着眼睛不说话，儿子便不再言语。又坐到灯草结出焦核儿，母亲拿出帕子擦把老泪说：把他放到里院仓房里去吧。对外就说生了女子，伤了。

陈耀庭在小仓房扔到一岁多时，便再也瞒不住了。

在一个月明星稀的后半夜，女人宁氏把十套大小不一的棉衣单衣棉鞋单鞋放到立橱里，把房子里里外外收拾干净，回到里屋，又把第二天大儿子陈耀祖要穿的衣裳放到身边，死死地看着睡觉的大儿子，把脸贴住大儿子脸，大滴大滴的泪就落在了孩子头顶上。

又过了半个时辰，女人眼睛干了，干得如两片枯黄的树叶。女人把一只裹着现大洋的绣花丝绢放在大儿子身边，抱起小儿子朝外走去，头也不回。

四岁的陈耀祖并没有睡着，这些日子爷爷黑脸粗脖子的样子，奶奶偷偷哭泣的样子，爹娘夜间抱头痛哭的样子，让他既模糊又明白地知道，娘要不把弟弟带走，弟弟就没命了，弟弟没命，娘也就没命了。

陈耀祖爬起来，悄悄跟在娘身后。陈耀祖没有穿鞋，穿着娘给他做的布袜子，他怕穿鞋子有声音，他不能让娘听见。娘一双小脚走得极快，生怕被人捉回去的样子。

陈耀祖悄悄地跟着，流着大滴大滴的泪水。他知道，娘走了，娘就再也回不来了，他再没有娘了。他把嘴张得好大。大张着嘴，哭声就不会出来。哭声不出来，娘就听不见，娘听不见娘就走了。娘走了，娘就活了，弟弟也就活了。

跟到村西南一里地时，陈耀祖就把脚步迈小了。他不能再往前走多少了，走太远了，他就走不回来了。他回不来，他爹、他奶、他爷就急死了。他咬着牙齿攥着小拳头把脚步收住，娘往前走一步，他的心就被揪下一块肉，娘一步一步地走着，他的肉就一块一块地掉着，在他娘消失在西南旱道的一刹那，这个四岁的小人儿就疼得扑倒在了旱道上，双手抓挠着旱道上厚厚的浮土，把浮土埋在脸上，吃进嘴里，两条小腿踢腾着，娘啊——啊啊——娘啊——啊啊——他张大嘴，不出声地喊叫着……

爹赶来时，这个哭得死去活来的小人儿已经蜷缩成一团。爹从浮土里拾起他，爷俩抱着头，朝着西南旱道，又哭啊哭啊，爹把他抱得死紧，直把他小身子箍得嘎嘣嘣乱响，到天蒙蒙亮时，爹才抱着他往家走。可他不让爹抱着，他要自己走着。陈耀祖就是从这一刻长大的。

爷俩到了家，家里已为"陈门宁氏"搭起了灵棚。

7. 矢秀白是陈家后代

陈耀祖长到十几岁就开始寻找娘和弟弟了。那个时期，世面上有赊销小鸭小鹅的。陈耀祖就以赊小鸭小鹅为名四处寻找娘和弟弟。从少年找到青年，又从青年找到壮年。在他找了不知多少个村子，找到了不知多少个白孩子后，才在河北燕平堤外村找到了娘和弟弟。

那天，他骑着那辆坚固的大水管车子，吃了随身带着的一块干饼子，顺着西南旱道走到了堤外村，他是尾随着一个白脸、黄眼、隆鼻、黄发的比他高出一尺多的汉子来的，汉子身上背着个荆条挎筐，直接就进了一个土门里。在土门前，他放下

白妮

大水管车子,坐在土门口的一棵龙钟的老槐树下等着。他拿手扶住老槐树,他也看出这老槐树跟他家门前的一样呢。在他终于看见一个老年女人从屋里走出来时,他险些叫出了声。

娘!你是我娘啊!你是陈耀祖陈耀庭的亲娘啊!是陈耀祖寻了三十年的亲娘啊!娘虽是老了,虽是瘦了,虽是不再那么好看了,可是娘耳垂上的青痣,以及娘灵秀的鼻子,杏子核样的眼睛,让娘还是那么清丽。是娘!是娘啊!在他听到娘口音里的天津音儿时,他再也控制不住地哭了。为了不让娘看见,他把一顶破草帽拉得极低,拿一条老旧的羊肚手巾不停地擦着眼睛和口鼻。

不知是母子情肠还是怎么回事,娘看见他,娘就走了过来,娘不停地打量着他,娘说:年轻人,坐一会儿吧,天儿热,这么大热的天,要热坏人呐。

他狠揉一下眼睛,拿着一腔外地口音说:不,不,我还有事,还有事。纵使娘再怎么拦着,他也硬是逃也似的推车走了——他不能在娘跟前流出泪,更不能让娘听出他的天津卫口音呐。他走时,又回了两次头,一眼看了看娘,另一眼看了看他那兄弟陈耀庭。

从此,他每年都来一趟,来了,只走到门口,从门口看看娘和兄弟,便忙离去。一直到看见娘的两个长得像中原人的曾孙女出生后,心里那块压了几十年的石头,才算落地了。那一年,他还接了他的弟妹吕氏一个雪白的馒头呢。

矢秀白是陈家后代的事,很快就在丧事上传开了,但大部分人都说不清道不明。有的说是陈家老辈人里有个媳妇犯了错,被休了,带着孩子到了河北燕平,这个白妮子就是走的那个媳妇的后代;有的说是陈家老太爷早年间在河北燕平有个女人,这个白妮子是那个女人的后代;还有人说早年间老太爷乘船去国外做生意,在国外领了个女人回来,没敢往家带,寄放在河北燕平,这个白妮子就是那外国女人的后代。

八十多岁的陈三爷,本来就有些耳背,再说他也不去听人们说,只管把忙碌中的陈振国叫来,让陈振国坐稳当,他也坐稳当,他说:陈振国你听着,这是咱陈家走失的后代,按辈分,是你的妹子。然后就领着矢秀白又一个一个地见陈家人。这是几爷几奶,那是几伯几叔,那位是大妈,那位是婶婶,还有姑姑姑父以及哥姐和侄子侄女们。

矢秀白一路跟着走,有的叫一声,有的点点头,有的弓下身子。这陈家人还真是不少,但没有一个和她相貌相像的,倒是间或能在一些人的面相上找到和她太奶宁氏、和她姐姐秀青相似的地方。也因此,她更加确信陈家毋庸置疑是她骨血的发生之地。可不是么?难怪在第一次见到陈振国时,觉得他有地方眼熟。看来只要有相同的血统，无论隔着多少辈，相似之处总会有的。

指认了一圈，三爷爷又颤巍巍地让女总管给她把孝衣穿上孝帽戴上，然后又问：闺女，你说，怎么给矢家那头的亲戚报丧？

她怔一下，说：父亲下世了，家里只有母亲和姐姐，母亲已经七十多岁，还有个姐姐生病呢。矢家那头，我就代表了，以后找合适的时候，我再和她们一起回来。

一边的陈振国到底也算适应了这如同说书唱戏的变故，带着一点调侃的口吻说：这一来，我以后就不用叫矢总了，你也不用叫我陈总了，下来的生意，也好商量了。

她也循着陈振国的口吻说：商量生意是后事，眼下咱先说爷爷的事吧。看来我这人也是命毒，当年我一生下来，不光我的太奶奶自己要了自己的性命，我的大姐矢秀红也在当天就夭折了。眼下我一出现，我大爷爷又因了我回了寿。看来我这个人，就是立地死上三次，也不为过啊。说着眼睛泛湿，嘴唇战栗，但眼泪终是控制住了。又接着对陈振国说：那我，就叫哥了，我求哥哥和三爷爷给我一个机会，由我来安葬我的大爷爷吧。我倒不是说如今是商品经济了，什么都往钱上说，只是为了让我能够稍微地得到一点安慰，求哥哥和三爷爷照顾我了。说着郑重其事地朝三爷爷和陈振国欠下身子。

三爷爷抖抖地看着她。

陈振国没等三爷爷说什么，就说：秀白妹妹的心思我很理解，但我爷爷的丧事怎么也不能让你一个人办，既然事情已经出了，就不说埋怨的话了，再说这事也怨不得你。要怨，只怨我们没给爷爷传说外边的世界的变化。爷爷的事上，你可以表示点孝心，但你一个人办丧事，是不可能的。

下来，两人你争我夺地说了几个来回，三爷爷就出了个决断，说：听我的吧，振国出三之有二，白丫头出三之有一吧。矢秀白不同意。最后三爷爷就不容置疑地决定了——由矢秀白和陈振国各拿一半。

当日深夜时，有个电话过来了：是你吗？

是那个电话卡，她一哆嗦，说：是我。

什么时候回来？

你怎么样啊？

还行。

你在哪？

电话里只轻轻叹了口气。

你现在在哪？

……

我这就回去！我回去见你！

回来也见不到我。

那你？那你……

我只想听听你声音。

但在大爷爷灵柩刚要出殡时，她就接到了孟正律的电话。

秀白，给你说一件事，你千万不要着急。

你说吧，简短些，我这儿正有事。

阎市长出事了。

出什么事？

突发心脏病，抢救无效……

这是哪天？

今天早晨八点火化了……

天空蔚蓝如洗，一个爆竹飞上天空，接着无数个爆竹飞上天空，大爷爷出殡了。蔚蓝的天空出现了一团团黄烟，天地之间飘浮着无数个纸屑。

灵柩往前走着，起风了，黄烟散了，纸屑也散了……

图书在版编目(CIP)数据

白妮 / 刘素娥著. –重庆：重庆出版社，2012.4
ISBN 978-7-229-05090-0

Ⅰ. ①白… Ⅱ. ①刘… Ⅲ. ①长篇小说—中国—当代 Ⅳ. ①I247.5

中国版本图书馆CIP数据核字（2012）第065537号

白妮
Baini

刘素娥 著

出 版 人：	罗小卫
策 划：	华章同人
执行策划：	柯林斯
责任编辑：	陈建军 王 水
特约编辑：	刘 洋 胡世勋
责任印制：	杨 宁
营 销：	010-85869377 张颖
网 址：	www.alpha-books.com
封面设计：	小徐书装

重庆出版集团
重庆出版社 出版

（重庆长江二路205号）

三河市宏达印刷有限公司　印刷
重庆出版集团图书发行公司　发行
邮购电话：010-64269273
E-mail: haiwaibu007@163.com
全国新华书店经销

开本：787mm×1092mm　1/16　印张：19.5　字数：369千
2012年6月第1版　2012年6月第1次印刷
定价：34.80元

如有印装质量问题，请致电023-68706683

版权所有，侵权必究